Ivy Paul

Masken der Begierde

Erotischer Roman

Plaisir d'Amour Verlag

Ivy Paul
MASKEN DER BEGIERDE
Erotischer Roman

© 2013 Plaisir d'Amour Verlag, Lautertal
Plaisir d'Amour Verlag
Postfach 11 68
D-64684 Lautertal
www.plaisirdamourbooks.com
info@plaisirdamourbooks.com
Umschlaggestaltung: © Andrea Gunschera (www.magi-digitalis.de)
ISBN Taschenbuch: 978-3-86495-059-9
ISBN eBook: 978-3-86495-060-5

Sämtliche Personen in diesem Roman sind frei erfunden.

Für die vier „M"s.
Speziell für das kleine „M", der Bösewicht ist dir zu Dank verpflichtet ...

*Im Leben kommt es nicht darauf an,
  ein gutes Blatt in der Hand zu haben,
  sondern mit schlechten Karten gut zu spielen.*
Robert Louis Stevenson

Kapitel 1

Ich verlange von den Leuten nicht, dass sie mir angenehm sind, weil es mich vor dem Problem bewahrt, sie zu mögen.
Jane Austen

März 1820, Lake District

Lucas stand barfuß und nur mit einer weiten Hose bekleidet inmitten flatternder Seidentücher, die vom warmen Sommerwind bewegt wurden. Aus dem Augenwinkel sah er eine Gestalt vorbeihuschen. Eine Frau lachte kehlig, und Lucas' Herz pochte aufgeregt, während ihm Blut in seinen Schaft schoss. Er fühlte eine Bewegung hinter sich und fuhr herum. Die Unbekannte lachte erneut. Sie befand sich so nah vor ihm, dass er ihre Hitze auf seiner Haut wahrnahm. Der obere Teil ihres Gesichtes war von einem der Tücher bedeckt. Sie mochte hässlich wie die Nacht sein, doch ihre Lippen waren voll und rot, ebenso schien ihr Körper in jeder Hinsicht perfekt. Die Fremde presste ihren Mund auf den seinen und küsste ihn wild und leidenschaftlich. Lucas hatte so lange keine Frau mehr besessen, dass ihn nur die Lust leitete. Er vergrub seine Hände in ihrem dichten Haar. Ihr weiblicher Duft trieb ihn schier in den Wahnsinn. Zudem war die Unbekannte nackt. Er spürte den Druck ihrer Brüste an seinem Oberkörper. Ein heiseres Keuchen entwich seiner Kehle. Sein Schaft pochte drängend. Der Schmerz seiner Erektion ließ ihn jegliche Scheu fallen.

Er hob sie auf seine Hüften, und erleichtert registrierte er, dass sie ihm die Hose herunterzerrte. Sie brachte sich in Position, umschlang ihn, während er mit einer fließenden Bewegung in sie hineinglitt. Ihre feuchte, enge Scham hieß ihn willkommen, und die Frau, deren Gesicht er immer noch nicht sah, seufzte befreit. Er stieß seinen Schwanz in sie, so tief und so hart, wie er es vermochte.

„Die Blüten, Lucas, wach auf, du musst die Blüten bewundern." Die Stimme der Frau klang wie die seiner jugendlichen Schwester.

Entsetzt fuhr Lucas zurück. Seine Erektion schrumpfte, und er kam in seinem Bett zu sich.

Verschwitzt und schwer atmend fand er sich zwischen seinen Kissen wieder. Orientierungslos blinzelte er, ehe er seine Schwester Allegra erkannte, die im dunklen Schlafzimmer herumtanzte. Ihr langes, weites Nachthemd umflatterte ihren Körper, und ihre goldbraunen Locken flogen, während sie vor Begeisterung juchzte. „Siehst du die Veilchen, Lucas? Schau, wie sie im Sonnenlicht tanzen!"

Lucas setzte sich auf und rieb sich die Augen. „Ally, es ist mitten in der Nacht."

Wo steckte Allegras Aufpasserin? Er schlug die Bettdecke zurück und schwang seine Beine aus dem Bett. Lucas schlüpfte in Morgenmantel und Pantoffeln, ehe er zu Allegra eilte. Noch bevor er sie erreichte, sank sie zu Boden. Allegra kauerte auf dem Parkett, zitterte und sah sich verwirrt um, als Lucas einen Arm um sie legte.

„Du hattest einen Anfall, Ally." Sanft half er ihr hoch. „Komm, Liebes, ich bringe dich in dein Bett."

„Wo ist Miss Simmons?"

„Mach dir keine Sorgen, ich kümmere mich um sie." Der Gedanke an die Unzuverlässigkeit der Krankenpflegerin weckte kalte Wut in Lucas. Doch er riss sich zusammen und führte Allegra in ihr Schlafgemach. Der Weg über den Gang war ihm im Dunkeln nicht weniger vertraut, dennoch schien er doppelt so lang.

Der Geruch der verwelkenden Blumensträuße, die Allegra so zahlreich hatte aufstellen lassen, kitzelte Lucas' Nase. Zu dem Aroma gesellte sich der Duft des alten Holzes und des Bohnerwachses, das die Wirtschafterin Mrs. Harvey so freigiebig verwendete. Allegra tänzelte leichtfüßig über das Parkett, während Lucas müde hinter ihr herschlurfte. Diese verfluchte Simmons! Warum gab sie nicht auf Allegra acht, so wie es ihre Aufgabe war? Immerhin bezahlte Lucas ihr ein großzügiges Gehalt.

Sie erreichten die Tür zu Allegras Schlafzimmer. Durch den Spalt schien der Mond und warf knochenfarbene Streifen auf die dunklen Täfelungen. Verräterische Laute drangen aus dem Raum, und Lucas stieß die Tür auf. Auf der Pritsche am Fußende von Allegras Bett lag Clara Simmons und schnarchte, als müsse ein kompletter Wald gerodet werden. Auf dem Boden lag eine leere Schnapsflasche, und der Geruch, der Lucas in die Nase stieg, als er sich der Pflegerin näherte, verriet ihm, dass der Inhalt wohlverwahrt durch Mrs. Simmons Körper kreiste.

Einen Moment lang überlegte Lucas, ob er die Betrunkene an ihrem Zopf aus dem Herrenhaus schleifen sollte. Doch die Vernunft siegte.

Er half Allegra ins Bett, deckte sie fürsorglich zu und streichelte ihre Wange.

„Schlaf, mein Liebes, morgen geht es dir besser."

Allegra krauste die Stirn und nickte. Lucas lächelte und bezog Stellung auf dem Sessel an der Wand gegenüber. Er wachte über Allegras Schlaf. Gelegentlich übermannte ihn die Müdigkeit, doch das Schnarchen der Betrunkenen erleichterte es ihm, wach zu bleiben.

Clara Simmons zuckte zusammen, als sie die Augen aufschlug und Lucas St. Clare, Earl of Pembroke, über ihr stand.

„Habt Ihr Euren Rausch ausgeschlafen?" Er konnte fühlen, wie ihm der Zorn in die Schläfen stieg, und zwang sich zur Ruhe. Allegras Lachen drang durch das offene Schlafzimmerfenster von der Terrasse herauf. Lucas konzentrierte sich auf die Frau, die sich mühsam aufrichtete. „Ihr verlasst mein Haus. Augenblicklich. Auf Halcyon Manor ist kein Platz für trunksüchtige Bedienstete."

Die Pflegerin schluckte und hob an zu sprechen.

„Spart Euch Eure Lügen! Allegra kam letzte Nacht während eines Anfalls in mein Schlafzimmer. Es ist Eure Aufgabe, auf sie achtzugeben."

Die Pflegerin erhob sich schwerfällig und starrte Lucas aus rot geränderten Augen an. „Ihr bestandet darauf, Allegra nicht zu fixieren ..."

„So lange ich lebe, wird niemand Allegra wie eine schwachsinnige Irre behandeln!", brüllte Lucas.

Der Zorn brachte seine Halsschlagader zum Pochen. Nur einmal hatte er Allegra in der Obhut seines Cousins Neil zurücklassen müssen, der Allegra auf genau diese Art behandelt hatte. Dies würde kein weiteres Mal geschehen. Er ballte seine Fäuste. Clara Simmons war nüchtern genug, um ängstlich vor ihm zurückzuweichen.

„Trollt Euch, Miss Simmons. Wagt Euch nie wieder unter meine Augen." Lucas wartete mit versteinerter Miene, bis die Frau ihr Bündel gepackt hatte und den Raum verließ, ehe er auf den Sessel plumpste. Er stöhnte und rieb sich das Gesicht.

Erneut war eine Pflegerin fort. Die wie vielte mochte Clara Simmons gewesen sein? Dieses Jahr bestimmt schon die zweite, die erste hatte mehr mit den Dienern geschäkert, als sich um Allegra gekümmert, und als diese einen Anfall gehabt hatte, flüchtete das dumme Weib hysterisch in sein Arbeitszimmer und wusste nicht, was sie mit einem Mädchen anstellen sollte, das wirr redete und zusammenbrach wie eine Marionette, der man die Fäden durchtrennte.

Lucas raufte sich die Haare, starrte an die Decke und stöhnte frustriert. Fand er denn nie die passende Krankenschwester für Allegra?

„Nein!" Allegra stampfte mit dem Fuß auf, während sie in der Mitte des Büros stand. Ihre braunen Locken hüpften wild im Takt ihrer Bewegungen.

Lucas erhob sich, ging um den Schreibtisch herum und legte seine Hände auf Allegras Schultern. „Es geht nicht anders, Ally. Das verstehst du doch."

Allegra schüttelte zornbebend den Kopf. „Lucas, du weißt genau, dass ich nicht schwachsinnig bin! Abgesehen von meinen geistigen Aussetzern bin ich normaler als alle anderen Mitglieder des *ton* zusammen."

Lucas unterdrückte mit Mühe ein gequältes Lächeln. „Was schlägst du vor?" Natürlich hatte sie recht, doch so großzügig die Gesellschaft über die Verrücktheiten und offensichtlichen Geisteskrankheiten altgedienter Lords und reicher Ladys hinwegsah, so erwies sich für ein junges Mädchen des *tons* schon der leiseste Zweifel bezüglich körperlicher und geistiger Gesundheit als verheerend. Seit dem Auftreten der Anfälle lebten Lucas und Allegra St. Clare zurückgezogen auf Halcyon Manor. Mit den Jahren hatte Lucas die Hoffnung verloren, Allegras Anfälle würden ähnlich wie Babyspeck schwinden.

„Eine Gesellschafterin", sprudelte es aus ihr heraus. „Jemand, der jung und hübsch und klug ist. Eine Person, die keine Angst vor mir hat und sich nicht scheut, mir beizustehen, wenn mich die Anfälle heimsuchen. Eine wohlwollende Frau, die mir eine Gefährtin, auf jeden Fall aber eine Unterstützung sein kann."

Seine Mundwinkel zuckten. „Mir scheint, du hast dir ausführliche Gedanken darüber gemacht."

Allegra nickte heftig. „Die Betreuerinnen, die du mir ausgesucht hast, erwiesen sich als Katastrophen! Die eine dumm wie ein Laib Brot, die andere ständig griesgrämig und die Letzte eine Säuferin."

„Also willst du die Gesellschaftsdame selbst auswählen?" Lucas verschränkte die Arme vor der Brust, um ein bisschen männliche Autorität zu verbreiten. Natürlich klappte es bei Allegra nicht. Sie hatte ihn vom ersten Moment an um den Finger wickeln können. Schon als Säugling, zahnlos und in Windeltücher gepackt.

Allegra winkte gönnerhaft ab. „Nein, such du sie aus! Aber ich mag keine alte vertrocknete Jungfer und auch keine strenge Schulmeisterin. Wähle eine junge, hübsche Dame mit Sinn für Humor."

Violet faltete das Taschentuch behutsam auseinander. In der Mitte des Stoffquadrats lagen eine Diamantkette und passende Ohrstecker. Mit zitternden Fingern strich sie darüber. Es bräche ihr das Herz, wenn sie den Schmuck ebenfalls versetzen müsste. Er war alles, was ihr von ihrer geliebten Mutter geblieben war. Aber falls das mit der Stelle nicht wie gewünscht klappte, würde sie auch die Kette und den Ohrschmuck zu einem Preis verpfänden müssen, der lächerlich niedrig war.

Verbittert schüttelte Violet den Kopf und wickelte den Schmuck sorgfältig in das Taschentuch ein. Ihr Magen grummelte, und sie rieb sich die Nase. Die Stellenanzeige las sich mysteriös und verlockend zugleich. Es wurde eine junge, respektable Dame gesucht. Gebildet, patent und unabhängig, ohne Scheu vor einem kranken Schützling, zu dessen Fürsorge, Betreuung und Gesellschaft sie angeheuert wurde.

Sie wunderte sich über den Ausdruck „Fürsorge". Sollte es nicht heißen „Pflege"? Aber es war ihr gleichgültig, solange sie nur aus London fortkam. Weg von ihrem früheren Leben, ihren alten Bekannten. Nicht einer ihrer sogenannten Freunde hatte ihr Hilfe angeboten oder nach ihr gesucht. Für sie alle war Isabel Dorothea Waringham nicht länger existent.

Auch was sie selbst betraf, gab es Isabel Dorothea Waringham nicht mehr. Sie war mit einem triumphalen Knall gestorben, und aus ihrer Asche war Violet Delacroix entstiegen. Arm und alleinstehend, aber mit genug Würde, um jeden Morgen in den Spiegel blicken zu können.

Wenn ihr die Glücksgöttin nur ein wenig wohlgesonnen war, würde Violet eine respektable Stelle im Lake District antreten. Die Kutsche käme jeden Moment, um sie zu dem Vorstellungsgespräch abzuholen. Sollte sie ihr Gegenüber beeindrucken, ginge es direkt weiter auf seinen Landsitz, wo ihr zukünftiger Schützling sie erwartete.

Sie strich sich über die sorgfältig hochgesteckte Frisur sowie den einfachen Rock und lächelte ihrem Spiegelbild zu. Dann verließ sie das ärmliche Pensionszimmer, ohne einen Blick zurückzuwerfen.

Lucas streckte seine langen Beine aus und starrte in das Kaminfeuer. Er hatte einen nicht enden wollenden Vormittag hinter sich. Von allen schriftlichen Bewerbungen auf die Stelle als Allegras Gesellschafterin zog er nur vier Damen in die engere Wahl.

Mrs. Cattleby sagte ihm bisher am ehesten zu, auch wenn sie blind wie ein Maulwurf schien und ihr Alter aus ihr eher die Großmutter denn eine Freundin für Allegra machte. Die anderen Damen, die sich beworben hatten, stellten sich leider als Reinfälle heraus. Die eine erwies sich als sauertöpfische Pastorentochter, und die andere weigerte sich, die Pflege zu übernehmen, sodass sich Lucas mit dem Gedanken anfreundete, Allegra mit Mrs. Cattleby zu beglücken. Ihm graute vor der nächsten Anwärterin, einer Miss Delacroix, eigenen Aussagen zufolge eine mittellose junge Dame von Stand, die auf diese Weise ihr Auskommen sichern wollte.

Lucas seufzte und nahm einen Schluck Brandy, der ihm vom Wirt bereitgestellt worden war. Er bewunderte die goldbraune Farbe im Glas und bedauerte, nüchtern bleiben zu müssen. Die Konfrontationen mit den Frauen hatte ihm den letzten Nerv geraubt. Wie hatte er nur vergessen können, wie anstrengend es war, sich in der Gegenwart des schönen Geschlechts zu befinden? Schnatternde Weibsbilder, putzsüchtig, egozentrisch und empfindlicher als jedes Rassepferd. Der Himmel bewahre ihn davor, dass Allegra zu einer derartigen Schnepfe heranwuchs!

Die letzte Bewerberin gab ihm gewiss in Kürze die Ehre. Sie hatte in ihrem Bewerbungsschreiben ihre Pünktlichkeit herausgestellt, und von draußen näherten sich soeben Schritte. Es war Zeit, es könnte besagte letzte Bewerberin sein. Er stellte den Brandy ab und zog sich in das dunkelste Eck des Raumes zurück. Um den Ruf seiner Familie zu schützen, hatte er entschieden, anonym als Esquire Smithson aufzutreten, und hielt sein Gesicht im Schatten, um eventueller Wiedererkennung vorzubeugen.

Nervös betrat Violet das Wirtshaus. Im Innern ging es lebhaft zu, obwohl es doch erst Nachmittag war. Händler, Bauern und einfacher Landadel saßen auf Stühlen und Bänken, lachten, tranken und plauderten. Eine Gruppe junger Gentry-Männer spielte Karten an einem der hinteren Tische. Ein Bauer lag auf seinen verschränkten Armen, neben sich einen leeren Weinkrug, und schlief, während seine Freunde trunken zotige Lieder zum Besten gaben.

Zögernd näherte sich Violet der Theke, wo ein Mann mit Schürze die Krüge füllte.

„Sir, ich suche Esquire John Smithson." Sie schluckte ihre Unsicherheit hinunter und hob ihr Kinn.

Der Wirt musterte sie neugierig, ehe er eine Kopfbewegung Richtung Treppe machte. „Dritte Tür links. Ihr braucht nur zu klopfen, Miss!"

Violet nickte und stieg die knarrenden Holzstufen empor. Ihre Knie zitterten. Sie hatte geglaubt, alles, was kommen würde, wäre nur noch ein Schatten jener Erfahrungen, die hinter ihr lagen. Doch nun erkannte sie, dass jedes neue Erlebnis für sie zu einem Berg erwuchs, den es zu bezwingen galt.

Sie kam vor der Tür an, holte Luft und hob ihre Faust. Das Klopfen klang in ihren Ohren kläglich. Auf die Antwort des Esquires hin trat sie vorsichtig ein.

Der Mann stand in einer Ecke des verdunkelten Raumes, und mehr als seine Konturen waren im ersten Moment nicht zu erkennen. Jemand hatte die Vorhänge vor die Fenster gezogen, so war es dunkel und stickig. Die Flammen aus dem Kamin ließen rötlich-gelbe Lichter im Zimmer tanzen. Violet erkannte die Umrisse der Möbelstücke, ein Sofa, ein Ohrensessel vor dem Feuer, ein Beistelltischchen mit Karaffe und Weinbrandglas sowie die Kamingarnitur. Ein wichtiges Detail, sollte der mysteriöse Mann im Schatten zudringlich werden. Sie wandte ihre Aufmerksamkeit dem Esquire zu und sank in einen tiefen Knicks.

„Hattet Ihr eine angenehme Fahrt hierher, Miss Delacroix?" Seine Stimme klang rau und volltönend. Er brachte etwas in ihrer Seele zum Klingen, das kein Mann vorher berührt hatte.

„Ja, Sir John", erwiderte sie wohlerzogen.

„D'où etes-vous, Mademoiselle Delacroix?" *Woher kommt Ihr, Mademoiselle Delacroix?*

Violet benötigte einen Moment, ehe sie begriff, dass er sie auf Französisch anredete.

„Je suis de London." Sie blieb nahe genug an der Wahrheit, um sich nicht in Erklärungsnöte zu bringen.

Sein Blick glitt wie ein Feuerhauch über ihren Körper. Sie schluckte trocken, ignorierte das Zittern ihrer Knie und sehnte sich nach einem Schluck Wasser, einem kühlen Luftzug, irgendetwas, das die Hitze milderte, die ihren Körper ergriffen hatte. Aus dem Schatten heraus erkannte sie nicht mehr als seinen Schemen und die hellen Augen, die sie verschlangen und zum Beben brachten.

„Sprecht Ihr akzentfreies Englisch?" Seine Augen verengten sich, und Violet fragte sich, womit sie seinen Unmut herausgefordert hatte, der ihr entgegenschlug.

„Selbstverständlich", entgegnete sie würdevoll. „Meine Mutter war Französin, mein Vater Engländer. Mein Französisch ist ebenso einwandfrei." Sie fügte hinzu: „Als wäre ich eine gebürtige Pariserin."

Der Mann nickte.

„Ihr habt die Stellenbeschreibung gelesen. Könnt Ihr dieser in allen Punkten entsprechen?"

Violet straffte sich. „Auf jeden Fall, Mylord."

Esquire Smithson trat aus dem Schatten heraus, und zum ersten Mal konnte Violet ihn betrachten. Sein Gesicht war im eigentlichen Sinne nicht schön zu nennen. Es war ein kantiges, männliches Gesicht, mit von Problemen und Sorgen umwölkten Augen, deren Farbe sie gefangen nahm. Sie erwiesen sich von intensivem Grau, so grau wie die stürmische See. Und sein Blick traf sie bis ins Mark. Hitze wanderte ihr Rückgrat empor. Er hob seine große Hand und legte sie auf die Brust, eine zutiefst männliche und doch auch anrührende Geste.

„Ich bin Lucas St. Clare, Earl of Pembroke. Mein Anwesen Halcyon Manor liegt beim Lake Ullswater am Rande des Moors von Martinsdale."

Violet knickste. „Erfreut, Eure Bekanntschaft zu machen, Lord Pembroke."

Der Earl nickte knapp und deutete auf das Sofa.

„Setzt Euch", befahl er harsch. Er wartete, bis Violet Platz genommen hatte, und ließ sich dann im Ohrensessel nieder. „Meine Wünsche bezüglich der Betreuerin meiner Schwester Allegra waren detailliert in dem Inserat dargelegt."

Lucas St. Clares graue Augen fesselten Violet. Sie zwang sich zu einer bejahenden Kopfbewegung.

„Ihr verfügt über erstklassige Referenzen. Lady Isabels Schreiben ist voll des Lobes über Euch", begann er.

Nach einer gefühlten Ewigkeit intensivster Befragung und Musterung durch den Earl erhob sich dieser so abrupt, dass Violet erschrocken die Augen aufriss.

„Ich nehme Euch in meine Dienste auf. Ich mag keine Verzögerungen. Habt Ihr Euer Gepäck dabei? Wir reisen sofort nach Halcyon Manor."

Violet wurde beinahe schwindlig vor Erleichterung. Sie hatte die Stelle! Sie war sich bis eben nicht sicher gewesen, ob sie den Earl von ihren Qualitäten hatte überzeugen können. Die Beschreibung seiner Schwester Allegra überzeugte Violet, dass das Mädchen lieb, aber schwächlich sein musste. Er drückte sich vage über anfallartige Zusammenbrüche aus. Vermutlich neigte die Fünfzehnjährige zu Hysterie und Ohnmacht. Violet richtete ihre Röcke und blickte auf. Der schwache Duft seines Rasierwassers wehte in ihre Nase, und er war ihr so nah, dass sie nur die Hand hätte ausstrecken müssen, um ihn zu berühren. Als er Violet gegenüberstand, konnte sie seinen muskulösen Körperbau bewundern. Sie hatte schon immer Gefallen an großen, kräftigen Männern gefunden, und der Earl of Pembroke übertraf ihre kühnsten Mädchenträume. Sie zwang sich zu geschäftsmäßiger Ruhe. Er war ihr Dienstherr. Ihr Status als Angestellte des Earls machte aus ihr nur wenig mehr als ein Möbelstück.

„Selbstverständlich, Mylord. Es ist mir eine Ehre, in Eure Dienste zu treten", erklärte sie beflissen.

Er machte eine wegwerfende Handbewegung.

„Es ist unnötig, mir schönzutun. Eure Aufgabe ist es, meiner Schwester Allegra Gefährtin, Lehrerin und Pflegerin zu sein. Ihre …" Er zögerte und sein Blick flackerte. „… Konstitution ist nicht mit der anderer Mädchen ihres Alters vergleichbar. Eure Sorge gilt allein ihrem Wohlbefinden." Lucas brachte körperliche Distanz zwischen sich und Violet. „Fügt meiner Schwester Schmerzen zu, Miss Delacroix, und ich vergelte es Euch tausendfach."

Die Drohung zwischen den Zeilen ließ Violet frösteln. Doch sie beschloss, zu beenden, was sie angefangen hatte. Koste es, was es wolle. Mit einem Mal beschlich sie das Gefühl, dass mit ihrer Zustimmung nichts mehr so sein würde, wie es war.

Die Kutsche rumpelte über die Straßen. Violet sah aus dem Fenster und bewunderte die Landschaft. Sattgrüne Wiesen, lang gezogene Seen und pittoreske Dörfchen zogen draußen vorüber. Violet, die nie andere Gegenden als die Grafschaft Kent und London gesehen hatte, stieß begeisterte Laute aus. „Die Gegend ist einfach bezaubernd!"

„Das will ich nicht leugnen." Ihr Arbeitgeber, Lord Pembroke, lächelte das erste Mal, seit sie seine Bekanntschaft gemacht hatte. „Doch jetzt im April ist es längst nicht so reizvoll wie im Sommer. Ihr werdet sicher hingerissen sein, wenn Ihr die Landschaft in ihrer vollen Pracht erlebt."

Violet warf ihm nur einen kurzen Blick zu, doch sie war sofort wieder gefangen vom silbrigen Grau seiner Augen. Lachfältchen machten ihn sympathisch und anziehend. Ein warmes Rumoren in Violets Magengrube ließ sie verharren. Um nichts in der Welt wollte sie die Aufmerksamkeit dieses offensichtlich gut gelaunten, zugänglichen Earls verlieren. Ihr schwante, dass diese Momente selten sein würden. Ihr Dienstherr schien zumeist ein grüblerischer, ernster Mensch zu sein.

„Lebt Ihr ausschließlich auf Halcyon Manor?", erkundigte sie sich höflich.

Lucas St. Clare nickte. „Der Zustand meiner Schwester lässt es nicht zu, in London zu leben. Was mich betrifft, ziehe ich die ländliche Idylle dem oberflächlichen Stadtleben ohnehin vor." Er zog eine Taschenuhr hervor und starrte darauf. „Wir müssten rechtzeitig zum Tee eintreffen."

Die arme Allegra! Es musste schlimm um ihren Zustand bestellt sein, wenn ihre Gesundheit keine Reisen erlaubte.

„Ihr erzähltet, Eure Schwester sei etliche Jahre jünger als Ihr?" Violet nutzte die momentane Redseligkeit Lucas St. Clares aus. Eine Ahnung sagte ihr, dass er sich selten derart aufgeschlossen zeigte.

Der Earl lehnte sich zurück. Einige seiner sandfarbenen Haarlocken hatten der Zähmung durch Pomade widerstanden und fielen ihm ins Gesicht, was ihn verwegen wie einen Piraten wirken ließ.

„Allegras Mutter Bethany war meine Stiefmutter. Kaum älter als ich." Der verbitterte Tonfall verriet Violet mehr, als Lord Pembroke erzählte. „Sie starb kurz nach Allegras drittem Geburtstag." Auf Violets fragenden Blick hin erklärte er: „Ein Kutschenunfall zusammen mit unserem Vater."

„Dann ist Allegra eine Waise", folgerte Violet. Ein Mädchen, das ohne Mutter aufwachsen musste, so wie Violet selbst.

Lucas St. Clares Miene verdüsterte sich. „Sie hat mich."

Violet hielt es für ratsam, nichts zu äußern, und nickte nur. Wenn sie die Lage richtig einschätzte, wuchs das arme Mädchen in Obhut ihres mürrischen Bruders und verschiedener Dienstboten auf. Es oblag künftig Violet, dafür zu sorgen, dass Allegras Leben fröhlicher und angenehmer wurde.

Lucas bemühte sich seit der Abfahrt, Miss Violet Delacroix kein besonderes Interesse entgegenzubringen. Er bereute es bereits bitter, sich für die Halbfranzösin entschieden zu haben, und wusste nicht mehr, was ihn dazu verleitet hatte. Mrs. Cattleby wäre geeigneter gewesen, auch wenn sie nicht dem gewünschten Alter entsprach. Miss Delacroix' zierliche Gestalt wurde in den unförmigen Kleidern, die sie trug, erdrückt. Sie wirkte wie gefangen zwischen all diesen Stoffbahnen, und die triste Farbe sorgte dafür, dass ihre riesigen, veilchenblauen Augen nur umso intensiver leuchteten. Welch schlechter Witz, dass ihr Vorname Violet war. Aber vielleicht hatte sie sich den Namen selbst gegeben. Dies würde zum frivolen Charakter der Frauen und speziell dem der Französinnen passen. Es war der spontane Gedanke, Allegra durch Miss Delacroix mit der französischen Sprache vertraut zu machen, der ihn verführt hatte, sie in seine Dienste zu nehmen. Nach längerem Nachdenken musste er sich eingestehen, dass ihn ihre Unerschrockenheit beeindruckt hatte. Er wusste, dass er auf Frauen beängstigend wirken konnte; Allegra warf ihm oft genug an den Kopf, dass er ein schafköpfiger Knurrhahn war. Violet Delacroix schien das nicht zu stören. Seit sie die Kutsche bestiegen hatten, sah sie mit kindlicher Neugier aus dem Fenster und zeigte sich hingerissen von allem, was sie sah. Sie wirkte auf ihn wie eine Frau, die noch nie verreist war, und dass sie ihre Unerfahrenheit so unverstellt zeigte, gefiel Lucas außerordentlich. Vielleicht war es doch nicht verkehrt gewesen, sie eingestellt zu haben. Das Leben aus anderen Blickwinkeln wahrzunehmen, konnte für Allegra lehrreich sein.

Die Equipage wackelte gefährlich, als der Kutscher über ein besonders schlechtes Wegstück raste. Lucas streckte den Kopf aus dem Kutschenfenster.

„Henry, langsamer! Willst du uns umbringen?" Er schloss das Fenster.

Violet Delacroix' Fäuste umklammerten den Haltegriff so fest, dass ihre Fingerknöchel weiß hervortraten. Durch die Kutsche ging ein Ruck, dann machte das Gefährt einen Satz, als es in ein Schlagloch rumpelte, und Miss Delacroix wurde aus ihrem Sitz nach vorn geworfen.

Lucas fing sie auf. Seine Arme umschlossen ihren Körper, und ihr Busen drückte sich gegen seinen Brustkorb. Ihr Atem streifte seine Wange. Seidige Haarsträhnen kitzelten seine Haut, und ihr Duftwasser stieg in seine Nase. Veilchen. Was sonst? Er fühlte ihr Herz rasen und wie sich ihre kleinen Hände auf seine Schultern legten. Sie schob sich von ihm. Ihre Nasenspitzen berührten sich fast. Sie sahen einander in die Augen, und in diesem Moment geschah etwas mit Lucas. Obwohl er zu einer spöttischen Bemerkung ansetzte, versagte ihm die Stimme. Ein Kribbeln überzog seine Haut, die sich mit einem Mal zu eng anfühlte. Violets Lippen waren voll. Sie forderten förmlich dazu auf, sie zu liebkosen. Lucas beugte sich vor und küsste Violet. Sie schmeckte süß, und ihr Geruch berauschte ihn. Sie wehrte sich nicht, ließ zu, dass seine Zunge in ihren Mund glitt und mit vorsichtigem Tasten ihre feuchten Tiefen erforschte. Ihr Zittern und heftiges Atmen bewies ihre Erregung, und der Gedanke, sie hier und jetzt nehmen zu können, ließ seinen Schaft schmerzhaft steif werden. Seine Hände strichen ihren Rücken entlang. Sie verharrten über ihrem Po, während er überlegte, ob er es wagen konnte, sie noch in der Kutsche zu verführen. Lucas fühlte, wie sie erstarrte. Ein Blick in ihre Augen verriet, dass sie dem erotischen Taumel nicht länger verfallen war, der von ihnen beiden Besitz ergriffen hatte. Sie blinzelte und drückte ihn entschlossen von sich. Er gab sie sofort frei, und sie setzte sich unsicher auf ihre Bank zurück. Sie brachte ihre Kleider in Ordnung, dann faltete sie sittsam ihre Hände im Schoß und begegnete Lucas' Blicken kühl.

Die Wollust tobte durch Lucas' Innerstes, und er hatte Mühe, eine bequeme Stellung zu finden, damit sein steifer Schaft nicht störte. Lucas räusperte sich.

„Ich entschuldige mich für diese unangemessene Reaktion auf Ihre Umarmung, Miss Delacroix. Ich dachte, es läge in Eurem Interesse."

Miss Delacroix keuchte. „Meinem Interesse? Behauptet nur noch, ich hätte mich auf Euch gestürzt!" Ihre Stimme klang empört.

Als sie das aussprach, musste Lucas erkennen, dass es tatsächlich so gewirkt hatte. Seine Laune sank auf Minusgrade.

„Ist es so? Werte Miss Delacroix, die Erfahrung lehrt, dass Menschen, die dermaßen leidenschaftlich Vorwürfe abstreiten, dies tun, weil im Kern der Verdächtigungen immer Wahrheit steckt." Lucas verschränkte die Arme und fühlte sich sofort besser.

Miss Delacroix schnaubte. „Ich weigere mich, auf derartig absurde Anschuldigungen einzugehen. Ich trat in Eure Dienste, um die Gesellschaftsdame Eurer Schwester zu werden. Und ich wäre Euch zutiefst verbunden, wenn wir diese unsinnige Unterhaltung beenden könnten und den Vorfall nie wieder erwähnen."

Lucas nickte knapp. „Das ist ganz in meinem Sinne. Ich pflege keine amourösen Abenteuer mit meinen Bediensteten."

Violet schwankte zwischen Empörung und Belustigung.

Was bildete sich dieser Schnösel ein? Vielleicht sollte er sich auf seinen Geisteszustand untersuchen lassen. Er litt eindeutig unter Halluzinationen. Hatte er ihr Missgeschick nicht ausgenutzt? Sie an sich gerissen, um sie zu betatschen und zu küssen?

Natürlich war es sehr unanständig von ihr gewesen, sich nicht sofort zu befreien, doch ihr war seltsam zumute gewesen, schwindlig und heiß, und ihr Verstand hatte mit komplettem Versagen reagiert. Anders konnte sie sich ihr willenloses Tun nicht erklären. Das Brennen hatte sich gesteigert, als der Earl seine Arme fester um sie schloss, und doch war es ihr erschienen, als sei das die einzige Medizin gegen das unbekannte Leiden, das sie erfasst hatte. Mit der Berührung ihrer Lippen wechselte das Gefühl, es verlangte sie nach mehr. Mehr von Lucas St. Clare. Eine Gier, die sie zu überwältigen drohte, wäre ihr nicht aus einem verborgenen Winkel ihres Gehirns die Stimme ihres Vaters ans Ohr gedrungen: „Eine Frau hat sich in allem den Wünschen des Mannes unterzuordnen!" Im selben Moment hatte der Earl sie besitzergreifend an sich gezogen und damit den Bann gebrochen, der über Violet lag. Der Himmel wusste, wozu Lucas sie getrieben hätte, wäre nicht ihr Verstand zurückgekehrt.

Sie begegnete Lucas St. Clares finsterem Blick mit freundlicher Reserviertheit. Er benahm sich in der Tat, als wäre sie Betseba, die Verführerin. Dabei wirkte er verwegen und düster und so attraktiv, dass Violet sich fragte, ob das nicht seine Masche der Verführung war. Mit dem Anschein des gefährlichen Liebhabers unschuldige Opfer in sein Schlafgemach zu locken und all die Dinge mit ihnen anzustellen, die keine anständige Frau zu tun offen zugab. Ihr wurde bewusst, dass sich einige ihrer Haarsträhnen aus ihrem Dutt gelöst hatten, und sie steckte die Haare fest. Der Earl beobachtete sie kurz, um dann aus dem Fenster hinauszublicken.

„Wenn Ihr einen Blick auf Euer neues Zuhause werfen wollt? Wir haben Halcyon Manor fast erreicht." Gelangweilt deutete der Earl auf die Landschaft vor ihnen.

Neugierig beugte Violet sich vor und folgte seiner Handbewegung. Das Gelände, das sich vor ihr erstreckte, war traumhaft. Sie fuhren an einem dunkelblauen, lang gezogenen Gewässer vorbei, rundherum erhoben sich hohe Gipfel, teils schiefergrau, dann wieder braun gefleckt wie die Mischlingskatze ihrer Pensionswirtin und grün wie die Farne im väterlichen Wintergarten. Dazwischen tiefe Täler mit goldgelben Ginsterbüschen, die mit den Sonnenstrahlen um das schönste Gelb konkurrierten. In den Tälern lagen kleine Bauerncottages, manche einzeln, andere in Grüppchen um Dorfkirchen errichtet. Niedrige Steinmauern grenzten die Felder voneinander ab, was einige Schafe nicht davon abhielt, im Nachbarfeld zu wildern. Ein paar Langhorn-Rinder käuten gemächlich das saphirgrüne Weidegras, ohne sich von den dreisten Eindringlingen stören zu lassen.

„Dort hinten ist Kenwick. Von allen Dörfern der Umgebung ist es das nächstgelegene zu Halcyon Manor." Lord Pembrokes Kopf war neben Violets am Kutschenfenster. „Seht Ihr? Dort ist es." Stolz schwang in seiner Stimme.

Gehorsam betrachtete Violet den Herrensitz, der wie ein müder Riese in der Landschaft zu hocken schien. Das Haupthaus erwies sich als ein rechteckiger Bau mit zahlreichen korinthischen Säulen und kaum bekleideten Jünglingen. Die Fenster der unteren Stockwerke waren die so beliebten gregorianischen Schiebefenster, deren weiße Rahmen sich wohltuend von der grauen Fassade abhoben. Die Treppenaufgänge links und rechts trafen in eleganten Kurven zu einem Absatz zusammen, von dem die doppelflügelige Eichentür in das Innere des Herrenhauses führte. Der linke Flügel war mit dem Haupthaus verbunden, und als die Equipage vor die Treppe fuhr, erkannte Violet die Gestalt eines dunkelhaarigen Mädchens an einem der hohen Fenster. Ihre Glieder waren gerade und gesund gewachsen, soweit Violet das aus der Entfernung beurteilen konnte. Sie trug eines dieser Jungmädchenkleider, die die Beine sehen ließen und riesige Schleifen am Rücken besaßen. Das Mädchen strahlte, als es die Kutsche entdeckte. Violet fragte sich, wer das sein mochte. Vielleicht eine Freundin oder Verwandte Allegras?

Violet wartete geduldig, bis der Kutscher den Schemel vor die Tür stellte und der Earl herausgeklettert war, um ihr aus dem Gefährt zu helfen. Zu ihrer Verblüffung lief er davon und überließ es dem Fuhrknecht, ihr aus der Equipage zu helfen. Der Kies unter ihren Füßen knirschte. Violet sog die frische Luft tief ein. Erst jetzt merkte sie, wie heiß und stickig es im Kabineninneren gewesen war. Die kühle Brise, die ihre Haut streichelte, war wohltuend. Ihre Lunge schien wie befreit, und die tiefen Atemzüge, die sich Violet gönnte, sanken bis hinab zu ihrem Bauchnabel. Neue Energie strömte durch ihre Adern, und sie konnte gar nicht anders, als ihren Körper aufzurichten. Die Sonne wärmte ihren Kopf, und sie reckte einen himmlischen Moment lang ihr Gesicht gen Himmel. Sie wusste, dass sie derartige Vergnügungen meiden musste, wollte sie nicht schwarz wie ein Mohr werden. Ein unangenehmes Erbe ihres Vaters, der im Sommer braun werden konnte wie ein Spanferkel auf dem Grill. Dazu das schwarze Haar ihrer Mutter und Violet hätte jederzeit als Zigeunermädchen durchgehen können. Sie riss sich zusammen. Es war ihr erster Tag als Gesellschafterin, und sie sollte Anstand und Würde beweisen. Sie suchte Lucas St. Clares Blick und ertappte ihn, wie er sie anstarrte, als wären ihr plötzlich Hörner gewachsen. Schuldbewusst wandte er seinen Kopf ab, und im nächsten Moment lenkte beide ein Schrei ab.

Das brünette Mädchen rannte die Treppe hinunter und sprang ihn an. Er fing den Wildfang lachend auf. Verwirrt beobachtete Violet die Szene. Der mürrische Earl wirkte wie ausgewechselt. Er wirbelte das Mädchen herum, dass ihre Beine und Röcke flogen. Das ausgelassene, herzliche Treiben der zwei versetzte Violet einen Stich. Lucas ließ das Mädchen wieder zu Boden sinken, hakte ihren Arm bei sich unter und kam auf Violet zu.

„Allegra, darf ich dir Miss Delacroix, deine Gesellschafterin, vorstellen?"

Allegra St. Clares große Augen waren das exakte Gegenstück zu Lucas'. Doch während sich in seinen Sorge spiegelte, blitzten Allegras vor Lebenslust. Sie befreite sich aus der Umarmung ihres Bruders und knickste vor Violet.

„Miss Delacroix, erfreut, Euch kennenzulernen."

Das also war die kränkliche Schwester? Sie hatte einen schwächlichen, blassen Backfisch von zurückhaltendem Temperament erwartet. Hatte sie Lucas missverstanden? Er hatte doch gesagt, dass Allegra Pflege benötige? Violet erwiderte den Knicks und reichte Allegra die Hand.

„Ich freue mich auch, dich kennenzulernen, Allegra", entgegnete Violet herzlich.

Das brünette Mädchen mit den fröhlich blitzenden Augen wirkte auf Anhieb sympathisch auf Violet. Allegra schüttelte ihre Hand mit festem Griff. Dieses Mädchen strotzte vor Gesundheit. Was um Himmels willen bewog Lucas, sie für krank zu halten? Sie warf ihrem Dienstherrn einen kurzen Blick zu. Er beobachtete sie beide.

Allegra wandte sich ihm zu. „Lucas, willst du nicht Miss Delacroix' Sachen auf ihr Zimmer bringen lassen?"

Lucas winkte einen Diener heran und wechselte ein paar Worte mit ihm, ehe dieser Violets große Reisetasche in die Hand nahm. Violet bewegte sich einen Schritt auf ihn zu.

„Ich kann mein Gepäck selbst tragen", wehrte sie ab, verstummte aber, als sie den mahnenden Gesichtsausdruck des Dienstboten bemerkte.

Allegra hakte sich an ihrem Unterarm unter.

„Kommt, Miss Delacroix. Wir folgen Malcolm hinauf. Ich habe Euch einen Strauß Blumen auf das Zimmer bringen lassen. Blumen haben etwas so Freundliches an sich. Findet Ihr nicht auch?"

Violet ließ sich von dem Mädchen ins Haus führen.

Die Eingangshalle war eine architektonische Augenweide. Rosafarbene Alabastersäulen, granitgraue Bodenfliesen und weiße Wände stachen Violet als Erstes ins Auge. An den Wänden und in den Nischen standen Blumensäulen mit üppigen Bouquets herum. Rechts vom Treppenaufgang, direkt unter einem bunten Sprossenfenster, ragte ein pyramidenförmiges Holzgestell empor, das als mehrstöckige Blumenbank diente. Topfpflanzen in den unterschiedlichsten Grünschattierungen türmten sich dort und vermittelten den Eindruck eines floralen Wasserfalls.

„Wie wunderschön und ausgefallen", entfuhr es Violet.

Allegra strahlte. „Vielen Dank."

„Ist das dein Einfall gewesen?" Beeindruckt sah sie das Mädchen an.

„Ja. Und ich hätte sogar noch viel mehr extravagante Ideen, um dieses langweilige Gemäuer zu verschönern, aber mein Bruder liebt die Beständigkeit." Sie rollte die Augen.

Allegra sprühte vor Lebendigkeit. Violet beschloss, sich nicht mit Kofferauspacken zu beschäftigen, sondern umgehend mit dem mürrischen Earl zu sprechen. Er musste ihr im Detail erklären, welcher Art Allegras Gebrechen waren.

Violet ließ sich von Allegra nach oben führen. Ohne Erstaunen bemerkte sie, dass Allegra sie in den Familientrakt führte. Auch hier fanden sich zahlreiche Topfpflanzen, Blumensträuße und Gestecke. In dunklen Ecken hellten weiße, gelbe oder rosafarbene Blüten die Szenerie auf. In helleren Bereichen des Flurs erfreuten Blumen in kräftigen Farben das Auge des Betrachters.

„Du scheinst Blumen zu lieben?", wollte Violet wissen und musterte Allegra neugierig.

Allegra zuckte mit den Schultern.

„Ich hasse Sticken." Sie grinste schelmisch. „Und mein Bruder stimmt mit mir darin überein, dass ich meine Stickkünste besser ruhen lasse, nachdem ich sein Lieblingsjackett verzierte. Seitdem kümmere ich mich um die Dekoration des Interieurs, und wir fühlen uns beide um einiges wohler."

Violet verkniff sich ein Lächeln. Sie vermutete, dass Allegra nicht ansatzweise so traurig und einsam war, wie sie geglaubt hatte. Wenigstens verstand Allegra, sich sinnvoll zu beschäftigen.

„Womit vertreibst du dir die Zeit?"

„Wir haben eine große Bibliothek, also lese ich viel. Wenn ich meinen Pflegerinnen entkommen konnte, ging ich viel ins Freie, um Sonne und Landluft zu genießen." Sie schwieg einen Moment. „Ihr stammt direkt aus London?"

Die Frage kam so plötzlich, dass Violet ein Zusammenzucken unterdrückte. „Ja. Warst du schon einmal in London?"

Allegra hielt inne, weil der Diener die Tür zu einem überraschend geräumigen Zimmer öffnete.

„Euer Gemach, Miss Delacroix." Mit theatralischer Geste rauschte Allegra St. Clare in die Mitte des Raumes.

Auf den Fensterbänken befanden sich Veilchensträuße, deren Blüten denselben Ton besaßen wie Violets Augen. Violet lächelte angesichts dieses netten Zufalls. Das Himmelbett verfügte über einen zartgelben Baldachin, während die Tagesdecke veilchenblaue Stickereien aufwies. Ein edler Schminktisch stand gegenüber vom Bett, und der Chippendale-Stuhl davor mochte die Summe von Violets Monatsgehalt um ein Vielfaches übersteigen.

„Du treibst Scherze, Allegra." Sie drehte sich erneut um, bewunderte die feinen Tapeten, die wertvollen Gemälde und Kerzenlüster, ehe sie sich ihrem Schützling zuwandte.

„Das käme mir nie in den Sinn, Miss Delacroix!", widersprach Allegra. „Es war die Idee meines Bruders."

„Der Earl?", entfuhr es ihr. Hitze stieg ihr in die Wangen.

Der Diener stellte ihre Tasche vor dem Bett ab, verneigte sich und grinste frech. Ihm war ihr Erröten nicht entgangen. Einen unglücklicheren Einstieg hätte sie sich kaum leisten können an ihrem ersten Tag als Dienstbotin, tadelte sie sich stumm. Malcolm, der Diener, verschwand aus den Räumlichkeiten. Bestimmt konnte er es kaum erwarten, seinen Klatsch über die Gesellschafterin der jungen Miss St. Clare loszuwerden.

„Er wollte, dass die neue Gesellschaftsdame Tag und Nacht ein Auge auf mich haben soll, und entschied deshalb, dass wir die ehemaligen Räume des Earls und seiner Gemahlin bewohnen sollen", erzählte Allegra, ehe sie hinzufügte: „Wegen der Verbindungstür, wisst Ihr?"

Violet nickte mechanisch. Das musste die luxuriöseste Dienstbotenunterkunft aller Zeiten sein. Es machte ihr Angst, dass sie diesen Moment so unwahrscheinlich genoss.

Kapitel 2

*Die Wahrheit ist so selten,
dass es herrlich ist, sie zu erklären.*
Emily Dickinson

„Mylord, ich muss mit Euch sprechen." Violet Delacroix stürmte in sein Arbeitszimmer, sodass Lucas vor Schreck einen langen Strich quer über das Dokument schmierte, das er zu unterzeichnen gedachte. Er warf die Schreibfeder hin, ungeachtet der Tatsache, dass nun schwarze Tintentropfen über die edle Tischplatte spritzten. Unwirsch sah er auf. Die Gesellschafterin Allegras hatte ihr scheußliches Reisegewand gegen ein zartgelbes Tageskleid getauscht, dessen Abschlüsse mit cremefarbener Spitze verziert waren. Automatisch starrte Lucas auf ihren Busen, der rund und straff unter dem Stoff verborgen lag. Vor sein inneres Auge schob sich das Bild von Violets nackten Brüsten, kecken Nippeln, die ihn aufforderten, danach zu greifen und daran zu saugen, zu knabbern und zu lecken. Lucas' Schaft versteifte sich augenblicklich, und seine Laune nahm arktische Grade an.

„Seid Ihr wirklich so dreist, hier hereinzustürzen wie ein Rudel Wildschweine?"

Violet starrte ihn indigniert an. „Rotte", verbesserte sie ihn.

Lucas blinzelte verwirrt. „Wie bitte?"

„Es heißt eine Rotte Wildschweine und nicht ein Rudel Wildschweine", erklärte Violet Delacroix.

Lucas hob seine Hand und rieb sich über Wange und Kinn. Violet Delacroix runzelte die Stirn, öffnete den Mund, beschied dann, besser zu schweigen, und wartete, bis er anfing zu sprechen. Er atmete ein und aus, eine Methode, die ihm half, sein Temperament zu zügeln, sollte es nötig sein. In Violet Delacroix' Gegenwart bedurfte es dieser Technik bedeutend öfter, als er erwartet hätte, und sie war noch nicht einmal vierundzwanzig Stunden im Haus. Er rieb sich die Stirn.

„Was kann ich für Euch tun?", erkundigte er sich gequält.

Violet Delacroix faltete ihre Hände sittsam vor ihrem Schoß und blickte zu Boden. Immerhin schien sie ein Mindestmaß an Anstand zu besitzen. Der Gedanke, dass Allegras gutes Benehmen unter Miss Delacroix' Einfluss keinen allzu großen Schaden nehmen würde, erleichterte Lucas. Miss Delacroix stieß ein seltsames Geräusch aus. Sie hob ihre Hand und hüstelte.

„Verzeihung", nuschelte sie.

Lucas wartete ungeduldig.

„Es geht um Allegra, Sir." Sie warf ihm einen flüchtigen Blick zu.

Beunruhigt richtete Lucas sich auf.

„Was ist mit Allegra?" Ein neuer Anfall? Himmel, hatte dieses dumme Weib Allegra sich selbst überlassen?

„Mit ihr ist alles in Ordnung. Sie sitzt im Salon und trinkt Tee, bis ich zu ihr zurückkehre."

Erleichtert ließ Lucas sich auf seinen Stuhl zurücksinken. „Was liegt Euch auf dem Herzen, Miss Delacroix?"

„Allegras Gebrechen", begann sie. Miss Delacroix sah Lucas forschend ins Gesicht. „Eure Schwester kommt mir nicht vor, als wäre sie in irgendeiner Art und Weise krank. Doch Ihr bestandet darauf, dass ihre Konstitution nicht dieselbe ist wie die anderer Mädchen ihres Alters. Würdet Ihr mir freundlicherweise erklären, was das genau bedeutet?"

Natürlich musste eine derartige Nachfrage kommen. Schließlich erkannte man Allegras Leiden kaum auf Anhieb. Sie verhielt sich nicht wie eine dieser komplett Irrsinnigen in Bedlam, die man gegen Eintritt begaffen konnte. Die meiste Zeit benahm sich Allegra normal, doch urplötzlich verschleierte sich ihr Blick. Als Nächstes zitterten ihre Hände, als litte sie an Schüttellähmung, und in der Folge erzählte sie wirre Dinge. Dabei lief sie im Zimmer umher oder tanzte. Zu anderen Zeiten kippte sie auch einfach um wie ein gefällter Baum. Lucas versuchte abzuschätzen, wie Violet Delacroix reagieren würde, erführe sie von Allegras Wahnsinn. Er liebte seine Schwester mehr als sein Leben. Ihre Anfälle gehörten für ihn zu Allegra, und er tat alles, was in seiner Macht stand, um sie zu beschützen.

Er hatte das einsiedlerische Landleben im Lake District nicht nur deshalb gewählt, weil er diese Lebensweise bevorzugte. Es war einfacher, sich von den anderen Adligen abzuschotten, wenn man weit abseits lebte. Und die Gelegenheiten für das Personal, Klatsch über ihre Herrschaften auszutauschen, reduzierten sich auf dem Land und mit den passenden Dienstboten ebenfalls um ein Vielfaches.

„Mylord?"

Miss Delacroix riss ihn aus seinen Gedankengängen. Lucas wollte nicht riskieren, dass Allegras und Miss Delacroix' Beziehung von Anfang an überschattet war. Es kostete zu viel Mühe, geeignete Damen zu finden, und gleichgültig, was er von Miss Delacroix hielt: Allegra schien sie zu mögen.

„Es entspricht den Tatsachen, dass man Allegras Leiden nur selten bemerkt. Sie leidet an Schwächeanfällen. Nicht häufig, doch oft genug, dass ich nicht das Risiko eingehen kann, sie unbeaufsichtigt zu lassen." Die Lüge ging glatt von seiner Zunge. Wenn Allegra ihren ersten Anfall in Miss Delacroix' Anwesenheit bekam, war immer noch Zeit genug, die Gesellschafterin über den wahren Sachverhalt aufzuklären. Bis dahin war die Beziehung der beiden gefestigt, Miss Delacroix hatte seine Schwester besser kennengelernt und liebgewonnen und würde Allegra nicht wie eine schwachsinnige Irre behandeln.

Miss Delacroix wirkte nachdenklich, als sie nickte. „Gibt es etwas, das es im Ernstfall zu beachten gilt?"

Lucas schüttelte den Kopf. „Behandelt sie sanft und verständnisvoll."

Miss Delacroix neigte ihren Kopf hoheitsvoll. „Ich hatte nichts anderes vor." Ihr Blick glitt über Lucas' Gesicht. Ihre Mundwinkel zuckten amüsiert, sodass er sich irritiert fragte, was ihre Belustigung hervorgerufen haben mochte. Sie knickste und verließ das Arbeitszimmer. Er glaubte, Miss Delacroix' Lachen durch die dicke Eichentür zu hören.

„Seltsame Frau!", murmelte Lucas und beugte sich gerade wieder über seine Papiere, als Jeremy, der Butler, anklopfte. Frustriert legte Lucas seinen Federkiel beiseite.

„Mylord." Jeremy stellte ein Teetablett auf ein Tischchen vor dem Kamin. „Euer Nachmittagstee."

„Danke, Jeremy." Lucas wandte sich seinen Unterlagen zu. Als der Butler reglos vor dem Schreibtisch verharrte, sah Lucas auf. „Ist noch etwas, Jeremy?"

Der hochgewachsene Butler räusperte sich. „Mylord, wenn mir die Bemerkung erlaubt ist, Ihr habt da etwas im Gesicht."

„Was denn?", fragte Lucas ungeduldig, als der Butler sich nicht zu äußern wagte. „Nase? Augen? Einen Bartschatten?"

„Schwarze Streifen." Die Stimme des distinguierten Butlers klang erstickt.

„Streifen?", echote Lucas, woraufhin Jeremy nickte.

Lucas erhob sich und eilte zum nächstgelegenen Spiegel. Fluchend wischte er über die Schmutzspuren in seinem Gesicht.

„Tinte", stieß er hervor.

Wie war das geschehen? Nun fiel ihm Violet Delacroix' seltsames Benehmen ein. Dieses dumme Weibsbild! Warum hatte sie nichts gesagt? Wütend rieb er an den Tintenspuren auf Wange und Stirn herum. Wie lang lief er bereits damit herum? Nicht auszudenken, wenn er Gäste empfangen hätte!

Er stürmte in seine Privatgemächer, schmiss die Tür hinter sich zu und brüllte nach seinem Kammerdiener. Morley lief beim ersten Schrei Lucas' aus der Ankleidekammer, um zu sehen, was sein Herr wünschte.

Morley starrte Lucas an und bemühte sich erfolglos, sein Grinsen zu unterdrücken.

Lucas hob aufgebracht die Arme. „Halt keine Maulaffen feil! Hilf mir, die Farbe aus meinem Gesicht zu bekommen!"

Violet kicherte, während sie den Gang hinunterlief. Der Earl verwandte so viel Mühe darauf, abweisend und eigenbrötlerisch zu wirken, dass es amüsant war. Als sie die Verschmutzung in seinem Gesicht bemerkt hatte, wollte sie ihn darauf aufmerksam machen, doch dann dachte sie, es geschähe ihm recht, den restlichen Tag so herumzulaufen. Sie lachte erneut, als sie sich an das verschmierte Gesicht ihres Arbeitgebers erinnerte. Wie sich das Jackett um seine muskulösen Schultern gespannt hatte, als seine großen Hände über das Gesicht fuhren. Violet unterdrückte das Zittern, das ihr bei der Erinnerung an die Berührung durch Lucas St. Clares festen Griff über den Körper rieselte. Sie räusperte sich, als helfe das, den Gedanken an seinen harten Körper, den würzigen Duft seiner Haarpomade zu vertreiben, an seine Wärme, die ihr Innerstes durchdrungen hatte. An die Wonne, die ihr seine Lippen auf den ihren geschenkt hatten. Sie hielt inne, ließ sich gegen die Wand sinken und schloss die Augen. Sie musste aufhören, an diese Dinge zu denken. Sie war nicht mehr als eine Dienstbotin. Violet Delacroix war keine Frau, die einem Earl ebenbürtig war.

Sie gab sich einen Ruck und kehrte in den Salon zurück, wo Allegra über ein Buch gebeugt saß und nebenbei Gebäck knabberte.

Als Violet hereinkam, schrak sie zusammen und versteckte das Buch hinter den Sofakissen. Violet ging zu der Récamiere.

„Diese Kissen sind einfach wundervoll." Sie hob eines hoch und griff mit der freien Hand nach dem Buch. „Robert Burns also." Sie las den Titel. „Eine fabelhafte Wahl. Meiner Meinung nach sein bestes Werk."

Allegra starrte Violet mit einer Mischung aus Trotz und Verlegenheit an. „Eine meiner letzten Betreuerinnen hielt Burns' Bücher für ein junges Mädchen wie mich unpassend", erzählte sie.

Violet lächelte und reichte ihr das Buch. „Falls dich meine Einstellung interessiert, ich finde, eine Frau kann nie klug genug sein. Solange ich hier im Haus bin, sollst du lesen dürfen, was immer dich glücklich macht."

Allegras Unsicherheit fiel von ihr ab, und sie strahlte.

„Oh Miss Delacroix, ich bin froh, dass Ihr ebenso denkt! Ich liebe Bücher. Lucas sagt, Bücher sind Wissen, und Wissen ist Macht."

Violet schluckte. Wusste Lucas von der Leidenschaft seiner kleinen Schwester?

„Aber ich finde, Bücher sind viel mehr. Es sind treue Freunde. Natürlich kann kein Buch echte Freunde, also Menschen, ersetzen. Aber ein Buch ist immer da, ob Tag, ob Nacht. Es verlässt dich nie und sorgt stets für Ablenkung", fuhr Allegra eifrig fort.

Schmunzelnd ließ sich Violet auf der Récamiere nieder. „Dann gibt es keine schlechten Bücher?"

Allegra machte eine wedelnde Handbewegung. „Es gibt gut geschriebene und schlecht geschriebene Bücher." Sie überlegte und lächelte. „Nein, es gibt keine schlechten Bücher."

Violet erwiderte die Geste. „Kennst du den Roman `Sinn und Sinnlichkeit´?"

Allegra schüttelte den Kopf.

„Erinnere mich daran, dass ich es nach dem Dinner herunterhole, wir schmökern ein wenig darin." Bestimmt würde Allegra die Geschichte um die Dashwood-Schwestern ebenso mögen wie sie selbst. „Womit wollen wir uns nun die Zeit vertreiben, meine Liebe?"

Allegra öffnete die doppelte Flügeltür und schritt in den dahinterliegenden Saal. Sie breitete ihre Arme aus, um eine Pirouette zu drehen.

„Der Ballsaal."

Beeindruckt trat Violet ein. Die Wände strahlten in sanftem Weiß, vergoldete Stuckverzierungen und prächtige Gemälde in goldenen Holzrahmen verschönerten selbige. Große Sprossenfenster reichten bis auf den glänzenden Holzboden hinab und offenbarten den Blick hinaus in den parkähnlichen Garten. Überall standen Kandelaber herum, während an der Decke ein gewaltiger Kronleuchter befestigt war.

„Das müssen traumhafte Bälle sein, die ihr auf Halcyon Manor feiert", meinte Violet. Sie schlenderte an eines der Fenster, um auf den Garten hinabzusehen. Eine breite Treppe führte von der Terrasse hinunter zum Weg, der sich durch die Anlage schlängelte. Hinter ihr seufzte Allegra.

„Sie sollen grandios gewesen sein." Ihre Stimme klang sehnsüchtig.

Violet drehte sich um. „Bald hast du dein Debüt. Ich bin sicher, dein Bruder lässt ein fantastisches Fest ausrichten", entgegnete sie.

Die Miene des Mädchens verdüsterte sich. „Es wird kein Debüt geben. Das lässt mein Zustand nicht zu, und gefeiert wurde hier das letzte Mal, als Lucas' Mutter noch lebte. Danach gab es keine Gründe mehr." Abrupt lief Allegra aus dem Saal.

Violet folgte ihr, nachdem sie die Türen des Ballsaals verriegelt hatte. Sie fand Allegra in ihrem Zimmer. Auf dem Boden lagen helle Teppiche, die dem ehemaligen Männergemach eine freundliche Atmosphäre verliehen. Der schwache Farbgeruch verriet, dass man die Wände vor nicht allzu langer Zeit frisch gestrichen hatte. Das zarte Gelb harmonierte wunderbar mit der dunkelbraunen Wandtäfelung, und auf einer Chippendale-Kommode thronte ein riesiges Narzissenbouquet, dessen Arrangement mit dem der kleineren Gestecke auf den beiden Fensterbänken identisch war. Durch eins der offenen Fenster wehte der Wind und brachte die weißen Vorhänge am Himmelbett zum Flattern. Allegra stand am Fenster und blickte hinaus.

Violet näherte sich und berührte sie sacht an der Schulter. Allegra wandte sich Violet zu. Ihre Augen glänzten.

„Du wirst ein Debüt haben. Jedes Mädchen hat eines", versprach Violet.

„In meinem Fall liegen die Dinge anders. Und außerdem kann ich nicht tanzen." Sie klang so trübsinnig, dass es Violet ins Herz schnitt.

Violet schlug einen fröhlichen Ton an. „Siehst du, da haben wir doch schon einen Ansatzpunkt: Ich lehre dich zu tanzen, und dann kümmern wir uns um dein Debüt. Dein Bruder wird dir diesen Wunsch nicht abschlagen können." Zwar war Violet von ihren eigenen Worten nicht überzeugt, doch sie wollte ihren Schützling nicht so traurig sehen.

Sie griff nach Allegras Händen und begann, mit ihr durch den sonnendurchfluteten Raum zu tanzen. Allegra lachte.

„Siehst du? Ein wenig Anleitung ist alles, was du nötig hast." Violet schmunzelte. Ihre Einschätzung war vollkommen richtig gewesen. Das arme Mädchen brauchte Freude und Lachen in ihrem Leben. Denn davon konnte es gar nicht genug geben.

Das Dinner wurde im privaten Esszimmer der Familie serviert. Der Raum besaß einen großen Kamin, in dem ein Feuer brannte, das das Zimmer erwärmte. Der rechteckige Tisch war für drei Personen gedeckt. Lucas wartete auf Allegra und die unsägliche Miss Delacroix. Er hoffte, es würde ihr nicht gelingen, ihn im Verlauf des Essens auf die Palme zu bringen. Es täte ihm leid, wenn Allegra die Antipathie zwischen ihnen beiden mitbekam.

Jeremy, der Butler, öffnete die Tür, um Violet und Allegra eintreten zu lassen. Die zwei hatten sich für das Dinner umgezogen, Allegra trug ein hochgeschlossenes gelbes Kleid, während Violet in einer Scheußlichkeit in Hellgrau hereinschwebte. Die Stola aus weißer Kaschmirwolle war nur bedingt ein modischer Lichtblick. Lucas, der für gewöhnlich kaum wert auf fashionablen Schnickschnack legte, verspürte das Bedürfnis, Violets Robe zu ruinieren. Vielleicht mit Tinte, überlegte er boshaft.

Violet Delacroix mochte zehn Jahre älter sein als Allegra, doch in dem hässlichen Kleid wirkte sie wie eine Matrone bei Almack´s.

„Ally, du siehst bezaubernd aus. Ist dies das Kleid, das ich dir aus London mitgebracht habe?"

Allegra drehte sich im Kreis, damit Lucas sie bewundern konnte. Lucas lachte und drückte ihr einen Handkuss auf.

„Miss Delacroix." Er nickte der Gesellschafterin zu. Ein peinlicher Moment des Schweigens entstand. „Ihr seht interessant aus." Zu einem wohlwollenderen Kompliment konnte er sich nicht durchringen. Miss Delacroix sah ihn aus ihren großen Augen an, und zum ersten Mal fiel Lucas auf, dass ihre Wimpern lang, dicht und geschwungen waren, ihre Augenbrauen perfekte Ovale und ihre Haut so zart und durchscheinend wie feinstes Chinaporzellan. Sie blinzelte und hob ihre Hand an den Ausschnitt. Die Haut an ihren Händen war straff und weich, wie er wusste. Ihm war nicht aufgefallen, dass ihre Finger lang und grazil waren, mit perfekt manikürten Nägeln. Er schluckte und fühlte sich mit einem Mal erhitzt, obwohl der Raum doch eher kühl war. Er zerrte an seinem Kragen.

„Etwas stickig, nicht wahr?"

„Alles in Ordnung mit dir?" Allegra trat neben Miss Delacroix und musterte Lucas aufmerksam. „Hier ist es angenehm. Du wirst doch nicht etwa krank?" Sie stutzte und besah sich sein Gesicht genauer. „Was ist mit deinem Gesicht passiert? Hast du dich mit Farbe beschmiert?"

„Ein Unfall", murmelte Lucas, froh, dass seine Schwester ihn ablenkte. Lucas nickte dem Butler zu, der den Hausmädchen das Zeichen gab, die Gerichte aufzutragen. Lucas schwieg, bis die Suppe vor ihnen stand und die Dienerschaft sich zurückzog.

„Wie habt ihr den Nachmittag verbracht?", erkundigte er sich.

Violet Delacroix sah auf, doch es war Allegra, die antwortete: „Ich habe Miss Delacroix das Haus gezeigt."

Miss Delacroix lächelte und senkte ihren Blick. Ein Hauch Röte lag auf ihren Wangen. Kerzenlicht schimmerte in ihrem Haar, und das samtene Leuchten ihrer Haut und die tiefschwarzen Wimpern wirkten auf Lucas anziehender, als für seinen Seelenzustand gut war.

Lucas hätte die alte Frau wählen sollen. Eine junge, gut aussehende Hausbewohnerin war das Letzte, was seinem Gemütszustand zuträglich schien. Er konzentrierte sich auf die Speisen vor sich, bis das Fleischgericht aufgetragen wurde.

„Miss Delacroix, wie gefällt Euch Halcyon Manor?"

„Soweit ich beurteilen kann, ein sehr vornehmes Anwesen, das Ihr Euer Zuhause nennt, Mylord."

Geziert nahm Miss Delacroix einen Bissen Fleisch von der Gabel, kaute, schluckte und tupfte sich die Lippen ab, ehe sie an ihrem Glas nippte.

Die Art, wie sich ihre Halsmuskeln bewegten, als sie schluckte, hatte etwas so Graziöses an sich, dass es in Lucas Begehren auslöste. Begierde, die sich kaum abkühlte, seit er dieser Frau das erste Mal begegnet war. Weil das Einzige, was ihn von seinen unziemlichen Gedanken ablenkte, Wut war, analysierte er ihre Aussage umso genauer. Den unterschwelligen Vorwurf in ihren Worten erkannte er deutlich.

„Ein Vorteil, wenn man reich ist", entgegnete Lucas arrogant.

Miss Delacroix' Augen blitzten. Bestens, ein kleiner Streit kam Lucas äußerst gelegen.

„Lucas!" Allegra schüttelte den Kopf. Sie wandte sich an Miss Delacroix. „Entschuldigt die Grobheiten meines Bruders, Miss Delacroix." Sie funkelte ihn zornig an. „Die Kutschfahrt ist ihm wohl nicht bekommen."

Miss Delacroix schenkte Allegra ein warmherziges Lächeln.

„Die Straßen in der Gegend sind wirklich etwas holprig, und der heutige Tag war anstrengend. Wir werden alle froh sein, wenn wir uns in unsere Gemächer zurückziehen können."

Lucas runzelte die Stirn. Hielt sie sich für sein Kindermädchen? Diese impertinente Person hatte nicht darüber zu bestimmen, wann er zu Bett ging! Da die Bemerkung, die ihm auf der Zunge lag, nicht für die Ohren seiner unschuldigen Schwester taugte, schwieg Lucas. Stattdessen griff er zu seinem Weinglas und nahm einen großen Schluck. Er feuerte einen Blick auf Miss Delacroix ab, der einen Ochsen gebraten hätte. Da sie nicht in seine Richtung sah, verpuffte die Wirkung bedauerlicherweise im Nichts. Dafür krauste seine Schwester die Stirn, als sie seine Laune bemerkte, worauf sich Miss Delacroix wiederum ihm zuwandte. Sie grinste süffisant und lenkte ihre Aufmerksamkeit auf das Hauptgericht.

„Mein Kompliment an Euren Koch, dieses Ragout ist das Köstlichste, was ich seit Langem gegessen habe."

„Nun, dann habt Ihr seit Ewigkeiten nichts Anständiges mehr genossen, wenn Euch diese zähen Fleischbrocken munden." Lucas spießte ein Fleischstück auf seine Gabel und starrte erbost darauf. Dann warf er Gabel und Messer auf den Teller und winkte Jeremy herbei. „Trag das fort, Jeremy. Die nächste Kuh, die an Altersschwäche stirbt, verfüttert ihr besser an die Hunde."

„Lucas!", protestierte Allegra, als der Butler das Gericht abräumte.

Lucas sah ihrem Gesicht an, dass sie nicht verstand, weshalb er sich so benahm. Um ehrlich zu sein, wusste er das selbst nicht.

Als der letzte Gang endlich abgetragen war, konnte Lucas nicht schnell genug aus dem Speisezimmer verschwinden.

Zufrieden, der Anwesenheit von Miss Delacroix entkommen zu sein, sank er in seinen Ohrensessel im Arbeitszimmer. Jeremy hatte auf dem Beistelltischchen die Brandyflasche und den Zigarrenhumidor bereitgestellt. Lucas sah eine Weile in das flackernde Kaminfeuer und genoss die Wärme, die es verstrahlte. Er liebte diese stillen Minuten am Ende eines langen Tages. Wenn die Geschäftigkeit im Haus zum Erliegen kam. Diese Momente, in denen Ruhe einkehrte und das Anwesen aufatmete, all die Last und Mühe des Tages hinter ihm lag.

Das war der Zeitpunkt, an dem er sich zurücklehnte und seinen einzigen Lastern frönte: einem Glas Brandy und einer duftenden Zigarre.

Während er seine Zigarre paffte, erkannte er, dass nicht Violet Delacroix das Problem für seine Stimmungsumschwünge war, sondern er selbst. Viel zu lange hatte er sich seine körperlichen Bedürfnisse versagt. Vielleicht war es an der Zeit, der lustigen Witwe der Gegend einen Besuch abzustatten. Man munkelte, sie sei eine wahre Zungenkünstlerin. Eine Fähigkeit, die Lucas durchaus zu schätzen wusste und deren Wahrheitsgehalt er nun am eigenen Leib in Erfahrung bringen könnte. Er stöhnte. Das Brennen seiner Lenden bedurfte wirklich eines Löschversuches durch die Dame. Zumal sie die einzig verfügbare Frau im Umkreis war, und die Witwe hatte ihm wiederholt zu verstehen gegeben, dass sie sich über einen intimen Besuch freuen würde. Nie würde sich Lucas an einem der Dienstmädchen vergreifen. Er bevorzugte Frauen, die sich ihm freiwillig und aus Lust hingaben. Nichts wirkte ernüchternder auf seine Männlichkeit als eine Frau, die ihm nur mit Abscheu zu Willen war. Er stürzte den letzten Schluck Brandy hinunter und warf den Zigarrenstummel ins Feuer. Kein Wunder, dass er das erste attraktive weibliche Wesen begehrte, das sich in seine Nähe wagte, wenn er bedachte, wie lange er keine Frau mehr gehabt hatte. Dazu die Einsamkeit des Landsitzes, die er zwar favorisierte, deren Nachteile in Situationen ähnlich dieser ihm aber überdeutlich bewusst wurden.

Plötzlich schien ihm nichts öder, als allein zu bleiben. Zudem wollte er Allegra nicht zu Bett gehen lassen, ohne ihr eine gute Nacht zu wünschen. Als er den Entschluss gefasst hatte, zögerte er nicht, diesen auch umzusetzen. Der Gang wirkte jetzt im Dunkeln kalt und ungemütlich. Er erreichte die Tür und bewunderte den Lichtstreifen, der durch den Türspalt floss wie gold-rötliche Farbe.

Aus dem Salon drang leises Kichern, und ein warmes Gefühl breitete sich in Lucas Innerem aus, als er Allegras herzhaftes Lachen vernahm.

„Störe ich?" Er trat ein und fand Allegra und Violet Delacroix auf der königsblau gepolsterten Couch vor. Violet Delacroix hielt ein Buch auf ihrem Schoß, aus dem sie vorgelesen hatte. Sie schlug das Buch zu und legte ihre Hand auf den Einband. Lucas runzelte die Stirn.

„Ein anrüchiges Buch?", fragte er lächelnd.

„Nein", beeilte sich Allegra zu sagen.

„Frauenliteratur", fügte Miss Delacroix hinzu.

Die Art, wie sie es sagte, machte Lucas neugierig. Er ging zu Violet und schob ihre Finger beiseite, um den Titel zu lesen. Es war eins dieser romantischen Werke, die die Frauen so liebten. Er zuckte mit den Achseln und sah im Umdrehen die überraschte Miene von Miss Delacroix. Offenbar hatte sie mit einem Donnerwetter gerechnet. Lucas setzte sich in den Sessel gegenüber der beiden und streckte seine langen Beine aus.

„Eine Tasse Tee?" Miss Delacroix wirkte überfordert. Ihre Hand schwebte über dem Klingelzug.

Lucas winkte ab. „Ist die Kanne leer?" Er deutete auf die elegant geformte Porzellankanne auf dem Sofatisch.

„Der Tee ist kalt." Miss Delacroix warf Lucas nur einen kurzen Blick zu.

„Das stört mich nicht. Ich liebe kalten Tee", behauptete er. Er wollte kein Herumwuseln der Dienerschaft, während er die kostbaren Abendstunden mit seiner Schwester verbrachte. Wenn er Miss Delacroix aus dem Salon vertreiben konnte, wäre sein Abend gerettet. Ein Blick in Allegras Gesicht verriet ihm, dass sie Miss Delacroix' Anwesenheit genoss. Lucas überlegte, wie er die Gesellschaftsdame zum Gehen veranlassen konnte, ohne allzu rüde zu erscheinen.

Miss Delacroix wirkte irritiert, erhob sich jedoch und füllte eine Teetasse mit Milch, Zucker und dem braunen Gebräu. Lucas nahm die Tasse dankend entgegen und war sicher, dass sie sich fragte, was er im Schilde führte. Nachdenklich lehnte Lucas sich zurück.

Allegras Blicke wanderten zwischen ihm und Violet hin und her. Sie stand auf. „Es ist spät. Ich gehe zu Bett."

Sie knickste vor Miss Delacroix und beugte sich über Lucas, um ihn auf die Wange zu küssen. Allegra grinste ihn frech an und lief zur Tür.

„Eine schöne gute Nacht zusammen."

Sie verließ den Salon, und Lucas und Violet saßen einen Moment schweigend da. Miss Delacroix stellte ihre Tasse auf das Tischchen und erhob sich.

„Es wird besser sein, wenn ich mich ebenfalls zurückziehe."

Lucas nickte mit einer Mischung aus Bedauern und Erleichterung.

„Ja." Er griff nach seinem Tee. „Gute Nacht, Miss Delacroix."

„Mylord."

Sie knickste und verschwand so eilig, dass es fast wie eine Flucht wirkte. Das Letzte, das er von ihr sah, war ihr Po. Lust schoss in seine Lenden.

Violet erwachte mit trockener Kehle. Eine Weile versuchte sie vergebens, wieder Schlaf zu finden. Sie hüstelte, um die Rauheit zu vertreiben, doch es war zwecklos. Sie musste aufstehen und sich etwas zu trinken besorgen. Sie schlüpfte in ihren Morgenmantel und lauschte an der Tür zu Allegras Schlafzimmer. Es war friedlich, und Violet schlich mit einer Kerze als alleinige Lichtquelle in den Flur hinaus. Auch dort herrschte Totenstille. Das ganze Haus schien in tiefem Schlummer zu liegen. Vorsichtig lief Violet den Gang entlang. Die Teppiche dämpften ihre Schritte, und Dunkelheit hüllte sie ein, nur ihre flackernde Kerze durchbrach die Schwärze der Nacht. Jedes Mal wenn eine Diele oder eine Stufe knarrte, hielt Violet inne und fürchtete, zu laut gewesen zu sein. Doch alles blieb ruhig. Niemand hörte sie.

Sie kam an Lucas' Arbeitszimmer vorbei und bemerkte durch die angelehnte Tür rot flackernden Feuerschein. Violet zog ihren Morgenmantel enger um sich und beschleunigte ihre Schritte, weil sie fror. Am anderen Ende der Eingangshalle führten einige Stufen hinunter in den Haushaltstrakt. Als sie sich dem Raum näherte, vernahm sie lautes Schnarchen. Sie schob die Tür auf und fand sich in einer großen Küche wieder. Vor dem schwarzen Holzherd lag die Spülmagd auf einer Strohmatratze und schnarchte, dass die Balken zitterten. Violet trat näher an die Kochstelle heran und hielt ihre kalten Hände darüber. Sie stöhnte erleichtert. Der Ofen verströmte angenehme Wärme. Eine Weile stand Violet so da, ehe sie sich einen Tonbecher holte und Wasser eingoss. Durstig leerte sie den Inhalt und stellte den Becher in das Spülbecken. Sie zögerte einen Moment lang. Die Kälte hatte dazu beigetragen, dass sie sich hellwach fühlte. Sie würde sich ein wenig aufwärmen, ehe sie in ihr Bett zurückkehrte. Sie setzte sich auf einen Stuhl am Ofen und versuchte, die Wärme zu genießen. Sie wollte die Magd nicht wecken, diese warf sich herum und blieb einen Moment stumm, dann schnarchte sie erneut. Frustriert erhob sich Violet. Die Aussicht, sofort in ihr Bett zurückzukehren, obwohl sie nun hellwach war, erweckte in ihr keine Begeisterung. Doch angesichts der Tatsache, dass die Magd ununterbrochen schnarchte, war ihr die Lust am Herumsitzen vergällt.

Wieder kam sie am Arbeitszimmer vorüber. Das Kaminfeuer brannte noch. Bestimmt wäre es dort drinnen warm. Außer ihr schliefen alle im Haus. Es störte keinen, wenn sie sich dort in den Lehnsessel des Hausherrn kuschelte und aufwärmte. Sie näherte sich der Tür und trat entschlossen ein. Tatsächlich verbreitete das Kaminfeuer wohlige Wärme.

Violets Lippen verzogen sich zu einem Lächeln. Was gab es Schöneres, als ein warmes Plätzchen in einem kalten, zugigen Gemäuer?

Der Ohrensessel war vor den Kamin geschoben worden. Zielstrebig ging sie dorthin und zuckte erschrocken zusammen, als sie Lucas darin sitzen sah. Er starrte in die Flammen, wirkte gedanklich meilenweit entfernt und hatte sie noch nicht bemerkt. In der Hand hielt er ein Glas Brandy, und an seinem verschwommenen Blick las sie ab, dass er dem Alkohol ausgiebig zugesprochen haben musste. Er blinzelte. Erst jetzt schien er sie zu registrieren.

„Violet." Die Worte kamen schwerfällig über seine Lippen.

„Mylord." Sie zögerte, unsicher, ob sie nicht besser sofort in ihr Zimmer zurückkehren sollte.

„Bleibt!" Seine Stimme klang leise, bittend. In seinem Gesicht erkannte sie Einsamkeit und Sehnsucht. Dasselbe, das sie so oft plagte. Die Empfindung, einer verwandten Seele gegenüberzustehen, stieg in ihr auf, und nicht nur das, er gefiel ihr. Sehr sogar, erkannte sie mit gelinder Überraschung. Das letzte Mal, als sie einen Mann so anziehend gefunden hatte, hatte sie sich zu gewaltigen Dummheiten hinreißen lassen. Dumm und unerfahren wie sie gewesen war, hatte sie den Liebesbezeugungen und Schwüren dieses anderen Mannes mehrerer Monate lang geglaubt.

Sie wusste, dass sie augenblicklich gehen sollte, doch etwas in Lucas´ Augen ließ sie verharren wie ein Kaninchen vor der Schlange.

Lucas stellte sein Glas ab und erhob sich. Er griff nach ihrer Hand, und lustvolle Schauer rieselten über Violets Arme.

„Du hast mich verhext!"

Seine Augen, grau wie die stürmische See, blickten bis auf den Grund ihrer Seele. Er zog sie näher an sich. So nah, dass sich ihre Körper berührten. Violets Herz schlug ihr bis zum Hals hinauf. Wärme glitt in ihren Bauch und begann dort zu kribbeln. Er roch nach Brandy und Haarpomade und diesem ganz speziellen Duft, den nur er verströmte und der Violets Sinne betörte. Sie sollte den Raum verlassen. In ihr Schlafzimmer zurückkehren und die Tür hinter sich verschließen. Aber ein besonderer Zauber schien sie gefangen zu halten. Violet verzehrte sich danach, einmal, nur einmal noch die wilde Leidenschaft zu fühlen, zu der sie ein männlicher Körper verführen konnte. Und Lucas war der Erste, der ihr Blut in Wallung brachte, seit jener unglückseligen Affäre.

„Wie soll ich dich verhext haben?" Sie verfiel automatisch ins vertrauliche Du.

Lucas nahm ihre Hand und legte sie auf seine Leibesmitte. Unter dem Stoff der Hose regte sich sein Glied. Sie fühlte das Zucken des harten Schaftes und wusste, dass sie besser gehen sollte. Doch in ihr geschah dasselbe wie in der Kutsche. Ihre Vernunft verabschiedete sich und machte Platz für ein äußerst sinnliches Prickeln auf ihrer Haut und ein lautes Pochen und Rauschen in ihren Ohren, das ihren Verstand übertönte.

Lucas stöhnte.

„Ich begehre dich seit dem Moment, an dem ich dich sah. Wenn ich dich nicht wenigstens einmal besitzen kann, werde ich meines Lebens nicht mehr froh sein", klagte er.

Es war der Alkohol, der ihn so freimütig werden ließ. Dessen war sich Violet sicher. Ihr Verstand arbeitete fieberhaft. Der Rausch würde vergehen und mit ihm die Erinnerungen an alles, was währenddessen geschehen war. Allzu oft hatte sie das bei ihrem Vater erlebt, kurz nachdem ihre Mutter gestorben war.

Sie schluckte, sich ihres eigenen Begehrens überdeutlich bewusst. Sie griff nach dem halb vollen Brandyglas und leerte den Inhalt in einem Zug. Der Alkohol verätzte schier ihre Mundhöhle und zog eine feurige Bahn ihre Kehle hinab, bis er in ihrem Magen ankam und dort Wärme in ihre Adern aussandte.

Lucas grinste. Er streichelte ihre Wange. „So weich", flüsterte er.

Dann beugte er sich über sie und küsste sie mit verzehrender Leidenschaft. Seine Lippen schmeckten nach Brandy und Süße, weich und zugleich glatt strichen sie über Violets Mund, öffneten sich und verlockten sie, es ihm gleichzutun. Wollust brandete in Violet auf. Der Kuss verriet den kundigen Liebhaber, einen Mann, der sie ebenso begehrte wie sie ihn. Und obwohl die Leidenschaft auch ihn überrollte, war seine Liebkosung geprägt von Langsamkeit. Seine Zunge glitt in sie, berührte die ihre, streichelte, tastete sich vor. Es erregte sie über alle Maßen, und Violet drängte sich an ihn. Als er ihr Einverständnis spürte, presste er sie enger an sich. Sein Körper war fest und muskulös, und wegen des Größenunterschieds musste er sich bücken. Sein Geruch betörte sie zusätzlich.

Sein Schwanz drückte sich gegen ihre Hüfte, seine Größe mutete beeindruckend an. Durch den Stoff hindurch schien ihre Haut zu brennen. Seine großen, starken Hände streichelten über ihren Rücken, und die Berührung ließ ihr Innerstes vor Sehnsucht nach mehr dahinschmelzen. Die Zärtlichkeit dieses temperamentvollen Hünen durchdrang ihre Seele. Noch nie zuvor hatte sie ein körperlicher Kontakt dermaßen in Aufruhr versetzt. Sie keuchte und fühlte die Feuchtigkeit zwischen ihren Beinen, merkte das Kribbeln und ihren Herzschlag, der sich just beschleunigte. Seine Lippen versengten ihre Haut. Zu viel Stoff, da befand sich zu viel Stoff zwischen ihnen. Violet hatte noch nie Sex mit einem komplett entkleideten Mann gehabt. Noch nie gespürt, welches Gefühl es war, wenn ihre Nacktheit von der Bewunderung eines Mannes gestreichelt und von der kühlen Luft geküsst wurde. Sie zerrte an seinem Hemd, und Lucas kam ihr zu Hilfe, indem er aus dem Oberteil schlüpfte, während sie seine Hose öffnete und herunterstreifte. Sein Schaft schnellte förmlich heraus, und Violet wagte einen Blick. Die dunkle Spitze war eine perfekte Haube, der Schwanz selbst heller und steinhart. Violets Hände glitten Lucas' Beine empor, streichelten die Innenseiten seiner Oberschenkel, und sie bemerkte, dass sich seine Haut dort weich anfühlte. Lucas stöhnte rau.

Violet ging in die Knie und traute sich, ein paar Küsse auf die Haut rund um seine Hoden und seinen Schaft zu hauchen. Sie strich sacht über die Haut und beobachtete fasziniert das Beben seiner Bauchmuskeln, als sie das tat. Sie fühlte die Wirkung des Alkohols in ihren Kopf steigen. Lucas zog sie hoch und umarmte sie, ehe er seinerseits ihren Morgenmantel abstreifte und ihr das lange Nachtgewand auszog. Seine Blicke verschlangen sie regelrecht, und das Begehren in seinen Augen löste ein Beben in Violet aus, das sie vom Scheitel bis zur Sohle erfüllte. In diesem Moment wusste sie, dass sie noch keinen Mann so sehr begehrt hatte wie Lucas. Er beugte sich über ihre Nippel, nahm einen in den Mund und knabberte und saugte daran, während er den anderen mit den Fingern streichelte und knetete. Sein Schaft kitzelte ihre Schamlippen. Er stöhnte gequält, und Violet ahnte sein Verlangen, denn es war ein Echo ihres eigenen. Sie spreizte die Beine, um ihm Zugang zu gewähren, und Lucas atmete hörbar aus. Seine Hände zitterten, und sein Mund wanderte ihr Dekolleté hinauf zu ihrem Ohr, hauchte Küsse auf den empfindlichen Bereich darunter. Er saß auf der Armlehne seines Sessels, während Violet gegrätscht über seinem Schoß stand. Sein Schwanz lag an ihrer intimen Pforte.

„Ich kann nicht ...", murmelte er. „Ich habe schon zu lange nicht mehr ...", gestand er an ihrem Ohr. Seine großen Hände umklammerten ihren Po.

„Das macht nichts", erwiderte Violet heiser. „Ich auch nicht."

Sie drängte sich ihm entgegen, und nach kurzem Zögern stieß er in sie. Er war groß und dehnte sie so, dass ihr Unterleib sofort mit heißer Lust reagierte.

Sie keuchte. „Himmel."

Lucas sah sie forschend an.

„Es wird noch besser", versprach er. Er hob sie auf seine Hüften, stand auf und glitt noch tiefer in sie. Violett spürte erste lustvolle Zuckungen, kaum dass er sich in ihr bewegte. Sie umarmte ihn und schlang ihre Beine um seine schmalen Hüften, genoss seine Wärme, die nackte Haut und die erotische Dehnung. Ihre Haut schien in Flammen zu stehen, und in ihren Schamlippen pulsierte die Erregung wie unzählige Champagnerperlen. Er trug sie zum Schreibtisch und setzte sie auf die Kante. Lucas küsste sie wild. Seine Zunge umspielte die ihre, stupste sie an, zog sich zurück. Violet hatte das Gefühl zu schweben. Seine Schenkel berührten die ihren. Und dann begann er, sich zu bewegen. Im gleichen Rhythmus, wie er seinen Unterleib kreisen ließ, stieß seine Zunge vor und zurück. Violet hob sich ihm entgegen. Der Raum war erfüllt von ihrem Stöhnen und Atmen, dem Klatschen der Haut aufeinander und dem leisen Knarren und Quietschen des Schreibtisches. Violet bohrte ihre Finger in Lucas' Schulterblätter. Angefeuert von ihrer leidenschaftlichen Reaktion, stieß er so hart in sie, dass ihre Zähne aufeinanderschlugen und der Tisch rumste.

Der Gipfel des Begehrens kündigte sich an, in Wellen lief die Erregung durch Violets Unterleib. Ihre Muskeln zogen sich rhythmisch um Lucas' Schaft. Er keuchte überrascht, griff in Violets schwarze Haarflut und verdoppelte seine Anstrengungen. Die Lust explodierte einem Feuerwerk gleich in Violet, im nächsten Moment verströmte sich Lucas zuckend in ihr. Er legte seine Stirn auf ihre Schulter und atmete schwer. Er küsste die rundeste Stelle ihrer Schulter, ehe er in ihr Gesicht sah.

Seine Lippen senkten sich ein weiteres Mal auf die ihren, und als Lucas den Kopf hob, erkannte Violet das sinnliche Funkeln in seinem Blick.

Sie bewegte sich auf seinem Schwanz und fühlte das erneute Anschwellen in ihr. Sie blinzelte erstaunt, und Lucas schmunzelte, vollzog leichte Stoßbewegungen und ließ sein Becken kreisen.

„Lass mich dich lieben!", raunte er, und seine gespreizten Finger glitten über ihren verschwitzen Oberkörper. Seine Fingerkuppen strichen über ihre Nippel, und diese reagierten mit lustvollem Zusammenziehen.

Sie spürte das Ziehen bis hinunter zu den Schamlippen und biss sich auf die Lippen, als ihr ein leises Keuchen entfuhr.

Lucas drückte ihren Oberkörper sanft nach hinten, auf die Tischplatte. Dann umschloss sein Mund ihre Brustspitze und sog daran.

Wollüstig bog sie sich ihm entgegen und vergrub ihre Hände in seinem Haar. Seine Finger kneteten ihre Pobacken, während sein Schaft kurze Stöße vollzog. Er entzog sich ihr, und seine Lippen wanderten nach unten, über ihren Bauch, stoppten am Nabel. Er ließ die Zunge dort kreisen, während seine Hände über ihre Haut und zwischen ihre Beine glitten und die Schenkel auseinanderschoben.

Sein Kopf erreichte ihre Leibesmitte. Sein Atem strich über ihre erhitzten Schamlippen, und sie schloss die Augen, erwartungsvoll, was geschehen würde. Lucas´ Finger teilten sie, und einen Moment später leckte seine Zungenspitze über ihre Klitoris. Die Lust, die diese Berührung auslöste, schoss direkt hinauf in ihren Bauch und breitete sich dort aus.

Lucas´ Zunge glitt quälend langsam über ihre Spalte und erweckte dadurch ein erotisches Vibrieren in ihrem Unterleib. Violets Hand griff erneut in seinen Schopf, sein Haar war glatt und weich. Mit wechselndem Tempo und unterschiedlicher Intensität liebkoste er ihre Spalte, bis sie die Welle der Leidenschaft ein zweites Mal überrollte. Sie krallte ihre Finger in sein Haar, während ihre Muskeln unkontrolliert zu zucken begannen. Die Erregung toste durch ihren Körper. Sie keuchte befreit und bemerkte nur am Rande, wie Lucas aufstand, sie auf seine Arme hob und zum Sessel trug. Vorsichtig setzte er sie hinein und kniete vor ihr. Seine silbrig schimmernden Augen musterten sie interessiert, und seine leicht wippende Erektion bewies Violet, dass er noch nicht genug von ihr hatte. Gleichzeitig verriet ihr das lustvolle Rumoren in ihrem Leib, dass auch sie noch lange nicht genug hatte. Lucas beugte sich vor und küsste sie auf jene Stelle, an der Hals in Dekolleté überging. Er ließ seine Lippen nach oben wandern, fuhr mit der Zungenspitze ihre Halsschlagader nach oben und weiter zu ihrem Mund. Sein Kuss schmeckte nach Süße und Begehren. Violet seufzte, umarmte ihn und erwiderte die Liebkosung, während sie ihre Hand ausstreckte und seinen heißen, steifen Schwanz umfasste. Lucas knurrte, und das leichte Zittern seiner Berührung verriet seine Erregung. Er griff in ihr Haar, zog daran, legte seine Hände an ihren Kopf und küsste sie leidenschaftlich. Die Begierde kochte erneut in Violet hoch, und das Pochen in ihrer Scham zeigte ihr überdeutlich, wie sehr sie Lucas erneut begehrte.

„Nimm mich noch einmal!", bat sie heiser mit brennenden Wangen.

Lucas lächelte triumphierend, rückte von ihr ab und zog sie hoch. Sie versank in seinen Augen, und erotische Schauer rieselten über ihren Rücken, und Lucas drehte sie herum, zwang sie, sich vorzubeugen. Violet stützte sich mit den Händen auf den Armlehnen ab, während Lucas seinen Oberkörper über sie senkte.

Seine warme Brust lehnte an ihrem Rücken, und sein Atem wehte über ihre Schulter. Violets Knie bebten vor Aufregung, Begehren und Ungeduld. Die Nässe und das Pochen zwischen ihren Schenkeln steigerte sich ins Grenzenlose, als Lucas´ Schwanzspitze über ihre Spalte glitt, die Feuchtigkeit verteilte, ehe er sich langsam in sie schob. Das gemächliche, langsame In-sie-Gleiten brachte Violet schier zur Raserei. Lucas knabberte an ihrem Ohrläppchen, strich ihr Haar beiseite und küsste ihren Nacken. Seine Hände fuhren ihre Flanken empor, umfassten ihre Brüste, kneteten sie und glitten über die geschwollenen Nippel. Die Zärtlichkeiten sandten kribbelnde Zuckungen durch ihren Schambereich. Sie legte ihren Kopf in den Nacken, und Lucas packte sie am Haarschopf. Violet keuchte erregt, während Lucas in sie stieß, sein Tempo verdoppelte und seinen Schwanz in sie rammte, wieder und wieder. Violet bog sich ihm entgegen, fühlte die Hitze der Anstrengung, die er ausstrahlte, die Gier in seinen Berührungen und Leidenschaft in seinen Stößen. Seine Hände umfassten die ihren und packten sie, während er sich heißblütig in ihr bewegte.

In Violet explodierte die Lust, für eine kurze Ewigkeit raubte ihr der Höhepunkt das Augenlicht, verwandelte sie in ein zuckendes, keuchendes, fühlendes Lebewesen, ganz in sich und den köstlichen Empfindungen aufgehend, blind und taub für seine Umgebung. Die Schleier lichteten sich. Lucas´ Lust entlud sich mit heiserem Schrei. Er sank gegen sie, presste sie an sich und verharrte reglos an sie geschmiegt.

Violet genoss seine Wärme und Nähe, bevor ihr Verstand wieder einsetzte. Was hatte sie getan? Panik wallte in ihr auf. Das hatte sie nicht geplant. Sie kannte die Männer und ihre Schliche. Ihre Lügen und die Berechnung in ihren Handlungen. Violet bewies sich selbst, wie schwach sie war, indem sie dem ersten attraktiven Mann um den Hals fiel, der ihr Avancen machte.

Sie schob Lucas energisch von sich. „Ich muss gehen", erklärte sie.

Lucas blinzelte sie verständnislos an. Sein Blick war immer noch alkoholvernebelt. Mit ein wenig Glück hielte er die ganze Begegnung nur für das Ergebnis seiner lüsternen Fantasie. Sie brachte den Sessel zwischen sie beide. Lucas wich zurück, und sie fühlte sich kalt und einsam. Ihre Knie zitterten unter dem Nachhall des erotischen Bebens. Sie zwang sich zu einer aufrechten Haltung und reckte ihr Kinn entschlossen vor.

„Das ist nie passiert." Violet schlüpfte in ihr Nachthemd und bückte sich nach ihrem Morgenmantel.

„Hat sich für mich nicht so angefühlt", entgegnete Lucas.

Violet hielt inne und drehte sich um. Seine Augen wirkten klar und wach, der Alkoholschleier hatte sich offensichtlich gelichtet.

„Es war nur ein kleines Intermezzo." Als ihr die Worte entflohen, wusste sie, dass es gelogen war. Es war grandioser Sex gewesen. Nie hatte sie sich lebendiger, begehrter und mehr als Frau gefühlt als in Lucas' Armen.

Ihre Wortwahl schien Lucas zu verletzen. Seine Miene verfinsterte sich.

„Es war mir ein Vergnügen, Miss Delacroix."

Violet floh vor seinen anklagenden Blicken auf ihr Zimmer.

Lucas sah ihr angesäuert hinterher. Kleines Intermezzo? Die Frau besaß eine Zunge spitzer als jedes Schwert. Sicher, die Begegnung war kurz, aber dafür umso leidenschaftlicher gewesen. Er hatte noch nie eine Frau besessen, die es an Temperament und Lustempfinden mit Violet aufnehmen konnte. Verflucht, er konnte sich nicht erinnern, jemals ein sexuelles Beisammensein mehr genossen zu haben als das mit Violet, und eine Weile hatte er geglaubt, sie empfände genauso. Sie hatte sich ihm hemmungslos hingegeben, ausgekostet, was er ihr schenken konnte. Einen kurzen Moment lang hatte Lucas gedacht, in Violet jemanden gefunden zu haben, der ähnlich fühlte wie er. Dass sie eine Frau war, die seine raue Leidenschaft nicht nur nahm, sondern sogar forderte.

Er zog sich notdürftig an und griff nach dem Brandy. Violets verletzende Worte stachen in seiner Seele. Er trank einen großen Schluck Alkohol. Die Befriedigung, die eben noch seinen Körper erfasst hatte, verflüchtigte sich. Stattdessen umwölkten trunkene Nebelschwaden seinen Verstand.

Kapitel 3

*Wir sollten nicht immer gleich annehmen,
wir seien absichtlich gekränkt worden.*
Jane Austen

Ein niederträchtiger Schmied fuchtelte mit Schürhaken vor Lucas' Augen herum, während sein Gehilfe beständig auf seiner Schädeldecke herumhämmerte. Lucas stöhnte, knurrte und versuchte, den Schmerz sowie den üblen Geschmack im Mund zu ignorieren. Vergebens.

Jeremy polterte durch den Raum, riss die Vorhänge auf und lärmte mit Löffel und Tasse herum. Lucas blinzelte versuchsweise. Als sich die Beschwerden nicht verschlimmerten, kontrollierte er die Funktionsweise seines Körpers. Erfolgreich setzte er sich auf. Sein Blick fiel auf die leere Brandyflasche am Boden. Damit erklärte sich der Grund für das pelzige Empfinden auf seiner Zunge. Und die Schmiedearbeiten in seinem Schädel. Unglücklicherweise erinnerte er sich nicht mehr, ob ihm das Besäufnis Spaß bereitet hatte. Auch war keiner seiner Freunde auf Halcyon Manor. Was zur Hölle war also vorgefallen, dass er dem Brandy im Übermaß zugesprochen hatte?

Der Butler stampfte auf ihn zu, hob die Flasche auf und begrüßte Lucas.

„Mylord, ich habe mir erlaubt, Euch Kaffee zu bringen."

Lucas nickte und hielt die Augen zu Schlitzen verengt.

„Jeremy, hatte ich gestern Besuch?"

Der Blick des Butlers glitt über Lucas' Kleidung.

„Nein, Sir, Ihr seid kurz unterwegs gewesen, habt den Abend jedoch allein im Arbeitszimmer verbracht."

Lucas bedeutete dem Butler, dass er gehen konnte. Erst dann nahm er seine Kleidung in Augenschein. Zerknittert, was kein Wunder war, da er darin geschlafen hatte; Socken und Schuhe lagen hingegen vor dem Kamin. Warum hatte er Schuhe und Socken abgelegt? Er hob seine Hand und rieb sich die Stirn. Lucas beschloss, dass er den üblen Geschmack aus seinem Mund vertreiben wollte. Also setzte er sich an seinen Schreibtisch, wo ihn Jeremys Tablett erwartete. Der Kaffee duftete verführerisch. Einen Moment lang begnügte sich Lucas damit, den aromatischen Geruch zu inhalieren. Erst als er sicher war, dass Übelkeit ihm den Genuss nicht vergällen würde, trank er einen Schluck. Stark, heiß und süß rann der Kaffee seine Kehle hinab. Als ihm weder die belebende Wirkung des Heißgetränks noch seine Grübeleien Aufschluss über die vergangene Nacht gaben, entschied er, sich frisch zu machen und die Kleider zu wechseln.

Morley ließ sich nicht blicken. Vermutlich saß der Kammerdiener in der Küche und ließ es sich gemeinsam mit der Wirtschafterin Mrs. Harvey und Jeremy bei den Resten und dem zweiten Aufguss seines Kaffees gut gehen. Lucas gönnte ihnen das Vergnügen. Wenn es dafür sorgte, dass die Dienerschaft seine Schwester zuverlässig umsorgte, war es ihm recht.

Und an diesem Morgen verzichtete er zu gerne auf Morleys Anwesenheit bei seiner Toilette. Sein Hemd aufknöpfend trat er ans Fenster, um in den Garten hinabzublicken. Dort standen Allegra und Miss Delacroix und spielten Kricket. Allegra lachte, und ihr überschäumendes Lachen wärmte Lucas' Seele. Egal was er von Violet Delacroix hielt, Allegra schien sie zu mögen. Das besänftigte sein schlechtes Gewissen Allegra gegenüber, wenn er wieder einmal zu beschäftigt war, um sich um sie zu kümmern. Seine Schwester blickte nach oben und winkte heftig. Miss Delacroix' Kopf folgte ihrem Blick. Schuldbewusstsein huschte über ihr Gesicht, dann lächelte sie ihm verkniffen zu. Lucas nickte ihnen zu und wandte sich ab. Er konnte sich keinen Reim auf das Verhalten der Gesellschafterin machen. Garantiert war ihre Familie heilfroh, sie los zu sein.

Er warf seine Kleider auf einen Haufen und begann mit der Rasur. Nach einer Weile nahm er ein unangenehmes Ziehen wahr und lockerte seine Schultern. Die roten Striemen fielen ihm nur auf, weil er sich vor dem Spiegel verrenkte, um die Ursache seines Unwohlseins zu untersuchen. Neugierig und verwirrt betrachtete er die Wundmale. Sie sahen wie Spuren von Fingernägeln aus. Erneut durchforschte er seine Erinnerung. Er wusste, dass er an einen Besuch bei der lustigen Witwe der Gegend gedacht hatte. Die Ereignisse danach lagen aber alle unter einem Nebelschleier verborgen. Hatte er die Witwe nach Halcyon Manor eingeladen? Hatte sie ihm die Kratzer beigebracht? Oder sollten sich die Fingernagelspuren nur als dummer Zufall erweisen? War er im Suff irgendwo hingefallen und hatte sich die Wunden auf diese Weise zugefügt?

Er beendete seine Morgentoilette und zog sich an. Lucas bückte sich nach den Kleidern vom Vortag, als ihm ein langes, schwarzes Haar auffiel, das an seinem weißen Hemd hing. Er schluckte. Was hatte er getan? Und vor allem: mit wem?

Von draußen drang Lachen bis hinauf zu seinem Fenster. Miss Delacroix. Sie besaß schwarzes Haar. Er trat ans Fenster und sah hinunter. Violet Delacroix stand da, den Kopf in den Nacken geworfen, und lachte, dass ihre weißen Zähne in der Sonne blitzten. Eine Locke hatte sich aus ihrem Dutt gelöst und wehte im Wind. Sie wirkte entspannt, zügellos, und etwas an ihrem Auftreten rührte an seiner Erinnerung. Verwirrt kehrte er in sein Zimmer zurück. Natürlich musste das nichts bedeuten. Das Haar konnte beim Dinner auf sein Hemd geraten sein.

Er beschloss, einen Ausritt zu unternehmen, um einen klaren Kopf zu bekommen.

Violet beobachtete Allegras Versuche, ein Krickettor zu treffen. Das Mädchen hatte ihren Spaß an dem Spiel und amüsierte Violet mit allerlei Faxen. Ihr war es recht, dass Allegra ausgelassen herumalberte, lenkte es doch Violet von ihren trüben Gedanken ab. Noch immer glaubte sie, den Lucas' Duft einzuatmen. Er schien sie zu umhüllen und auf ihrer Haut zu liegen. Der Sex mit ihm war grandios gewesen. Violet besaß eine sinnliche Natur, und sie schämte sich nicht dafür, Lust zu empfinden. Vermutlich das verderbte Erbe ihrer Mutter, wie ihr Liebhaber gehöhnt hatte. Violet schloss die Augen und zwang die Erinnerungen fort in die dunkelste, entlegenste Schublade ihres Gehirns. Stattdessen ließ sie die Gedanken Revue passieren, die sie an Lucas und die letzte Nacht erinnerten. Sie hatte das Zusammensein mit Lucas mehr genossen als jedes ihrer Stelldicheins mit ihrem Liebhaber, dessen Verrat sie so teuer zu stehen kam. Lucas' Körper passte perfekt zu ihrem. Wie ein fehlendes Puzzleteil.

Violet krümmte sich innerlich zusammen. Es war ein Fehler gewesen, ihrer Sehnsucht nachzugeben. Es erwies sich geradezu als unverzeihlich. Was dachte Lucas jetzt von ihr? Eine verdorbene Person wie Violet würde er niemals in der Nähe seiner jugendlichen Schwester dulden. Violet müsste gehen und eine neue Stelle suchen. Sie blinzelte die Tränen fort, die in ihr aufsteigen wollten. Sie hatte alles zerstört. Wieder einmal.

Violet wischte eine einzelne Träne aus ihrem Augenwinkel fort und richtete sich auf. Lucas hatte dem Brandy zugesprochen, nicht übermäßig, doch genug, um nicht ganz Herr seiner Sinne gewesen zu sein. Sie würde ihn davon überzeugen müssen, dass er sich alles nur einbildete. Dass es eine nächtliche Begegnung im Arbeitszimmer nie gegeben hatte. Verzweifelt klammerte sie sich an diese Hoffnung. Sie hatte kein Geld, keinen Zufluchtsort, keinen Menschen, an den sie sich wenden konnte. Sie war auf sich allein gestellt. Sie lenkte ihre Aufmerksamkeit auf Allegra.

Allegra ließ den Kricketschläger auf den Ball sausen, und dieser flog mit Schwung durch das Tor. Sie klatschte.

„Fabelhafter Schlag, Allegra."

Das Mädchen sah mit freudig blitzenden Augen zu Violet.

„Danke, Miss Delacroix." Sie entdeckte jemanden hinter Violet und strahlte. Violet zwang sich, nicht zusammenzuzucken, und holte tief Luft, ehe sie sich umdrehte.

„Mylord." Sie knickste und sah ihm in die Augen.

Er musste eine fürchterliche Nacht hinter sich haben. Dunkle Augenringe zierten sein blasses Gesicht, und als er sie ansah, ließ er mit keinem Blick erkennen, dass er sich an ihr Zusammensein erinnerte. Sie entspannte sich ein wenig.

„Miss Delacroix." Er zögerte, ehe er sich Allegra zuwandte: „Hättest du Lust auf einen Ausritt?"

Allegra fiel ihm in die Arme. „Zu gerne!" Sie wandte sich Violet zu. „Wollt Ihr uns begleiten?"

Violet verneinte. „Ich besitze kein Reitkostüm", erklärte sie und war erleichtert, auf diese Weise auf den Ausflug verzichten zu können.

Lucas räusperte sich. „Wir stellen Ihnen die Kleider meiner Stiefmutter zur Verfügung. Wenn es dir recht ist, Ally?"

Allegra machte eine zustimmende Handbewegung. „Natürlich. Mutter wird wohl nichts mehr damit anfangen können." Neugierig musterte sie Violet.

„Zu großzügig, aber das ist nicht nötig", protestierte Violet.

„Unsinn", widersprach Allegra. „Ihr könnt hier nicht mit zwei Kleidern auskommen. Wir sind ein vornehmes Haus." Sie zwinkerte fröhlich.

„Drei Kleider", verbesserte Violet sie.

„Es ist in Ordnung, Miss Delacroix", entgegnete Lucas. Der Blick, der auf ihr dunkles Tageskleid fiel, war mehr als missbilligend.

Sie räusperte sich und gab nach, wenn auch nur deswegen, weil sie an diesem Morgen keine Kraft hatte, sich ein Wortgefecht mit Lucas zu liefern. „Dann vielen Dank."

Allegra betrachtete Violet nachdenklich.

„Werden die Kleider auch passen?", fragte sie ihren Halbbruder.

„Deine Mutter Bethany hatte vermutlich dieselbe Figur. Und die meisten Kleider hat sie noch nicht einmal getragen."

Allegra nickte.

„Die Kleider haben Zeit. Dein Bruder will mit dir ausreiten, Allegra", unterbrach Violet die Unterhaltung. „Er ist ein viel beschäftigter Mann und hat nicht den ganzen Tag Zeit, ihr solltet aufbrechen!"

Lucas' Miene verdüsterte sich. Da war er wieder, der säuerliche Earl of Pembroke. „Für meine Familie nehme ich mir alle Zeit der Welt."

Allegra tätschelte seinen Arm.

„Miss Delacroix hat recht." Sie wandte sich an Violet. „Ihr wollt bestimmt nicht mitkommen?", vergewisserte sich Allegra.

Violet schüttelte den Kopf. „Nein danke, Allegra. Ich bin keine besonders gute Reiterin."

„Das möchte ich bezweifeln." Lucas starrte Violet anzüglich an, und für einen Moment flutete Panik durch ihr Innerstes. War dies eine Andeutung wegen letzter Nacht? Da ihr eine passende Erwiderung nicht einfallen wollte, biss sie die Zähne zusammen und ignorierte ihn.

„Vielleicht ein anderes Mal?", fragte Allegra, und ihr Blick wanderte irritiert zwischen Violet und Lucas hin und her.

Violet lächelte. „Vielleicht."

Alice, eines der Hausmädchen, betrat Violets Privatgemach, kurz nachdem Allegra zu den Ställen geeilt war. Alice folgten Diener, die zwei Truhen hereintrugen. Auf ein Zeichen des Hausmädchens setzten sie die Kisten ab und verschwanden wortlos.

Violet dankte der Zofe mit einem warmen Lächeln.

„Kann ich Euch beim Auspacken helfen?", erkundigte sich Alice dienstbeflissen.

„Das ist sehr freundlich von dir, Alice. Aber ich erledige das selbst." Violet wartete, bis Alice den Raum verlassen hatte. Dann stürzte sie sich auf die Kisten. In der ersten Box fand sie Kleider für jede Tageszeit und jeden Anlass, in der zweiten waren Hüte, Gürtel, Handschuhe und Leibwäsche verstaut. Eine umsichtige Seele hatte zahlreiche Lavendelsäckchen gegen Ungeziefer und üble Gerüche zwischen die Kleidung gelegt. Mit jedem Teil, das Violet aus der Truhe holte, entströmte Blütenduft.

Die Mode hatte sich in den letzten Jahren nicht so sehr gewandelt, dass die Teile untragbar gewesen wären. Niemand rechnete damit, an einer Gesellschafterin die modischste Kleidung zu sehen. Zufrieden hob Violet eine cremefarbene Chemise mit Klöppelspitze im gleichen Veilchenblau ihrer Augen hoch. Das Musselinkleid war perfekt für den Nachmittagstee.

Als Lucas und Allegra nach ihrem Ausritt in den Salon kamen, erwartete sie eine völlig verwandelte Miss Delacroix. Statt ihres strengen Haarknotens trug sie eine locker hochgesteckte Frisur, und die violette Spitze an ihrem locker fließenden Gewand betonte ihre Augenfarbe. Lucas rutschte die Klinke aus der Hand, und die Tür fiel krachend ins Schloss. Allegra wandte sich zu Lucas um und runzelte missbilligend die Stirn, ehe sie ihrer Gesellschafterin entgegeneilte.

„Miss Delacroix, Ihr seht entzückend aus." Allegras warmes Lächeln veranlasste Lucas, ein ähnlich nettes Kompliment von sich zu geben.

„Recht ansehnlich, in der Tat." Er nahm Platz und ließ sich Tee eingießen.

Allegra setzte sich neben Miss Delacroix, und die beiden begannen, miteinander zu plaudern. Lucas beobachtete sie gedankenversunken. Erst als er die Worte Einladung und Lady Pikton vernahm, schenkte er ihnen seine volle Aufmerksamkeit.

Allegra starrte ihn erwartungsvoll an. „Wir dürfen die Einladung doch annehmen, nicht wahr?"

Lucas schluckte. Miss Delacroix sah ihn ebenfalls auf diese besondere Art an, mit der Frauen Männer stets willenlos machten. Lucas straffte sich. Er war nicht wie andere, und Allegra erst recht nicht. In erster Linie drehte sich alles darum, Allegra zu schützen. Die Anfälle, die sie heimsuchten, erfassten sie ohne Vorwarnung. Was geschähe, wenn sie einen ihrer Anfälle erlitt und das mitten im Salon der bärbeißigen Clara Sougham, Lady Pikton? Die Lady besaß den Ruf einer Exzentrikerin und steckte überall ihre Nase hinein. Nicht auszudenken, welche Folgen es hätte, erführe die Matrone von Allegras Gebrechen. Allegras Ruf nähme für alle Zeiten Schaden!

„Nein", gab er zur Antwort. Allegra öffnete den Mund, der geplante Widerspruch war an ihrer Miene deutlich abzulesen. „Du weißt, warum."

Damit hoffte Lucas, jeden Protest im Keim erstickt zu haben. Er warf Miss Delacroix einen drohenden Blick zu.

„Lucas", Allegras Ton bekam einen quengelnden Klang, „Lucas, das kann nicht dein Ernst sein!"

Er wandte sich seiner Schwester zu. Allegras Miene verdüsterte sich, und das vorgeschobene Kinn kündigte den Wutausbruch an, der nun über Lucas hereinbrechen würde. „Das kannst du nicht von mir verlangen! Ich will nicht auf immer und ewig in diesem scheußlichen Gemäuer eingesperrt sein. Du hast mir versprochen, dass mit einer Gesellschaftsdame alles anders würde!" Allegra setzte die Tasse unsanft auf den Untertasse und stellte beides so heftig auf den Tisch, dass der Löffel davonhüpfte.

Lucas knirschte mit den Zähnen. Die Verwirrung, die Miss Delacroix ausstrahlte, tat ihr Übriges, dass er um seine Fassung rang.

„Dein Benehmen ist nicht das einer jungen Lady. Mäßige dich, Allegra." Seine eigene Teetasse gesellte sich nicht minder lautstark zu Allegras auf den Couchtisch.

Seine Schwester stampfte mit dem Fuß auf.

„Ich denke gar nicht daran!", schrie sie. Eine Locke fiel ihr in die Stirn, und sie blies sie zornig aus dem Gesicht. „Du bist ein elender Lügner, Lucas St. Clare!" Damit stürmte sie zur Tür hinaus und rannte beinahe Jeremy über den Haufen, der in diesem Moment eintreten wollte.

Man hörte Allegra laut fluchend durch die Halle laufen. Lucas' Ohren summten. Kaum ein Monat im Haus, und schon bekam Miss Delacroix hautnah einen von Allegras seltenen, aber heftigen Wutausbrüchen mit.

Jeremy stand im Raum und räusperte sich verlegen.

Gereizt wie ein Stier starrte Lucas den Butler an. „Jeremy?"

Der distinguierte Dienstbote verneigte sich. „Sir, Mr. Neil St. Clare beliebt, Euch die Aufwartung zu machen", näselte er.

Lucas schnippte einen unsichtbaren Fussel von seinem Ärmel und inspizierte den anderen Arm, um einige Augenblicke Zeit zu gewinnen. Ausgerechnet diesen Tag suchte sich Cousin Neil für einen seiner Besuche aus. Lucas nickte Jeremy zu. „Lass ihn herein."

„Sehr wohl, Mylord." Der Butler verließ den Raum lautlos.

Violet entschied, dass es besser wäre, sich um Allegra zu kümmern. Überdies war sie nicht erpicht darauf, herauszufinden, ob sie den angekündigten Mr. St. Clare aus ihrem früheren Leben kannte. Der Name war ihr fremd. Zwar erwies sich der *ton* als weitläufig, doch bestimmte Mitglieder des Hochadels waren berühmt, berüchtigt oder beides. In welche Kategorie Isabel Dorothea Waringham einzuordnen wäre, vermochte Violet nicht zu erraten, und sie wollte es ganz sicher nicht herausfinden. Sie erhob sich, bereit, den Raum zu verlassen.

Lord Pembrokes scharfer Blick traf sie und nagelte sie förmlich fest.

„Ihr bleibt. Ich stelle Euch meinen Cousin Neil vor", wies er sie an.

„Ich will nach Allegra sehen. Ich bin für ihr Wohlergehen zuständig, Lord Pembroke", fügte sie überflüssigerweise hinzu.

„Ihr bleibt hier", wiederholte er rigoros.

„Sir", protestierte Violet. Sie straffte ihre Schultern.

„Ihr bleibt. Ihr müsst Neil unbedingt kennenlernen. Er wohnt in der Nachbarschaft und besucht uns des Öfteren."

Täuschte sie sich, oder wirkte Lucas besorgt? Sie entschied, zu verweilen und sich im Hintergrund zu halten. Zudem besann sie sich darauf, dass es Lucas St. Clares Geld war, das ihr Überleben sicherte, und gab nach. Sie setzte sich auf die Chaiselongue. Lucas nickte ihr zu, und diesmal registrierte sie die Erleichterung in seinem Blick.

Die Tür öffnete sich, und Jeremy ließ einen sichtlich wohlsituierten Herrn eintreten. Sein schütteres Haar wies einige wenige weiße Haare auf, die über das gesamte Haupt verstreut waren. Seine schmalen Augen blickten unruhig umher, und seine Nase wirkte, als wittere er einen schlechten Geruch.

Erleichtert bemerkte Violet, dass ihr der Mann gänzlich unbekannt war. Er beachtete sie nicht, wohl, weil er in ihr eine Angestellte erkannte. Damit war sie für die borniertern Mitglieder der gehobenen Schicht kaum mehr als ein Möbelstück.

„Lucas, mein Bester." Er trat auf Lucas zu und schüttelte seine Hand, ehe er ihm den edlen Holzkasten überreichte, den er mitgebracht hatte.

Lucas klopfte auf die Kiste. „Meine Zigarren?"

Neil St. Clare nickte. „Von Cronley and Smithson. Ich kenne deine Vorlieben, Cousin." Er zwinkerte und zog eine Flasche aus seiner Jackettasche. „Und deinen Lieblingsbrandy." Lucas nahm die Präsente entgegen und stellte sie auf den Tisch.

„Verbindlichsten Dank, Neil. Wie geht es dir?"

Der Mann nickte zufrieden, während er seine Hände auf dem Rücken verschränkte. „Bestens, ich kann mich beileibe nicht beschweren. Was hat unsere kleine Mylady für Befindlichkeiten, dass sie wie tollwütig durch die Halle rennen musste?"

Violet sah, wie Lucas' Miene gefror.

Neil St. Clare fuhr derweil ungerührt fort: „Deiner Schwester fehlt es an der richtigen Behandlung. Mir ist ein akzeptables Heim für Mädchen wie sie bekannt."

Mit einem Schlag verlor Lucas' Verwandter jegliche Aussicht darauf, Violets Urteil über seine Person positiv zu beeinflussen.

„Wir hatten eine kleine Meinungsverschiedenheit. Es ist ein ganz natürliches Verhalten für eine Fünfzehnjährige", presste Lucas sichtlich angestrengt hervor.

Neil zuckte mit den Achseln. „Du weißt, was ich für das Beste halten würde."

„Mich interessiert deine Meinung einen feuchten Kehricht", knurrte Lucas ungehalten. Violet fragte sich, ob Neil ahnte, dass er kurz davor stand, Lucas' Faust ins Gesicht zu bekommen. Vermutlich hätte Lucas als jugendlicher Heißsporn seinem Verlangen nachgegeben. Seine Hände ballten sich zu Fäusten.

Lucas' Reaktion ließ Violet argwöhnen, dass er sie aus zwei Gründen hatte hierbehalten wollen: Damit sie Neil St. Clare kennenlernte und Lucas davon abhielt, ihm an die Gurgel zu gehen.

Lucas verschränkte seine Arme und machte sein Bulldoggen-Gesicht.

„Ich möchte dich mit Miss Violet Delacroix bekannt machen", wechselte Lucas das Thema. „Miss Delacroix ist Allegras neue Gesellschafterin."

Neils Blick wanderte langsam zu Violet. Mit regloser Miene musterte er sie.

„Miss Delacroix." Er grüßte sie mit einem Kopfnicken. „Um diese Aufgabe seid Ihr nicht zu beneiden."

Unwillig runzelte Violet die Stirn. „Allegra ist eine wirklich außergewöhnliche junge Dame. Es ist eine Freude, für sie zu arbeiten."

Spöttisch fixierte Neil St. Clare Violet. In der Art, wie er das tat, lag etwas, das Violet ausgesprochen zuwider war. Sie unterdrückte einen Schauer.

Lucas lenkte die Aufmerksamkeit seines Cousins auf sich. Er zeigte auf einen der Lehnsessel.

Violet wartete, bis Neil saß, bevor sie eine frische Tasse Tee aufgoss und an ihn weiterreichte. Sie wandte sich an Lucas: „Mylord, entschuldigt Ihr mich? Ich möchte nach Allegra sehen."

Lucas zögerte und rührte seinen Tee um, ehe er seine Konzentration Violet schenkte.

„Gewiss doch." Er runzelte seine Stirn. „Kümmert Euch um Allegra, Miss Delacroix." Er deutete unwillig zur Tür, und Violet verabschiedete sich erleichtert mit einem Knicks.

Allegra stand im Ballsaal und starrte aus einem der hohen Fenster. Als sie Violet eintreten hörte, wischte sie sich über das Gesicht und drehte sich um. Ihre Augen waren gerötet, und feuchte Spuren glänzten auf ihren Wangen. Violet eilte zu ihr und umarmte das Mädchen. Reglos ergab sich Allegra in die Umarmung, und Violet ahnte, dass die Arme kaum jemals zuvor körperliche Nähe erfahren hatte.

Sie tätschelte Allegras Rücken. Froh registrierte sie, dass das Mädchen gegen sie sank.

„Es wird alles gut, Allegra. Ich rede nach dem Dinner in aller Ruhe mit deinem Bruder. Bestimmt kann ich ihn überzeugen, dass ein kleiner Besuch keinen Schaden anrichten kann. Im Gegenteil, es wäre für deine Erziehung und Entwicklung mehr als förderlich, wenn du gesellschaftliche Kontakte pflegen würdest."

Allegra schniefte hörbar, und in Anbetracht der Situation unterließ Violet es, sie deshalb zu rügen. Allegra befreite sich aus Violets Armen.

„Lucas wird mich niemals ausgehen lassen. Nicht, solange ich unter diesen Anfällen leide."

Violet stimmte mit Allegra überein, doch ihr Kummer ging ihr so nahe, dass sie entschied, nichts unversucht zu lassen.

„Ich kann ihn umstimmen, du wirst sehen", versprach Violet. „Ich verspreche dir, dass wir Lady Pikton besuchen werden."

„Ihr kennt Lucas nicht so gut wie ich", entgegnete Allegra bedrückt. „Er ist so stur wie ein schottisches Hochlandrind. Wenn er einmal einen Beschluss gefasst hat, bleibt er dabei."

Violet tätschelte Allegras Hand. „Ich gebe mein Bestes, seine Meinung zu ändern."

Allegra sah hoffnungsvoll auf. „Meint Ihr, Ihr könnt ihn umstimmen?" Ihre Mundwinkel zuckten.

„Ich gebe mein Bestes", beteuerte Violet und ergriff Allegras Hände. „Aber jetzt komm mit, wir beide gehen in den Garten. Es herrscht schönster Sonnenschein. Es wäre eine Schande, wenn wir das nicht ausnutzen würden."

Violets Schützling ließ sich widerstandslos in den Garten führen, und Lauren, Allegras Zofe, brachte Parasol und Hüte der beiden hinaus.

Allegra starrte auf das Haus und wandte sich angewidert ab.

„Cousin Neil scharwenzelt immer noch um Lucas herum. Ich kann Neil nicht leiden."

Violet zupfte an ihren Handschuhen herum. „Allegra!", rief Violet tadelnd. Sie warf Allegra einen missbilligenden Blick zu.

„Es nicht auszusprechen ändert nichts an der Tatsache." Sie sah zu dem Wäldchen hinüber und hob ihren Arm, um jemandem zuzuwinken. „Clark!"

Sie machte einen Satz nach vorn, und Violet erwischte sie gerade noch am Arm.

„Wo willst du denn hin?"

Allegra deutete auf das Unterholz. „Dort ist Clark, ein Freund." Im nächsten Moment schlug sie erschrocken ihre Hand vor den Mund.

Violet blickte in die angegebene Richtung, konnte aber nichts entdecken. „Ich kann niemanden sehen. Wer ist dieser Clark?"

Allegras Augen funkelten, sie biss sich auf die Unterlippe und legte ihre Fingerspitzen dorthin. „Seine Grandma wohnt in einer Kate im Wald. Clark lebt bei ihr."

„Und was ist mit den Eltern des Jungen?"

Allegra zuckte mit den Schultern. „Tot oder durchgebrannt. Das weiß keiner so genau. Clark und seine Granny bleiben gern für sich." Allegra klang nachdenklich.

„Und wie alt ist dieser Clark?" erkundigte sich Violet interessiert.

„Nur wenig älter als ich", gab Allegra mit einer wegwerfenden Bewegung zur Antwort.

Nicht gerade der richtige Umgang für die Schwester eines Earls. Violet verstand Allegra jedoch nur zu gut. Das arme Mädchen war einsam und dieser Junge, Clark, vermutlich ebenso. Zwei verwandte Seelen in der Nachbarschaft mussten sich wohl zwangsläufig anziehen.

„Weiß dein Bruder von deiner Freundschaft mit Clark?"

„Natürlich nicht", erwiderte Allegra. „Das ist mein Geheimnis. Clark und seine Großmutter meiden die Leute aus dem Dorf. Aber mich mögen sie." Sie sah Violet prüfend an. „Könnt Ihr das für Euch behalten, Miss Delacroix? Bitte? Lucas sähe es nicht gern, wenn ich mich mit Clark und seiner Granny abgäbe. Er kann die Sterlings nicht ausstehen."

„Ich werde deinem Bruder nichts erzählen. Aber nur, solange ich nicht das Gefühl habe, Clark übt einen schlechten Einfluss auf dich aus oder stellt eine Gefahr für dich dar", versprach Violet.

Erleichterung legte sich über Allegras Miene.

„Vielleicht stellst du mir deinen Freund Clark bei Gelegenheit vor?", fügte Violet hinzu.

„Wenn es sich ergibt. Er hält sich normalerweise von den meisten Menschen fern."

Nach einem ausgiebigen Spaziergang kehrten die beiden ins Herrenhaus zurück, und Violet bestand darauf, dass Allegra sich ausruhte, ehe der Lunch serviert wurde. Nicht ohne Hintergedanken, denn sie wollte mit Lucas über die Einladung von Lady Pikton sprechen.

Sie wartete ein Weilchen, dann schlich sie aus ihren Gemächern und begab sich auf die Suche nach Lord Pembroke.

Violet fand Lucas in seinem Arbeitszimmer. Seinen Gast hatte er verabschiedet, nicht jedoch seine schlechte Laune, die noch übler schien, als sie Violet bislang kennengelernt hatte.

„Miss Delacroix, mit welchen Belanglosigkeiten wollt Ihr mir meine kostbare Zeit rauben?" Seine grauen Augen blitzten Violet an.

Würdevoll ließ sie sich auf dem Stuhl vor dem Schreibtisch nieder, ohne auf Lucas Aufforderung zu warten.

„Ich wollte mit Euch über die Einladung …"

„Nein", fiel ihr Lucas unwirsch ins Wort.

„So hört mich doch erst einmal an, Lord Pembroke!"

Lucas schoss aus seinem Stuhl hoch. „Meine Entscheidung steht fest", schnappte er.

Violet umrundete den Schreibtisch, und noch ehe ihr klar wurde, was sie tat, griff sie nach Lucas' Hand. Ihr Po berührte die Tischplatte, und unwillkürlich erinnerte sie sich an die heißblütige Begegnung mit Lucas in dem Raum. Sein Geruch stieg ihr in die Nase, und ein Zittern lief durch ihren Körper. Sie zwang sich zur Ruhe.

„Mylord, ich verspreche Euch, dass ich Allegra keinen Moment unbeobachtet lassen werde. Bitte, erlaubt ihr den Besuch."

Lucas' Hand lag warm und groß zwischen den ihren. Sie wusste, wie es sich anfühlte, wenn seine Hände ihre Brüste umfassten, ihre Flanken hinabglitten und ihren Po kneteten. Sie ignorierte die Hitze, die unwillkürlich in ihr hochstieg, und unterdrückte ein Stöhnen.

Lucas' Blick fixierte ihre Lippen, und sie leckte darüber, nervös, weil ihr ganzer Körper in Aufruhr schien. Die Nähe zu Lucas löste erotische Beben in ihrem Innern aus. Sie sehnte sich nach seinen Berührungen, seiner nackten Haut auf der ihren. Sie ließ zu, dass er sie an sich zog und seine Lippen auf die ihren senkte. Sein Mund war warm und umschloss ihren zärtlich, ehe seine Zunge in sie glitt. Sein Geschmack überwältigte Violets Sinne. Der Kuss entflammte prickelnde Funken auf ihrer Haut, konzentrierte sich zwischen ihren Beinen und brachte ihren empfindsamen Schambereich zum Brennen. Ein Pochen durchzuckte ihre Schamlippen im Takt ihres Herzschlags. Sie keuchte und drängte sich enger an Lucas, fühlte seine Muskeln, seine Wärme, verhüllt von den Kleidern. Ihre Arme bewegten sich von seinen Hüften auf seinen Rücken. Ihre Finger glitten die Wirbelsäule hinauf, das Gefühl seines Körpers unter ihren Händen genießend.

Lucas' Lippen wanderten zu ihrem Ohr. Sacht strichen sie über den empfindsamen Bereich, und Violet fühlte, wie eine prickelnde Gänsehaut entstand.

„Wie weit würdet Ihr gehen, Miss Delacroix, um mein Einverständnis zu erhalten?", flüsterte er.

Seine Worte wirkten wie ein kalter Schauer auf Violet. Ernüchtert zog sie sich zurück, und als Lucas' Arme sie weiter hielten, schob sie ihn energisch von sich.

„Ihr seid ein widerlicher Schuft, Lord Pembroke."

Er lachte höhnisch. „Und Ihr erweist Euch einmal mehr als Kokotte!", warf er ihr an den Kopf. Seine sinnlichen Lippen pressten sich zu einer schmalen Linie zusammen. Er verschränkte seine Arme vor der Brust.

Violet stieß einen zornigen Laut aus. Sie biss sich fest auf die Lippen, um zu verhindern, etwas zu sagen, das sie hinterher bereuen oder das sie ihren Arbeitsplatz kosten könnte. Oder beides.

Die Wut staute sich in ihrer Magengrube und tobte wie eine marodierende Räuberbande durch ihre Eingeweide.

„Mylord." Mit einem knappen Knicks wandte sie sich ab und verließ das Arbeitszimmer.

Sie stürmte in ihr Schlafgemach und musste sich beherrschen, die Tür nicht mit einem Knall zu schließen. Aufgebracht lief sie in ihrem Raum auf und ab.

Mit einem solch impertinenten Miesepeter konnte sie nicht diskutieren. Dass sie obendrein jedes Mal in Flammen stand, wenn sie ihm nahe kam, verkomplizierte die Situation zusätzlich. Violet schnaubte.

Sie musste anders vorgehen und sich vor allem von Lucas St. Clare, ihrem persönlichen Sargnagel, fernhalten.

Kapitel 4

*Die Welt gehört denen, die zu ihrer Eroberung ausziehen,
bewaffnet mit Sicherheit und guter Laune.*
Charles Dickens

Allegra zupfte nervös an ihren Handschuhen.
„Miss Delacroix, seid Ihr sicher, dass Lucas nichts von unserem Besuch bei Lady Pikton erfährt?"

Violet und Allegra wanderten hinüber nach Hemsworth Hall. Violet überspielte ihr schlechtes Gewissen mit einem nervösen Kichern. „Woher denn? Wir gehen spazieren. Dein Bruder findet nie heraus, dass wir auf Lady Piktons Einladung eingegangen sind."

Mit abgekühltem Zorn musste Violet sich eingestehen, dass es beschämenderweise nicht an ihrem Versprechen gegenüber Allegra lag, dass sie gegen Lucas' Willen die Nachbarin besuchten. Einzig Lucas' Benehmen hatte den Ausschlag gegeben. Er schien zu glauben, als Mann über die Frauen in seinem Umfeld bestimmen zu dürfen, doch das erwies sich als Denkfehler. Diese Erfahrung hatten schon Violets Vater, ihr Verlobter und ihr Liebhaber machen müssen. Eine Violet Delacroix ließ nicht über sich bestimmen.

Seit ihrer Auseinandersetzung ging sie Lucas aus dem Weg, so gut es möglich war. Die Mahlzeiten verliefen in eisigem Schweigen, das Allegra mit übertrieben fröhlichem Geplapper zu übertünchen versuchte. An diesem Morgen hatte Lucas ihnen ausrichten lassen, dass er wegen dringender Geschäfte nach Carlisle aufgebrochen war und nicht vor dem nächsten Tag zurückzuerwarten war.

„Es ist ein Jammer, dass wir verschwitzt und schmutzig wie Landvolk bei Lady Pikton auftauchen werden", meinte Allegra.

Die beiden erklommen einen sanftgrünen Hügel, und vor ihnen in der Senke tauchte Hemsworth Hall auf. Violet blieb stehen und schnappte nach Luft. Das Stadtleben hatte eindeutig Nachteile, verglich sie ihren Zustand mit Allegras, die noch immer frisch wie der junge Morgen wirkte. Sie sah Violet fragend an.

„Geht es Euch gut, Miss Delacroix?"

Violet winkte ab. „Ich bin außer Atem." Sie wischte sich über die Stirn und sah auf das Tudor-Anwesen hinunter. „Wir können umdrehen. Niemand wird je erfahren, dass wir deinen Bruder hintergehen wollten", bot Violet Allegra an.

Wenn Violet ehrlich zu sich war, fiele ihr ein Stein vom Herzen, entschiede sich Allegra für diese Möglichkeit. Doch Allegra schüttelte nur stumm den Kopf. In ihrer Miene lag die Entschlossenheit einer Kriegerin. Violet konnte nur vermuten, was in dem Mädchen vorging. Vielleicht brauchte sie diesen Besuch, um sich etwas zu beweisen.

Violet berührte Allegras Arm. „Dann lass uns weitergehen."

Statt eines Butlers ließ ein Hausmädchen die beiden ein. Mit einer Miene, als wäre es alltäglich, dass die Gäste der Lady zu Fuß eintrafen, nahm die Dienstbotin die Visitenkarte von Allegra entgegen.

„Erklärt Ihrer Ladyschaft, dass Lady Allegra St. Clare und ihre Gesellschaftsdame Miss Violet Delacroix da sind", verlangte Allegra und warf Violet einen unsicheren Blick zu. Violet lächelte und zwinkerte ihrem Schützling zu.

Das Dienstmädchen kehrte kurz darauf zurück.

„Ihre Ladyschaft lässt bitten." Sie führte Allegra und Violet in den Salon.

Im Raum überwogen Blautöne, unterbrochen von Silberfarbe und extravaganten weißen Möbeln.

Violet sah das Staunen in Allegras Augen beim Anblick des unkonventionellen Mobiliars und stieß sie verstohlen an. Schuldbewusst zuckte Allegra zusammen.

Ein heiseres Lachen erklang. Die beiden wandten sich dem Geräusch zu und entdeckten eine dünne Frau, die vor einem der bodenlangen Vorhänge stand. Sie trug ein Morgenkleid von identischem Blau wie der Vorhang und verschwamm so mit dem Hintergrund. Sie trat vor, und Violet musterte die herben Gesichtszüge Lady Piktons.

Violet knickste, und Allegra tat es ihr nach.

Clara Sougham, Lady Pikton, näherte sich den beiden und betrachtete sie aufmerksam.

„Bitte setzt Euch!" Sie wartete, bis Violet und Allegra auf der Chaiselongue saßen, ehe sie sich selbst in einem Sessel niederließ.

„Ihr seid Violet Delacroix?"

Violet nickte. „Ja, Mylady. Ich bin Miss St. Clares Gesellschafterin."

Die ältere Dame sah sich Allegra an. „Dann bist du also Allegra St. Clare."

„Jawohl, Mylady."

Amüsiert betrachtete Lady Pikton Allegra. „Keine Angst, ich beiße nicht. Obwohl so manche Mimose des *ton* dies behauptet." Sie wandte sich einen Moment ab, um nach dem Dienstmädchen zu klingeln. „Dabei bin ich lediglich zu ungeduldig, um mich mit hirnlosem Geschwätz und dummen Menschen abzugeben."

Die Bedienstete trat lautlos ein.

„Bring uns Tee und Gebäck, Sylvie." Lady Pikton lehnte sich zurück und fixierte Allegra. „Du siehst deinem Bruder ähnlich. Die gleichen Augen. Vielleicht auch der Mund. Ich bin mir nicht sicher, er lächelt ja nie."

Violet unterdrückte ein Schmunzeln. Lady Pikton wirkte amüsiert. „Miss Delacroix, Ihr steht entweder lange genug in Diensten der St. Clares, um meiner Meinung zu sein, was Lord Pembrokes Griesgrämigkeit betrifft, oder zu kurz, um meine ernst gemeinte Einschätzung über Euren Arbeitgeber mit mir zu teilen."

„Ich bin mir nicht sicher, Lady Pikton", entgegnete Violet diplomatisch.

Die Lady lachte. „Auf jeden Fall kann man Lord Pembroke seinen Spürsinn für intelligentes Personal nicht absprechen."

Sylvie glitt in den Raum und servierte den Tee.

Die drei Damen tranken schweigend aus den filigranen Tassen mit goldenem Rand, die ihnen vom Dienstmädchen gereicht wurden. Lady Pikton sah ihre Besucherinnen an und griff nach einem der Sandwiches.

„Meine liebe Allegra, was geht auf Halcyon Manor vor, dass Ihr dort so abgeschieden lebt?" Ohne Umschweife sprach Lady Pikton an, was sie zweifelsohne schon längere Zeit beschäftigte.

Allegras Wangen färbten sich rosa, und sie sah auf ihre Finger.

„Die St. Clares lieben die Einsamkeit", erklärte Violet schnell.

Lady Pikton warf Allegra einen scharfen Blick zu. „Mir scheint, die junge Miss St. Clare sieht das ein wenig anders." Sie wehrte Allegras Protest mit einem Kopfschütteln ab. „Behaltet Eure Geheimnisse, Miss St. Clare. Wenn Ihr älter und erfahrener seid, werdet Ihr feststellen, dass eine rätselhafte Dame der Liebling des *ton* werden kann." Lady Pikton lächelte und griff nach einem Holzkästchen neben sich. „Meine Lieben, stört es Euch, wenn ich rauche?"

Allegras Kopf fuhr hoch, und Lady Pikton schmunzelte. Sie öffnete das Kästchen und holte eine zierliche Pfeife heraus. Geschickt stopfte sie den Kopf, zündete den Tabak an und lehnte sich zurück, während sie genießerisch Rauch einsog.

„Ich wusste nicht, dass Ladys zu rauchen pflegen." Allegra beobachtete ihre Gastgeberin interessiert.

„Vielleicht lebe ich so weitab von der Londoner Gesellschaft, weil ich keine Lady bin?", schlug Clara Sougham vor und stieß genüsslich Rauch aus.

Violet lächelte und tätschelte Allegras Hand. „Auf gar keinen Fall, Mylady", erwiderte sie entschieden.

Die Lady lachte. „Ich mag Euch, Miss Delacroix, Ihr seid wahrlich nicht auf den Kopf gefallen. Und keck obendrein. Das gefällt mir." Sie wandte sich Allegra zu. „Wie alt bist du? Sechzehn?"

„Fünfzehn, Mylady."

Lady Pikton nickte zufrieden. „Meine Nichte Leandra ist ungefähr in deinem Alter. Sie besucht mich diesen Sommer, vielleicht schließt ihr beiden Freundschaft. Ich stelle euch einander vor", bestimmte die Frau.

Aufgeregt hüpfte Allegra über die Wiesen. Ihr Besuch bei Lady Pikton hatte mehr Zeit in Anspruch genommen als gedacht. Die Lady hatte ihnen sogar angeboten, ihnen ihre Kutsche für den Heimweg zu leihen. Doch Violet und Allegra wollten unter keinen Umständen, dass ihr kleiner Ausflug bekannt wurde. Und so gingen sie in der untergehenden Sonne nach Halcyon Manor zurück.

Allegra drehte sich zu Violet herum und lief rückwärts. Ihr Gesicht leuchtete förmlich.

„Miss Delacroix, vielen Dank!" Allegra verstrahlte aus jeder ihrer Poren Freude, und Violet war noch nie glücklicher gewesen, gegen Anweisungen verstoßen zu haben. „Das war der erste Besuch in einem Herrenhaus, den ich in den letzten drei Jahren machte!"

Violet lächelte. „Es freut mich, dass ich dir dazu verhelfen konnte."

Allegra wandte sich um. Sie passte ihr Tempo Violets an. „Wenn es nach meinem Bruder ginge, sperrte er mich mein Lebtag lang auf Halcyon Manor ein."

„Wegen deines Leidens?", erkundigte sich Violet sanft. Sie bedauerte ihren Schützling zutiefst, vor allem, da ihr nicht begreiflich wurde, weshalb Lucas es für gerechtfertigt hielt, Allegra von anderen Menschen fernzuhalten. Schwächeanfälle waren schließlich nicht dasselbe wie Irrsinn. Und Violet hatte diverse Mitglieder des *ton* erlebt, deren Benehmen man nur mit ungewöhnlich großem Wohlwollen als Exzentrik bezeichnen konnte. Somit waren auch Allegras Anfälle kaum ein Grund, das junge Mädchen wegzusperren. Vor allem ein Mädchen, das hübsch und intelligent und begütert gleichermaßen war. Ihre Zusammenbrüche konnte man auf geschickte Weise als weibliche Zerbrechlichkeit interpretieren, womit Allegra wiederum interessanter wurde. Bestimmt waren die Anfälle nicht so dramatisch, wie Lucas es darstellte. Violet argwöhnte schon länger, dass er zur Übertreibung neigte. Immerhin war sie nun etliche Wochen auf Halcyon Manor, und Allegra hatte noch nicht ein Schwächeanfall ereilt. Sie hielt es für unnötig, dass Allegra auf dem Landsitz wie eingesperrt leben musste. Der *ton* würde sie akzeptieren. Violet seufzte. Wem wollte sie etwas vormachen? Die Londoner High Society war ein Schlachtfeld. Selbst vermeintlich beste Freunde verbargen hinter charmantem Geplauder und freundlichem Lächeln spitze Zungen und Reißzähne.

Violet konnte die Abgeschiedenheit der St. Clares nur begrüßen. Hatte sie die Arbeitgeber nicht deshalb ausgewählt? Es wäre verhängnisvoll für Violet, beschlössen Lucas und Allegra St. Clare, eine Saison in London zu verbringen.

Violet schüttelte ihren Kopf. Die hiesige Gentry versprach Sicherheit für Violet, und Allegra musste nicht als Einsiedlerin auf Halcyon Manor enden. Violet würde dafür sorgen, dass Allegra am ansässigen Gesellschaftsleben teilnahm!

„Dein Bruder liebt dich. Er sorgt sich um dein Wohlergehen", erklärte Violet dem Mädchen.

Allegra warf ihr einen Blick mit hochgezogenen Augenbrauen zu. „Manchmal wäre es mir lieber, er wäre nicht ganz so fürsorglich."

Die beiden marschierten stumm über eine Schafsweide. Die weißen Blüten, die die Wiese überzogen, schimmerten in der Abendsonne grau und orange.

Vor ihnen tauchte Halcyon Manor auf. In den Scheiben der Fenster reflektierten sich die letzten Strahlen des Tages. Beim Anblick des eleganten Gebäudes verspürte Violet ein eigenartig wohliges Gefühl in ihrem Bauch. Es dauerte einen Moment, bis sie erkannte, dass es Geborgenheit war.

Allegra und Violet verharrten eine Weile und starrten hinüber auf das Anwesen.

„Zugegeben, es gibt üblere Orte, an denen man sein Leben verbringen kann."

Violet ergriff Allegras Hand. „Allerdings", bestätigte sie. „Wie häufig suchen dich deine Attacken denn heim?" Violet schlug einen Plauderton an, in der Hoffnung, dass Allegra darauf einging.

Sie zuckte mit den Schultern. „Unterschiedlich. Den letzten Anfall hatte ich, ehe Ihr zu uns kamt."

Also erlitt sie ihre Ausbrüche in einigem Abstand. Ein Umstand, der einem gesellschaftlichen Leben nicht zuwiderlief. Violet beschlich das Gefühl, dass man ihr entweder die Wahrheit verschwieg oder dass Lucas ein kontrollsüchtiger Tyrann war.

Sie näherten sich dem Haus über den hinteren Teil des Anwesens. Violets Blick fiel durch die offen stehende Tür in den Stall, und sie entdeckte die Pferde, die der Kutscher Henry angespannt hatte, um Lucas nach Carlisle zu fahren.

„Mir scheint, Lord Pembroke ist zu Hause", verkündete Violet.

Allegra straffte sich. Mit einem Räuspern strich sie ihre Röcke glatt. „Er wird doch nicht herausfinden, was wir getan haben?" Ihre Stimme klang ängstlich.

„Natürlich nicht. Wir gehen auf unsere Zimmer und machen uns frisch. Beim Dinner dürfen wir den heutigen Nachmittag mit keiner Silbe erwähnen, und dein Bruder wird niemals von unserem Ausflug erfahren."

Violet wälzte sich in ihrem Bett herum.
Sie sah aus dem Fenster und erblickte den Mond, dick und rund wie eine Schwangere kurz vor der Entbindung, am kohlrabenschwarzen Himmel stehen. Sie stöhnte. Natürlich, Vollmond, in diesen Nächten war an Schlaf nicht zu denken.
Violet erhob sich und schlüpfte in ihre Slipper, ehe sie den Morgenmantel überwarf. An der Tür zögerte sie kurz. Das letzte Mal, als sie bei Nacht durch das Haus gewandert war, hatte sie sich schließlich in glutvoller Umarmung mit Lucas wiedergefunden. Lustvolle Schauer ließen sie zittern, als sie diese Gedanken überkamen. Ihre Haut kribbelte, und ihre Scham pochte. Ärgerlich wischte sie die Erinnerung beiseite. Eine einmalige Verfehlung durfte nicht dazu führen, dass sie sich fürchtete. Sie würde jetzt hinunter in die Bibliothek gehen und sich aus einem der Regale bedienen – sie hatte dort einige Ausgaben Robert Burns' und Daniel Defoes gesehen, die sie nur zu gerne lesen wollte und die bestens dazu geeignet waren, ihr Gemüt zu beruhigen.
Sie ließ ihre Zimmertür angelehnt, schlich die langen Flure und Treppen entlang, bis sie an der Bibliothek ankam. Sie fand die Tür halb offen, und der Schein einiger Argand-Studierlampen drang in den Gang. Violet verzog das Gesicht. Sie hielt inne. Vielleicht war es Allegra, die dort die Zeit totschlug? Oder einer der Dienstboten?
Vorsichtig trat Violet näher, ehe sie in den Raum hineinspähte. Vor einem der dunklen Bücherborde stand Lucas. Er wandte Violet sein Profil zu. Seine Hemdsärmel hatte er bis zu den Ellenbogen hochgerollt, den Kragen geöffnet, sodass die Halsgrube sichtbar war. Jackett und Weste lagen auf der Lehne des Sessels. Lucas nahm einen Schluck aus einem Brandyglas, gleichzeitig glitt er mit den Fingern über die Einbände der Bücher im Regal vor ihm. Violet starrte auf seinen Hintern, um den sich die enge Hose schloss, die mehr vom attraktiven Inhalt preisgab als verbarg. Ihre Fingerspitzen kribbelten.
Ärgerlich ballte sie ihre Hände zu Fäusten und trat zurück. Erneut trank Lucas einen Schluck Brandy, sein Kehlkopf hüpfte bei den Schluckbewegungen, und seine Zungenspitze leckte über seine Lippen. Der Wunsch, mit ihrer eigenen Zunge über Lucas' Lippen zu fahren, wurde übermächtig. Abrupt drehte Violet sich herum und kehrte in ihr Zimmer zurück.

Der Brandy glitt samtig-rau Lucas' Kehle hinab. Im Abgang meinte er, einen ungewohnten Hauch Bitternis zu schmecken. Er leerte das Glas genießerisch und stellte es auf das Tischchen neben dem Sofa ab. Er wählte aus den Büchern im Regal eines aus und setzte sich. Schwindel erfasste ihn. Das Gefühl glich dem, das ihn überkam, wenn er zu viel Alkohol konsumierte. Er blinzelte.

Die Bücherregale schienen sich zu bewegen. Lucas umklammerte die Sofalehne. Er schloss die Lider. Das Schwindelgefühl blieb. Er vernahm ein Stöhnen, das ihm die Nackenhaare aufstellte.

„Lucas", röchelte eine männliche Stimme. „Lucas, warum hast du das getan?" Der Sprecher sprach abgehackt, mit ersterbender Stimme.

Lucas riss die Augen auf. Vor ihm stand sein Cousin Neil. Mit blutgetränktem Hemd. Aus seiner Brust ragte ein Messergriff. Neil hob ihm die Hände entgegen.

„Warum?", winselte Neil. „Warum tötest du mich?"

Lucas presste sich tiefer in die Polster des Sofas. Er gab sich einen Ruck, wollte sich erheben, doch seine Beine gehorchten ihm nicht. Er öffnete seinen Mund, um Hilfe zu rufen. Doch Neil war mit einem Satz bei ihm und hielt ihm den Mund zu. „Denk an die Folgen. Sie stecken Allegra nach Bedlam, wenn sie wissen, dass du ein irrer Mörder bist. Der gleiche Irrsinn wohnt in euch beiden, werden sie sagen."

Lucas stöhnte, sein Herz raste, pochte wie wild in seiner Brust. Neils Hand schloss sich fester um seine Lippen, seine Nase. Er bekam keine Luft. Bewegungsunfähig musste er zulassen, dass er erstickte, langsam und qualvoll.

Lucas verlor das Bewusstsein.

Eine weiche Frauenhand tätschelte seine Wange. „Lucas, was ist geschehen?" Vage kam ihm die Stimme bekannt vor, doch benommen, wie er sich fühlte, gelang es ihm nicht, die Augen zu öffnen. Er brummte unwillig. „Lucas." Die Frau klang ungeduldig. „Hör auf damit, du benimmst dich wirklich albern!"

Er versuchte erfolglos, seine Lider aufzuschlagen, doch es gelang ihm nicht. Dafür spürte er zu seiner großen Überraschung, wie die Hand der Frau in seine Hose glitt. Ihre Haut war warm und gepflegt und ihr Griff entschlossen, als sie nach seinem Schwanz fasste. Er keuchte. Blut pumpte langsam in seinen Schaft. Die Hose wurde eng und enger. Gerade als er glaubte, jeden Moment den Stoff zu sprengen, zog die Frau ihre Hand heraus und öffnete flink den Verschluss, ehe sie die Hose hinunterzog.

Immer noch war er unfähig, einen Blick auf die Unbekannte zu werfen. Dafür war sein Schwanz steif. Zu gern hätte er Erlösung erfahren. Dass die

Frau dem nicht abgeneigt schien, vermutete er, weil sie just in diesem Moment ihre Lippen um seinen Schaft schloss.

„Himmel", stöhnte er. Erst jetzt merkte er, dass unfähig war, seine Arme, geschweige denn seine Hände zu bewegen, und so musste er geschehen lassen, was die Frau mit ihm anzustellen gedachte. Ihre kleine, feste Hand umfasste seinen Schwanz, während ihr heißer Mund ihn tief aufnahm. Sie sog an ihm, und ihre Zunge streichelte ihn gleichzeitig. Lucas stöhnte rau, als ihre Fingerspitzen seine Hoden sacht massierten.

Reglos lag er da. Selbst wenn er fähig gewesen wäre, sich zu bewegen, hätte er es nicht gewollt; zu aufregend war es, hilflos und blind die Liebkosungen der Frau über sich ergehen zu lassen. Ihr Atem ging schneller. Die Situation erregte sie und ihr Tun offensichtlich ebenso. Lucas fühlte, wie sich seine Hoden zusammenzogen. Lust ballte sich in seinem Unterleib, und das Saugen und Lecken der Frau wurde leidenschaftlicher. Erregung staute sich in ihm und schoss dann ungehemmt und explosionsartig durch seinen Körper und entlud sich stoßweise. Lucas bäumte sich auf, keuchte und versuchte erneut, die Augen zu öffnen. Diesmal gelang es ihm.

Er blinzelte schockiert, aber auch fasziniert, musterte die schwarzhaarige Schönheit mit der alabasterweißen Haut und den wilden, schwarzen Locken. In ihren veilchenblauen Augen glomm das Begehren. Ihre Brüste, runde Halbkugeln mit dunklen Nippeln, lockten, danach zu greifen und sie zu liebkosen.

Ihre Taille war schmal und die Hüften rund. Das, was er vom Po sah, schien ihm ebenfalls verlockend. Er schluckte und sah Violet ins Gesicht. Er fragte sich, weshalb sie hier war, noch dazu nackt, und ihn oral verwöhnte. Sein Blick glitt zu ihrer Scham, und da sie über ihm stand, konnte er ihre geschwollenen, feucht glänzenden Schamlippen mustern. Prompt fühlte er, wie Blut in seinen Schwanz schoss und dieser sich erneut aufrichtete.

Triumphierend ließ Violet sich auf seinen Schaft sinken. Sie war so feucht, dass er problemlos in sie glitt. Sie keuchte, und ihre Hände legten sich auf seine Brust, spielten an seinen Nippeln, die augenblicklich hart wie kleine Perlen wurden. Sie stieß einen gurrenden Laut aus und fixierte ihn aus ihren unglaublich violetten Augen. Sie bewegte sich langsam, hob und senkte sich auf seinem Schaft, entließ ihn immer wieder aus ihrem heißen, glitschigen Schoß, um ihn anschließend erneut zur Gänze aufzunehmen. Ihr Fleisch umschloss ihn fest, als er in sie eintauchte. Er sah in ihr Gesicht, erkannte die Lust auf ihren Zügen, das Spiegelbild seiner eigenen Begierde. Zu gern hätte er mit seinen Händen ihre Hüften umklammert und die Geschwindigkeit und Tiefe der Stöße bestimmt, so aber musste er zulassen, dass Violet ihn langsam und ausdauernd ritt.

Violet lehnte sich zurück. Sie schloss die Augen, und ihre genüssliche Miene verriet alles, was Lucas wissen musste. Sein Magen zog sich vor Begierde zusammen, und eine Gänsehaut überlief ihn, als seine Nase vom Duft von Veilchen, Violet und Sex gestreift wurde.

Violet lehnte sich zurück und atmete heftiger. Immer schneller bewegte sie sich, ihre Scham zog sich rhythmisch zusammen, massierte seinen Schaft, der unter den sanften Vibrationen noch härter wurde. Jäh stieg ein heftiger Höhepunkt in ihm auf. Das Gefühl ballte sich in seinem Bauch, breitete sich zu seinem Schwanz aus und explodierte dann plötzlich und unvorbereitet. Violet kam im selben Moment. Er spürte es an der Art, wie sie atmete, wie ihr Fleisch sich um ihn zusammenzog und wie sie ihre Augen schloss und den Kopf in den Nacken legte.

Er verströmte sich mit einem heiseren Schrei in ihr, und sein Orgasmus überrollte ihn so heftig, dass seine Bauchmuskeln krampften, gleichzeitig klärte sich sein Verstand, und ihm wurde bewusst, dass er allein und das heißblütige Liebesspiel nur Einbildung gewesen war. Dann versank die Welt um ihn herum im Nebel.

Violet schlüpfte unter ihre Bettdecke. Sie kuschelte sich in die immer noch warmen Kissen. Allmählich glitt die Wärme unter ihre Haut. Sie seufzte. Ihre Hand legte sich auf ihren nackten Oberschenkel. Sie schloss die Augen und gab sich einen Moment Gedankenspielen hin.

Was wäre wohl geschehen, hätte sie sich in die Bibliothek gewagt? Wäre es wieder zu einer erotischen Begegnung zwischen ihr und Lucas gekommen?

Sicher, sie konnten einander nicht leiden, doch zwischen ihnen herrschte unbestreitbar sexuelle Anziehung. Violet war neugierig auf derartige Erfahrungen. Einmal die Scham fallengelassen, war es leicht, den eigenen Neigungen nachzugeben. Geschah dies vorsichtig und diskret, gab es keinen Grund, die prüde Jungfrau zu spielen.

Sie ließ ihre Finger über ihre Schenkel gleiten, weiter zu ihrem Venushügel, der hochsensibel auf jegliche Berührung reagierte. Violet seufzte verlangend. Wenn es Lucas' Hände wären, wohin würde er sich vortasten? Sie streichelte ihre zarte Haut am Bauch, glitt hinauf zu ihren Brüsten und kniff ihre Nippel behutsam, die sich unter ihren zärtlichen Berührungen aufrichteten und kribbelten. Violets andere Hand wanderte über ihren Schamhügel. Ihre Finger liebkosten kundig die empfindsame Stelle über ihrem Lustknopf. Sie reizte und erregte sich, bis sie die Wellen der Begierde durch ihren Körper wallen fühlte. Sie keuchte, hob ihr Becken und genoss die lustvolle Erfahrung, die sie sich selbst schenkte. Die Erregung zwang sie zuckend und keuchend in die Kissen.

Sie hielt ihre Augen geschlossen. Entspannt und gleichzeitig schuldbewusst und frustriert.

Violet zupfte ihr Nachthemd zurecht. Um wie viel erfüllender wäre es, hätte ein Mann, hätte Lucas sie so liebkost! Sie rollte sich zusammen.

Lucas erwachte in seinem Bett. Heller Sonnenschein wärmte sein Gesicht, und obwohl seine Decken nass geschwitzt waren, fröstelte er. Vage erinnerte er sich an die vergangene Nacht. Er hatte seinen abendlichen Brandy und die Zigarre in der Bibliothek zu sich genommen. Sein Vorhaben, in einem Buch zu schmökern, hatte ein jähes Ende gefunden, als ihm seine Gliedmaßen den Dienst aufkündigten. Er hatte hilflos auf der Chaiselongue verharrt, während Schreckensvisionen vor seinen Augen entstanden waren: Neil, ein sterbender Neil, war vor ihm erschienen, blutverschmiert und mit einem Messer in der Brust, und hatte Lucas des Mordes an ihm angeklagt. Der Geruch nach Blut war die letzte Empfindung, die Lucas zur Kenntnis genommen hatte, ehe er in die Bewusstlosigkeit sank. Anschließend hatte ihn eine nicht weniger seltsame Vision heimgesucht: Bewegungsunfähig hatte er zugelassen, dass sich Miss Delacroix, die unsägliche Gesellschafterin Allegras, über ihn hermachte. Auch danach war er in Ohnmacht gefallen. Als er spätnachts zu sich gekommen war, hatte er nicht den Hauch eines Beweises entdeckt, dass sich irgendetwas von all dem so zugetragen hatte. Erschöpft war er in sein Zimmer getorkelt und hatte wie ein Stein geschlafen.

Lucas schluckte. Der Gedanke, der in ihm aufstieg, gefiel ihm nicht. Überhaupt nicht. Suchten ihn nun dieselben Anfälle heim wie Allegra?

Ihre fröhliche Stimme riss ihn aus seiner depressiven Stimmung. Er schälte sich unter den Decken hervor, froh, wieder Herr über seinen Körper zu sein, und schleppte sich zum Fenster. Auf dem Rasen spielten Ally und Violet Federball. Die zwei trugen helle Morgenkleider aus fließenden Stoffen, zu denen die dunklen Haare der beiden einen reizvollen Kontrast bildeten. Und selbstverständlich hatte die frivole Miss Delacroix ein veilchenblaues Band um ihr Haar gewunden, dessen Farbe sich in der Schärpe ihres Kleides wiederholte. Weil ihr Anblick etwas in ihm anrührte, das er in diesem Moment nicht fühlen wollte, lenkte er seine Aufmerksamkeit auf Allegra. Ihre Haut hatte eine gesunde Farbe, die Wangen waren rot, und ihre Augen blitzten. So wenig Miss Delacroix seinen Vorstellungen einer Gesellschafterin auch entsprach, sie tat Allegra gut. Und das war alles, was für Lucas zählte.

Eine Erinnerung durchzuckte sein Gedächtnis: ein nackter, nach Lust und Veilchen duftender Frauenkörper, schwarze Haarmassen, die wie Seide seine nackte Schulter kitzelten. Haut, zart und straff unter seinen Fingern, und leises Stöhnen, wenn er sie berührte. Lucas fuhr zurück. Verwirrung erfasste ihn. Blinzelnd sah er hinunter auf Violet Delacroix. Sein Schaft wurde augenblicklich steinhart. Er stöhnte.

Er hatte das impertinente Weibsbild vom ersten Moment an begehrt. Einzig sein Sturschädel hatte nicht begreifen wollen, was sein Verlangen ihm unmissverständlich klar machte. Lucas legte seine Hand auf die Beule und rieb gedankenverloren darüber. Violet war eine anziehende Frau. Ihre Brüste fest, ihre Taille schlank, und darüber hinaus ließ sie sich von ihm nicht ins Bockshorn jagen. Er wusste um sein mürrisches Wesen, und die meisten Frauen fanden ihn einschüchternd. Nicht aber Violet. Das imponierte ihm.

Er schüttelte angewidert den Kopf. Welchen Hirngespinsten hing er nach? Violet Delacroix stand in seinen Diensten, als Gesellschafterin seiner Schwester. Er musste wirklich kurz davor stehen, seinen Verstand zu verlieren, wenn er auch nur in Erwägung zog, sich in das Bett einer seiner Bediensteten zu begeben.

Leider zeigte sein Schaft mit einem Zucken die Begeisterung über diesen Gedankengang. Mit einem wütenden Schnauben entfernte sich Lucas vom Fenster.

Lucas verbrachte den Tag bis in den Nachmittag hinein mit Schreibarbeiten. Zufrieden mit dem geleisteten Tagewerk und darüber, das erotische Brennen zum Verstummen gebracht zu haben, entschied er, Allegra aufzusuchen.

Nachdem ihm Jeremy mitteilte, dass Allegra und Violet sich zu einem Nickerchen zurückgezogen hatten, beschloss er, seine kleine Schwester auf ihrem Zimmer zu besuchen.

Lucas stutzte, als er sich vor den Türen befand. Er erinnerte sich nicht mehr, welches der beiden Gemächer sie für sich beanspruchte. Er zögerte und lauschte erst an dem einen, dann an dem anderen Portal. Als er sich gegen das Holz lehnte, sprang das Schloss auf, und die Tür schwang auf.

Violet Delacroix stand nackt, wie sie zur Welt gekommen war, vor ihrem Waschtisch, einen Lappen in der Hand, und starrte ihn erschrocken an.

Ihr Körper war in der Tat so sinnlich, wie er es erahnt hatte. Ein voller Busen, gerundete Hüften, der Po fest und ansehnlich geformt. Ihre milchweiße Haut erwies sich als makellos. Dort, wo sie mit dem Waschlappen entlanggefahren war, glänzte ihr Körper. Eine Gänsehaut entstand unter seinem Blick. Lucas schluckte, fühlte, wie sein Schaft nach Beachtung schrie, indem das Blut jäh hineinschoss. Und nicht nur dorthin, gleichzeitig schien der Lebenssaft in seinen Kopf zu steigen und drängte nach außen.

Sein Gesicht fühlte sich heiß und kribbelig an, während das Blut in seinen Ohren pulsierte.

Obwohl seine Verlegenheit ungeahnte Ausmaße annahm, stand er wie festgewachsen in der Tür.

Violet warf mit einer zitternden Bewegung den Lappen in die Waschschüssel. Ein platschendes Geräusch füllte die Stille des Raums. Sie schürzte ihre Lippen, und Lucas gewahrte an ihrem Blick, dass sie sich auf einen Angriff vorbereitete.

Violet schluckte. Nach dem panischen Satz, der ihr Herz schmerzhaft in ihrer Brust hüpfen ließ, als Lucas St. Clare unvermutet in ihr Gemach stolperte, benötigte sie einige Moment, um sich zu beruhigen. Vor allem, als ihr sein glutvoller Blick bewusst wurde, mit dem er sie förmlich fesselte.

Hitze stieg ihr Rückgrat empor, pulsierte in ihrem Unterleib, um sich dann Richtung Knie aufzumachen. Ein Wassertropfen, der aus der Schüssel auf ihre Brust gespritzt war, lief langsam über die Brustspitze. Sie drückte ihr Kreuz durch und verdrängte all die köstlichen Empfindungen, die Lucas' hungrige Musterung in ihr auslöste. Energisch rief sie sich in Erinnerung, welch verlogenes, gieriges Pack die Männer waren. Sie ignorierte die Verlegenheitsröte in Lucas' Gesicht.

„Was fällt Euch ein, Lord Pembroke?" Als er nicht reagierte, sondern nur erstarrt im Raum stand und sie fixierte, steigerte sich ihre Wut. „Fesselt Euch mein Anblick so sehr, dass Ihr Euren Blick nicht abwenden könnt?" Ein kleines Teufelchen setzte sich auf ihre Schulter und zwang sie, Lucas den tropfnassen Waschlappen entgegenzuschleudern.

Geschickt fing er das Tuch auf, und die Tropfen stoben in alle Richtungen. Er ließ den Lappen zu Boden fallen, wo dieser mit einem schmatzenden Geräusch aufkam. Lucas wischte sich mit seiner trockenen Hand über das Gesicht. Er straffte sich, hob sein Kinn und verschränkte die Arme vor der Brust.

„Stellt Euch nicht so an. Ich weiß, wie eine nackte Frau aussieht", entgegnete er mit aristokratischer Verachtung. Seine Augen blitzten.

Violet rümpfte die Nase. „Das glaube ich sofort", schoss sie zurück.

Lucas machte einen Schritt in ihre Richtung, und Violet wurde bewusst, dass sie immer noch unbekleidet war. Sie griff nach dem Handtuch und hob es schützend vor ihre Blöße.

„Was wollt Ihr damit sagen?", knurrte Lucas ungehalten.

Violet schüttelte den Kopf. „Man hört so einiges", behauptete sie unbestimmt.

„Aber nicht über mich. Und falls Ihr Euch Sorgen um Eure Tugend macht: Die könntet Ihr mir hinterherwerfen, und ich würde sie nicht wollen." Seine Stirn lag in Zornesfalten, und seine Stimme klang gepresst. Seine Fäuste öffneten und schlossen sich mehrmals. Einen Moment lang wurde Violet mulmig zumute. Sie hatte es übertrieben. Die Stelle bei den St. Clares war perfekt für sie. Wenn Lucas sie nun auf die Straße warf? Doch dann sah sie Lucas' Blick, der auf ihrem dürftig bedeckten Busen ruhte.

„Ihr wärt der letzte Mann auf Erden, dem ich sie geben würde! Eher schenkte ich sie einem Wilden", fauchte Violet, die Finger in das Handtuch vergraben, als beschütze es sie. Nicht vor Lucas, sondern ihrer eigenen heißen Begierde, die plötzlich über sie hinwegrollte. Sie hatte Lucas vom ersten Moment an begehrt. Warum sonst hatte sie sich ihm in jener alkoholgeschwängerten Nacht bereits hingegeben?

„Das lässt sich einrichten."

Könnten Blicke töten, wäre Violet entseelt zu Boden gerutscht, denn Lucas' Miene wirkte wahrhaft mörderisch. Ihr Herz schlug panisch in ihrer Brust, doch das Teufelchen auf ihrer Schulter ließ keinen Rückzug zu.

„Ihr seid der unverschämteste Mann, dem ich je begegnete!" Ohne es zu wollen, stieß ihr Zeigefinger gegen seine Brust. Sein Rasierwasser kitzelte ihre Nase.

„Und Ihr das vorlauteste Weibsbild, das man sich denken kann. Gegen Euch war Xanthippe die Sanftmut in Person. Und Platon nahm lieber Gift, als zu ihr zurückzukehren!", erwiderte Lucas.

Seine Beleidigungen waren einfallsreich, das musste Violet ihm zugestehen. Ihr ganzer Körper kribbelte vor Lust und Hitze, und ihr Verstand kämpfte vergebens um die Vorherrschaft. Seine Hand schloss sich um das Gelenk ihrer Hand, die ihn an der Brust berührte. Ihre Haut brannte unter seiner Berührung.

Ihre Vagina rief sich mit wollüstigem Brennen in Erinnerung und weckte das kleine Teufelchen, das sich erneut ihrer bemächtigte.

„Wäret Ihr mein Gemahl, hätte ich Euch schon längst beseitigt", machte Violet einen letzten Versuch, ihm Kontra zu geben und ihn aus ihrer Nähe und ihrem Schlafgemach zu verjagen. Das Brennen breitete sich über ihre gesamte Haut aus.

„Unnötig. Mit Euch ans Ehejoch gekettet zu sein, brächte mich noch in der Hochzeitsnacht dazu, mir eine Kugel ins Herz zu jagen!" In seinen Augen flammte Leidenschaft auf und strafte seine Worte Lügen. Er fühlte sich von Violet ebenso angezogen wie sie sich von ihm.

Mit einem Mal standen sie sich so nah gegenüber, dass Violet die Wärme spürte, die Lucas' Körper ausstrahlte. Dies und ihre eigene Hitze loderten in ihrem Körper und auf ihrer Haut. Ihr Verstand mochte protestieren, doch ihr Leib wusste nur zu genau, wonach ihm dürstete.

Plötzlich lagen ihre Münder aufeinander. Lucas' Zunge glitt zwischen Violets Lippen, eroberte hungrig ihre Tiefen, erforschte die feuchte Samtigkeit ihres Mundes. Er legte seine Hand auf ihren Hinterkopf, und die Berührung ließ Violet aufkeuchen. Lucas' zweite Hand presste sich auf ihren Po. Er zog sie enger an sich, und sie fühlte den rauen Stoff seiner Hose an ihrem Bein, die glatte, kühle Baumwolle seines Hemdes an ihrem Oberkörper. Sie gab das Handtuch frei und schlang ihre Arme um Lucas. Wilde Begierde überwältigte Violet. All die Wochen hatte sie daran denken müssen, wie es wäre, noch einmal in Lucas' Armen zu liegen. Erneut die Lust zu erleben, die er in ihr hervorzurufen verstand. Dass er sie ebenso begehrte, bewies seine leidenschaftliche Reaktion. Eingeklemmt zwischen ihren Körpern fiel das Handtuch erst zu Boden, als Lucas Violet hochhob und zum Bett trug. Er ließ sich mit ihr auf der Matratze nieder, ohne seine Lippen von den ihren zu lösen. Erregung und Sehnsucht schossen im Wechsel durch Violets Körper, und die entschlossene Besitzergreifung Lucas' erregte sie zusätzlich.

Er streckte sich neben ihr aus, streichelte ihre Taille, glitt mit den Händen nach oben und strich über die Unterseiten ihrer Brüste. Lucas löste seine Lippen von den ihren und sah sie forschend an. Violet zog ihn erneut an sich, küsste ihn temperamentvoll und versuchte so, ihn am Reden zu hindern. Er schob sie von sich.

Violet schluckte. In seinen grauen Augen tanzten silberne Lichter, an ihrem Oberschenkel drängte sich sein harter Schaft gegen den Stoff seiner Culotte, und sie wurde sich ihrer eigenen Verzückung überdeutlich bewusst.

Im Gegensatz zu Lucas konnte sie sich noch zu genau an den Sex mit ihm erinnern, und die Erinnerung daran steigerte ihre Lust. Wie kleine Feuerrinnsale schlängelte sich die Begierde durch ihre Adern, brannte und breitete sich in ihrem Körper aus. Sie drückte sich an ihn, rieb ihren Oberschenkel an seinem Schwanz und sah, wie sich das Funkeln in seinen Augen intensivierte. Ihre eigenen Genitalien reagierten pochend und kribbelnd, allein durch seine glutvolle Musterung.

Lucas' Lippen senkten sich auf ihren Hals, küssten ihren Kehlkopf und wanderten zu ihrem Dekolleté. Er liebkoste ihren Busen. Sein Mund schloss sich um einen ihrer Nippel, während seine Hand ihre zweite Brust umschloss und sanft knetete. Sein Bein schob sich zwischen ihre Schenkel, und der Leinenstoff der Hose rieb über ihre Scham. Violets geheime Lippen kribbelten lustvoll, sie stöhnte und hob ihm ihr Becken fordernd entgegen. Lucas folgte ihrer stummen Aufforderung und presste sein Bein gegen ihre Schamlippen.

Violet zerrte an seinem Hemd, zog es ihm über den Kopf und fuhr mit ihren Nägeln über seine Brust. Seine Haut war weich, und unter ihren Fingern bildeten sich rote Striemen. Violet setzte sich auf. Sie bedeutete Lucas mit behutsamem Druck, sich zurückzulehnen. Er gehorchte und musterte sie neugierig.

Violet leckte sich über die Lippen, ehe sie sich über die Kratzer beugte und mit der Zungenspitze darüberstrich. Gänsehaut entstand unter ihren Fingernägeln und angespornt von Lucas´ Lust kratzte Violet ein weiteres Mal über seinen Brustkorb und leckte über die Schwellungen, die unter ihren Nägeln entstanden. Lucas stöhnt, und das Zucken seines Schaftes verriet Violet, wie erregend Lucas ihre Spielereien fand.

Sie wagte, ihn leicht in die Nippel zu kneifen, und als er die Luft einsog, verkniff sie sich ein Schmunzeln und fuhr Lucas' Muskelstränge mit den Fingerkuppen nach. Erneut beugte sie sich vor und umkreiste mit ihrer Zunge abwechselnd seine Nippel, knabberte und strich mit den Fingerkuppen darüber. Er keuchte überrascht und streichelte ihren Kopf, vergrub seine Hände in ihrem Haar. Lucas ließ ihre Strähnen durch seine gespreizten Finger gleiten.

Violet befand, sich genug mit seinem Oberkörper beschäftigt zu haben, und bewegte sich nach unten und glitt über seine warme, weiche Haut. Sein Aroma erfüllte ihren Mund, sein Geruch drang in ihre Nase und verführerisch umgarnte beides Violets Sinne. Sie fühlte und genoss bereits die erotische Nässe zwischen ihren Beinen. Sie konnte es kaum erwarten, ihn zwischen ihren Schenkeln zu spüren. Wie sein Schwanz sie teilte, ihr heißes, feuchtes Fleisch dehnte und reizte, bis Schauer der Leidenschaft durch ihren Körper rieselten, sich zu einem wahren Sturzbach entwickelten und sich in einem explosionsartigen Höhepunkt dann Damm brachen.

Violet seufzte und hielt inne, als sie am Hosenbund ankam. Sie sah zu Lucas und fand Zustimmung in seinem Blick. Sie knöpfte seine Hose auf und zog sie ihm über die Hüften nach unten. Achtlos warf sie die Kleidung auf den Boden und wanderte leckend und streichelnd nach oben, bis sie seinen Schaft erreichte. Er keuchte und sah sie wieder forschend an.

Violet verzog ihre Lippen zu einem leichten Lächeln, umfasste seinen Penis an der Wurzel, ehe sie seine Eichel mit dem Mund umschloss. Lucas stieß einen genießerischen Laut aus.

Sie ließ ihre Zunge um die Eichel kreisen, sog ihn tiefer in ihre Mundhöhle und genoss die samtige Härte an ihrem Gaumen. Er war unbeschreiblich köstlich. Es überwältigte sie, ihn zu kosten. Erregung toste in ihrem eigenen Unterleib, und sie heizte die Begierde an, indem sie ihn weiter mit dem Mund verwöhnte. Lucas stöhnte und hob ihr sein Becken entgegen. Violet griff seinen Po und knetete sein Fleisch, kratzte mit ihren Nägeln darüber und fühlte, wie sein Schaft zwischen ihren Lippen weiter anschwoll. Sein Zucken verriet ihr, dass es ihn über die Maßen erfreute, was sie tat.

„Genug", raunte er plötzlich.

Sie gab ihn frei und sah in sein vor Anstrengung und Erregung verzerrtes Gesicht. Sie musterte ihn fragend und glitt auf seine Hüften, sein steifer Schwanz wippte gegen ihren Schamhügel. Violet zitterte, spürte erneut die erotische Nässe zwischen ihren Beinen und ließ seinen Schaft endlich in sich gleiten. Er fühlte sich genauso gut an, wie sie es in Erinnerung hatte, wie heißer Samt über hartem Metall. Lucas knurrte befreit und überrascht zugleich.

„So zügellos", murmelte er.

Violet lehnte sich zurück und lächelte verrucht. „Ich bin keine scheue Jungfrau", entgegnete sie.

Sie hob ihren Unterleib und senkte sich über ihn. Ihr Fleisch umfing ihn heiß und feucht, und sie keuchte, genoss die Erregung, die durch ihren Schambereich wallte.

„Violet", murmelte Lucas. Er umfasste ihre Hüften und unterstützte ihre Bewegungen, verstärkte die Wucht ihrer Handlungen. Wieder und wieder klatschten ihre Körper aufeinander, kollidierten auf erotische Weise. Das Begehren steigerte sich, wuchs zu einem gewaltigen Ballon an, der in einem Funkenregen explodierte. Zitternd, keuchend und bebend sank Violet auf Lucas. Seine starken Arme umschlossen sie, und seine Finger bohrten sich in ihr Fleisch, er liebkoste ihren Nacken und küsste sie auf die Wange. Seine Hände wanderten den Rücken hinunter, zu ihrer Kehrseite, streichelten sie und kneteten den Po.

Lucas ließ sie zu Atem kommen, strich ihr eine Haarsträhne aus dem Gesicht und musterte sie. Dann küsste er sie, lange und intensiv, kostete ihren Geschmack, wie man einen edlen Wein probieren würde. Seine Finger glitten hinunter zu ihrer Scham, kitzelten und reizten ihren Liebesknopf, und als Violet ihre Bereitschaft zeigte, hob er sie von sich. Er drehte sie auf den Rücken und drang erneut in sie ein. Sein Schaft, immer noch hart, pfählte sie unnachgiebig. Ihr empfindsames Fleisch empfing ihn gierig und feucht. Allein das Wissen, ihn wieder in sich zu spüren, jagte ihr wohlige Schauer über den Rücken. Lucas entzog sich ihr, um ein weiteres Mal in sie zu stoßen. Violet keuchte wollüstig. Sie hob sich ihm entgegen, bohrte ihm ihre Nägel in den Rücken, während ihre Muskeln willenlos und erregt zuckten und Lucas seine Bemühungen verdoppelte. Seine Hände streichelten ihre Brüste, kosten ihre Nippel, ehe er sich darüberbeugte und mit der Zunge daran spielte, die Brustspitzen mit den Lippen umschloss und sanft saugte. Glühende Feuerfäden schlängelten sich von ihren Nippeln bis direkt in ihre Vagina. Im selben Moment erbebten ihre Scheidenmuskeln, zogen sich zusammen, und die Lust fegte wie ein Orkan über Violet hinweg. Gleichzeitig stieß Lucas so heftig in sie, dass ihre Zähne klapperten. Er küsste sie wild und leidenschaftlich, während er ebenfalls Erlösung fand.

Erschöpft ließ er sich auf die Matratze sinken und zog Violet an sich. Sie schloss ihre Augen, kuschelte sich an seine schweißbedeckte Brust und genoss den Augenblick. Später war genug Zeit, um über die Folgen nachzudenken. Sie kam zur Ruhe, fühlte Lucas' heißen Atem über ihr Haar streifen und den Herzschlag unter seiner verschwitzten Haut.

Lucas streichelte Violets samtweiche Haut, ließ ihr Haar durch seine Finger gleiten und erfreute sich an ihrer Nähe.

Mit ihr zu schlafen war die leidenschaftlichste Angelegenheit, die ihm je widerfahren war. Nie zuvor hatte sich ihm eine Frau so wild und hemmungslos hingegeben. Allein der Gedanke, sie erneut zu lieben, ließ ihn wieder hart werden. Eine Überlegung, die ihm außerordentlich gefiel.

Heute Abend, beschloss er. Gleich, nachdem sie sich zur Ruhe begeben hätte, würde er einen weiteren Versuch unternehmen, sie zu verführen. Nachdem sie einmal die Freuden der Liebe genossen hatten, wäre es bedeutend einfacher, sie ein weiteres Mal dazu zu bewegen.

Er küsste sie auf die Schulter. „Ich sollte wieder gehen. Wir können nicht riskieren, ertappt zu werden."

Violet befreite sich aus seiner Umarmung und setzte sich auf. Sie sah ihn mit regloser Miene an. „Sehr wohl, Mylord", erklärte sie tonlos.

Lucas runzelte die Stirn. Ihm dämmerte, dass es sich schwieriger gestalten würde als gedacht, erneut in Violets Bett zu gelangen. Er berührte sie an der Schulter. „Violet?"

Sie entzog sich ihm und griff zitternd nach ihrem Morgenmantel. Während sie den Rock zuband, drehte sie sich um. Ihre Miene war steinern, doch ihre Augen glichen schwarzen, unergründlichen Löchern. Löcher, in denen nichts Erfreuliches wartete. Ein bisschen ähnelte sie Lady Edwina, einer seiner Vorfahrinnen, die man als Hexe verbrannt hatte. Auf ihrem Gemälde trug Edwina ebenfalls ein lose fallendes Gewand. Ihr Haar umfloss offen und wild ihren Körper, wenn auch blond und nicht mitternachtsschwarz wie Violets.

„Mylord, es wäre in der Tat besser, wenn Ihr nicht in meinem Gemach angetroffen werdet."

War sie nicht willig und leidenschaftlich auf seine Zärtlichkeiten eingegangen? Sie sollte wissen, dass Sex keine Sache nur zwischen Eheleuten war.

Lucas sah Violet an und erkannte einen Schatten, der über ihr Gesicht huschte. Sie ängstigte sich, und das hatte weniger mit ihm zu tun. Ob es die

Moralvorstellungen waren oder Furcht vor ihrer eigenen Hemmungslosigkeit, vermochte er jedoch nicht zu erraten.

Erleichtert, dass er nicht der Schuft war, der zu sein sie ihm vermittelte, schwang er sich aus dem Bett. Lucas berührte sacht ihre Wange. Sie verharrte, auch als er seine Hand um ihre Taille legte und sie küsste. Sie war weich und anschmiegsam. Sie genoss die Liebkosung, und es war Lucas, der die Umarmung abbrach.

„Du bist in meinem Bett willkommen", erklärte er. „Komm, wann immer es dir beliebt."

Sie blinzelte überrascht, und Lucas beglückwünschte sich zu seinem strategischen Schachzug.

Kapitel 5

Meine Sammlung von Lebensweisheiten:
Lust und Leid liegen eng beieinander,
Grenzüberschreitung kann Lust und Leid bedeuten.
Sie lässt dich spüren, dass du lebst.
Charles Dickens

Violet wartete, bis Lucas das Schlafgemach verließ und sich seine Schritte im Flur entfernten, ehe sie auf ihrem Bett zusammenbrach. Heiße Tränen quollen aus ihren Augen. Ihr Herz fühlte sich an, als knete ein Riese darauf herum. Sie schniefte.

Was dachte Lucas nun von ihr? Natürlich hatte er den Sex genossen. Er war ein Mann. Männer nutzten jede Gelegenheit, Frauen zu bespringen. Violet war willig gewesen, allzu willig. Kein Wunder, dass Lucas ihre Zugänglichkeit ausgenutzt hatte.

Sie hatte ihrer Lust nachgegeben, und als wäre das nicht schlimm genug für eine alleinstehende Frau, hatte sie Sex mit ihrem Dienstherrn gehabt. Sie kniff die Augen zusammen und biss sich auf die Lippen. Ihr wurde hundeelend.

Sie schlang ihre Arme um ihren Oberkörper. Noch immer lagen Lucas' Geruch und der Duft genossener Lust im Raum, betörten, umschmeichelten Violets Sinne und hielten die Erinnerung an Lucas' Berührungen, die Erregung wach. Sie sprang auf und öffnete die Fensterflügel so weit, wie es möglich war. Das Aroma von frisch gemähtem Gras drang herein. Violet drückte ihre Faust an die Lippen und dämpfte so die Schluchzer, die sich ihrer Kehle entrangen.

Sie hatte Lucas nicht widerstehen können. Er berührte ihr Herz, zog sie an wie das Licht die Motte. Hinter seiner mürrischen, zornigen Fassade befand sich ein Mann, der ihr nicht nur gefiel, sondern sie über die Maßen anzog. Sie schloss ihre Augen.

„Sei nicht dumm, Violet", befahl sie sich. „Er ist ein Earl, und für ihn bist du nur eine Angestellte. Ein Zeitvertreib. Ein Ding, das das Jucken zwischen seinen Beinen besänftigt." Sie wandte sich ihrem Spiegelbild zu. Die Frau, die ihr entgegenstarrte, war jenes dumme Mädchen, das seine Unschuld einem Lügner und Betrüger geschenkt hatte. Das über Monate eine Affäre zu diesem unterhalten und deswegen alles verloren hatte und nun im Begriff stand, denselben Fehler zu wiederholen. Sich einem Mann hingab, der sie zu seiner Lustbefriedigung benutzte. Vielleicht war sie das, was man ihr bereits vorgeworfen hatte: eine hemmungslose Kokotte.

Lucas sah Violet beim Dinner wieder. Sie trug ein hochgeschlossenes Abendkleid in dunklem Grau und hatte ihr wundervolles, wildes Haar in einen erstaunlich akkuraten, straffen Haarknoten verbannt. Blass und wortkarg wagte sie kaum, ihn anzusehen, als er sie ansprach. Es war offensichtlich, dass sie ihr nachmittägliches Tête-à-Tête bereute.

Allegra schien die Spannung zu fühlen, die in der Luft lag, und sah verwirrt von Violet zu Lucas und wieder zurück. Sie trank nachdenklich dreinblickend aus ihrem Glas.

„War Euch unwohl, Miss Delacroix?", fragte Allegra unschuldig. „Ich hörte Euch keuchen und stöhnen."

Violet stieg das Blut ins Gesicht. Sie wurde dunkelrot vor Scham und hüstelte.

Lucas starrte sie interessiert an. „Ja, Miss Delacroix, plagte Euch etwas?" Er konnte nicht widerstehen, sie aufzuziehen, und wenn es half, dass Allegra nicht stutzig wurde, würde er Violet zur Weißglut treiben.

Violet fuhr am Halsausschnitt ihres Kleides entlang. „Ja, nein, ich meine …", stotterte sie.

„Vielleicht bekommen Euch die Landluft und die deftige Kost nicht?", versetzte Lucas. „Eine Großstadtdame wie Ihr ist das beschauliche Leben nicht gewohnt. Vielleicht gelüstet es Euch nach …", er schenkte ihr ein süffisantes Grinsen, „… erregenderen Tätigkeiten als Federball und Teetrinken?"

Violets Kopf fuhr hoch, und in der Tat funkelte sie ihn aufgebracht an. Sie warf ihre Serviette neben ihren Teller. „Mylord!"

Lucas überging ihren zornigen Ausruf und wandte sich an seine Schwester. „Ally, wir sollten Miss Delacroix nicht bedrängen. Ganz eindeutig ist es ihr unangenehm, über ihre Unpässlichkeit zu sprechen."

Allegra sah stirnrunzelnd zu Violet. Die entschied offenbar, dass ein Hinausstürmen eher Fragen aufwarf, als im Esszimmer zu bleiben und das Menü über sich ergehen zu lassen.

Während des Essens sah Lucas immer wieder zu Violet und betrachtete sie mit den Augen eines neutralen Beobachters.

Sie hatte eindeutig geweint, wirkte jedoch kühl und abgeklärt. Er hätte zu gern gewusst, was in ihrem Kopf vorging. Er fragte sich, ob sie daran dachte, Halcyon Manor zu verlassen. Lucas hätte seinem Verlangen nicht nachgeben dürfen. Allegra und Violet mochten sich. Es wäre ein Ding der Unmöglichkeit, erneut eine Gesellschaftsdame zu finden, die Allegras Ansprüchen genügte.

Er presste die Lippen aufeinander.

Seine Finger schlossen sich fester um das Glas, als er wollte, und er stürzte den Wein hinunter, ohne sein vollkommenes Bouquet zu genießen. Nie hätte er sich zu dieser Unbeherrschtheit hinreißen lassen dürfen. Die Erkenntnis, dass er Violet begehrte, hätte einen vernünftigeren Mann dazu gebracht, sich von ihr fernzuhalten, soweit es ging. Nur ein Schuft oder Dummkopf verführte seine Angestellten.

Er ließ sich ein zweites Glas Wein einschenken, während er darüber nachdachte, ob er mit ausreichend Alkohol seine Schuld fortspülen könnte oder eher noch konservierte.

Als sich Violet und Allegra in den Salon zurückgezogen hatten, entschied Lucas, den Abend mit reichlich Brandy zu beschließen.

Er stand am Kamin und beobachtete die fröhlich hüpfenden Flammen, als die Tür hinter ihm geöffnet und geschlossen wurde. Stirnrunzelnd wandte er sich um.

„Du?" Er verfiel automatisch in die vertrauliche Anrede.

Violet verharrte mit verlegen gefalteten Händen an der Tür.

„Mylord." Sie nickte ihm zu. Ihre Wangen waren zartrosa überhaucht, und aus ihrem strengen Dutt hatten sich einzelne Strähnen gelöst und umspielten Hals und Nacken. Sie starrten sich eine Weile schweigend an, ehe Lucas sich sein Benehmen in Erinnerung rief und auf sein Glas zeigte. „Darf ich dir einen Brandy anbieten? Ansonsten muss ich nach Jeremy klingeln."

Violet schüttelte den Kopf. „Nein danke, ich will Euch auch nicht lange stören", erklärte sie.

Lucas bedeutete ihr, sich auf die Récamiere zu setzen, während er sein Glas beiseitestellte, um sich den Lehnsessel zurechtzurücken. Violet nahm Platz und wartete geduldig, bis auch er es sich gemütlich gemacht hatte. Er streckte seine Beine aus und lehnte sich zurück. „Also? Was kann ich für dich tun?"

Violet strich ihre Röcke glatt und sah ihm ins Gesicht. „Es geht um heute Nachmittag", klärte sie ihn ohne Umschweife auf.

Prompt entstanden vor Lucas' Augen die Bilder, wie sie sich unter ihm aufgebäumt hatte. Wie es sich angefühlt hatte, als ihr weiches, festes Fleisch ihn umschloss. Er versuchte, die Erinnerung mit einem Räuspern im Zaum zu halten. Hitze stieg aus seinem Bauch auf, als sein Blick sich zu Violets Brüsten verirrte. Er dachte daran, wie es sich anfühlen würde, ihre Nippel erneut einer ausgiebigen Erkundung zu unterziehen.

Seine Stimme klang krächzend. „Und weiter?"

„Es darf sich nicht wiederholen", bestimmte Violet.

Sie zerstörte damit Lucas' Tagtraum, in dem er damit beschäftigt war, ihren Körper aus der scheußlichen Kreation zu befreien, in die sie sich gehüllt hatte. Irgendeine irre Schneiderin hatte die Stoffbahnen als Dinnerkleid deklariert.

„Derartiges geziemt sich nicht. Ihr seid mein Dienstherr, und ich bin die Gesellschaftsdame Eurer Schwester." Sie sah Lucas an und beeilte sich, ihre Rede weiterzuführen, die sie gewiss vorbereitet hatte. „Auch wenn ich im … Trotz meines gesellschaftlichen Status ist es keineswegs vermessen, Anstand und Tugend zu bewahren. Dieser unglückselige Ausrutscher heute Nachmittag darf sich nicht wiederholen."

Lucas richtete sich langsam auf. Natürlich hatte er damit gerechnet, dass Violet das Geschehene bereute. Auch, dass sie sich zieren würde, das Tête-à-Tête zu wiederholen. Doch mit dieser unverblümten Direktheit hatte er nicht gerechnet. Er konnte an ihrer Miene erkennen, dass sie es ernst meinte. Wie hatte er auch nur einen Moment glauben können, dass er eine ebenso große Anziehung auf Violet ausübte wie sie auf ihn? Dass sie in ihren Emotionen beständiger wäre als all die anderen Frauen, die er kennengelernt hatte?

Violet erhob sich, und Lucas tat es ihr nach. Da er den Sessel so an die Récamiere geschoben hatte, dass er den direkten Weg zur Tür blockierte, standen sich die beiden nun gegenüber. Violets Augen wirkten riesig in ihrem blassen Gesicht. Sie starrte ihn blinzelnd an, und Lucas erkannte, dass sie auf seine Nähe mit einer leichten Gänsehaut reagierte, die sich über ihre zarte Haut am Hals und am Dekolleté zog. Sein eigenes Herz pochte überdeutlich in seiner Brust, und der Nachhall vibrierte in seinem Kehlkopf und kribbelte in seinen Händen. Er konnte nicht widerstehen. Er berührte Violets Wange. Ihre Lippen zitterten.

„Lucas", hauchte sie.

Ihr Wispern verstärkte sein Herzklopfen. Ihre warme Haut fühlte sich samtig unter seinen Fingerspitzen an. Er wusste aus Erfahrung, um wie viel weicher die Haut an den Innenseiten ihrer Schenkel war. Hitze stieg in ihm auf und mischte sich mit der Erregung zu einem atemberaubenden Cocktail.

Gehetzt schielte sie zur Tür, unternahm jedoch keinen Versuch zu entkommen, und Lucas begriff, dass nicht Abneigung der Grund für die Zurückweisung war, sondern Furcht. Triumphierend beugte sich Lucas über sie, schwebte nur Millimeter über ihren Lippen, als ein entsetzlicher Schrei durch die Halle gellte.

Die beiden fuhren auseinander, und Lucas stürmte ohne ein weiteres Wort hinaus. Hinter sich hörte er Violets Schritte. Der Stoff ihres langen Kleides raschelte bei jeder ihrer Bewegungen.

Am Kopfende der Treppe erklang das laute Schluchzen Allegras, die dort auf dem Boden kauerte. Sie hatte ihre Knie an die Brust gezogen, umschlang sie mit den Armen und sah mit wildem Blick umher.

„Was ist mit ihr?", keuchte Violet, während sie Lucas die Treppe hinauf folgte. Sorge schwang in ihrer Stimme.

Lucas presste grimmig die Lippen aufeinander. Nun würde sich zeigen, ob Allegras Vertrauen in die französische Gesellschaftsdame berechtigt war. Mit Kummer und Leid und Krankheit kamen nur starke Charaktere zurecht.

Allegra hieb nach unsichtbaren Bedrohungen aus. „Sie lachen mich aus", klagte sie. Sie duckte sich, als müsse sie etwas oder jemandem ausweichen. „Der Gestank, dieser entsetzliche Gestank! Die anderen toben und schreien." Sie kippte zur Seite weg, und Lucas fing sie gerade noch auf, ehe sie auf dem Boden aufschlug. Mit Leichtigkeit hob er Allegra hoch und trug sie in ihr Schlafgemach.

„Lucas, Violet!", wimmerte Allegra. „Bitte holt mich hier raus!" Sie begann zu zittern, und Violet lief zum Bett und schlug die Decke zurück. Lucas legte Allegra sacht auf die Matratze, kniete sich neben dem Bett auf den Boden und streichelte ihren Kopf.

„Ich bin bei dir, Ally, ich bin es, Lucas. Erkennst du mich? Violet ist auch hier. Hab keine Angst, du bist in Sicherheit", versuchte er, sie zu beruhigen.

Allegras zierlicher Körper bebte heftig, und ihre Zähne klapperten. „Kalt, es ist so kalt", brachte sie mühsam hervor.

Fürsorglich deckte Violet Allegra zu und setzte sich auf der anderen Seite des Bettes auf die Matratze. Sie strich ebenfalls über Allegras Kopf und sah Lucas an.

„Einer ihrer Anfälle?", vergewisserte sie sich. Ihre Kiefer mahlten, und sie musterte ihn aus zusammengekniffenen Augen.

Lucas nickte schroff. Violet überzeugte sich mit einem Blick, dass Allegras Anfall einen Moment ihrer Aufmerksamkeit entbehren konnte, und wandte sich Lucas vollends zu.

„Wann hattet Ihr vor, mich über das genaue Ausmaß von Allegras Leiden in Kenntnis zu setzen?" Aufgebracht starrte sie Lucas an. Sie lenkte ihre Fürsorge auf Allegra, und in Lucas keimten Schuldgefühle auf. Er hatte sich in Violet offensichtlich getäuscht. Sie kam sehr wohl mit Allegras Krankheit zurecht.

Violet streichelte über Allegras Haar.

Deren Zittern ließ nach, und Lucas sah an ihren Augen, die langsam wieder klar wurden, dass der labile Ausbruch überstanden war. Er beugte sich über sie. „Ally? Alles in Ordnung?"

Sie blinzelte ein paarmal und schluckte. „Hatte ich …?"

„Du hattest einen Zusammenbruch, Liebes." Violet wirkte besorgt und tröstend. Erleichtert nahm Lucas ihr Mitgefühl zur Kenntnis.

Allegra fuhr herum. „Miss Delacroix, habt Ihr ... wart Ihr ..." Panik glitt über die Züge seiner kleinen Schwester.

Violet nickte. „Ich habe alles mitbekommen", erklärte sie und streichelte Allegra über das Haar. „Brauchst du etwas? Einen Tee vielleicht?"

Violet strahlte Wärme und Zuneigung aus, und erst jetzt merkte Lucas, wie sich der Knoten in seiner Brust löste. Fast erleichtert gestand er sich ein, dass die Entscheidung, Violet als Gesellschafterin zu wählen, eine seiner besten Ideen gewesen war. Wie hatte er nur je zweifeln können, dass sein Gespür für gutes Personal ihn im Stich lassen würde? So liebevoll Violet mit Allegra in dieser Situation auch umging – der Blick, den sie ihm zuwarf, verriet, dass sie ihm seine Geheimnistuerei übelnahm und ihn zu gegebener Zeit zur Rede stellen würde.

Am Morgen deutete nichts mehr auf Allegras vorabendlichen Anfall hin. Sie erschien energiegeladen beim Frühstück, langte tüchtig beim Essen zu und schloss sich Violet bereitwillig an, als diese sie an die frische Luft lockte.

Allegra und Violet flanierten über den Rasen von Halcyon Manor.

„Seit wann suchen dich diese labilen Schübe heim?", erkundigte sich Violet. Nachdem Allegra sicher eingeschlafen gewesen war, hatte sie sich in der Bibliothek nach medizinischen Ratgebern umgesehen und war in Gestalt eines dicken Wälzers fündig geworden. Die anfängliche Euphorie verlor sich rasch. Es schien, als seien derartige Leiden noch nie in Erscheinung getreten oder den Verfassern der Bücher unbekannt.

Allegra stieß Luft hörbar aus. „Zwei, vielleicht drei Jahre. Lucas hielt es eingangs für kindliche Fantastereien. Dann schleppte er mich von einem Arzt zum nächsten, von denen jeder etwas anderes diagnostizierte." Sie warf Violet einen Seitenblick zu. „Lucas ist nicht der geduldigste Mann."

Violet nickte. Sie wollte nicht über Lucas reden. Sie wollte nicht einmal über ihn nachdenken. Die Vorstellung, dass er für ein paar Tage oder gar Wochen verreisen müsste, schien ihr im Moment verlockender als jede andere Fantasie.

„Also hat er dich hierher gebracht und hält dich vor der Welt versteckt", folgerte sie.

Allegra zuckte mit den Achseln und bückte sich, um ein Unkrautbüschel auszuzupfen, das die schöne Symmetrie der Blumenrabatten störte.

„Unser Cousin Neil drängt darauf, mich in einer Anstalt unterzubringen. Einem Ort, an dem Irre wie ich wohlverwahrt sind."

Empörung stieg in Violet auf. Schon der erste Eindruck hatte ihr verraten, dass Neil ein scheußlicher Zeitgenosse war. „Dein Bruder wird das nicht zulassen", versprach Violet.

„Natürlich nicht." Allegra klang abgeklärt. Sie warf das Unkraut unter einen Baum, der ihren Weg säumte. Sie sah sehnsüchtig zum Haus hinüber. „Mir steht der Sinn nach einer Tasse Tee. Miss Delacroix, was haltet Ihr davon?"

Sie machten kehrt und schlenderten zum Haus zurück. Der Butler Jeremy kam ihnen händeringend entgegen.

„Miss Allegra, Miss Delacroix, auf Euch wartet eine Besucherin."

Die beiden reichten ihm ihre Schuten und die Handschuhe. Violet konnte nicht verhindern, dass ihr Herz ein paar Stolperer machte. Wer mochte die geheimnisvolle Person sein? Ob man sie aufgespürt hatte? Sie unterdrückte den Gedankengang so schnell, wie er gekommen war. Keine Menschenseele aus ihrem alten Leben konnte ihren Aufenthaltsort herausgefunden haben. Und offensichtlich hatte in den ersten Wochen niemand das Bedürfnis verspürt, sie zu suchen. Warum sollte nun jemand Interesse an Isabel Dorothea Waringhams Verbleib haben? Zudem hatte Jeremy davon gesprochen, dass die Besucherin ihr und Allegra die Aufwartung machen wollte. Es durchzuckte Violet heiß und kalt. Lady Pikton.

„Weiß Lord Pembroke über den Besuch Bescheid?", erkundigte sich Violet beunruhigt.

„Nein, Madame", erwiderte Jeremy dienstbeflissen.

Violet nickte und fühlte den erschrockenen Blick Allegras auf sich ruhen. „Er muss es auch nicht erfahren. Es ist nicht von Interesse für seine Lordschaft", bekundet Violet, und Allegra nickte eifrig. Ihr Blick flackerte.

Jeremy verneigte sich. „Sehr wohl, Miss Delacroix."

Violet und Allegra trafen Lady Pikton im Morgensalon an. Sie saß auf der Chaiselongue und knabberte an einem Keks, den man ihr mit dem Tee serviert hatte. Als sie die beiden eintreten sah, legte sie den Keks beiseite. Sie wischt sorgsam die Krümel von Händen und Rock und kam ihnen entgegen. Sie begrüßte Allegra herzlich, ehe sie sich Violet zuwandte.

„Ich war in der Nähe, und da sagte ich zu meinem Kutscher, er müsse unbedingt einen Abstecher hierher machen."

„Welch eine freudige Überraschung", erwiderte Violet matt. Sie setzte sich neben Allegra in den zweiten Sessel, der um das Tischchen gruppiert und gegenüber der Couch platziert war. Violets Hand zitterte, als sie Allegra den Tee reichte.

Violet nippte an ihrer Tasse, ohne etwas zu schmecken, genauso gut hätte man ihr Essig kredenzen können. Sie schluckte. Wenn nur Lucas nichts mitbekam! Unvorstellbar, was geschähe, fände er heraus, dass Violet entgegen seiner Anweisung Lady Piktons Einladung gefolgt war.

Lady Pikton trank einen Schluck Tee. Sie stellte die Tasse ab und wandte sich den beiden zu. „Allegra, du siehst wie das blühende Leben aus. Miss Delacroix, das Kleid steht Euch hervorragend. Ich kann mich mit der neuen Mode und der Wiederkehr des Korsetts nicht so recht anfreunden. Ihr seht bezaubernd aus." Sie lächelte offen und ehrlich. „Ich will nicht lange um den heißen Brei herumreden. Ende August ist es wieder so weit, und mein alljährliches Gartenfest findet statt. Nachdem auf meine schriftlichen Einladungen stets Absagen eintrafen, lade ich dich, Allegra, deinen Bruder Lucas und natürlich Euch, Miss Delacroix, hiermit persönlich ein." Sie hob ihren Zeigefinger drohend und lachte dabei. „Und dieses Jahr lasse ich ein Nein nicht gelten."

Allegra nickte verstört, und Violet kam ihr zu Hilfe: „Sofern es Lord Pembroke erlaubt, nehmen wir Eure Einladung selbstverständlich an." Ein unangenehmer Luftzug streifte Violets Nacken. Sie fühlte, wie sich ihre Härchen dort aufrichteten.

Lady Pikton klatschte in die Hände. „Ihr müsst einfach kommen, alle Gentry-Mitglieder des Lake District wurden eingeladen." Sie beugte sich vor und tätschelte Allegras Hand. „Allegra, du erinnerst dich doch noch, dass ich bei eurem Besuch kürzlich von meiner Nichte Leandra erzählte? Sie wird für ein paar Monate zu Besuch bleiben. Ich bin sicher, ihr könntet Freundinnen werden."

Der Luftzug ließ nicht nach, und Violet glaubte, es wurde noch kälter. Fröstelnd hob sie ihre Schultern und erstarrte, als hinter ihr eine samtweiche Stimme erklang: „Ich fürchte, Lady Pikton, wir lehnen die Einladung auch dieses Jahr ab." Frost schwang in den Worten.

Violet drehte sich um und sah Lucas in der Tür stehen. Seine Miene war eine eisige Maske, und in seinem Blick tobte ein Unheil verkündender Sturm. Violet schluckte. Die Furcht, die sie überrollte, war nichts im Vergleich zu jener Angst, die sie heimsuchte, als sich Lucas´ Augen auf sie richteten. „Miss Delacroix, ich erwarte Euch baldmöglichst in meinem Arbeitszimmer. Lasst mich nicht zu lang warten." Er machte abrupt kehrt und verschwand grußlos.

Die drei Frauen schwiegen einen Moment betreten. Dann lachte Lady Pikton.

„Das war Lord Pembroke, wie wir ihn kennen. Kurz, direkt und bar jeglichen Humors." Sie erhob sich. „Nun, ich will Euch nicht länger aufhalten. Überlegt es Euch noch einmal mit dem Gartenfest. Ihr habt vier Wochen Zeit, Euch zu entscheiden. Es wird eine zwanglose, fröhliche Angelegenheit werden." Sie sah auf die Tür, durch die Lucas verschwunden war, und runzelte die Stirn. „Genau die richtige Medizin, die die Bewohner dieses Anwesens benötigen, wie mir scheint." Lady Pikton wandte sich lächelnd an Allegra und Violet. „Falls sich Lord Pembroke verhindert sieht, Ihr seid auch ohne ihn herzlich willkommen."

Allegra und Violet verabschiedeten Clara Sougham mit einem Knicks und warteten, bis sie sicher in ihrer Kutsche saß und die Auffahrt hinunterfuhr.

„Es wird das Beste sein, wenn ich mitkomme", meinte Allegra nervös.

„Unsinn", wehrte Violet ab und versuchte, das furchtsame Rumoren ihres Bauches zu ignorieren. „Ich komme zurecht, Allegra." Sie tätschelte den Arm ihres Schützlings.

Allegras Augen glänzten feucht, und nun war Violet ernsthaft beunruhigt. Sie war hoffentlich nicht zu weit gegangen und hatte eine Kündigung provoziert? Allegras Reaktion legte den Verdacht nahe. Violets Herz raste. „Ich lasse nicht zu, dass Lucas Euch entlässt!", versprach Allegra.

Gerührt umarmte Violet Allegra. „Das wird er nicht tun", entgegnete Violet, obwohl sie fürchtete, ihr Treffen mit Lucas würde genau damit enden.

Als Violet das Arbeitszimmer erreichte, waren ihre Hände klamm vor Aufregung. Sie wusste, dass sie einen Fehler begangen hatte, als sie und Allegra Lady Pikton gegen Lucas' ausdrücklichen Wunsch aufgesucht hatten. Nun musste sie Lucas davon überzeugen, dass dies nur zu Allegras Bestem gewesen oder vielmehr dem Wunsch entsprungen war, Allegra Gutes zu tun.

Sie hob ihre Hand und hatte noch nicht richtig angeklopft, als die Tür aufgerissen wurde und Lucas sie mit wildem Blick anstarrte. Er deutete mit ausgestrecktem Zeigefinger in den Raum hinter sich.

„Hinein, sofort!", knurrte er.

Hinter Violet schlug die Tür krachend ins Schloss. Sie zuckte erschrocken zusammen. Als Lucas sich nicht rührte, drehte sie sich um. Er wandte ihr den Rücken zu und stützte sich mit einer Hand an der Tür ab. Violet nahm zum ersten Mal wieder bewusst wahr, dass er groß und muskulös war. Ein Mann, dem sie körperlich in jeder Hinsicht unterlegen war.

„Miss Delacroix, ich weiß nicht, weshalb Ihr meinen Anweisungen zuwiderhandelt. Ist Euch die englische Sprache nicht geläufig? Wollt Ihr Euch an mir oder den Männern allgemein rächen? Vielleicht ist Euch die Befolgung meiner Regeln zu ordinär?" Seine Stimme war leise. Gefährlich leise. Violet ignorierte die Furcht, die ihr Rückgrat emporkroch, straffte sich und trat einen Schritt auf Lucas zu.

„Mylord, Lucas, ich …"

Er fuhr herum und starrte Violet aus wild flammenden Augen an. Violet kannte diesen Blick. Es genügte nur ein verkehrtes Wort, eine falsche Geste, und Lucas würde explodieren. Genauso wie ihr Vater stets auf Ungehorsam reagiert hatte.

Nur dass Lucas nicht ihr Vater war und sie nicht mehr Isabel Dorothea Waringham, von Freunden zwanglos Isadora genannt, rief sie sich streng ins Gedächtnis.

Lucas' Miene verdüsterte sich. Er stiefelte auf Violet zu, und sie stolperte rückwärts. Unvermutet stieß sie auf Widerstand und landete auf dem Sofa. Sie saß auf dem Möbel, und Lucas beugte sich vor, stützte seine Hände links und rechts ihrer Schultern an der Rückenlehne ab. Violet war gefangen. Lucas' heißer Atem strich über ihr Gesicht, und er wirkte zornig wie ein wild gewordener Mustang.

Lange Minuten verstrichen. Minuten, in denen Violet in einer Mischung aus Aufregung, Furcht und Ungeduld reglos verharrte. In Lucas' Augen tanzten schwarze Punkte, und die graue Iris besaß einen schwarzen Kreis, der seinem Blick fast hypnotische Intensität verlieh.

„Lucas", flüsterte Violet schließlich, weil sie das zornige Schweigen nicht mehr ertrug. „Was hast du vor?"

Lucas hob seine Hand, und einen Moment lang schien es, als wollte er ihre Wange streicheln. Oder sie ohrfeigen.

Violet zuckte zurück, und Lucas presste seine Lippen aufeinander. Er richtete sich auf und trat einen Schritt nach hinten.

„Keine Sorge." Er starrte auf Violet hinunter. „Ich fasse Euch nicht an. Eher wende ich mich der schäbigsten Hure Whitechapels zu, als Euch auch nur zu berühren."

„Lucas …" Als seine Augen sich verengten, verbesserte sie sich. „Mylord, ich versichere Euch, es lag nie in meiner Absicht, Euch bösartig zu hintergehen. Ich hielt es für angebracht, Allegra erste Schritte in der Gesellschaft zu ermöglichen. Mir war die Tragweite meines Handelns nicht bewusst. Hättet Ihr mich von Anfang an über den wahren Zustand von Allegras Gesundheit in Kenntnis gesetzt, hätte ich anders gehandelt."

Lucas knurrte abweisend und verschränkte die Arme vor der Brust. „Ihr habt meinen Anweisungen Folge zu leisten, auch wenn Ihr zu denken scheint, es besser zu wissen als ich. Ihr verdankt es allein der Zuneigung, die Euch meine Schwester entgegenbringt, dass ich Euch nicht in Schimpf und Schande aus meinem Haus jage."

Erleichterung tröpfelte durch ihre Adern und breitete sich langsam in ihrem Körper aus.

„Wenn ich Euch künftig auch nur bei der kleinsten Verfehlung ertappe, werdet Ihr es bereuen. Das schwöre ich Euch." Der ganze Mann verstrahlte tödliche Entschlossenheit, und Violet zweifelte nicht daran, dass er jedes seiner Worte wahrmachen würde.

Die Tür flog auf, und Allegra stürmte in den Raum. Sie musterte Violet und Lucas prüfend. „Lucas, du darfst Miss Delacroix nicht entlassen! Es war meine Schuld. Ich habe sie gezwungen, mich zu Lady Pikton zu begleiten", log Allegra. Ihre Wangen waren rot, und die Röte zog sich über ihren Hals hinab zum Dekolleté. Ihre Atemzüge brachten ihren Brustkorb in hektische Bewegung.

Violet erhob sich. „Liebes, du machst dir umsonst Sorgen. Es ist alles wieder in Ordnung, nicht wahr, Mylord?" Sie blickte auffordernd zu Lucas, doch der würdigte sie keines Blickes. Seine ganze Aufmerksamkeit lag auf Allegra. Seine Stimmung wandelte sich vollständig. Ein väterlich-liebevoller Ausdruck lag in seiner Miene. Die Art, mit der er nach Allegras Händen griff, war fürsorglich. Er schien mehr Vater als Bruder zu sein. Und Violet wurde bewusst, dass der Altersunterschied der beiden tatsächlich eher der Konstellation Vater – Tochter entsprach.

Lucas berührte Allegra sanft am Oberarm. „Beruhige dich, Ally. Ich habe Miss Delacroix getadelt, doch es gibt keinen Grund, dass wir uns von ihr trennen. Geh doch zu Mrs. Harvey und lass dir und Miss Delacroix eine heiße Schokolade auf eure Zimmer bringen." Er schob sie hinaus.

Violet folgte Allegra. An der Tür hielt Lucas sie noch einmal zurück.

„Miss Delacroix, noch auf ein Wort unter vier Augen."

Der liebenswürdige Tonfall hatte für Violet etwas von einem Mörder an sich, der sein Opfer in Sicherheit wiegen wollte. Zögernd schloss sie die Tür hinter Allegra.

„Lord Pembroke?"

Er baute sich breitbeinig und mit vor der Brust verschränkten Armen in der Mitte des Raumes auf. „Wagt es nicht, mich erneut zu hintergehen. Ihr werdet es bereuen, in mehr als einer Hinsicht."

Violet nickte und senkte ihre Augen. „Gewiss, Mylord." Damit verließ sie das Arbeitszimmer.

„Verfluchtes Weibsbild!" Lucas warf das Einladungsbillett zu den drei anderen. Nach der Absage des ersten Schreibens hielt es Lady Pikton offenbar für erfolgsversprechend, ihn umzustimmen, indem sie täglich eine neue Einladung verschickte. Wenn die exzentrische Viscountess glaubte, die Meinung eines Lucas St. Clare ändern zu können, kannte sie ihn nicht!

Er nahm die Billetts und zerriss das Oberste mit Genugtuung in kleine Fetzen, ehe er es in den Kamin warf.

„Was machst du da?"

Lucas fuhr herum und sah Allegra zum Schreibtisch schlendern. Er räusperte sich und hoffte, sie möge seinen Arbeitsplatz nicht genauer inspizieren und die verbliebenen Schreiben Lady Piktons entdecken.

„Allegra, wo ist Miss Delacroix?" Erleichtert sah er, dass die Ablenkung funktionierte.

„Ich habe sie auf der Terrasse zurückgelassen. Sie wollte lesen."

Lucas nickte. „Du nicht?" Er wandte sich ab und warf die Papierfetzen ins Feuer.

„Nicht unbedingt", erklärte Allegra. „Was ist das dort?" Sie griff nach einem der Büttenpapier-Kuverts, faltete das Papier auf und überflog den Text. „Die schriftliche Einladung! Endlich, ich dachte schon, Lady Pikton habe uns vergessen oder ihre Meinung geändert", jubelte Allegra strahlend. „Gehen wir dorthin, Lucas? Bitte!"

Lucas trat an den Schreibtisch. Er nahm Allegra den Bogen ab, ehe er die anderen Kuverts ergriff und sie alle zusammen in den Kamin warf. Die Papierfetzen verkohlten, und die Glut entzündete sich nun an den gehaltvolleren Seiten der Briefe.

Allegra beobachtete die Flammen einen Augenblick lang, ehe sie sich Lucas zuwandte. „Violet gibt auf mich acht."

„Allegra!"

„Lucas, du kannst mich nicht hier einsperren. Ich verspreche, dass ich umsichtig bin. Und Violet lässt mich keine Minute aus den Augen. Wenn du mitkommst, kann nichts schiefgehen." Ihr flehender Tonfall und ihre hoffnungsfrohe Miene machten es ihm schwer. Er spürte, wie sein Herz weich wurde.

„Ich denke darüber nach."

Allegra stieß einen Jubelschrei aus, umarmte ihn und küsste ihn auf die Wange. Dann rannte sie aus dem Raum.

Lucas seufzte. Unmöglich, ihren Überschwang zu dämpfen. Er verschob das auf einen späteren Zeitpunkt und wandte sich seinen Schreibarbeiten zu. Völlig vertieft verbrachte er den Nachmittag damit, bis ihn Jeremy vor dem Nachmittagstee störte.

„Mylord, ein Laird Tremain MacLachlan wünscht, Euch die Aufwartung zu machen."

Überrascht legte Lucas seinen Federhalter beiseite. „Tremain MacLachlan? Führ ihn herein", forderte er seinen Butler auf.

Als Tremain eintrat, begrüßte ihn Lucas mit herzlichem Schulterklopfen. „Sieh an, alter Schotte, was treibt dich in diese Gegend?"

Der hochgewachsene Tremain erwiderte die Begrüßung. „Ich bin auf dem Weg zurück nach Lachlan House. Ich dachte mir, ich sollte einmal vorbeikommen und schauen, wie es dir und deiner reizenden Schwester mitten im Moor ergehen mag", erklärte er augenzwinkernd.

Lucas bot ihm einen Platz an und klingelte nach Erfrischungen.

„Nun, was gibt es Neues in London?", erkundigte sich Lucas, als die Dienstboten Getränke und Snacks serviert hatten.

In der letzten Saison hatte Lucas einige Wochen in London und bei Freunden verbracht. Derartige Vergnügungen unternahm er nur noch selten, seit er Allegras Vormund geworden war. Meist verband er die Besuche mit Terminen, die seine Anwesenheit in London erforderten.

Tremain verspeiste hungrig eins der Sandwiches, ehe er zu antworten geruhte. „Lady Munthorpe erwartet einen Stammhalter, wie man sich erzählt."

Tremain sah Lucas forschend an. Ihm war Lucas' Schwärmerei für die spröde Adlige in der letzten Saison nicht verborgen geblieben.

Lucas zuckte mit den Schultern. „Wie schön für die Munthorpes." Er wechselte das Thema. „Haben du und Lord Munthorpe handelseinig werden können?"

Tremain schenkte Lucas ein breites Grinsen. „Und ob, vor dir sitzt der schottische Hauptlieferant der Company."

Lucas schlug Tremain auf die Schulter. „Meinen Glückwunsch."

„Wer ist übrigens die attraktive Dame, die ich bei meiner Ankunft in der Halle gesehen habe?" Tremains Augen glitzerten interessiert.

Lucas warf ihm einen scharfen Blick zu. Tremains Ruf als Frauenverführer war legendär, und nicht weniger als vier Bastarde sausten durch die Hallen seiner ehrwürdigen Burg im schottischen Hochland. Wer wusste, wie viele sich im restlichen Britannien herumtrieben.

„Miss Violet Delacroix ist die Gesellschafterin meiner Schwester und ein denkbar schlechtes Ziel für deine amourösen Spielchen", warnte er Tremain. Ihm gefiel der Gedanke nicht, Tremain könnte Violet verführen.

Der Schotte starrte Lucas an und begann zu lachen. Der unverschämte Kerl. Ohne sich zu äußern, griff Tremain nach einem weiteren Sandwich. Die amüsierten Blicke, die er Lucas immer wieder zuwarf, sprachen jedoch Bände.

Entrüstet griff Lucas nach seiner Tasse. Als ob er auf eine Beziehung mit Miss Delacroix aus wäre! Er konnte das Frauenzimmer nicht einmal leiden. Gut, in seinem Bett wäre sie ein netter Zeitvertreib, doch davon abgesehen war sie ihm lästig wie ein Kropf.

Violet schwebte hinter Allegra in einer smaragdgrünen Seidenkreation seiner Stiefmutter Bethany in das Speisezimmer. Das und das cremefarbene Tuch um ihre Schultern standen ihr perfekt zu Gesicht.

Lucas' Herz schlug heftiger. Aus unerfindlichen Gründen erfüllte Sehnsucht sein Innerstes. Ein Verlangen, das er sich nicht erklären konnte und auch nicht wollte. Er blickte in Violets Gesicht und erkannte Anspannung und sogar einen Anflug Furcht darin. Seltsamerweise fixierte sie dabei jedoch Tremain.

Tremain, der der Tür den Rücken zuwandte, drehte sich um, als er die Damen bemerkte, und Violets Miene entspannte sich.

Tremain setzte ein strahlendes Lächeln auf, während er die beiden herzlich begrüßte: „Allegra, du wirst von Mal zu Mal schöner!"

Allegra wurde rot und kicherte.

„Tremain, ich erinnere dich, dass das meine kleine Schwester ist. Ich weiß, dass du an gewissen Körperteilen hängst. Reiß dich zusammen", knurrte Lucas und beobachtete die beiden stirnrunzelnd.

Allegra stellte sich auf die Zehenspitzen und küsste Tremain auf die Wangen. Tremain richtete sein Interesse auf Violet.

„Lucas, mein Freund, stellst du mich dieser zauberhaften jungen Dame vor?", bat er schmachtend.

Unwillig kam Lucas seiner Bitte nach und fühlte sich sofort besser, als er feststellte, dass Violet sich nicht weiter an Tremain interessiert zeigte.

Er ergriff ihre Hand zum Handkuss und bedachte sie mit einem seiner Schlafzimmerblicke, die er stets benutzte, um Frauen zu erobern.

„Ihr könnt nicht Allegras Gesellschaftsdame sein. Ihr müsst eine Fee sein! Ein solch überirdisch schönes Geschöpf kann unmöglich menschlich sein", schmeichelte er ihr mit einem Augenzwinkern.

„Und Ihr scheint mir ein rechter Casanova zu sein, Laird MacLachlan", erwiderte Violet leichthin.

Tremain lachte.

Violet beobachtete Lucas' schottischen Freund, wie er bei Tisch mit Allegra schäkerte. Das Mädchen himmelte ihn an, und Violet überlegte, ob sie mit Lucas oder Allegra darüber reden sollte. Es gefiel ihr nicht, dass der junge Mann Allegra so viel Beachtung zukommen ließ.

Tremain MacLachlan war das, was man einen Schönling nannte. Schwarzes Haar, dunkelblaue Augen und ebenmäßige Gesichtszüge fielen seinem Gegenüber als Erstes auf. Wenn er lachte, was er oft tat, entblößte er eine perlweiße Zahnreihe. Schlank und hochgewachsen verrieten seine geschmeidigen Bewegungen, dass er nicht dem Müßiggang frönte. Dass er ein schottischer Laird war, irritierte Violet, besaß sie doch genaue Vorstellungen von einem Schotten. Doch Tremain trug weder ein Plaid noch einen Schottenrock, einzig der Akzent mit dem rollenden R wies ihn als Schotten aus. Er wirkte wie der sprichwörtliche englische Edelmann.

Er lächelte Violet an, und die Geste ging ihr durch und durch. Sie erwiderte das Lächeln, ehe sie sich wieder über ihren Teller beugte.

„Tremain, erzähl mir etwas Verruchtes, etwas Verbotenes", bat Allegra.

„Allegra!" Violet warf Tremain einen drohenden Blick zu und wandte sich an ihren Schützling. „Ich glaube kaum, dass derartiger Gesprächsstoff für deine Ohren taugt." Hilfe suchend wandte sie sich an Lucas, doch der zuckte nur mit den Achseln.

„Es ist nur albernes Geplänkel zwischen den beiden, Miss Delacroix. Ein Spiel, das sie seit Jahren miteinander treiben", erklärte er.

Tremain beugte sich zu Violet. „Habt keine Sorge, ich erzähle nichts, das nicht auch für die Ohren der Damen geeignet ist", versprach der junge Schotte. Er lehnte sich entspannt zurück und ließ sein Gericht abtragen. „In London lebt der unvorstellbar verknöcherte Duke of Okeham", begann er.

Vor Schreck ließ Violet ihr Besteck fallen. Allegra, Lucas und Tremain starrten sie an.

„Entschuldigung", murmelte Violet.

„Zu Beginn der Saison verschwand die Tochter des Dukes", fuhr der Schotte fort. Genüsslich strich er über sein Kinn und betrachtete Allegra und Violet träge lächelnd.

„Wurde sie von Verbrechern entführt?", erkundigte sich Allegra eifrig.

Violet rang gegen das flaue Gefühl, das sich in ihrem Magen ausbreiten wollte. Sie hatte eingangs Furcht gehabt, der fremde Gast könne ein bekanntes Gesicht sein. Doch nach dem ersten Blick auf Tremain wusste sie, dass sie einander nicht kannten, und im Gespräch hatte sie erfahren, dass der junge Laird sich ebenso wie Lucas selten dort blicken ließ, wo Violets Vater und sie zu verkehren geruhten.

Tremain verneinte.

„Starb sie?", fragte Allegra weiter. „Oder lief sie davon?"

Tremain grinste verrucht. „Es heißt, sie lief mit ihrem Liebhaber davon."

Violet konnte sich nicht mehr bezähmen. Sie sprang auf. „Genug. Derartiger Klatsch taugt schwerlich für ein junges Mädchen."

Allegra wirkte enttäuscht. „Miss Delacroix", protestierte sie.

Violet schüttelte den Kopf. „Nein, Allegra. Es reicht. Wir beide werden in den Salon gehen und warten, bis sich die Herren zu uns gesellen."

Lucas stellte zwei Brandygläser bereit und suchte nach der Flasche. Er fand sie links im Schrank. Stirnrunzelnd holte er sie hervor. Er hätte schwören können, dass er die Karaffe rechts der anderen Alkoholika abgestellt hatte.

Tremain lümmelte auf einem der Sessel und nahm den Brandy entgegen. Er schnupperte, trank und seufzte. „Schottischen Whisky findest du in deinem Schnapsschrank nicht?"

Lucas nahm stumm einen alten Scotch aus seinem Vorrat und reichte ihn Tremain.

„Hervorragend", erklärte er.

Lucas ließ sich auf dem zweiten Sessel nieder. „Du hast vom Duke of Okeham gesprochen bei Tisch. Sollte ich den Duke kennen?" Seit Tremain den Namen Okeham erwähnt hatte, hatte Lucas das Gefühl, er müsse sich an etwas erinnern.

Tremain zuckte mit den Schultern. „Keine Ahnung, vielleicht hast du den ganzen Skandal um die Tochter des Dukes mitbekommen?"

Lucas schüttelte den Kopf. Wenn er sich in London aufhielt, besuchte er nur ausgewählte Gesellschaften, und das letzte Mal hatte er sich mehr auf die Munthorpes konzentriert. Der Skandal um die Okehams war unbemerkt an ihm vorübergegangen.

„Isabel, die Tochter des Dukes, löste die Verlobung mit Maximilian Cantrell, dem Duke of Wexington, noch am selben Abend, als sie verkündet wurde. Die Klatschmäuler des *ton* waren selten so aufgeregt, denn niemand ließ auch nur verlauten, was der Grund dafür gewesen sein mochte. Aber das war nicht einmal der Höhepunkt der Affäre. In dieser Nacht verließ Lady Isabel das Haus ihres Vaters und ist seitdem verschwunden."

„Interessant", murmelte Lucas. Der Name der Lady schien ihm vertraut, doch er kam nicht dahinter, wieso. Er wechselte das Thema. „Wie lange wirst du bleiben?"

Tremain warf ihm einen scheelen Seitenblick zu. „Bis morgen. Man erwartet mich in Lachlan House."

Kapitel 6

Ich brauche Informationen.
Eine Meinung bilde ich mir selbst.
Charles Dickens

Lucas ließ sich erleichtert in seinen Schreibtischstuhl sinken. Tremain hatte das Haus verlassen, ohne Allegra zu bezirzen oder Miss Delacroix zu verführen. Soweit Lucas es beurteilen konnte, gab es auch kein Dienstmädchen, das mit Tremain zwischen den Laken gelandet war. Er achtete und schätzte den charmanten Schotten, und zuweilen bewunderte er dessen Schlag bei Frauen, doch diesmal war ihm Tremains Anwesenheit nicht nur anstrengend erschienen, sondern gar lästig.

Er faltete seine Hände, lehnte sich zurück und dachte nach. Seit der Erwähnung der Okehams kratzte etwas in seiner Erinnerung. Kannte er die Okehams? Oder rührte sein Gefühl nur daher, dass er den Skandal eben doch mitgekommen hatte? Ein Geistesblitz ließ ihn nach Violets Empfehlungsschreiben greifen.

Kurze Zeit später legte er zufrieden nickend die Papiere beiseite.

Allegra drehte sich vor dem Spiegel.

„Miss Delacroix, dies ist doch das passende Kleid für die Gartenparty, nicht wahr?", erkundigte sie sich skeptisch. Das cremefarbene Musselinkleid besaß einen geblümten Rock mit Bandstickerei und plissiertem Saum. Das Oberteil war eher schlicht gehalten, erhielt aber modischen Pfiff durch das Spenzerjäckchen. Seidenstrümpfe und flache Halbschuhe rundeten das Gesamtbild ab. Violet griff nach dem schlichten Häubchen, das mit gefältelter Seide bezogen war.

„Dieses Häubchen gehört dazu", erklärte Violet.

Allegra schüttelte angewidert den Kopf. „Auf gar keinen Fall", widersprach sie.

„Aber den Parasol möchtest du schon?", vergewisserte sich Violet.

„Ich bin mir nicht sicher. Er ist ganz hübsch, aber irgendwie fehlt ihm der Charme."

Violet spannte den Schirm auf. Er war schmucklos, cremefarben, und der Griff wies dieselbe Farbe auf wie das Jäckchen. Sie seufzte.

„Ich fürchte, du hast recht", gab Violet zu. Sie reichte Allegra den Sonnenschirm, trat ein paar Schritte zurück und musterte ihren Schützling forschend. Nachdenklich hob sie ihre Hand an ihre Wange.

„In der Kleidertruhe deiner Mutter lagen einige Spitzenbänder. Soll ich einmal nachsehen?"

Allegra nickte eifrig. „Oh ja bitte, Miss Delacroix."

Violet entfernte sich durch die Verbindungstür. Sie ging in ihre Ankleidekammer und zog die Truhe ein Stück hervor, um besseren Zugang zu haben. Der Kleiderkiste entströmte Lavendelduft, als sie den Deckel hob. Sie überblickte die Kleinigkeiten, die sie darin belassen hatte, ehe sie fündig wurde. Als Violet die Spitze herausholte, verhakte sich ein Teil des Stoffes am Boden. Violet beugte sich darüber und begann mit vorsichtigen Griffen, die zarte Spitze zu entfernen. Nachdem es ihr gelungen war, fuhr sie mit den Fingerspitzen über den Boden und ertastete eine Erhebung. Sie drückte darauf, und das Material gab mit einem leisen Klicken nach. Ein Deckel sprang auf. Überrascht besah sich Violet das Geheimversteck. Ein altes, in braunes Leder gebundenes Büchlein lag darin. Sie holte es heraus. Es roch nach Muff und Lavendel.

„Miss Delacroix? Findet Ihr die Spitze?"

Violet schreckte auf und legte das Journal in sein Versteck zurück. „Ich habe sie. Ich bin gleich bei dir." Sie schob die Truhe an Ort und Stelle und klopfte ihren Rock ab. Was wohl in dem Buch stand? Wer mochte es versteckt haben? Sie bezähmte ihre Neugier und entschied, sich abends damit auseinanderzusetzen.

„Hier, Liebes, was hältst du davon?"

Allegra beäugte die Spitze wohlwollend. „Ich glaube, das wird gut aussehen. Ich werde es ausprobieren."

„Störe ich?" Lucas erschien im Türrahmen und schlenderte in den Raum.

Allegra strahlte ihren griesgrämigen Bruder an, der in ihrer Gegenwart sofort zugänglicher wirkte. Sie streckte ihre Arme zur Seite und drehte sich im Kreis.

„Wie gefällt es dir?", erkundigte sich Allegra eifrig.

Er beobachtete seine Schwester gequält und nickte. „Sehr hübsch. Zu welchen Anlass möchtest du das Kleid tragen?"

Allegra lachte. „Zu Lady Piktons Gartenfest selbstverständlich!"

Lucas warf Violet einen Hilfe suchenden Blick zu. Sie tat, als verstünde sie nicht, was er bedeuten sollte. Ganz gewiss wollte nicht sie es sein, die Allegras Vorfreude jäh zerstörte. Mit Genugtuung sah sie, wie Lucas versuchte, die richtigen Worte zu finden. Währenddessen stieg Allegra euphorisiert auf einen Stuhl, um Rocksaum und Schuhe im Spiegel genau zu betrachten.

„Ich glaube, Ihr habt recht, Miss Delacroix. Die Schuhe passen nicht", erklärte Allegra.

„Ally, wir müssen noch einmal über die Einladung bei Lady Pikton reden. Es ist keine gute Idee, dich und Miss Delacroix dorthin zu lassen."

Allegra fuhr beleidigt herum, rutschte ab und fiel hart zu Boden. Sie lag der Länge nach da und stöhnte. Im nächsten Moment hockten Lucas und Violet neben ihr. Allegra setzte sich auf.

„Wie ungeschickt von mir", klagte sie und bewegte ihre Gliedmaßen der Reihe nach.

„Hast du dich verletzt?", erkundigte sich Violet besorgt.

Lucas fasste Allegra unter die Achseln und half ihr auf. Sie schrie schmerzerfüllt auf und knickte mit ihrem linken Bein ein. „Mein Knöchel", quietschte sie.

Gestützt von Lucas humpelte sie zum Bett, während Violet nach der Zofe Lauren klingelte.

Kurze Zeit später kam diese mit kaltem Wasser und Bandagen zurück. Sie knickste. „Mrs. Harvey hat Medizin ins Wasser gegeben."

Violet nickte und deutete auf das Nachtschränkchen. „Stell es dorthin."

Sie legte die nassen Kompressen um Allegras schmerzenden Knöchel. Das Mädchen stieß während der Prozedur ein paarmal zischend die Luft aus. Als Violet Allegras Fuß hoch lagerte, warf sie einen Blick in Allegras Gesicht. Tränen standen in ihren Augen.

„Schmerzt es so sehr?", wollte Violet wissen.

Allegra verneinte. „Werde ich bis zum Gartenfest kuriert sein?", fragte sie ängstlich.

Lucas tätschelte ihre Hand und wirkte zugleich schuldbewusst wie auch erleichtert. „Wir werden sehen."

„Soweit ich es beurteilen kann, ist der Knöchel nur verstaucht. Ein paar Tage Ruhe und ein wenig Schonung genügen. Du wirst auf dem Fest tanzen wie eine Waldnymphe, sofern uns dein Bruder seine Erlaubnis gibt", versprach Violet und schenkte ihr ein ermutigendes Lächeln. Sie wandte sich an Lucas. „Ich werde mein Essen gemeinsam mit Allegra hier einnehmen."

„Nein, Ihr solltet mit Lucas im Speisezimmer essen. Mir hat das Ganze ohnehin den Appetit verdorben."

„Ich leiste dir gern Gesellschaft", widersprach Violet.

„Ich bin bestimmt keine gute Unterhaltung. Außerdem bin ich müde", behauptete Allegra und sah zu ihrem Bruder. „Lucas, überrede sie, dass sie mit dir zusammen isst!"

So kam es, dass sich die beiden beim Dinner gegenübersaßen und stumm ihr Menü zu sich nahmen.

Zum Abschluss ließ sich Violet erleichtert Kaffee einschenken und war in Gedanken schon oben bei Allegra. Als sie ihre Tasse geleert hatte, wünschte sie Lucas eine gute Nacht und erhob sich.

„Nein, bitte leistet mir Gesellschaft, Miss Delacroix", bat Lucas.

Sie zögerte einen Moment. „Sollte ich Allegra nicht beaufsichtigen?"

„Sie kommt so lange allein zurecht", entgegnete er.

„Und ihre Anfälle?", unternahm Violet einen weiteren halbherzigen Versuch, denn im Hinterkopf überlegte sie bereits, ob und wie sie Lucas zur Teilnahme am Gartenfest überreden konnte.

Lucas beschloss, Violet nicht entkommen zu lassen und winkte ab. „Die Zofe wird bei ihr sein und Wache halten, bis Ihr hinaufkommt." Er stellte seine Tasse ab. „Ich habe mir Euer Empfehlungsschreiben noch einmal genau angesehen. Lady Isabel hat sich sehr lobend über Euch geäußert."

Miss Delacroix nickte, sichtlich beunruhigt. Sie schien nicht zu wissen, was Lucas´ mit seinen Fragen bezwecken wollte.

„Wie seid Ihr mit dem Duke of Okeham verwandt?" Lucas lehnte sich betont entspannt zurück, während seine Aufmerksamkeit ganz Miss Delacroix und ihren nächsten Worten galt.

„Seine verstorbene Gemahlin war meine Tante", äußerte sich Violet wortkarg und ließ sich wieder auf ihrem Platz nieder. „Lebt Ihr schon immer hier auf Halcyon Manor?"

Lucas musterte Miss Delacroix. Sie wollte ihn offensichtlich ablenken. Er ging darauf ein. „Wir besitzen ein Stadthaus in London. Meine Eltern waren zumeist dort oder in Bath. In den Sommermonaten lebten wir auf Pembroke Hall in Sussex", erzählte er bereitwillig.

Miss Delacroix nickte und sah zur Tür. „Vielleicht sollte ich doch nach Allegra sehen."

Lucas streckte ohne nachzudenken seine Hand aus und berührte ihren Arm. „Bleibt noch ein Weilchen." Kaum waren die Worte heraus, ärgerte er sich. Was tat er nur? Er wusste doch gar nicht, was er mit der Frau reden sollte! Er räusperte sich.

„Ihr fühlt Euch wohl auf Halcyon Manor?", fragte er, weil ihm auf die Schnelle nichts Besseres einfiel, ohne als Dummkopf zu erscheinen. Sein Blick fiel auf ihr Dekolleté, und mit einem Mal wusste er ganz genau, was er stattdessen lieber täte. Mit Violet. Die Erinnerung an ihren warmen Körper, die weichen Brüste, die sich an ihn pressten, ließen seinen Schwanz steinhart werden. Er unterdrückte ein frustriertes Ächzen. Das Verlangen, diese Frau zu berühren, zu schmecken und zu riechen, wurde übermächtig. Als ahne Violet Delacroix seine Gedankengänge, blickte sie gehetzt zur Tür und erhob sich. „Ich sollte wirklich nach Allegra sehen."

Lucas stand ebenfalls auf und stellte sich ihr in den Weg. „Ja, das solltet Ihr tatsächlich." Doch er wollte sie nicht gehen lassen. Er dürstete danach, sich in ihr zu versenken, sie so lange zu reizen, bis sie vor Lust schrie und sich wand.

Violet probierte, sich an ihm vorbeizuschieben, doch er versperrte ihr die Fluchtmöglichkeit.

„Ich will dich aber nicht gehen lassen." Seine Stimme klang heiser, und er räusperte sich erneut.

Violet griff nach ihm und versuchte, ihn beiseitezuschieben. Angst zeichnete sich auf ihren Zügen ab. „Lasst mich vorbei, Mylord!" Sie sah ihn nicht an, und so umfasste Lucas ihr Kinn und drehte ihr Gesicht, sodass er sie direkt ansehen konnte. Ihr Mienenspiel wechselte und erleichtert erkannte Lucas, dass sie zu realisieren schien, dass er ihr nichts antun wollte.

Unterschiedlichste Emotionen wanderten über ihr Antlitz. Ihre veilchenblauen Augen brachten Lucas´ Herz zum Flattern.

Sie entwand sich seiner Hand und schob ihn energisch von sich.

„Ich werde Euch nun verlassen, Lord Pembroke."

Er umarmte sie an den Hüften und zog sie an sich. Sie stemmte sich gegen seine Brust.

„Lasst mich los!", verlangte sie und kämpfte gegen seine Umarmung an. So eng an sie gepresst fühlte er das wilde Schlagen ihres Herzen. Violet sah ihn an, und der Blick ihrer Augen war Flehen und Ergebung zugleich. Ihr schlanker Körper passte sich perfekt an seinen an. Noch nie hatte er eine Frau im Arm gehalten, deren Körper das vollkommene Gegenstück zu seinem zu sein schien. Er begehrte sie so sehr! Vergessen war sein Groll auf sie. Vielleicht lag es an Tremains offenkundigem Interesse. Etwas hatte sich verändert. Als Tremain mit Violet geschäkert und sie ihn charmant abgewiesen hatte, während Lucas nur das zänkische Weib zu erleben schien, hatte ihn zum ersten Mal Eifersucht überfallen. Lucas wollte derjenige sein, der Violet besaß, der ihr nicht nur Lustschreie, sondern auch dieses wundervolle, charmante Lächeln entlockte! In diesem Moment schien er sicher, sterben zu müssen, könnte er Violet nicht haben.

„Ich will nicht", erwiderte er und wurde sich bewusst, was in seinem Innern passiert war. Er empfand etwas für Violet. Irgendwann in den letzten Monaten hatten sich seine Gefühle gewandelt. Stur wie er war, hatte er es bis zu diesem Augenblick nicht erkannt. Er schluckte überrascht.

Ihre Lippen zitterten. „Weshalb?", flüsterte sie. Sie gab ihren Widerstand auf, lag in seinen Armen, als gehöre sie dorthin. Und es fühlte sich gut und richtig an.

„Freude! Wollust! Kaum zu fassen! Und doch wollt' ich, Himmel, dir, tausend solcher Nächte lassen, gäb mein Mädchen eine *mir"*, zitierte Lucas.

Ein Zittern brachte Violets Körper zum Beben, und Lucas´ reagierte mit Begierde. Lust, heiß wie eine Feuerglut, schoss durch seine Adern. Nach nichts verlangte es ihn mehr, als die Freuden zu genießen, die er in ihren Armen finden konnte.

„Ich kenne das Gedicht", murmelte Violet. Ihre Augen waren weit aufgerissen, und ihr Herz schlug wie wild; Lucas fühlte es durch all die Stoffschichten hindurch.

„Goethe", erklärte sie.

„Stimmt." Er senkte seinen Mund auf den ihren.

Sie versteifte sich, doch ihre Lippen waren weich, und nach kurzem Zögern glitten ihre Hände zu seinem Rücken. Seine Zunge drängte sich in ihren Mund. Die Wärme und Nässe, die ihn umfingen, steigerten seine Lust. Lucas wagte nicht abzuschätzen, wie sexuell erfahren Violet tatsächlich war, welche Erfahrungen sie in der körperlichen Liebe gesammelt hatte. Wäre er sicher, mit einer erfahrenen Frau zusammen zu sein, hätte er nicht gezögert, sie über das Sofa zu legen, ihre Röcke hochzuschlagen und sofort in sie zu stoßen. So aber bezähmte er seine Ungeduld, umarmte Violet fester und vertiefte den Kuss. Sie seufzte an seinen Lippen, dann glitt ihre Hand unter sein Hemd. Es überraschte Lucas so sehr, dass er den Kuss unterbrach. Violet blinzelte und starrte ihn fragend an. Er lächelte und senkte seinen Kopf auf die Stelle unter ihrem Ohr, wanderte liebkosend die Halsschlagader hinab, bis er die Stelle erreichte, an der der Hals ins Schlüsselbein überging. Ihre Haut war zart und warm und duftete nach ihrem Veilchenparfüm. Seine rechte Hand schob sich in ihren Nacken, streichelte die empfindliche Haut am Haaransatz, suchte den Weg nach oben und zog die Nadeln aus ihrer Frisur. Ihr Haar entrollte sich und hing wie ein Schleier über ihren Rücken. Lucas ließ seine Hände durch die Haarfluten gleiten, wickelte Strähnen lose um seine Hand und genoss das sinnlich-seidige Gefühl auf seiner Haut.

Seine Lippen gelangten zu ihrer Halsgrube. Seine Zunge schnellte hervor, kitzelte Violets Haut, während er die Schnürung ihres Vorderteils löste. Der Stoff klaffte auf und gab den Blick auf die Korsage aus Seide und zarter Spitze frei. Lucas stöhnte und zerrte an ihrem Kleid, bis Violet in hauchdünnen Seidenstrümpfen, Halbschuhen und ihrer Korsage dastand. Der Gedanke, wie es sich anfühlen würde, wenn Violet ihre bestrumpften Beine um seinen Körper schlang, während er in sie eindrang, brachte Lucas zum Schwitzen. Sein Schwanz pochte und drückte gegen sein Stoffgefängnis. Unter dem cremefarbenen Stoff der bestickten Korsage erahnte er Violets Nippel. Er streckte seine Hände aus und rieb mit den Fingern darüber. Ihre Brustspitzen versteiften sich fast sofort, kleine perfekte Juwelen, die nur für ihn hart wurden.

Violet keuchte. Davon angefeuert koste er die Nippel intensiver, zog die Korsage ein Stück herunter, bis die erotischen Knospen freilagen. Mit einem genüsslichen Knurren umschlossen seine Lippen die eine Brustspitze, während er die andere mit den Fingern verwöhnte. Violets Hände legten sich auf seine Schultern, streichelten seinen Hals, glitten in sein Haar. Er fühlte das kaum spürbare Beben in ihren Berührungen.

„Lucas", hauchte sie.

Er fasste es als Aufforderung auf, sich weiter anzustrengen. Er sank auf die Knie. Ihre Finger bohrten sich in seine Schultern, sie seufzte ekstatisch. Als er aufblickte, sah er, dass Violet den Kopf in den Nacken gelegt hatte, die Lippen rot geschwollen und leicht geöffnet.

Lucas streichelte ihren Schamhügel, umrundete den empfindsamen Bereich und konzentrierte sich dann auf den Punkt über der Klitoris. Kundig reizte er die Stelle, glitt tiefer und fand den Liebesknopf. Violet zitterte unter der Liebkosung. Lucas beugte sich vor, kitzelte und koste mit seiner Zungenspitze ihre sensibelste Stelle. Zugleich wanderte sein Finger weiter, teilte ihre Schamlippen und drang ein. Ihre Nässe entlockte ihm ein erregtes Keuchen, und seine Finger stießen in Violets heißes Fleisch. Sie wimmerte, reckte sich ihm jedoch fordernd entgegen. Lucas löste sich von ihr, sah hoch und erkannte, dass ihre leuchtend blauen Augen verschleiert waren von Begierde und Vorfreude. Er blinzelte ob dieser sinnlichen Aufforderung, legte seine Hand auf ihren Bauch und deutete ihr mit leichtem Druck, auf dem Sofa Platz zu nehmen. Willig setzte sie sich, Lucas packte sie an den Schenkeln, zog sie an den Rand der Polster und schob ihre Beine auseinander, bis ihre Schamlippen sich leicht öffneten. Lucas´ Hände strichen über ihre Haut, so dicht vor ihm füllte Violets intimer Duft seine Nase und erregte ihn zusätzlich. Er konnte nicht anders, beugte sich über sie und schob seine Zunge zwischen ihre Schamlippen, leckte behutsam darüber und spürte das Zittern ihrer Muskeln. Sie schmeckte ebenso verführerisch, wie sie roch. Seine Zunge tanzte über ihre Spalte, mal quälend langsam, dann wieder blitzschnell. Violet bog sich ihm genießerisch entgegen, legte ihre Hände auf ihre Unterschenkel und zog ihre Beine so nach hinten. Lucas hielt inne, wich ein Stück zurück und betrachtete Violet in dieser zügellosen Stellung. Sein Schwanz zuckte energisch, und am liebsten hätte Lucas augenblicklich in Violet gestoßen, solange sie in dieser verführerischen Haltung verharrte.

Er knurrte und hockte sich wieder zwischen Violets gegrätschte Beine, um sich ihrer feuchten, heißen Spalte zu widmen. Seine Gedanken kreisten um die Vorstellung, wie es wäre, Violet zu fesseln, um sie zu nehmen, während sie willenlos und offen dalag.

Lucas' Finger glitten weiter, kreisten um ihre Vagina und fanden sie mehr als bereit. Lucas sah in ihr Gesicht, und ihre Blicke trafen sich. Sie musterte ihn wissend, und ein heißer Schauer überlief Lucas. Er streichelte ihre Spalte und konnte sich kaum zurückhalten. Sie reckte sich seinen Fingern entgegen, und ihre offenkundige Bereitschaft, ihn zu empfangen, steigerte seine Lust ins Unermessliche. Violet zog sanft, aber bestimmt an seinem Haar, sodass er aufblickte.

„Tu es", flüsterte sie, als ahne sie sein Sehnen.

Lucas taxierte sie fragend, und sie drängte ihn, aufzustehen. Violet entkleidete ihn mit fiebriger Hektik, warf Hemd und Hosen ins Eck, nicht jedoch sein Krawattentuch. Sie fixierte ihn mit Wollust, legte das Tuch wie einen Schal um ihren Hals und küsste ihn heißblütig. Kühn ergriff sie mit ihrer zarten Hand seinen Schaft, und Lucas erkannte das pure Begehren in Violets Blick. Ihre Finger liebkosten seine Hoden, und er stieß zischend die Luft aus. Sie lachte verführerisch und herausfordernd zugleich. Mehr Blut strömte in seinen Schwanz, und ihn überkam das Gefühl, jeden Moment explodieren zu müssen.

Violet drückte ihm das Krawattentuch in die Hand. „Fessle mich, während du mich liebst! Ich will es", verlangte sie und legte auffordernd das Tuch in seine Hand. Mit einer Eleganz, die einer Königin gleichkam, ließ sie sich auf dem Sofa nieder in eben jener Stellung, die sie eben noch eingenommen hatte. Als sie sich räkelte, konnte Lucas sich nicht länger zurückhalten und schlang das Tuch um Violets Handgelenk, band es an ihrem Unterschenkel fest und entdeckte auf dem Boden bei Violets Kleid ihre Stola, die er zum Fesseln der anderen Seite benutzte. Er zögerte, doch als er die Leidenschaft in ihrem Blick bemerkte, gab es kein Halten mehr. Lucas kniete vor Violet, ließ seine Eichel über ihre Spalte gleiten und genoss ihr Keuchen und Zittern.

Er platzierte seinen Schwanz vor ihrem Eingang, und obwohl er sich kaum noch beherrschen konnte, hielt er inne, blickte auf Violets gefesselten Körper und genoss ihr leises, lustvolles Stöhnen.

Sie hob ihren Po, drückte ihn gegen seine Schwanzspitze, und endlich gab Lucas nach. Er schob sich langsam in sie hinein, und Violet schluchzte begeistert und erlöst. Sie war feucht, feuchter als er gedacht hatte, und ihr Fleisch umschloss seinen Schaft fest und vibrierend. Offensichtlich konnte sie ihre Vereinigung kaum noch erwarten.

Sie fühlte sich fantastisch an, eng und heiß. Er stieß in sie, betrachtete ihre hilflose Stellung und erkannte, wie erregend er es fand. Und wie sehr es Violet reizte. Sie keuchte, schluchzte und bog sich ihm entgegen, ihre Scheide umgab seinen Schwanz wie ein nasser Seidenhandschuh. Er streichelte ihre Liebesperle, während er in sie stieß, wieder und wieder. Ein wahrer Tornado der Lust baute sich in ihm auf, und er spürte, dass er sich nicht mehr lange würde zurückhalten können. Violets Muskeln zuckten, und als dieses Zucken unkontrolliert begann, seinen Schwanz zu massieren, sie sich aufbäumte und ihr Atem rascher ging, gab es für ihn keinen Grund mehr für Zurückhaltung. Er rammte seinen Schaft mehrere Male in sie, bis sie ihren Höhepunkt mit einem leisen Schrei erreichte, während sich der seine fast im selben Moment in sie entlud.

„Guter Gott", wisperte Violet, ehe sie in das Polster zurücksank.

Lucas beugte sich vor, küsste sie auf die rundeste Stelle ihrer Schulter, streichelte ihre Hüfte, ihre Brust, und als er sah, dass ihre Arm- und Beinmuskeln zu zittern begannen, löste er die Fesseln. Er massierte Arme und Beine zärtlich, glitt auf und ab und ließ den Stellen, an denen die Tücher gelegen hatten, besondere Behandlung zuteilwerden.

Er hob ihre Hände an seine Lippen und liebkoste die gerötete Haut. Das Blitzen in ihren Augen zeigte ihm, dass sie ebenso wie er noch lange nicht gesättigt war. Lucas ließ seine Lippen die zarte Innenhaut ihrer Arme emporwandern, inhalierte den süßen Duft ihrer Haut, während er die Finger seiner rechten Hand auf ihren Schamhügel legte und mit dem Daumen Violets Liebesknopf massierte.

Erneut loderte heiße Begierde in Lucas auf, und das Beben und die Gänsehaut, die Violets Körper heimsuchten, verrieten ihm, dass sie ebenso empfand.

Er packte sie an den Hüften und zwang sie, sich umzudrehen. Sie keuchte erschrocken. Lucas beugte sich über sie, umfasste ihre Hände und legte sie auf die Rückenlehne des Sofas. Er strich ihr Haar beiseite und küsste ihren Nacken. Lucas streichelte ihre Flanken, genoss die Empfindung ihrer samtigen Haut unter seinen Händen. An ihrem runden Po angekommen, knetete er ihre üppigen Rundungen und konnte nicht widerstehen, ein paar Klapse auszuteilen. Sie stöhnte überrascht und erregt zugleich. Als sie ihm ihren Po entgegenreckte, brauchte es keine weitere Aufforderung mehr. Er tauchte tief in ihre heiße, nasse Liebesgrotte ein. Ihr Fleisch umschloss ihn fest, massierte seinen Schaft mit kleinen Zuckungen.

Als er wieder in sie stieß, gab Violet einen Schluchzer von sich. Lucas hielt inne, doch Violet drängte sich ihm entgegen, schob ihre Hüften enger an ihn. Er drang erneut mit leidenschaftlichen Bewegungen in sie, und Violet kam ihm entgegen, forderte härtere, intensivere Stöße und bäumte sich auf und keuchte unter seinen Anstrengungen.

Das Klatschen ihrer nackten Haut und ihre wollüstigen Laute erfüllten den Raum, mischten sich mit dem leisen Knistern und Knacken des Kaminfeuers. Violets Duft kitzelte und erregte seine Sinne, die Mischung aus Lust, Veilchenduft und Schweiß wirkte aphrodisierend auf Lucas. Das alles, gemischt mit Violets Hemmungslosigkeit und ihrer Lust, trieben ihn in ekstatische Höhen. Schon fühlte er, wie sein Unterleib sich zusammenzog, wie sein Schwanz härter wurde, pulsierte und pochte. Dann brach seine eigene Wollust einer heißen Flut gleich aus ihm heraus, und er verströmte sich in Violets feuchtem, warmem Schoß. Fast gleichzeitig erbebte und stöhnte Violet. Ihr Körper zitterte, und ihr Unterleib zog sich zusammen, massierte seinen Schaft mit rhythmischen Bewegungen. Ihre Hände umfassten die Lehne fester.

Lucas beugte sich über Violet, lehnte seine Stirn an ihren Hals und inhalierte ihren Duft. Violet sank auf ihre Arme, stützte sich auf und verharrte bewegungslos.

Schon wieder war es geschehen. Violet biss sich auf die Lippen, während sie auf dem Sofa kniete, das Gesicht auf die Unterarme gelegt, und Lucas' heißer Körper an ihren geschmiegt. Seine Arme umschlangen sie, und sein warmer Atem strich über ihre Wirbelsäule. Sein Schaft war noch immer in ihr verborgen, und Violet genoss die Intimität und Zärtlichkeit. Der Sex mit ihm bereitete ihr viel zu großes Vergnügen, als dass sie widerstehen konnte. Hin- und hergerissen zwischen Wonne und Schuldgefühlen verweilte sie reglos, wartete, bis Lucas agierte. Doch er machte keinerlei Anstalten.

Wie sollte das enden? Sie konnten nicht ständig leidenschaftlich übereinander herfallen, darüber gab Violet sich keinen Illusionen hin. Falls es noch niemand bemerkt hatte, würde dies doch eines Tages eintreten. Zudem konnte es nicht angehen, dass sie eine Affäre mit Lucas begann. So sehr sie ihn begehrte, sie durfte und wollte keinem Mann mehr ihr Herz schenken. Nicht nachdem sie mit der Berechnung und Verlogenheit der Männer Erfahrungen gesammelt hatte. Nie wieder würde sich das wiederholen. Zudem gab es einen weiteren Grund, den es zu bedenken galt: Was wäre, wenn sie schwanger wurde?

Leben kam in Lucas. Er richtete sich auf und liebkoste Violets Körper. Seine Hände glitten ihre Oberarme entlang, zu ihren Schultern, über den Rücken, streichelten ihre Flanken und Brüste. Als er ihren Po erreichte, entzog er sich ihr, und Violet fühlte sich mit einem Mal beraubt. Sie räusperte sich und erhob sich. Die Innenseiten ihrer Schenkel waren feucht.

Violet drehte sich zögernd zu Lucas um. Er schloss die Arme um sie, zog sie an sich und küsste sie. Das Gefühl ihrer aneinandergeschmiegten nackten Körper war unvergleichlich. Ewig hätte Violet das aushalten können, ließ aber dennoch mit Erleichterung zu, dass Lucas die Liebkosung beendete. Sie musterte ihn stumm, versuchte, ihre Emotionen zu ergründen und Lucas' Gefühle ihr gegenüber zu erahnen.

„Keine spitzzüngige Bemerkung, Violet?", zog er sie auf. Schalk blitzte in seinen Augen. Ihr kam der Gedanke, dass das Leben den mürrischen Eigenbrötler aus Lucas geschmiedet hatte, der er heute war. So wie das Leben aus ihr eine starke Frau geformt hatte, die sich nur mehr auf sich verließ und keine Gefühlsduselei zuließ.

„Wenn ich mir Mühe gebe, fällt mir vielleicht etwas ein", entgegnete sie.

Lucas schmunzelte. Sie schlang ihre Arme um ihren Körper und blickte sich nach ihren Kleidern um. Der erotische Zauber war verflogen, und sie wandte sich ab, um sich anzukleiden. Als sie fertig war, stand Lucas vollständig präsentabel hinter ihr. Einzig das erhitzte Gesicht verriet, was sie getan hatten. Unsicher starrten sie einander an.

Schließlich neigte Violet ihren Kopf. „Ich muss mich um Allegra kümmern", verkündete sie.

Lucas nickte. „Ja."

Er schien noch etwas sagen zu wollen, doch der Moment verstrich, und Violet floh aus dem Salon.

Lucas machte es sich vor dem Kamin gemütlich. Zusammen mit seinem Brandy und der abendlichen Zigarre, wie es schon seit Jahren seine Gewohnheit war.

Er würde ein Wörtchen mit Jeremy reden müssen. Selbstverständlich erwartete er von den Hausmädchen, dass sie in den Schränken sauber machten, doch sie sollten seine Ordnung nicht durcheinanderbringen. Schon wieder hatte die Brandyflasche an verkehrter Stelle in der Bar gestanden.

Er nippte genießerisch an seinem Drink, schnitt die Kappe seiner Zigarre ab und zündete den Stumpen an. Aromatischer Geruch kitzelte seine Nase.

Seit Jahren liebte er eine bestimmte Mischung von Cronley and Smithson. Wann immer er in London war, suchte er den Tabakladen auf und deckte sich mit einer größeren Menge ein. Behaglich lehnte er sich zurück, sog an seiner Zigarre und trank seinen Brandy. Das Kaminfeuer flackerte hell lodernd in der Feuerstelle. Ein leises Klopfen störte die Intimität des Augenblicks. Jeremy trat ein.

„Mylord, benötigt Ihr noch etwas?"

Lucas schüttelte den Kopf und der Butler wandte sich ab. Lucas hielt ihn auf. „Jeremy, würdest du die Mädchen anweisen, mir keine Unordnung in den Barschrank zubringen? Ich kann es nicht leiden, die Flaschen ständig an anderer Stelle zu finden."

Jeremy verbeugte sich nickend. „Ich kümmere mich darum, Mylord", gab er zurück und glitt lautlos wie ein Schatten aus dem Arbeitszimmer.

Im Haus wurde es ruhig bis auf zwei Frauen, Dienstmädchen vermutlich, die direkt vor der Tür seines Arbeitszimmers miteinander plauderten. Ihr Gespräch verstummte abrupt. Das ganze Haus schien mit einem Mal in tiefem Schlummer zu liegen, als herrschte tiefste Nacht.

Lucas fröstelte, weil im Kamin nur noch Glutreste lagen, die kaum Wärme verströmten.

Er blinzelte. Er fühlte sich, als habe er lange Zeit in einer angespannten Körperhaltung verbracht. Seine Handfläche stach und fühlte sich klebrig an. Er senkte seinen Kopf, und die Geste kostete unglaublich viel Kraft und noch mehr Zeit. Seine Hand war blutüberströmt, der gebrochene Stiel des Brandyglases hatte seine Haut aufgeschnitten. Lucas kämpfte gegen die Panik an, die in ihm aufsteigen wollte. Er zwang sich, das Glas auf das Beistelltischchen zu legen. Ungeschickt fingerte er ein Taschentuch aus seiner Westentasche und verband seine Wunde notdürftig.

Er stemmte sich aus dem Sessel mit dem Empfinden bleierner Gewichte um seinen Körper. Als er in Bewegung war, schwand das Gefühl, doch er taumelte umher wie volltrunken, wohingegen sein Geist alles mit glasklarer Deutlichkeit wahrnahm.

Er schaffte es in sein Schlafgemach, ließ sich dort auf die Matratze fallen und schlief fast augenblicklich ein.

Als Lucas am Morgen erwachte, hatte jemand seine Hand fachgerecht verbunden und die Decke über ihn gebreitet.

Morley huschte von Fenster zu Fenster und zog die Vorhänge beiseite. Dichter Nebel hing vor den Scheiben. Morley schniefte beleidigt, während er am Waschtisch herumhantierte, die Rasierutensilien bereitstellte und schließlich im Ankleidezimmer verschwand.

Lucas schwang sich aus dem Bett und stöhnte, als sein Kopf die Bewegung mit einem scheußlichen Pochen quittierte.

„Na, wir haben gestern ganz schön einen über den Durst getrunken, Mylord." Morley steckte seinen Kopf zur Kleiderkammer heraus. Der Kammerdiener hatte bereits zu Schulzeiten in Lucas´ Diensten gestanden, und da Lucas ihn sehr gern hatte und ihm vertraute, schien Morley zu glauben, sich derartige Unverschämtheiten herausnehmen zu dürfen. Morley besaß kein Fünkchen Verständnis für Alkoholkonsum und zeigte dies überaus deutlich.

Lucas brummte nur, Erklärungen erschienen ihm vollkommen zwecklos. Sein Kammerdiener würde ihm nie glauben, dass er lediglich ein Glas Brandy gehabt hatte. Wenn er ehrlich war, würde selbst er sich der Lüge bezichtigen, angesichts seines Zustandes.

Er schleppte sich zum Waschtisch und warf seinem Spiegelbild einen kritischen Blick zu. Dunkle Schatten lagen unter seinen müde wirkenden Augen. Dazu die Bartstoppeln, die das desaströse Erscheinungsbild komplettierten. Er seifte sein Gesicht mit kreisrunden Bewegungen ein, ehe er zur Rasierklinge griff.

Er zuckte zusammen, als Morley hinter ihm auftauchte und seine Hand versöhnlich ausstreckte.

„Seid so gütig, lasst es mich tun. Ihr scheint mir heute Morgen ein wenig zittrig zu sein."

Lucas reichte dem dreisten Kammerdiener die Rasierklinge und überließ sich seinen fähigen Händen. Konnte er sich tatsächlich betrunken haben? Ohne Grund, mutterseelenallein? Niemals hatte er weniger Gründe gehabt! Violet und er hatten den unglaublichen Sex gehabt. Nie hatte er auch nur geahnt, dass ihn derartige Praktiken erregen würden und noch weniger, dass eine Frau nicht nur mitmachen, sondern sogar Gefallen daran fände. Danach hatten in ihm für ein paar Stunden Zuversicht und vorsichtiges Hoffen geherrscht. Hoffen, dass er in Violet eine Frau gefunden hätte, die mit ihm und Allegra auf Halcyon Manor leben wollte.

Er erinnerte sich überdeutlich daran, dass er ein Glas Brandy getrunken hatte. Nicht einmal eine Maus verfiele bei einer ähnlichen Menge in einen Vollrausch. Und schon gar nicht er. Hatte er doch am Tag davor zwei Gläser seiner Lieblingsmarke genossen, ohne auch nur den Hauch von Nachwehen des Alkoholkonsums zu verspüren.

Die Erklärung, die Lucas fand, war in Anbetracht der Tatsachen naheliegender. Allerdings auch um ein Vielfaches beunruhigender. Halluzinationen, Kontrollverlust, Erinnerungslücken. Alles deutete auf ein Gebrechen hin. Ein Leiden, das Lady Edwina auf den Scheiterhaufen gebracht hatte, Allegra zur Einsamkeit verdammte und ihn zum Schlimmsten verfluchte: dem Irrsinn.

Als sie am Morgen erwachte, hatte sie immer noch Lucas' Geruch in der Nase. Die Erinnerung an seine Liebkosungen löste eine wohlige Gänsehaut aus. Vom Bett aus konnte sie aus dem hohen Sprossenfenster sehen. Auf dem schmalen Fensterbrett stand ein frisches Bouquet aus violetten und gelben Blüten, die eien Hauch Süße verströmten.

Sex mit Lucas war unglaublich. Sie hatte es kaum fassen können, als er sie fesselte und sie in ihrer Wehrlosigkeit benutzte. Es hatte sie mehr erregt, als sie auszudrücken imstande war. So zugeknöpft er ansonsten wirkte, erwies er sich doch als hemmungsloser, leidenschaftlicher Liebhaber. Allein daran zu denken, weckte ihr Begehren. Sie warf sich unruhig herum. Lucas vermittelte ihr das Gefühl, alles nur zu tun, um ihre Lust anzustacheln und zu befriedigen. Und gleichzeitig zögerte er nicht, seine eigene Befriedigung einzufordern. Diese Gegensätze, die er verkörperte, zogen sie unwiderstehlich an. Sie schluckte und starrte an die Zimmerdecke.

Robert hatte es ebenfalls verstanden, ihren Körper zum Glühen zu bringen. Ein paar gezielte Schmeicheleien, einige kundige Berührungen und intime Streicheleinheiten und sie war seinen Verführungen erlegen. Er hatte von Liebe gesprochen, von gemeinsamer Zukunft.

Violet lachte rau auf. Dass er ein schamloser Schürzenjäger war und sie nur eine weitere Kerbe in seinem Bettpfosten, hatte sie zu spät gemerkt. Viel zu spät. Monatelang hatten sie geheime Stelldicheins abgehalten, verstohlene Liebkosungen hinter Vorhängen und in lauschigen Nischen. Roberts List und Tücke hätten eine schwächere Frau als sie zerstört. Doch Violet war wie ein Phönix aus der Asche ihres alten Lebens entstiegen und hatte alles hinter sich gelassen. Nie wieder würde sie einen Mann über ihr Schicksal bestimmen lassen. Kein anderer Mensch als sie selbst lenkte ihr Geschick und ihr Leben. Sie rief sich streng zur Ordnung und beschloss, nicht länger im Bett herumzuliegen, sondern aufzustehen.

Rasch erhob sie sich, wusch sich, kleidete sich an und trat ans Fenster. Grauer Nebel lag dick und schwer über der Landschaft, sodass man kaum einen Meter weit sehen konnte. Violet seufzte. Vereinzelt erkannte sie dunkle Umrisse. Froh, nicht hinaus zu müssen, wandte sie sich ab.

Sie fürchtete die erste Begegnung mit Lucas nach dieser Nacht. Es war nicht mehr wie zuvor. Und zugleich wusste Violet, dass sich nichts ändern durfte. Sie fühlte diese weibliche Schwäche in sich: den Wunsch, geliebt zu werden. Ärgerlich schüttelte sie den Kopf. Sie verbot sich derartige Gedanken und wollte sich nicht in derartigen Gedankenspielen und Träumereien verlieren. Sie war überzeugt, dass Lucas' Gefühle für sie nicht mehr als sexuelles Begehren waren. Damit konnte sie umgehen.

Sie beschloss, sich zu beschäftigen, bis Allegra ebenfalls aufstand. Allegra genoss es, morgens langsamer in den Tag zu starten, während Violet seit jeher eine Frühaufsteherin gewesen war.

Violet machte sich an der Kleidertruhe zu schaffen und befreite das Lederbüchlein. Sie kehrte damit ans Fenster zurück und drehte es in ihren Händen hin und her. Die Mischung aus Moder, Lavendel und Leder stieg Violet in die Nase. Sie setzte sich und klappte das Buch behutsam auf.

Am rechten oberen Rand stand ein Name in eilig hingekritzelten Buchstaben: Bethany Allegra St. Clare. Violet hielt das Tagebuch von Allegras Mutter in ihren Händen.

Violet strich zögernd über die trockenen Seiten, die an den Rändern vergilbt waren; unsicher, ob es sich schickte, dass sie darin las. Sie gehörte nicht zur Familie, war nur eine Angestellte, dennoch gab sie sich einen Ruck und öffnete das Deckblatt. Vielleicht fand sie in dem Büchlein Hinweise, Erklärungen, irgendetwas, womit sie Allegra helfen konnte.

Violet las eine Weile, überblätterte einige Seiten, schmökerte auf diese Weise eine ganze Zeitlang, ehe sie das Tagebuch schloss. Verwirrt blickte sie auf den Einband. Die Einträge waren rätselhafte, kryptische Notizen, deren Sinn Violet verborgen blieb.

Ob Bethany St. Clare ihre Träume aufgeschrieben hatte? Seltsame, verstörende Träume? Auf jeden Fall hatte sie kein schlechtes Gewissen mehr, darin geblättert und gelesen zu haben. Sie sah sich nicht nur als Allegras Gesellschafterin, sondern auch als ihre Freundin. Als solche betrachtete sie es als ihre Pflicht, Allegra vor allem Negativen zu bewahren. Der Gedanke, dass Allegra erfahren musste, dass ihre eigene Mutter verrückt gewesen war, erfüllte Violet mit Grausen. Die Idee, das Tagebuch Lucas zu geben, verwarf sie ebenfalls. Was würde er schon tun? Sie glaubte, ihn gut genug einschätzen zu können, um zu wissen, dass er das Journal ohne Umschweife ins Feuer werfen würde. Doch was, wenn sich die Niederschrift noch als hilfreich erweisen konnte?

Sie drückte das ledergebundene Buch an ihre Brust.

Allegra die Ergüsse eines scheinbar instabilen Geistes vorzuenthalten, gehörte zu den Dingen, vor denen Violet sie schützen wollte. Noch war sie unschlüssig, was sie in diesen Notizen gelesen hatte. Vielleicht erwiesen sie sich auch nur als die Fantasien einer äußerst miserablen Autorin.

Sie horchte, doch Allegra schien noch in seligem Schlummer versunken zu sein. Violet hielt es für angebracht, sich mit Mrs. Harvey, der Wirtschafterin, zu unterhalten. Soweit sie wusste, hatte Mrs. Harvey bereits Allegras und Lucas' Vater gedient und kannte die Familie St. Clare damit recht gut.

Violet ließ die graue Stola von ihren Schultern gleiten, als sie die Küche betrat. Wärme schlug ihr entgegen. Auf dem Herd blubberte es in mehreren Töpfen, in denen eine der Küchenmägde rührte. Schweißperlen liefen über ihre Stirn, und ihr Gesicht war röter als das Erdbeergelee, das Allegra so sehr liebte.

Die Luft war dampfig und roch gleichzeitig verführerisch nach Brot und Kuchen. Auf einem der hinteren Tische reihten sich kleine Kuchen und Petit Fours für den Nachmittagstee aneinander.

Über dem Herd hingen blank polierte Kupfertöpfe und Pfannen sorgsam nach Größe sortiert, daneben befanden sich Kochlöffel, Pfannenwender und Suppenschöpflöffel. An einem Spülbecken stand eine hagere Magd und schrubbte einen riesigen Topf mit monoton wirkenden Bewegungen.

Mrs. Harvey beugte sich über einen imposanten Tisch in der Mitte der Küche und bereitete Pastetenteig zu.

„Miss Delacroix." Freundlich grüßte die Wirtschafterin Violet.

„Guten Morgen, Mrs. Harvey", erwiderte Violet und trat näher.

Die ältere Frau sah zu der Vorrichtung, an der die Glocken für die Herrschaftsräume angebracht waren, als wollte sie sich vergewissern, nicht ein Signal überhört zu haben. Erst dann wandte sich wieder ihrem Teig zu.

„Kann ich etwas für Euch tun, Miss Delacroix?", erkundigte sie sich höflich, ohne von ihrem Teig abzulassen.

Violet nickte und schüttelte gleich darauf den Kopf. „Kann ich Euch zur Hand gehen?"

Mrs. Harveys Kopf fuhr überrascht hoch. Sie musterte Violet prüfend. „Nein, eigentlich nicht. Ihr seid doch nicht heruntergekommen, um mir bei der Küchenarbeit zu helfen", argwöhnte die Frau.

Violet neigte verlegen ihr Haupt. „Euch entgeht nichts." Sie lächelte.

Die Wirtschafterin zuckte mit den Achseln und drehte sich zu einem der Küchenmädchen um. „Evi, bring Miss Delacroix eine Tasse Tee!" Sie deutete auf einen Stuhl am Tisch. „Setzt Euch, und dann fragt mich einfach. Bin keine, die tratscht, aber ich plaudere gern."

Violet ließ sich nieder. Mrs. Harvey richtete erneut ihr Wort an das Dienstmädchen. „Bring unserer Miss Delacroix ein paar der frisch gebackenen Brötchen, Butter und Orangengelee. Und vergiss das Geschirr und Besteck nicht." Sie wandte sich Violet entschuldigend zu. „Das Mädel ist nicht ganz helle, aber fleißig und immer fröhlich."

Violet lächelte und dankte Evi, die herangetrottet kam und alles Gewünschte servierte. Violet schenkte Mrs. Harvey ihre Aufmerksamkeit.

„Lasst es Euch schmecken." Mrs. Harvey riss einen Teigbatzen ab, schlug ihn auf den Tisch und rollte ihn mit dem Nudelholz platt.

Violet trank einen Schluck Tee und bestrich das warme duftende Brötchen mit Butter, die goldgelb glitzernd den Teig tränkte. Violet häufte Gelee darauf, ehe sie einen Bissen in den Mund steckte.

„Nun", begann die Wirtschafterin. Eine graue Haarsträhne löste sich aus ihrem strengen Dutt und fiel ihr in die Stirn. Sie wischte sie mit dem Unterarm zurück. „Miss Allegra hält große Stücke auf Euch."

„Allegra ist ein bezauberndes Mädchen."

Mrs. Harvey schnaubte. „Ein kleiner Teufelsbraten ist sie! Bevor Ihr nach Halcyon Manor kamt, hat sie allerlei Unfug angestellt. Habe zu Lord Pembroke gesagt, das Mädel bräuchte eine Tracht Prügel, dann vergingen ihr die Dummheiten und der Sinn für Schabernack. Irrsinnig? Maßlos verwöhnt ist die Kleine! Wie ihre Mutter, Gott hab sie selig." Mrs. Harvey legte den ausgerollten Teig in eine Pieform und drückte ihn mit geübten Griffen hinein.

„Bethany?"

„Richtig." Ihre Stimme klang angestrengt, weil sie erneut Teig ausrollte. „Sie tauchte eines Tages auf Halcyon Manor auf, während Master Lucas in seinem letzten Jahr in Eton war. Sie war eine entfernte Verwandte der St. Clares. Master Lucas´ Vater hatte sie wohl auf unbestimmte Zeit nach Ullswater eingeladen, und da nistete sie sich hier ein. Als Master Lucas in den Ferien nach Hause kam, schlich sie um ihn herum wie eine rollige Katze. Kaum älter als Master Lucas, aber berechnend wie eine erfahrene Kurtisane, das war Bethany St. Clare! Wir alle wussten, dass die Gute ein sicheres Auskommen als Ehefrau eines Earls anstrebte. Und als der Master nach Eton zurückkehrte, dauerte es keine Woche, bis sie das Bett seines Vaters teilte."

„Und ihn heiratete?", kürzte Violet die Erzählung ab.

„Sehr wohl, Miss." Mrs. Harvey nickte. „Nach neun Monaten kam die junge Miss Allegra zur Welt. Wenige Jahre später verunglückten Lord und neue Lady Pembroke auf dem Weg nach London." Mrs. Harvey zuckte mit den Achseln.

„Und der junge Lord Pembroke?", hakte Violet nach.

„Er kam sofort nach Halcyon Manor zurück, um sich um die Güter und Miss Allegra zu kümmern." Mrs. Harveys Gesicht leuchtete. Sie hielt offensichtlich große Stücke auf Lucas.

Violet nickte. „Hat Lady Pembroke unter denselben Anfällen gelitten wie Allegra?"

Mrs. Harvey runzelte nachdenklich die Stirn. „Ihr meint, ob sie unter derselben theatralischen Ader litt?" Die Wirtschafterin beschäftigte ihre Hände damit, den Teig in eine Pieform zu drücken. „Ich denke ja, so genau weiß das niemand von uns Hausbediensteten. Sie schloss sich oft in ihren Gemächern ein und war für niemanden ansprechbar."

Violet kehrte nachdenklich auf ihr Zimmer zurück. Für jemanden, der nicht tratschte, hatte sich Mrs. Harvey recht auskunftsfreudig gezeigt. Mit den Informationen gerüstet würde sie bei nächster Gelegenheit die Eintragungen in dem geheimnisvollen Büchlein überprüfen. Vielleicht hatte Bethany St. Clare tatsächlich die Träume während ihrer Anfälle beschrieben.

Wie auch immer, Allegra bekäme das Buch nicht zu Gesicht. Violet stellte sich vor, wie sie sich an Allegras Stelle fühlen würde, bekäme sie derartige Niederschriften von ihrer Mutter zu Gesicht. Violet würde ihren Schützling vor dieser Erfahrung bewahren.

Kapitel 7

Ich bin niemand. Wer bist Du?
Emily Dickinson

Die Sonne schien, und der kristallblaue Himmel verhieß für den restlichen Tag das ideale Wetter, um sich im Freien aufzuhalten. Rechts vom Weg befand sich der See, dessen klares Wasser zu einer Bootsfahrt verlockte. Im Schilf schwammen ein paar Wildenten umher, während ein Frosch quakte, und der Wind wehte die Duftmischung aus Algen und Fisch herüber. Auf der anderen Seite des Weges wiegten sich Getreidehalme im sanften Luftzug, und am Feldrand wuchsen Kamille und Klatschmohn.

Nach einer Weile drang der stechende Geruch nach Schaf in Lucas' Nase. Entferntes Blöken und weiße Flecken auf grünem Weideland verrieten die Anwesenheit der wolligen Gesellen.

Lucas fragte sich, warum und wie ihm das Recht, über Wohl und Wehe seiner Schwester zu bestimmen, entzogen worden war. Statt auf Halcyon Manor einen friedlichen Tag zu verbringen, saß er mit Violet und Allegra in seinem Landauer. Bereit, die tröstliche Abgeschiedenheit seines Anwesens zu verlassen und sich in die Löwengrube des Gartenfestes von Lady Pikton zu begeben. Natürlich hätte er Allegra und Violet allein dorthin gehen lassen können.

Ein kluger Mann wusste, wann er sich geschlagen geben musste. Bei ihm war dieser Moment gekommen, als ihm Allegra listig versicherte, es sei kein Problem, wenn sie und Violet ohne männliche Begleitung auf dem Fest erscheinen würden. In diesem Augenblick wusste er, dass er nicht verhindern konnte, dass Allegra am hiesigen Gesellschaftsleben teilnahm. Er konnte lediglich dafür sorgen, sie nicht allein zu lassen und seine Aufmerksamkeit auf sie zu halten.

So hatte Lucas nachgegeben und sich bereit erklärt, die beiden zu begleiten. Als sie vor Hemsworth Hall ankamen, eilten sofort Lakaien herbei, die die Türen öffneten und den Damen beim Aussteigen behilflich waren.

Das Anwesen war kleiner, aber nicht weniger luxuriös als Halcyon Manor. Ein Butler mit weißen Handschuhen und dunkelblauer Livree begrüßte Lucas, Allegra und Violet. Er führte sie in den parkähnlichen Garten hinaus, wo sich die ersten Gäste tummelten. Lucas erkannte einige von ihnen, dem einen oder anderen war er bereits bei früheren Gelegenheiten begegnet.

Allegra strahlte unablässig, und ihre Freude ließ Lucas fast bedauern, dass er ihr den Spaß im Grunde lieber vorenthalten würde. Er wäre bedeutend entspannter, wenn sie sich wieder auf dem Heimweg befänden.
„Allegra, Lord Pembroke!", krähte eine Stimme.
Lucas fuhr zusammen, und seine Laune sank auf arktische Tiefstwerte.

Violet war froh um die Handschuhe, die ihre feuchten Hände verbargen. Anspannung verhärtete die Muskeln in ihrem Rücken. Die Furcht, erkannt zu werden, machte sie nervös, und zum wiederholten Mal erklärte sie sich selbst, dass es unmöglich war, jemanden zu treffen, der sie kannte. Zudem hatte Lady Pikton versichert, nur die örtliche Gentry wäre anwesend. Violet kannte niemanden aus dem Landadel. Dennoch sah sie sich aufmerksam unter den Gästen um.
Allegra beugte sich zu ihr. „Miss Delacroix, ich danke Euch. Ohne Euch hätte mir Lucas den Besuch nie erlaubt."
Violet lächelte und tätschelte Allegras Unterarm. Es war weniger Violet als Lady Piktons Penetranz und Allegras Hartnäckigkeit gewesen, die dazu geführt hatten, dass sie drei jetzt hier standen.
Lady Pikton rief erfreut Allegras und Lucas' Namen und eilte auf sie zu. Neben Violet zuckte Lucas zusammen. Seiner Miene nach zu urteilen, hätte man ihn ebenso gut zum Schafott führen können. In Violet stieg ein Hauch Mitgefühl auf.
Die Lady trug einen Turban mit Feder und ein luftiges Kleid, das bequem geschnitten war. Sie begrüßte Violet und Allegra herzlich und konzentrierte sich dann auf Lucas.
„Lieber Lord Pembroke, welch ein Vergnügen, Euch auf meinem bescheidenen Gartenfest begrüßen zu dürfen!" Sie zwinkerte Allegra verschwörerisch zu. „Kommt mit, Ihr müsst einfach Esquire Wylie kennenlernen." Sie hakte sich bei Lucas ein und zog ihn von Allegra und Violet fort.
Er warf einen Blick zurück, und Violet bemühte sich um eine ernsthafte Miene, weil sie Lucas' Gesichtsausdruck zum Lachen reizte. Er wirkte wie die mürrische Bulldogge ihres Vaters.
Violet wandte sich an Allegra. „Möchtest du etwas trinken?"
Allegra nickte, und die beiden schlenderten zu dem gewaltigen Tisch im Schatten einiger hoher Bäume, auf dem das Buffet aufgebaut worden war. Am Ende des Tisches stand eine Bowleschüssel aus glitzerndem Kristall. Passende Bowletassen reihten sich akkurat wie Soldaten hinter dem Getränk auf. Ein freundlich dreinblickendes Hausmädchen musterte Allegra und Violet aufmerksam und knickste. „Darf ich Euch etwas vom Punsch anbieten, Madame? Miss?"

Kurz darauf saßen Violet und Allegra auf einer Bank ein wenig abseits in der Sonne und beobachteten die anderen Gäste.

„Diese unsinnigen Gesellschaftsregeln", maulte Allegra. „Wie soll man Leute kennenlernen, wenn man sich erst bekannt machen lassen muss?"

„Regeln und gutes Betragen erleichtern das Zusammenleben", entgegnete Violet.

„Was erleichtert es denn? Wir können mit niemandem auf dem Fest plaudern, weil wir keine Menschenseele kennen!" Allegra wirkte gereizt.

Ganz unrecht hatte sie damit nicht, aber Violet konnte Allegra unmöglich ermuntern, die Anwesenden durch allzu zwangloses Verhalten zu brüskieren. Zudem ahnte sie, dass Lucas enorm viel Wert auf tadellose Manieren in Gesellschaft legte.

„Zügle dein Temperament, Allegra", wies sie das Mädchen zurecht. „Du möchtest deinen Bruder doch davon überzeugen, dass du bereit bist, dich in der Gesellschaft zu präsentieren."

Allegra knurrte, setzte jedoch ein fröhliches Lächeln auf und korrigierte ihre Haltung. „Bin ich so gesellschaftsfähig, Miss Delacroix?", erkundigte sie sich höflich.

Violet schmunzelte. „Absolut."

Ein Mädchen in einem cremefarbenen Spitzenkleid fixierte sie. Violet erwiderte den Blick der Unbekannten, lächelte freundlich und unterzog es einer interessierten Musterung. Ihr schwarzes Haar war elegant hochgesteckt bis auf einige Locken, die ihr Gesicht einrahmten. Sie stand bei mehreren älteren Herrschaften, die ihre Aufmerksamkeit wieder auf sich lenkten.

Lady Pikton steuerte auf Violet und Allegra zu. „Mein Lieben, vergebt mir, ich wurde aufgehalten. Dieser Esquire Wylie findet einfach kein Ende. Ihm zu entkommen, ist mit Höflichkeit schier unmöglich."

Violet erinnerte sich, dass Lady Pikton Lucas mit dem Esquire bekannt machen wollte. In ihr keimte der Verdacht, dass Lady Pikton dabei reines Kalkül gelenkt hatte.

„Soll ich Euch ein paar der anderen Gäste vorstellen?" Lady Pikton wartete ihre Antwort gar nicht ab, sondern winkte zwei Herren heran.

„Miss Delacroix, Miss Allegra, dies sind die Herren Gosling und Keibler", stellte Lady Pikton die beiden vor. „Mr. Gosling ist Advokat in Carlisle, Mr. Keibler weilt zur Zeit zu Besuch bei Mr. Gosling."

Die beiden begrüßten Violet und Allegra freundlich.

Mr. Goslings Vollmondgesicht strahlte. „Lady Pikton, wo habt Ihr nur diese charmanten jungen Damen bisher vor uns versteckt?", fragte er und wurde rot.

Lady Pikton schlug ihm sacht auf den Unterarm. „Mein Lieber, spart Euch die Schmeicheleien. Miss Allegra St. Clare ist die Schwester des Earls of Pembroke und Miss Violet ihre Gesellschafterin."

Mr. Keibler richtete seinen Kragen. „Der Earl of Pembroke?" Er sah sich neugierig um. „Ist er ebenfalls anwesend?"

„Selbstverständlich, und er nimmt seine Pflichten als Familienoberhaupt überaus ernst." Lady Pikton kniff ihre Augen zusammen, ehe sie sich an Violet wandte. „Nicht wahr, Miss Delacroix?"

Violet nickte. „Er ist unglaublich pflichtbewusst", stimmte sie zu.

„Ihr wart in Leandras Begleitung. Wo ist sie?", wechselte Lady Pikton das Thema. Sie blickte sich dabei suchend um, während sich Mr. Keiblers Wangen rot färbten, als wäre er bei etwas Ungehörigem ertappt worden.

„Sie unterhielt sich eben noch mit Mr. und Mrs. Bertram und Mr. Goslings Grandma", entgegnete er zuvorkommend.

Lady Pikton machte eine wedelnde Handbewegung. „Also wisst Ihr nicht, wo Leandra sich aufhält. Allegra, Miss Delacroix, folgt mir, wir finden Leandra gewiss. Sie wird wohl kaum in ein Kaninchenloch gefallen sein."

Mr. Gosling räusperte sich und bemühte sich um ein ernstes Gesicht. Clara Sougham, Lady Pikton, sah ihn scharf an und ließ die Herren stehen.

„Junggesellen", bemerkte ihre Gastgeberin, als sie außer Hörweite waren. Sie sah sich um und schien ihre Nichte entdeckt zu haben, denn sie lachte. „Da ist sie. Kommt, Miss Delacroix, Allegra. Ich stelle Euch meiner Nichte Leandra vor."

Das Mädchen im Spitzenkleid eilte Clara Sougham entgegen. „Tante Clara!" Sie streckte ihr die Hände hin.

„Liebes, da bist du ja. Wir haben dich gesucht. Ich will dich mit zwei Freundinnen bekannt machen. Leandra, dies sind Allegra St. Clare, die Schwester des Earl of Pembroke, und ihre Gesellschafterin, Violet Delacroix."

Leandra Sougham knickste anmutig. Allegra und Violet erwiderten den Gruß.

„Leandra, warum nimmst du Allegra nicht unter deine Fittiche, und ich kümmere mich derweil um Miss Delacroix?"

Lucas' Kopf brummte, und seine Ohren summten. Erleichtert, Esquire Wylie entkommen zu sein, wandte er sich in Richtung des Buffets, wo er Violet und Allegra zuletzt gesehen hatte. Der Esquire war der geschwätzigste Mann, der ihm jemals untergekommen war. Obendrein erwies er sich als menschliche Klette. Lucas entfloh ihm nur unter dem Vorwand, die Toilette aufsuchen zu müssen.

Am Buffet füllte Lucas einen Teller, suchte sich ein lauschiges Plätzchen und wurde an der Rückseite eines Pavillons fündig. Der Hackstock war nicht als Sitzgelegenheit gedacht, doch niemand würde Lucas dort vermuten. Er nahm Platz, lehnte sich an die Wand und schloss einen Moment die Augen. Geplapper kam näher. Lucas sah sich um, doch die Stimmen steuerten das Innere des Pavillons an.

Ungerührt aß er eins der Sandwiches.

Die Gäste ließen sich im Pavillon nieder, man hörte das Rascheln von Röcken.

Lucas überlegte, was er als Nächstes kosten wollte, und entschied sich für die Wachtelschenkel. Im Innern des Unterstands kicherte Allegra. Alarmiert lauschte Lucas, bereit, die Zweisamkeit zu zerstören, sollte sich ein männliches Wesen bei ihr befinden. Als sich eine zweite weibliche Stimme vernehmen ließ, lehnte Lucas sich entspannt zurück und knabberte an der Wachtel.

„Ich verwechselte deine Gesellschaftsdame erst mit jemand anderem", sagte die unbekannte junge Frau.

„Mit wem denn?" Allegra klang neugierig.

„Nicht so wichtig", erklärte die andere abwehrend.

„Du hast damit angefangen. Jetzt will ich auch genau wissen, wovon du redest, Leandra."

Die Leandra Genannte lachte verlegen. „Oh, ich dachte im ersten Moment, deine Miss Delacroix bei einer Soiree der Winchesters gesehen zu haben." Nach einem kurzen Schweigen fuhr Leandra fort: „Aber das ist unmöglich. Die Winchesters gewähren nur der Crème de la Crème der Gesellschaft Zutritt zu ihren Soireen."

„Wäre Miss Delacroix adlig und vermögend, wäre sie sicherlich ein stets willkommener Gast bei den Winchesters", entgegnete Allegra hochmütig.

Schweigen legte sich über den Pavillon, bis Leandra mit seichtem Geplauder das Gespräch wieder in fröhlichere Richtungen lenkte.

Lucas lehnte sich zurück und versuchte, die köstlichen Speisen auf seinem Teller entsprechend zu würdigen. Es verwunderte ihn nicht sonderlich, dass Violet dieser Leandra bekannt vorkam. Schließlich hatte Violet ihrer Cousine Lady Isabel als Gesellschafterin gedient. Bestimmt hatte Lady Isabel ihre Gesellschaftsdame zu Festen mitgenommen, so wie Violet nun auch Allegra hierher begleitete.

Dass Violet sich irgendwo verlustierte und amüsierte, während Allegra jeden Moment einen Anfall erleiden konnte, beunruhigte ihn deutlich mehr. Er starrte angewidert auf seinen Teller. Der Appetit war ihm vergangen. Er erhob sich und drückte dem erstbesten Lakaien sein Geschirr in die Hand.

Entschlossen machte er sich auf die Suche nach der treulosen Violet. Er schlenderte über den Rasen, bemüht, den Eindruck zu vermitteln, er genösse das Fest und die Gesellschaft. Er überlegte, ob er Violet übers Knie legen sollte, wenn er ihrer habhaft wurde. Als sein Verstand Bilder einer nackten Violet entstehen ließ, die sich auf ihm räkelte, reagierte sein Körper fast augenblicklich mit einer Erektion. Fesseln, schoss es ihm durch den Kopf. Er würde sie an den Pfosten seines Baldachinbettes festbinden, sodass sie offen und gegrätscht daläge und ihm hilflos ausgeliefert wäre. Sein Schwanz wurde noch härter, und er ballte seine Hände zu Fäusten, um gleichzeitig seine Schritte zu beschleunigen. Dieses treulose Weibsbild! Wenn er sie erwischte!

„Lord Pembroke." Ein Arm legte sich auf seinen, und jemand hielt ihm einen Champagnerkelch entgegen. Automatisch griff er danach.

Lady Pikton nickte ihm freundlich zu. „Es ist mir eine große Ehre, dass Ihr mit Allegra und Miss Delacroix meiner Einladung gefolgt seid." Sie stieß mit Lucas an. „Ihr müsst unglaublich stolz auf Allegra sein", plauderte Clara Sougham.

Lucas versuchte, über Lady Piktons Kopf hinweg Violet oder Allegra zu erspähen. Immerhin ließen die Sorge um Allegra und die Ablenkung durch die verflixte Lady seine Erektion schrumpfen. Leider steigerte sich sein Zorn im gleichen Maße.

Frauen, weshalb nur gab es Frauen? Sie schnatterten in einem fort, verprassten das hart verdiente Geld der Männer, mischten sich in alles ein und trieben die Gatten in den Wahnsinn.

„Fühlt Ihr Euch wohl, Lord Pembroke? Ihr wirkt irgendwie verbissen?", fragte Lady Pikton wenig zurückhaltend.

Lucas besann sich auf seine Manieren und zwang sich zu einem Lächeln. „Verzeiht, Lady Pikton. Ein wunderbares Gartenfest, wirklich gelungen." Er drückte ihr sein Glas in die Hand und lief Richtung Haus davon, weil er meinte, Allegra dort gesehen zu haben. Aus dem Augenwinkel sah er noch, wie Lady Pikton den Kopf schüttelte.

Violet war nicht wohl gewesen dabei, Allegra allein bei Leandra Sougham zu lassen. Doch ihr fiel kein Grund ein, Allegra die Bitte nach ein wenig Zweisamkeit mit einer Gleichaltrigen zu verweigern, der keine Fragen der Anwesenden nach sich gezogen hätte. Zudem gefiel es Allegra gewiss nicht, an Violets Gängelband zu hängen. Schweren Herzens folgte Violet Lady Pikton, wurde dem gesamten Landadel des Lake District vorgestellt und schließlich in der Obhut einer gütigen alten Dame zurückgelassen. Mrs. Hendry mochte um die achtzig Jahre zählen und erwies sich als enorm schwerhörig. Wann immer Violet Anstalten machte, sich zu verabschieden, zupfte die gute Mrs. Hendry an ihrem Kleid oder ihrem Schmuck und ließ den Stock fallen, auf den sie sich stützte.

Als Violet sich endgültig mit dem Anliegen verabschiedete, nach ihrem Schützling zu sehen, schloss sich ihr Mrs. Hendry ungefragt an.

Obwohl Violet nicht wohl dabei war, unhöflich zu reagieren, vor allem da Mrs. Hendry eine wirklich reizende Person zu sein schien, eilte Violet über das Grundstück. Die Gehstock schwingende Mrs. Hendry hängte sie jedoch nicht ab. Im Gegenteil, langsam ging Violet die Puste aus, ihre Zehen schmerzten in den engen Schuhen, und sie fühlte sich erhitzt.

„Seht nur, ist das nicht Miss St. Clare?" Mrs. Hendry deutete mit ihrem Gehstock Richtung Terrasse.

Violet stockte der Atem. Allegra rannte auf die Veranda. Auf ihrer Miene lag ein entrücktes Lächeln, und sie breitete ihre Arme aus, einer Ballerina gleich, die eine Pirouette drehen wollte. Violet wandte sich zu Mrs. Hendry um. Mit besorgtem Stirnrunzeln berührte die alte Dame Violets Arm mit ihrem Stock.

„Lauft zu Euren Schützling, Miss Delacroix."

Allegra wiegte sich im Takt einer Melodie, die nur sie vernehmen konnte, sie drehte sich und lachte. Violet raffte ihre Röcke und hastete hinauf zur Terrasse. Sie bemerkte die Blicke der Anwesenden auf sich. Spürte die bohrende Neugier und hörte das Getuschel, als die Ersten auf Allegra aufmerksam wurden.

Violets Verstand arbeitete unter Hochdruck. Die Fenster und Türen der Räume, die an die Veranda grenzten, waren geöffnet. Hinter einem der Fenster entdeckte Violet ein Piano. Ihr Blick flog zu Allegra, die sich tänzelnd auf der Terrasse bewegte.

Violet trat forsch an das Klavier und begann, ein Sonett zu spielen, das wenigstens einigermaßen mit den Bewegungen Allegras harmonierte. Violets Finger glitten über die Tasten. Sie beobachtete Allegra, ignorierte das furchtsame Pochen ihres Herzens, dessen Widerhall in den Wangenknochen spürbar war, während sie fieberhaft überlegte, was sie tun konnte, um Allegras Anfall zu vertuschen.

Inzwischen sammelten sich die Gäste vor der Terrasse und beobachteten Allegra neugierig. Auf manchen Mienen sah Violet Wohlwollen, auf anderen hingegen Missbilligung. Mrs. Hendry stand in vorderster Reihe und klatschte. Als einige andere zögerlich einfielen, drehte sie sich herum.

„Das Mädchen ist eine begnadete Tänzerin. Meine Herren, Ihr solltet dafür sorgen, beim nächsten Ball auf der Tanzkarte der jungen Miss St. Clare einen Platz zu ergattern", schrie Mrs. Hendry. Sie legte ihre Hand hinter das Ohr. „Ich bin schwerhörig, spielt die reizende Miss Delacroix etwa auf dem Piano?" Sie fixierte Violet, und Dankbarkeit erfüllte sie. Die alte Mrs. Hendry hatte – vermutlich ohne es zu wissen – Violet einen Ball zu gespielt, den sie umgehend zu ihren Gunsten nutzen würde. Die Gäste applaudierten.

Lucas erschien am Rand der Terrasse. Nach kurzem Zögern kam er zu Violet ans Klavier.

„Seht Ihr, was Ihr angerichtet habt, Violet?", zischte er.

„Könnt Ihr Klavier spielen?", erkundigte sich Violet.

Er sah sie an, als habe sie den Verstand verloren.

„Schnell, spielt Ihr Klavier?", drängte sie.

„Selbstverständlich", er klang irritiert.

Violet erhob sich und zwang ihn auf den Hocker, während sie zu Allegra eilte, die eben auf die Brüstung kletterte. Violets Furcht pulsierte in ihren Gliedmaßen. Wenn Allegra ausrutschte, abstürzte – sie könnte sich das Genick brechen. Schnell, aber vorsichtig näherte sie sich dem Mädchen und reichte ihm die Hand.

„Allegra? Kannst du mich verstehen? Gibst du mir deine Hand?" Violet wusste nicht, ob ihre Worte zu Allegra durchdrangen, doch sie ergriff ihre Hand. „Allegra, wir klettern hier herunter. Hörst du mich?" Sanft zog Violet an Allegras Hand. Tatsächlich befolgte Allegra Violets Anweisung, und Violet wurden die Knie weich vor Erleichterung.

„Und jetzt verbeugen wir uns." Violet legte ihre Hand zwischen Allegras Schulterblätter und übte leichten Druck aus. Wie eine Marionette gehorchte Allegra.

„Besitzen. Es gehört ihm. Alles gehört ihm, sagt er. Aber das stimmt nicht. Es ist unrecht", erklärte Allegra mit monotoner Stimme, doch leise genug, dass niemand der Gäste sie belauschen konnte.

Violet nahm Allegra bei der Hand. „Komm mit mir. Wir suchen uns ein schönes Plätzchen, an dem du dich ausruhen kannst."

Willig ließ sich Allegra ins Haus führen. In der Bibliothek gab es eine Chaiselongue, auf die Violet Allegra niederzwang. Sie schob dem Mädchen ein Kissen in den Rücken und strich ihr sanft über die Augen Richtung Nase. Allegra schloss die Lider.

Die Tür wurde vorsichtig geöffnet, und Lucas trat ein.

Er verharrte einen Moment, in die Betrachtung seiner ruhenden Schwester versunken. Seinem Blick wohnte etwas so väterlich-besorgtes inne, dass Violet dachte, er könnte genauso gut Allegras Vater sein und nicht nur ihr Bruder.

Unwillkürlich fragte sich Violet, wie ihr Leben verlaufen wäre, hätte sie einen Bruder oder eine Schwester gehabt, die sich so rührend um sie kümmerten.

Lucas trat auf Violet zu, und sie straffte sich, bereit, sich seine Strafpredigt anzuhören. Er griff nach ihrer Hand und nahm sie zwischen seine Hände. Sein Daumen streichelte ihre Hand.

„Danke", äußerte er schlicht. Er sah zu Allegra. Sie hatte die Augen geschlossen, und die tiefen Atemzüge verrieten, dass sie schlief. „Sie ist noch nie direkt nach oder während eines Anfalls eingeschlafen."

Violet neigte den Kopf. „Vielleicht liegt es daran, dass sie nicht aufgeschreckt wurde."

Lucas zuckte mit den Schultern und lächelte Violet an. Ihr wurde warm ums Herz, als sein Lächeln sie traf. Wie hypnotisiert sahen sie sich an. Violets Blut rauschte hörbar durch ihren Körper, und diesmal hatte es nichts mit Furcht zu tun. Ihr Pulsschlag vibrierte vom Scheitel bis zu ihren Fußsohlen, und sie wusste nicht, wohin mit ihren Händen. Schließlich faltete sie sie vor ihrem Rock.

Lucas hob seine Hand, berührte ihre Wange, und unter seiner Geste prickelte ihre Haut. Er beugte sich vor, und Violet hielt aufgeregt den Atem an, als Lucas' Lippen die ihren streichelten, dann küsste er sie sanft. Seine Hände umfassten ihre Taille, und Violet zitterte vor erwartungsvoller Wonne. Statt einer leidenschaftlichen Umarmung, einem wild-erotischen Kuss, blieb Lucas vorsichtig und zärtlich und löste dennoch einen wilden Aufruhr in Violet aus. Lucas beendete die Liebkosung und glitt mit den Fingerkuppen erneut über Violets Wange.

Violet schluckte. Ihr Körper summte, und ihre Knie fühlten sich verdächtig nach Gelee an. Sie strauchelte, Lucas hielt sie fest, und seine Mundwinkel zuckten amüsiert.

Ein Klopfen an der Tür und das Öffnen selbiger brachen den Bann und ließen sie auseinanderfahren. Mrs. Hendry steckte ihren Kopf herein. Sie nickte zufrieden und wandte sich an jemanden hinter der Tür.

„Sie sind hier." Mrs. Hendry trat ein. Ihr folgte Lady Pikton.

Mrs. Hendry schüttelte ihr onduliertes Haupt und sah auf Allegra. „Armes Mädchen", flüsterte sie. „Das Ganze hat sie erschöpft."

Lady Pikton trat in den Raum. „Was ist mit ihr?" Sie musterte Allegra besorgt.

Lucas verschränkte seine Hände hinter dem Rücken. „Es war alles zu viel. Das erste Fest in großer Runde, ihre tänzerische Darbietung, so viel Aufregung ist sie nicht gewohnt."

„Das arme Ding", flüsterte Mrs. Hendry.

Erst jetzt bemerkte Violet, dass Mrs. Hendry, die im Garten fast stocktaub erschienen war, hier in der Bibliothek leise sprach und sogar verstand, was die anderen im Flüsterton redeten.

Violet räusperte sich. „Sie hat ein wenig Fieber, fürchte ich. Wir lassen sie ein wenig ruhen und brechen dann auf."

„Mit Fieber ist nicht zu spaßen", erklärte Mrs. Hendry.

Lady Pikton nickte. „Ich kann ein Gästezimmer richten lassen?"

Lucas schüttelte den Kopf. „Zu großzügig, Lady Pikton. Aber wir kehren lieber nach Halcyon Manor zurück."

„Mein Gordon bekam mittags Fieber, und abends war er mausetot. Lag in seinem Bett, kalt wie ein Fisch. Nicht, dass er sich zuvor durch Wärme hervorgetan hätte, aber er war förmlich steifgefroren", plauderte Mrs. Hendry drauflos. „Bis auf das einzige Körperteil, das zu Lebzeiten schon schlaff herumhing. Nicht mal im Tod wurde das steif." Sie schnalzte bedauernd mit der Zunge, während Lucas sie indigniert anstarrte. Mrs. Hendry schenkte ihm ihre Aufmerksamkeit. „Darüber müsst Ihr Euch keine Sorgen machen, Mylord. Ihr scheint mir noch in Saft und Kraft zu stehen." Sie stieß ihn mit ihrem Stock an. „Ich liege doch richtig, nicht wahr?" Sie legte ihren Kopf schief und betrachtete erst ihn, dann Violet listig.

Violets Beine wurden mit einem Mal wacklig wie Gelee, und ihr Magen verkrampfte sich. Sie konnte förmlich den Klatsch hören, der schon beim Hauch eines Verdachts entstand.

„Ich denke nicht, dass meine gesundheitliche Konstitution hier zur Debatte steht, Mrs. Hendry", erklärte Lucas mit eisiger Stimme.

Lady Pikton umschloss Mrs. Hendrys Arm. „Natürlich nicht, Lord Pembroke", versicherte sie rasch. „Mrs. Hendry, kommt, wir wollen Allegra Ruhe gönnen."

Mrs. Hendry nickte. „Ich hoffe, das arme Kind ist bald wieder wohlauf", entgegnete sie an Violet gewandt, ehe Lady Pikton sie hinausführte.

Die Tür schloss sich.

„Sind sie weg?", erklang Allegras Stimme. Sie richtete sich auf und ließ ihren Blick zwischen Tür, Lucas und Violet wandern.

„Wie viel hast du mitbekommen?", erkundigte sich Lucas angespannt.

Allegra erhob sich und zuckte mit den Achseln. „Nicht viel." Sie schlenderte zum Fenster und spitzelte vorsichtig hinaus. „Als die freundliche Lady anfing, von ihrem verstorbenen Ehegatten zu sprechen, bin ich zu mir gekommen." Sie zog ihre Nase kraus. „Ich hatte einen Zusammenbruch, nicht wahr?"

Violet umarmte Allegra.

„Es tut mir leid", flüsterte das Mädchen so leise, dass nur Violet es hören konnte.

„Mach dir keine Gedanken, Ally. Niemand weiß, was wirklich geschehen ist. Die Gäste hielten es für eine tänzerische Darbietung", sagte Lucas.

Allegra hob ihren Kopf und starrte Violet an. Ihre Wangen glänzten feucht. „Tänzerische Darbietung?", echote sie.

„Du tanztest auf der Terrasse. Ich habe dazu Klavier gespielt, und alle beobachteten ergriffen deine Vorstellung." Violet lächelte.

Allegra riss die Augen auf. „Und ...", ihr Blick flog zu Lucas, „niemand ahnt die Wahrheit?"

Lucas schüttelte den Kopf. „Violet hat hervorragend reagiert." Er nickte Violet wohlwollend zu.

Allegra drückte die Hand auf ihre Brust.

Violet saß neben Lucas im Landauer, während Allegra auf der Rückbank eingenickt war.

Schweigend fuhren sie den Weg entlang. Silberne Lichter glitzerten auf dem See zu ihrer Linken. Etwas durchbrach die Oberfläche des Wassers mit einem Platschen. Aus den Augenwinkeln erkannte Lucas den glänzenden Körper eines Fisches, der wieder abtauchte. Er nahm Violets Nähe überdeutlich wahr und fühlte, dass ihr etwas auf der Seele brannte.

Sicherlich nicht dasselbe, das ihn bewegte. Seit seinem letzten Anfall verbrachte er seine Tage in ständiger Vorsicht. Immer darauf bedacht, nicht unvorbereitet zu sein, falls der Wahnsinn ihn erneut umnachtete.

Wenigstens schien er sich auf Violet verlassen zu können, und wenn es zu schlimm mit ihm wurde, würde sie sich gewiss um Allegra kümmern. Ihre Reaktion auf dem Fest hatte ihn beeindruckt. Sie hatte die Situation in Windeseile erkannt und umgehend reagiert. Ihm selbst wäre niemals in den Sinn gekommen, Allegras labilen Ausbruch als Tanzeinlage zu tarnen.

Er warf Violet einen kurzen Seitenblick zu. Einige Strähnen ihres Haares hatten sich aus ihrer Hochsteckfrisur gelöst und kringelten sich nun auf ihrer Schulter. Lucas schluckte und zwang seine Konzentration auf den Weg und sein Pferd.

Er konnte nichts mit Frauen anfangen, rief er sich streng zur Ordnung. Seine Beziehungen zu diesen erwiesen sich als konstant unbefriedigend. Angefangen von Bethany, Allegras Mutter, bis hin zu Lady Munthorpe. Selbstverständlich war sie zu jener Zeit nicht Lady Munthorpe gewesen. Die spröde Frau hatte sein Herz mit ihrem mitfühlenden Wesen und ihrer Schönheit erobert, doch dann zog sie ihm Lord Munthorpe, einen zwielichtigen Schönling, vor.

„Lord Pembroke? Lucas?" Violet sprach leise.

Lucas vergewisserte sich, dass Allegra schlief. „Violet?" Er verlieh seiner Stimme einen betont lockeren Tonfall.

„Sind Allegras Anfälle vererbt?"

Lucas schnalzte, damit das Pferd schneller lief.

„Nein, soweit mir bekannt ist, stand nichts dergleichen im Testament meines Vaters", scherzte er ausweichend.

Violet schnaubte. Offenbar stand ihr der Sinn nicht nach Witzen.

Natürlich verdiente sie die Wahrheit, nachdem sie sich als treue und zuverlässige Verbündete erwiesen hatte.

„Es gab im siebzehnten Jahrhundert eine Ahnin, Lady Edwina, die wohl fälschlich als Hexe verbrannt wurde", gestand er.

Violet schwieg einen Moment. „Und Allegras Mutter? Bethany?"

Lucas' Herz stach. „Sie hatte ähnliche labile Zusammenbrüche wie Allegra", gab er zu.

Er erinnerte sich an die haselnussäugige Schönheit, die eines Tages für einen Wochenendbesuch gekommen und nie wieder gegangen war. Sie hatte ihn bezaubert mit ihrem mystischen Wesen und ihrer exaltierten Art. Von Anfang hatte sie keinen Zweifel gelassen, dass sie an ihm interessiert war, und verliebt wie er war, hätte er sie sogar geheiratet. Doch dann hatte sie seinen Vater geehelicht, kaum dass er Halcyon Manor verlassen hatte. Der Brief, den sie ihm zusandte, vermutlich um ihm ihr Tun zu erklären, war durchdrungen von ihrem Irrsinn. Von Gefasel über Bestimmung und Schicksal und dass sie nie seine Frau sein könnte. Dass es für ihn nur eine geben könnte, eine, die später in sein Leben träte. Natürlich hatte sein Vater ihm nicht geglaubt, dass Bethany offenbar geisteskrank war, und ein Streit war die Folge gewesen. Daraufhin legte Lucas die Besuche auf sein geliebtes Halcyon Manor in Zeiten, in denen sein Vater nicht anwesend war. Bei diesen Gelegenheiten bekam er auch Bethany nicht zu Gesicht. Entweder begleitete sie den Vater oder sie sperrte sich in ihren Gemächern ein. Nicht dass er darüber traurig war, doch eine Aussprache mit Bethany hätte er sich gewünscht.

„Und ..."

„Ich rede nicht über Verstorbene. Ob Bethany ihre Krankheit an Allegra vererbt hat, ist unerheblich. Es ändert nichts an dem Umstand, dass Allegra das Leiden hat."

Violet hockte sichtlich beleidigt neben ihm. Einen Moment lang fühlte er sich schuldig, doch dann erinnerte er sich daran, dass Frauen und er nicht zusammenpassten.

Lucas ließ sich erleichtert in seinen Lehnsessel sinken. Nach einem kleinen Dinner hatten sich Violet und Allegra früh zurückgezogen, und er konnte sich ungestört seinem Papierkram widmen. Erledigte Arbeit war ihm immer noch die liebste Arbeit und so saß er – zufrieden mit sich und der Welt – vor dem Kamin.

In der einen Hand ein Glas seines besten Brandys, in der anderen seine geliebte Zigarre, lehnte er sich zurück und erfreute sich an der Ruhe.

Das Haus lag komplett im Dunkeln. Nur hier im Arbeitszimmer brannte die Studierlampe auf dem Beistelltisch neben seinem Sessel. Er nippte an seinem Brandy, genoss Schärfe und Bitternis des Drinks und stellte das Glas ab. Das Licht reflektierte goldbraune, nach außen heller werdende Kreise in der Flüssigkeit.

Der Duft der Zigarre stieg Lucas in die Nase. Er sog genießerisch und stieß den Rauch aus. Der Geruch von Tabak hatte etwas Tröstliches und zugleich Vertrautes. Es gab ihm jedes Mal wieder das Gefühl, ein Jüngling zu sein, der zum ersten Mal in einen Herrenclub eingelassen wurde, dort im Rauchersalon stand und mit den Größen des hohen Hauses debattieren durfte.

Lucas seufzte. Er sehnte sich zuweilen nach den politischen Plaudereien. Auf Halcyon Manor war er weitab von den Tagesgeschäften des Empires. Hier regierten Ernte und Wetter das Gesprächsthema. Ein beschauliches Leben, der totale Gegensatz zur hektischen Großstadt, die er nur selten vermisste. Der Aufenthalt an der Brust des *ton* barg mehr Nachteile, als er bereit war, in Kauf zu nehmen. Immer die gleichen Gesichter, die Langweile, der Klatsch und Tratsch. Die ständigen gesellschaftlichen Verpflichtungen, denen man sich kaum entziehen konnte, hielt man sich in der Stadt auf. All das bewog ihn, seinen Lebensmittelpunkt auf Halcyon Manor zu belassen.

Er war gefangen. Ein böser Zauber hatte ihn getroffen. Er wusste nicht, wann und wie es geschehen war. Eben noch hatte er den letzten Schluck Brandy getrunken, den letzten Zug seiner Zigarre genossen, und im nächsten Moment war er kein Mensch mehr. Ihm schien es, als würde er nur noch aus Verstand bestehen, und doch fühlte er seinen Körper. Das, was er dafür hielt. Es war keine menschliche Gestalt, er besaß keine Gliedmaßen, keine Stimmbänder, nicht einmal einen Mund oder Augen im herkömmlichen Sinne. Er nahm seine Umgebung wahr, aber auf eine sehr entrückte Weise. Sein Verstand ertastete die Grenzen seiner Existenz. Hart und glatt und kalt fühlte es sich an. Er drängte nach außen, doch so sehr er sich auch anstrengte, es gelang ihm nicht, die Barriere zu durchbrechen. Unter ihm spürte er die Essenz, den Lebenshauch seiner augenblicklichen Erscheinungsform. Es lag nicht an ihm, ob sein Fortbestand gewährleistet war. Einzig da draußen entschied man über sein Überleben.

Sein Inneres war heiß und ohne Gestalt, tanzte, drehte, wirbelte herum. Immer wieder machte er einen Vorstoß gegen die Barriere, denn ihn verlangte es, nach draußen zu gelangen, irgendwohin, vielleicht zurück in seinen menschlichen Körper. Sein brennendes Ich starb, erstickte, verging jämmerlich. Die Essenz seines Ichs erstarb. Er war kein Mensch, hatte keinen Mund, keine Nase, keine Lungen, und doch erstickte er. Angst und Schmerz explodierten.

Über der glasharten Barriere tauchte ein diabolisch grinsendes Gesicht auf. Ein Mensch. Ein Mann. In seinen riesigen Augen flackerte ein ersterbendes Licht.

Und Lucas begriff: Er war eine Studierlampe.

Kapitel 8

*Dass uns eine Sache fehlt, sollte uns nicht
davon abhalten, alles andere zu genießen.*
Jane Austen

Lucas warf sich panikartig herum. Seine Arme und Beine bewegten sich, und Kälte kribbelte auf seiner Haut. Schmerz durchzuckte sein Handgelenk, als er gegen das Tischbein stieß, und sein Fuß fühlte sich heiß an. Es roch angekokelt, und das Hitzegefühl an seinen Zehen verstärkte sich. Er setzte sich auf und zog reflexartig seine Beine an. Fluchend schlug er auf seinen qualmenden Schuh, während der Gestank verbrennenden Leders widerlich penetrant den Raum füllt.

Lucas hustete und besah sich das Malheur genauer. Zum Glück war nichts weiter passiert. Ein paar Schuhe, die ihr Leben lassen mussten, erschien ihm der geringste Preis für seinen beginnenden Irrsinn.

Seine Kehle schnürte sich zu. Wie sollte dies nur enden? Er brauchte niemanden, der ihm diese Frage beantwortete.

Die Erinnerung an seinen Anfall, der Schock, den er durchlitten hatte, und nun die Furcht vor der Zukunft, die Angst um Allegra und deren Auskommen und das Entsetzen, das ihn durchflutete, wenn er daran dachte, wozu er vielleicht fähig wäre, wenn seine Anfälle schlimmer wurden, allein das trieb ihn in den Wahnsinn.

Der Druck in seinem Innern schwoll an, explodierte förmlich. Er griff nach dem Brandyglas und zerschmetterte es im Kamin. Der Klang des berstenden Glases beruhigte ihn. Lucas ballte seine Fäuste. Er brauchte etwas, jemanden. Er konnte unmöglich in diesem Zustand einschlafen.

Er brauchte ...

Veilchenduft stieg aus seiner Erinnerung in seine Nase. Er musste an Violet denken. An ihr Lächeln. Ihre warmherzige Stimme. Ihre weiche Haut. Die sanften Hände. Seine dunkle Lust nach einem gefesselten, willenlosen Frauenkörper, nach Violets hilflosem, nacktem Körper, der sich ihm gefügig darbot, erwachte, wollte ihn verbrennen. Er brauchte sie. Er wollte sich in ihr versenken. Seine Hände in ihrem Haar vergraben. Seinen Schaft in sie stoßen, sie reizen und erregen, bis ihre Lust sie forttrug und ihn mit sich riss.

Er rappelte sich auf. Wie ferngesteuert lenkte er seine Schritte in den Teil Halcyon Manors, in dem Violets Gemach lag.

Vorsichtig öffnete er die Tür. Mondlicht und eine Studierlampe durchbrachen die Nachtschwärze mit zaghafter Helligkeit.

Violet lag auf dem Rücken. Ihr dicker Zopf hing über ihre Schulter, und ein Buch lag über ihrer Brust, so als wäre sie während des Lesens eingeschlafen. Die Bettdecke hatte sie bis unter ihre Brust hochgezogen. Lucas sah in ihr Gesicht. Ihre Züge schienen entspannt, ihre Wimpern waren zwei samtige Bögen auf ihren Wangen, die Augenbrauen zwei kohlschwarze Halbmonde. Ihre Mundwinkel waren sogar im Schlaf zu einem Lächeln verzogen.

Lucas zögerte. Plötzlich kam er sich egoistisch vor, bei Violet einzudringen, um sie zu verführen. Sie bewegte sich, und das Buch glitt zur Seite. Jetzt sah Lucas die offene Schnürung am Oberteil. Der Stoff klaffte auseinander und gab den Blick auf ihre üppigen Halbkugeln frei. Eine ihrer Brustspitzen war zu sehen, und Lucas zog es wie magnetisch dorthin.

Er widerstand nicht, glitt mit der Hand in die Öffnung und streichelte Violets Brust. Ihre Haut war so weich und warm, wie er es in Erinnerung hatte. Sie duftete nach Veilchen und ihrem ganz persönlichen Parfüm, das nur sie verströmte.

Lucas biss sich auf die Lippen. Sein Schaft war bereits steinhart und forderte energisch sein Recht. Lucas legte seine Hand darauf und rieb sich, um das Brennen zu besänftigen. Wie sehr hätte er es genossen, seine Gier jetzt sofort an Violet zu stillen, Decke und Nachthemd fortzureißen und sich in ihr zu versenken.

Weilte er in London, gab es nie ein Problem, willige Bettgespielinnen zu finden. So wenig er Frauen als echte Lebensgefährtinnen betrachten wollte, so sehr genoss er die sinnlichen Erfahrungen, die Mann und Frau einander schenken konnten.

Lucas schüttelte den Kopf und bezwang das Tier, das in ihm wütete. Der erfahrene Liebhaber in ihm wusste, um wie viel größer seine eigene Befriedigung war, sorgte er zunächst für Violets Vergnügen. Unbeirrt liebkoste er ihren Busen, umspielte die Nippel und lächelte, als Violet sich im Halbschlaf zu winden begann, seufzte und sich seinen Berührungen entgegenstreckte.

Lucas beugte sich vor, küsste sie sacht auf die Lippen, wanderte über Kinn und Kiefer zum Ohr und knabberte an ihrem Ohrläppchen. Ein erschrockenes Zucken verriet ihm, dass Violet erwachte. Er streichelte ihre Wange und blieb dicht über ihren Kopf gebeugt.

„Ich bin es, Lucas", flüsterte er und küsste sie auf die Wange.

Violet fuhr zurück und blinzelte ungläubig. „Was hast du hier verloren?", fragte sie stirnrunzelnd.

„Mich hat die Sehnsucht nach dir hierher getrieben", behauptete er.

„Die Sehnsucht?", schnaubte Violet. „Deine Sehnsucht presst sich recht anschaulich an meinen Oberschenkel."

Lucas rückte ein wenig ab und sah enttäuscht, dass Violet die Gelegenheit nutzte, um ihre Decke höher zu ziehen. Doch sie bewegte sich nicht fort von ihm, was er als gutes Zeichen interpretierte.

„Du kannst doch nicht einfach hier hereinkommen, wie es dir beliebt. Noch dazu nachts und mit eindeutigen Absichten."

„Ich vermute also falsch, wenn ich denke, unsere bisherigen Stelldicheins gefielen dir?" Lucas wagte einen neuen Vorstoß, indem er Violets Hand ergriff. Dort, wo die Haut am dünnsten war und das Blut sichtbar zirkulierte. Er hob ihre zarte Hand an seine Lippen, küsste ihr Gelenk und knabberte sacht daran.

Violet zitterte, und Lucas sah auf. Ihre Lippen bewegten sich. Zum ersten Mal fiel ihm auf, wie schutzbedürftig sie in ihrem Nachtgewand wirkte. Das Verlangen, sie an sich zu ziehen und zu behüten vor allem, was ihr Unbill bereitete, wurde übermächtig.

„Was hast du?"

Gedankenverloren streichelte ihr Daumen seine Hand. „Du bist der Hausherr und ich deine Angestellte. Es ziemt sich nicht", wisperte sie und schlug ihre Augen nieder.

Violet schluckte. Seine Frage allein hätte niemals diesen Tumult in ihrem Innern ausgelöst. Aber er blickte ihr in die Augen, und es traf sie bis ins Mark. Sie erkannte Angst und Sehnsucht und Begierde und Einsamkeit. Es war wie die Reflexion ihres eigenen Spiegelbildes. Das Gegenstück zu ihrem Seelenzustand. Aber da lauerte noch mehr in ihm. Eine tief sitzende Furcht, fast schon Panik. Es berührte sie zutiefst und weckte in ihr das Bedürfnis, diesen verschlossenen Mann mit all seinen Geheimnissen und Sorgen zu trösten.

Mit einem Mal begriff sie, warum es ihn an ihr Bett getrieben hatte. Nicht bloße sexuelle Begierde, sondern der Wunsch nach menschlicher Nähe und Zärtlichkeit. Sie sah in Lucas' Augen, und ihr Herz klopfte wie wild. Vorfreude, die sie sich nicht erklären konnte, durchdrang sie, und eine Empfindung so neu, so fremd und doch altbekannt, drängte sich in ihr Bewusstsein. Es machte ihr Angst, verschlug ihr beinahe den Atem und erfüllte sie gleichzeitig mit Entzücken. Ihr Rücken überzog sich mit einer Gänsehaut, und ein Beben lief durch ihren Körper, das sie nicht unterdrücken konnte. Das Atmen fiel ihr schwer, zugleich schien die Intensität des Blickes, den Lucas ihr zuwarf, das Echo ihres eigenen zu sein.

Kühn beugte sich Violet vor und küsste Lucas sacht auf den Mund. Sie fühlte, dass er trotz der Not, die ihn heimgesucht hatte, keinen Versuch unternehmen würde, sich ihr aufzudrängen. Sie ahnte, dass er widerstandslos ginge, schickte sie ihn fort. Doch das wollte sie nicht, denn es verlangte sie genauso sehr nach seinen Berührungen wie ihn nach ihrer Nähe.

Sie ließ ihre Zunge zwischen seine Lippen gleiten, schmeckte Brandy und Tabak, kostete seine feuchte und warme Mundhöhle, ehe sie näher an ihn heranrutschte. Zögernd legte er seine großen Hände um ihre Taille. Seine Größe wurde ihr wieder bewusst, als sie wahrnahm, dass sein Griff sie nahezu komplett umschloss. Violet umarmte ihn. Sein Körper lehnte an ihrem, und seine Wärme durchdrang ihre Haut.

Sie ließ ihre Hände über Lucas' Nacken in sein Haar gleiten. Die blonden Strähnen schmiegten sich weich und glatt zwischen ihre Finger. Sie löste ihren Mund von seinem und küsste sein Kinn. Sie wanderte über die von Bartstoppeln übersäten Wangen, weiter zu seinem Ohr, um dort am Ohrläppchen zu knabbern und den Rand der Ohrmuschel mit der Zungenspitze nachzufahren.

Lucas streichelte ihre Flanken, ihren Rücken, ließ seine Hände nach oben tasten, um am Ausschnitt ihre empfindsame Haut zu liebkosen. Seine Fingerspitzen malten kleine Kreise auf ihrer Nackenhaut.

Violet knabberte an seinem Hals, erreichte den Übergang zum Schlüsselbein und knöpfte sein Hemd auf. Sie zog es aus seinem Hosenbund, sodass Lucas' Brustkorb und Bauch freilagen. Bereitwillig ließ er sich auf die Matratze sinken, und Violet setzte die Erkundung seines Körpers mit ihrer Zunge und ihren Händen fort. Sie leckte über seine Nippel, und als sie steif emporragten, wagte Violet, mit ihren Zähnen daran zu knabbern. Lucas' Atemstöße klangen rau. Er streichelte ihren Kopf, knetete sacht ihr Ohrläppchen, und als Violet hoch sah, brannte sein Blick auf ihr.

Violets Herz schlug schneller. Die Erregung lag wie heiße Glut in ihrem Unterleib, und Lucas' Musterung entflammte die Funken. Flammen züngelten durch ihren Körper. Das Feuer hungerte nach Nahrung und zugleich nach Befriedigung. Violet konnte nicht widerstehen, sie schwang sich auf Lucas' Hüften und rieb ihre Scham an seinem Schaft. Heiß, hart und zuckend wölbte sich der Schwanz Violet entgegen, gefangen zwischen dem Stoff und Violets Körper. Lucas knurrte. Sie lachte und liebkoste seine Brust, während ihr Körper seinen Unterleib mit kreisenden Bewegungen massierte.

Er hob sich ihr fordernd entgegen. „Himmel, Violet", stöhnte er.

Sie schenkte ihm ein breites Lächeln, ohne ihr Tun zu unterbrechen. Sie schrie leise auf, als er sie herumdrehte und bäuchlings auf die Matratze warf. Es raschelte, und im nächsten Moment lag Lucas auf ihr. Sein riesiger Schaft presste sich in seiner gesamten, prächtigen Länge durch den dünnen Stoff ihres Nachthemds an ihre Pospalte.

Violets Herz schlug heftig gegen die Matratze, während sein Körper sie unbarmherzig in die Kissen drückte. Lucas fasste nach ihren Armen und führte sie nach oben. Die Lust explodierte in ihrem Innern, pulsierte in ihrer Scham und erschwerte ihr das Atmen.

„Wie gefällt es dir, deine eigene Medizin zu schmecken?", erkundigte sich Lucas.

Sie kämpfte halbherzig gegen seinen Griff. Sie mochte das Gefühl, Lucas ausgeliefert zu sein.

„Wirst du liegen bleiben, wenn ich dich loslasse?"

Violet nickte. „Ja." Ihre Stimme klang rau.

Sein heißer Atem wehte an ihr Ohr.

„Ganz bestimmt wirst du das", erklärte er heiser, und ein Schauer überlief ihren Körper. Einen Augenblick später band Lucas ihre ausgestreckten Arme mit dem Gürtel des Morgenmantels am Kopfteil des Bettes fest. Sie keuchte überrascht und wandte ihren Kopf. Lucas löste seinen Griff und stand auf. Violet sah, wie er im Zimmer etwas suchte. Er verschwand aus ihrem Blickfeld, und einen Moment später spürte sie den seidigen Stoff, der sich um ihre Knöchel schlang, um erst den einen, dann um den anderen. Lucas schob ihre Beine auseinander, und als Violet sie bewegen wollte, stellte sie fest, dass ihre Knöchel mit Tüchern an den Bettpfosten befestigt worden waren. Sie schluckte, und ein Pochen in ihrer Scham machte ihr deutlich, dass es sie erregte. Als Nächstes fühlte sie, wie Lucas sich über sie beugte und ihr Nachthemd hochschlug. Frischluft streifte ihren Po. Lucas' Schaftspitze rieb über ihre geheime Pforte. Erwartungsvoll hielt Violet die Luft an, doch statt in sie hineinzugleiten, setzte Lucas die intimen Berührungen fort. Unfähig, sich ihm zu entziehen, musste sie zulassen, was er mit ihr anzustellen gedachte. Ihr Herz raste, und eine Lust erfüllte sie, wie sie sie noch nie zuvor erfahren hatte. Violet war sich überdeutlich bewusst, wie leicht es für Lucas wäre, ihr Schmerz zuteilwerden zu lassen, ihr Gewalt anzutun. Und sie könnte nichts machen, als zu schreien und zu hoffen, dass Hilfe käme.

Die samtige Spitze seines Schwanzes rieb unablässig über ihre Spalte und war binnen Kurzem feucht. Sie hörte Lucas keuchen. Sein Finger glitten in sie hinein, schoben sich in sie, so tief es möglich war, um sich ihr dann zu entziehen. Wieder drang er ein. Violet reckte ihm den Po entgegen und keuchte enttäuscht, als die Fesseln weitere Bewegungen verhinderten. Hilflos musste sie erdulden, dass Lucas seine Finger tiefer in sie stieß, während die andere Hand ihr harte Klapse verabreichte. Sie zuckte, über die Maßen erregt, und schluchzte enttäuscht, als Lucas´ Hand innehielt und auf ihrem Hintern ruhte. Eine Weile verbarg sie ihr Gesicht in ihrem Kissen und wartete geduldig und doch begierig, was Lucas als nächstes vorhaben mochte. Er setzte die Stoßbewegungen seiner Hand fort. Während sein Finger in ihr tanzte, lag die andere Hand immer noch auf ihrem Po und knetete ihre vollen Pobacken. Sie hörte Lucas' schweren Atem, fühlte seine Schenkel, die zwischen ihren Beinen ruhten und ihre Innenseiten berührten.

Lucas unterbrach seine Liebkosungen, befreite ihre Beine, nicht jedoch ihre Arme, und brachte Violet dazu, sich umzudrehen. Seine Stirn glänzte feucht, und Violet lehnte sich zurück. Lucas schob das Vorderteil ihres Batisthemdes beiseite, sodass ihre Brüste bloßlagen. Er beugte sich vor und nahm einen ihrer erigierten Nippel in den Mund. Er sog und knabberte daran, bis Violet sich vor Lust wand. Zwischen ihren Beinen schien alles tropfnass zu sein. Lucas' Finger verschwanden unter ihrem Nachtgewand und teilten ihre Schamlippen. Mit zwei Fingern penetrierte er sie, reizte und erregte sie weiter, bis erste Zuckungen ihren Unterleib durchzogen. Violet vergrub ihre Hände in dem Stoff ihrer Fesseln, bäumte sich auf und genoss das köstliche Gefühl der Befriedigung, das sich über sie legte.

Lucas küsste sie sacht, und als sie leidenschaftlich reagierte, presste er sie an sich. Seine Zunge erforschte ihren Mund begierig. Er zwang ihre Schenkel auseinander und glitt quälend langsam in sie hinein. Violet hob ihre Hüften, voller Ungeduld, ihn endlich in seiner Gänze zu fühlen. Lucas' Hände umfassten ihr Becken, hielten sie zurück und steigerten ihre Lust, ihre Erwartung und Vorfreude, indem er unbeirrt langsam eindrang.

„Lucas", bettelte Violet.

Er biss auf seine Unterlippe und wirkte vollkommen auf sein Tun konzentriert, doch seine Hände zitterten kaum merklich. Violet beobachtete seine angestrengte Miene, gleichzeitig stieg ihre Lust ins Unendliche. Ihre Scham kribbelte und brannte vor Begehren. Endlich füllte Lucas' riesiger Schaft sie komplett aus. Dehnte sie auf so köstlich erregende Weise, dass sie ein schluchzendes Keuchen von sich gab, um ihre Lust kundzutun.

Sein Blick fixierte sie, und diese Aufmerksamkeit intensivierte die Intimität ihrer Begegnung.

Lucas entzog sich ihr, schob sich erneut in sie, wieder mit dieser unendlichen Langsamkeit, die Violet in den Wahnsinn trieb. Er küsste sie lang und zärtlich, und die Süße seines Kusses, verbunden mit der Gemächlichkeit seiner Stöße und der Hilflosigkeit durch ihre gefesselten Arme, steigerte Violets Wollust unsagbar. Seine Lippen glitten an ihr Ohr.

„Reite mich, meine Schöne", bat er.

Lucas löste die Fesseln ihrer Hände, und sie wechselten die Stellung. Violet fühlte ihn tiefer, gewaltiger in sich, und ihre Vagina reagierte mit ekstatischen kleinen Zuckungen. Lucas pumpte in sie, intensivierte so sehr die Stöße, dass Violets Zähne klapperten. Eine Welle baute sich in ihr auf, breitete sich aus, und sie spürte ein Beben durch ihren Unterleib wallen. Das Gefühl verstärkte sich, wie ein riesiger Ballon dehnte sich die Begierde aus. Dann explodierte die Lust in einem kolossalen Funkenregen. Ihr Körper wurde von der Wucht des Orgasmus durchgeschüttelt, und Lucas stieß mehrmals kräftig in sie, ehe er sich in sie ergoss.

Er zog sie eng an sich, und sein heißer Atem strich über ihre Brüste und den Hals, und sein atemloses Keuchen klang wie das süßeste Liebesgeständnis. Er streichelte ihren Rücken, ihren Nacken und küsste sie zärtlich. Immer noch ineinander verschlungen lehnte Violet sich zurück und sah ihm in die Augen. Wie von selbst wanderten ihre Hände zu seinen, und ihre Finger verflochten sich miteinander. Es erschien ihr intimer als der Akt zuvor.

Lucas lag neben ihr, während Violets Kopf an seiner Schulter ruhte, er umarmte sie, und sie fühlte sich beschützt und geborgen. Um nichts in der Welt wollte sie diesen Moment missen, geschweige denn vergessen.

Die Studierlampe war mittlerweile erloschen, und nur noch das Mondlicht warf silbrige Lichtstreifen in den Raum. Die samtige Schwärze umgab sie, und Violet schien es, als zaubere dies den Raum, das Bett, in eine andere Welt.

„Du bist die Frau, die ich ..." Lucas stockte. „Du bist eine wundervolle Frau."

Violet konnte sich des Verdachts nicht erwehren, dass ihm etwas ganz anderes auf der Zunge gelegen hatte. Der Moment war magisch, und Violet wusste, dass jemand in ihrer Situation, in ihrer Stellung, nur auf einige wenige dieser Augenblicke hoffen durfte.

Sie war Realistin. Ein Earl hatte allenfalls Affären mit seinen Hausangestellten. Doch niemals mehr. Sie würde von der Leidenschaft und Zärtlichkeit, die sie und Lucas einander in dieser Nacht geschenkt hatten, zehren müssen.

Der Blick in seine Augen hatte alles geändert, und das Wissen, dass er nicht der Schuft war, für den sie ihn anfangs gehalten hatte. Die Erkenntnis, dass Lucas ein Mann mit Ängsten und Nöten war und von derselben Sehnsucht nach Liebe und Zuneigung erfüllt war wie sie, erweichte Violets Herz. Und vielleicht, nur vielleicht, so gestand sie sich ein, heilte Lucas in dieser Nacht ihre verletzte Seele.

Lucas vergrub seine Nase in Violets Haar. Ihr Körper schmiegte sich verführerisch an seinen, und solange er sie in seinen Armen hielt, schien die Furcht vor der Zukunft, die Sorge um seine geistige Gesundheit, meilenweit weg. Könnte das Glück, Violet zu umarmen, doch nur ewig währen!

Lucas wusste, welche Emotion diesem Bedürfnis zugrunde lag: Er hatte sich in Violet verliebt. Als statt der erwarteten biederen Gesellschaftsdame diese unglaublich schöne Frau im Gasthaus erschienen war, war er beinahe zornig gewesen. Schöne Frauen und ein guter Charakter waren seiner Erfahrung nach so unvereinbar wie Schnee im Juni. Und dann belehrte ihn Violet eines Besseren. Sie war innerlich von ebenso bestechender Schönheit wie von außen.

Und egal, was der *ton* davon halten würde: Er würde ohne Zögern, ohne Bedauern, eine Frau wie Violet ehelichen. Wäre da nicht dieser düstere Fluch, der scheinbar über den St. Clares lag. Nie würde er es einer Frau zumuten, an einen sabbernden Irren gekettet zu sein. Nie wollte er Kinder in die Welt setzen, die zu eben diesem Schicksal verdammt waren.

Lucas schloss die Augen. Er würde Vorsorge treffen. Allegra sollte nicht auf das Gutdünken wohlmeinender Verwandter angewiesen sein.

Bei diesem Gedanken schien sein Herz ein wenig leichter zu werden. Damit und mit Violet in seinem Arm.

Als Violet erwachte, war sie allein. Sie tastete mit ihrer Hand über die Matratze und fühlte die Wärme, die die Unterlage noch ausstrahlte. Lucas konnte noch nicht lange fort sein. Sie vergrub ihre Nase im Laken und sog seinen Geruch ein.

Sie wollte nicht daran denken, dass er und sie zusammen und doch Welten voneinander getrennt waren. Wenigstens belog er sie zu keinem Moment. Von Anfang an hatte er nicht verhehlt, dass es keine Liebe, keine gemeinsame Zukunft für sie beide gab. Violet musste akzeptieren, dass es auf geheime Stelldicheins hinauslief. Mehr durfte sich jemand wie sie nicht erhoffen.

Violet Delacroix war eine Frau, die sich ein Mann zur Geliebten nahm. Isabel Dorothea Waringham, Tochter des Duke of Okeham, war hingegen eine Frau gewesen, die ein Mann heiratete, aber nicht liebte.

Sie wusste nicht, welche Variante die schlimmere war.

Die Tür öffnete sich, und Lauren, die Zofe, huschte herein. Sie knickste, als sie sah, dass Violet wach war. Dankbar, aus ihren Überlegungen gerissen worden zu sein, lächelte sie der Zofe zu.

„Guten Morgen, Miss Delacroix. Herrlicher Morgen, nicht wahr?" Lauren öffnete die Fenster, um die kühle Morgenluft hereinzulassen. Plötzlich zischte sie und wedelte mit den Händen. „Wirst du wohl verschwinden!"

Violet erhob sich und trat ans Fenster. Sie sah eine schlanke Gestalt mit unordentlichem Schopf zwischen die Bäume huschen. „Wer ist das?"

Lauren drehte sich zu Violet um. „Oh", schnaubte sie. „Dieser schreckliche wilde Junge, Clark. Der Enkel der alten Granny Sterling, ständig schleicht der Bursche hier herum und belauert uns. Mrs. Harvey hätte im Frühjahr beinahe einen Schlaganfall erlitten, als sie den Vorhang der Bibliothek zurückzog und der wilde Junge hereinstarrte."

Violet suchte mit den Augen den Waldrand ab, ob Clark zu sehen war. Sie ahnte, warum er sich bei Halcyon Manor aufhielt. Vermutlich versuchte er, Allegra abzupassen, und erschreckte die Hausangestellten dabei zu Tode.

„Weiß man Genaueres über den Jungen und seine Familie?"

Lauren zuckte mit der Schulter und schloss die Fenster. „Kann ich nicht sagen, Granny Sterling haust völlig abgeschieden in einer Waldkate. Es heißt, sie kenne sich recht gut mit Kräutern aus. Wenigstens kommen die Leute sogar aus den umliegenden Dörfern lieber zu ihr als zu den ansässigen Quacksalbern. Für ein paar Münzen kriegt man von ihr sogar wirksame Tränke gegen die Schwierigkeiten, die uns die Männer aufhalsen." Sie zwinkerte verschwörerisch und deutete dann auf den Rasen hinaus. „Der Bursche streunt nur durch die Wälder. Ein Dieb und Wilderer ist er!", behauptete Lauren.

Violet musste noch einmal ein ernstes Wort mit Allegra reden, was die Wahl ihrer Freunde betraf.

„Gewonnen", erklärte Allegra und sah von ihren Karten auf. „Was ist nur los mit Euch, Miss Delacroix, seid Ihr verliebt?"

Violet legte ihre Karten betont gelassen ab und hoffte, dass das Brennen in ihrem Gesicht kein Hinweis darauf war, das sie errötete. „Natürlich nicht", erklärte sie hoheitsvoll.

Allegra grinste. „Ihr werdet rot. Ich habe also recht, Ihr seid verliebt. Wer ist denn der Glückliche? Mr. Gosling, der schmucke Anwalt aus Carlisle vielleicht oder sein Hausgast, Mr. Keibler?"

„Allegra!" Empört starrte Violet ihren vorlauten Schützling an. „Selbst wenn dem so wäre, ginge es dich nichts an."

Allegra kicherte respektlos und lehnte sich zurück. Violet sah ihr an, dass ihr noch etwas auf der Zunge lag. „Hüte deine Zunge, Miss!"

Jeremy trat ein.

Froh über die Unterbrechung wandte sich Violet dem Butler zu. „Was gibt es, Jeremy?"

Der Mann verneigte sich und reichte Violet die Visitenkarte. „Eine Mrs. Hendry wünscht, den Damen St. Clare und Delacroix ihre Aufwartung zu machen."

„Führ Mrs. Hendry in den Morgensalon", wies Violet ihn an.

Allegra wartete, bis er außer Hörweite war. „Was wird die alte Dame wohl von uns wollen?"

„Nur ein kleiner Höflichkeitsbesuch. So etwas ist durchaus nicht unüblich, um Bekanntschaften zu vertiefen", erklärte Violet. Sie erhob sich und ordnete Haar und Rock. „Ich hoffe, du benimmst dich angemessen. Du scheinst mir heute Morgen ein wenig übermütig."

Allegra bemühte sich um eine ernste Miene. „Selbstverständlich, Miss Delacroix. Ihr werdet keinen Grund zu Klagen haben", versprach sie mit erstickter Stimme, die verriet, dass sie sich das Lachen verkniff.

Mrs. Hendry erhob sich schwerfällig, als Violet und Allegra eintraten.

„Was für ein hübsches Mädchen du bist, Allegra", schrie Mrs. Hendry, sodass Allegra erschrocken zusammenzuckte. „Und so wohlerzogen! Findet Ihr nicht auch, Miss Delacroix?", wandte sie sich an Violet, als hätte diese Allegra erst gerade kennengelernt. „Geht es dir wieder gut, Allegra?"

Allegra nickte. „Ja, Mrs. Hendry."

Die alte Dame sah Hilfe suchend zu Violet. „Was hat sie gesagt?"

„Ich bin wohlauf!", schrie Allegra.

Mrs. Hendry starrte Allegra indigniert an. „Warum schreist du denn so, Mädchen? Ich bin nicht taub!"

Allegra wandte sich Violet zu. Fragend hob sie ihre Augenbrauen. Violet ignorierte ihre stumme Frage und machte eine einladende Geste Richtung Chaiselongue. „Warum setzen wir uns nicht? Der Butler kommt gewiss jeden Moment mit frischem Tee."

Mrs. Hendry plumpste auf das Polstermöbel und forderte Allegra auf, sich neben sie zu setzen. Gehorsam folgte sie dem Wink der alten Dame. Als sie neben Mrs. Hendry saß, ergriff diese ihre Hand und tätschelte sie.

„Du erinnerst mich an deine Mutter", erklärte Mrs. Hendry.

Sofort war ihr Allegras und Violets Aufmerksamkeit sicher. Wenn auch aus unterschiedlichen Gründen.

„Ihr kanntet meine Mutter?", vergewisserte sich Allegra.

Mrs. Hendry wiegte ihren Kopf hin und her und donnerte ihren Stock auf das Parkett, dass es klang wie ein Pistolenschuss. „Ich hatte das Vergnügen, ihr einige Male auf hiesigen Festivitäten zu begegnen. Eine bildschöne Frau, mit der St. Clare'schen Anlage zur Einsiedelei."

Jeremy trat ein, und solange er mit dem Servieren beschäftigt war, schwiegen sie. Als der Butler den Salon verlassen hatte, schnalzte Mrs. Hendry mit der Zunge.

„Der Butler gefällt mir. Es gibt kaum noch gute Butler", klagte sie. Nachdenklich blickte sie zur Tür. „Ob er sich abwerben lässt?"

„Das kann ich verneinen. Jeremy diente bereits meinem Vater als Butler. Er gehört zu Halcyon Manor und den St. Clares." Lucas trat durch die Seitentür in den Salon.

Allegra lächelte erfreut. „Eine Tasse Tee, Lucas?"

Er nickte. „Sehr gerne, Allegra." Er trat zu Mrs. Hendry und begrüßte sie angemessen, ehe er auf einem Sessel Platz nahm.

Er nahm den Tee entgegen und rührte in der Tasse herum, ehe er sie langsam an die Lippen hob.

Mrs. Hendry sah zu Violet. „Ihr seht gesund wie der junge Morgen aus. Rosige Wangen, leuchtende Augen. Seid Ihr verliebt?"

Violet fühlte regelrecht das Blut in ihr Gesicht schießen. Glücklicherweise wandte sich Mrs. Hendry Lucas zu.

„Ihr erscheint mir ebenfalls recht vergnügt heute Morgen, Mylord. Hat Amors Pfeil Euch auch getroffen?" Sie nippte elegant aus ihrer Tasse.

Lucas, der eben einen Schluck hatte trinken wollen, prustete in seinen Tee. Er verschluckte sich, stellte Tasse und Unterteller auf den Tisch und zog ein Taschentuch hervor, in das er hineinhustete.

Allegras Blick wanderte prüfend zwischen Violet und Lucas hin und her. Sie überlegte gewiss, ob Mrs. Hendrys Bemerkungen zutreffend waren.

Die alte Dame beachtete Lucas nicht weiter, sondern heftete ihre Augen auf Violet. „Meine liebe Miss Delacroix, erzählt, Ihr tragt einen französischen Namen, sprecht jedoch Englisch ohne jeden Akzent." Sie neigte ihren Kopf.

Violet trank von ihrem Tee, ehe sie zu antworten geruhte. „Mein Vater verstarb kurz nach meiner Geburt, so zog meine Mutter in die Nähe ihrer Schwester. Meine Tante war mit einem Engländer verheiratet."

„So sprecht Ihr auch Französisch?", erkundigte sich Mrs. Hendry auf Französisch.

„Selbstverständlich", entgegnete Violet ebenfalls auf Französisch.

Mrs. Hendry strahlte. „Wie wundervoll!" Begeistert klatschte sie in ihre Hände. „Schon lange versuche ich jemanden zu finden, der gutes Französisch spricht und mit mir plaudert. Französisch ist eine so elegante Sprache. Findet Ihr nicht auch, Mylord?"

Lucas sah von seinem Tee auf. „Da stimme ich mit Euch überein, Mrs. Hendry."

Der Butler Jeremy glitt lautlos in den Salon und wurde erst bemerkt, als er neben Lucas stand und sich zu ihm beugte, um ihm etwas ins Ohr zu flüstern.

Die drei Frauen musterten Lucas, als er sich mit bedauernder Geste erhob.

„Führ Neil herein." Lucas verschränkte die Arme vor der Brust. „Mein Cousin Neil St. Clare gibt uns die Ehre", verkündete er.

Neil trat ein und stutzte, als er Mrs. Hendry bemerkte. Er lächelte dünn und nickte den Damen zu. Allein sein Erscheinen weckte Violets Antipathien. Weshalb Lucas ihn trotz allem ständig empfing und ihm vertraute, blieb Violet ein Rätsel.

„Sehr erfreut, Eure Bekanntschaft zu machen, Mrs. Hendry", schmeichelte er, als Lucas ihm die alte Dame vorstellte. „Euer Gatte war Gordon Hendry, nicht wahr? Mein Beileid zu Eurem Verlust."

Mrs. Hendry starrte Hilfe suchend zu Lucas. „Was hat er gesagt?", schrie sie und hob ihre Hand hinter das Ohr.

„Es ist mir eine Ehre, Euch kennenzulernen, Mrs. Hendry! Ich bedaure den Verlust Eures Gatten!", brüllte Neil. Er zerrte an seinem Kragen.

Mrs. Hendry zog die Augenbrauen hoch. „Lieber Mr. St. Clare, mein Gordon ist bereits fünf Jahre unter der Erde. Die Einzigen, die noch wegen ihm trauern, sind die Würmer, denen er Magenbeschwerden verursacht", erwiderte Mrs. Hendry. Sie sah Allegra an. „Warum schreit dieser Mann? Hört er schlecht?"

Allegra kicherte, und Neils Gesicht färbte sich rot. Die Röte breitete sich auf seinem Hals aus.

Lucas' finsterer Blick traf Allegra. „Benimm dich, Ally", befahl er. Er wandte sich Neil zu. „Wollen wir uns in Arbeitszimmer zurückziehen?"

Neil nickte. „Sehr gerne, Lucas. Ich habe ohnehin etwas mit dir zu besprechen, das nicht für fremde Ohren bestimmt ist."

„Setz dich." Lucas ging an seine Bar. „Ein Brandy?"

Neil verneinte. „Du weißt doch, dass ich einen Sherry oder Whisky vorziehe."

Lucas zuckte mit den Achseln. Er reichte seinem Cousin den gewünschten Whisky und setzte sich hinter den Schreibtisch. Er stützte seine Ellenbogen auf und bildete mit Fingern und Daumen ein Dreieck, dessen Spitze die Zeigefinger bildeten, auf die er sein Kinn lehnte.

„Nun?", erkundigte er sich, neugierig, was Neil ihm zu sagen hatte.

Neil drehte den Tumbler in seinen Händen, beobachtete den hin und her schwappenden Whisky eine kurze Weile und entschied dann, Lucas zu antworten.

„Du bist vom Fluch der St. Clares heimgesucht", begann er wenig taktvoll.

Lucas senkte seine Hände und verschränkte die Finger. „Wie kommst du auf diesen Gedanken?"

Neil trank und machte eine wegwerfende Handbewegung. „Ich war neulich abends da."

Lucas' Griff verstärkte sich, sodass seine Knöchel weiß hervortraten. „Wann?"

Neil zuckte mit den Schultern. „Du wirktest betrunken. Ich dachte mir nichts dabei, erst als ich bemerkte, dass du nicht nach Alkohol rochst, wurde ich stutzig." Er beugte sich vor und stellte sein Glas ab. „Um Himmels willen, Lucas, warum hast du denn nie etwas gesagt?"

Kälteschauer rieselten über Lucas' Rücken. Schock fraß sich durch sein Gehirn. Hatte er tatsächlich Anfälle, von denen er nichts wusste? Verfiel er dem Familienleiden, so wie Lady Edwina, wie Bethany?

Neil verschränkte die Arme vor der Brust und fixierte Lucas. „Lass mich dir helfen, Lucas. Ich kenne einen Arzt …"

„Kein Arzt!", fiel Lucas Neil schroff ins Wort. „Diese Quacksalber spielen nicht mit mir herum."

Neil seufzte. „Lucas, denkst du auch an Allegra? Solange du dich um sie kümmern konntest, war alles in Ordnung. Aber nachdem dich ebenfalls der Wahnsinn der St. Clares befallen hat, müssen wir uns etwas überlegen." Neils Miene wirkte ausdruckslos.

Lucas erinnerte sich, wie er Allegra einmal in Neils Obhut gelassen hatte, weil er dringende Geschäfte in London erledigen musste. Er hatte feststellen müssen, dass Neil Allegra in einem Zimmer eingesperrt, sie nachts gar ans Bett gefesselt hatte.

Eher würde Lucas sterben, bevor er zuließe, dass Neil sich um Allegra kümmerte! Er vertraute Neil alles an, nur nicht die Vormundschaft über Allegra, nicht, solange sie sich über das Verhalten Allegras uneins waren.

„Mach dir keine Gedanken, Neil", entgegnete Lucas. Er stand auf und deutete auf die Tür. „Wenn du mich entschuldigen würdest? Ich habe heute noch einiges zu erledigen."

Neil seufzte. „Ich meine es nur gut mit dir und Allegra. Immerhin sind wir eine Familie." Er erhob sich. „Falls du es dir anders überlegen solltest, sende mir eine Nachricht."

Lucas nickte schroff. Er verharrte reglos, bis sein Cousin das Arbeitszimmer verlassen hatte, dann ließ er sich auf den Stuhl sinken. Himmel, war es um ihn schlimmer bestellt als gedacht? Er griff nach dem Whiskyglas und leerte es in einem Zug. Mit einem Krachen stellte er es auf die Tischplatte. Welch eine Ironie, dass gerade jetzt, als er zu denken glaubte, es wandle sich alles zum Besseren, die Dinge schlimmer denn je wurden.

Lucas zog eine Schublade auf und holte einige Papiere heraus. Er musste sich um die Umsetzung seiner Pläne kümmern. Neils Besuch hatte ihm gezeigt, dass er keine Zeit verlieren durfte.

Er vertiefte sich in die Unterlagen und bekam nur am Rande mit, wie Mrs. Hendry sich in der Halle lautstark von Violet und Allegra verabschiedete. Vom Hof her hörte er noch, wie die alte Dame den beiden aus ihrer Kutsche heraus eine Einladung entgegenschrie. Lucas rollte die Augen. Er ahnte, dass dies wieder der Beginn unerfreulicher Diskussionen sein würde. Um das Letzte bisschen Haltung zu bewahren, schob er den Gedanken beiseite und kümmerte sich um die Verträge vor sich.

Violet befand sich auf dem Weg hinaus zu Allegra. In der Hand hielt sie einen Roman von Daniel Defoe, den sie und Allegra lesen wollten.

Jeremy stand mit einem Herrn in der Halle und reichte diesem gerade Hut und Handschuhe.

„Mr. Gosling, was für eine Überraschung!" Violet steuerte auf den Juristen zu.

„Miss Delacroix, welch eine Freude, Euch zu begegnen!" Er strahlte über sein Vollmondgesicht, zog den Bauch ein und streckte die Brust vor, ehe er sich verneigte und Violet einen Handkuss gab.

„Was führt Euch nach Halcyon Manor, Mr. Gosling?", erkundigte sich Violet neugierig.

Mr. Gosling spielte mit den Handschuhen in seinen Händen. „Geschäfte, schnöde Geschäfte", erklärte er. „Lord Pembroke benötigte meine Dienste."

Violet nickte und knickste. „Mr. Gosling, es hat mich gefreut."

Der Mann blinzelnd. „Das Vergnügen war ganz auf meiner Seite, Miss Delacroix."

Die Tür zum Arbeitszimmer öffnete sich. Lucas steckte seinen Kopf heraus. Er sah zu Jeremy und Gosling, ehe sein Blick auf Violet fiel. Sofort schlug Violets Herz wie wild. Schmetterlingsflügel kitzelten die Innenseite ihres Bauches.

„Miss Delacroix, das trifft sich gut, kommt bitte zu mir herein. Wir müssen etwas besprechen."

Da sie Angst hatte, ihre Stimme würde versagen, beschränkte sie sich auf eine Kopfbewegung. Lucas schob die Tür weiter auf und verabschiedete Mr. Gosling noch einmal.

Violet trat ein, und die Tür fiel leise hinter ihr ins Schloss. Im nächsten Moment berührte Lucas' Hand die ihre. Violet schluckte. Sein Daumen streichelte ihren Handrücken, nichts war je intimer gewesen als diese zarte Liebkosung. Lucas' Blick glitt über ihren Körper und blieb an ihren Lippen hängen. In Violets Bauch kribbelte es, als wäre ein Ameisenvolk in Aufruhr. Hitze kletterte ihre Wirbelsäule entlang.

Lucas zog sie an sich. Sein Mund schwebte nur Millimeter über ihrem. „Ich sollte das nicht tun", flüsterte er.

„Warum tust du es dann?", fragte Violet atemlos.

„Weil ich fürchte zu sterben, wenn ich es nicht tue", entgegnete er und küsste sie mit leidenschaftlicher Inbrunst.

Violet erwiderte seine Umarmung, sank ihm entgegen und seufzte leise. Lucas' muskulöser Körper umfing sie. Sie genoss das Gefühl von Schutz und Stärke, das er ausstrahlte. Fast bedauernd ließ sie zu, dass Lucas seine Umarmung löste. Außer Atem und mit weichen Knien musterte sie ihn. Der gehetzte und verlorene Ausdruck in seinen Augen war neu. Sie fühlte, dass etwas geschehen sein musste, das ihn zutiefst beunruhigte.

Sie ergriff seine Hand. „Kann ich etwas für dich tun?"

Lucas deutete auf den Stuhl vor dem Schreibtisch und wartete, bis sie Platz genommen hatte. Er nahm ein großes Kuvert und reichte es ihr.

Verwirrt nahm sie den steifen Bogen an sich. Ihr Herz klopfte furchtsam. Wollte er sie etwa entlassen? Sie wendete das Kuvert und ertastete etwas, das sprödes Pergament oder mehrere Lagen Papier sein konnte.

„Was ist das?" Sie versuchte, sich ihre Verwirrung nicht anmerken zu lassen.

Lucas lehnte sich neben ihr an die Tischplatte. „Allegras Zukunft", erklärte er. „Ich vertraue dir Allegras Erbe an. Wenn mir etwas zustoßen oder ich nicht mehr in der Lage sein sollte, mich um sie zu kümmern, will ich, dass du mit Allegra Halcyon Manor verlässt."

In Violets Magen breitete sich ein flaues Gefühl aus. Sie hob den Umschlag. „Was ist da drin?"

Lucas schüttelte den Kopf. „Alles, was Allegra ein Leben mit allen Annehmlichkeiten ermöglichen wird. Wenn es nötig werden sollte, wirst du mit diesen Unterlagen zu Mr. Gosling gehen. Er kümmert sich um alles Weitere."

Violet spürte, dass er nicht mehr sagen würde, doch sie musste ihrer Sorge Ausdruck verleihen. Sie konnte und wollte es nicht auf sich beruhen lassen. „Lucas, gibt es irgendwelche Probleme? Kann ich dir irgendwie helfen?"

Er verneinte. Violet erhob sich. Sie musterte sein Gesicht, und er nahm ihres in seine Hände und küsste sie zärtlich. „Nur zur Sicherheit. Ich weiß, dass du Allegra treu zur Seite stehen wirst." Er schob sie Richtung Tür.

„Lass Allegra nicht länger warten."

Verwirrt stand Violet in der Halle und starrte auf das Kuvert in ihrer Hand. Sie drehte das flache Paket unschlüssig herum, ehe sie sich einen Ruck gab.

Auf ihrem Zimmer versteckte sie die Papiere in dem Geheimfach bei Bethanys Notizbuch. Sie konnte sich des Verdachts nicht erwehren, dass Bethany und ihr Büchlein der Schlüssel zu einigen Ungereimtheiten in der Familiengeschichte der St. Clares sein könnten.

Kapitel 9

Wir müssen lernen, die Komödie zu Ende zu spielen.
Wir müssen das Unglück müde machen.
Charles Dickens

Allegra saß vergnügt neben Violet auf der gepolsterten Bank des Landauers. Das Verdeck war aufgeklappt, sodass sie die Sonnenstrahlen genießen konnten. Lucas lenkte die Kutsche.
„Ein Picknick!", rief Allegra begeistert. „Das haben wir ewig nicht mehr gemacht." Sie beugte sich vor. „Lucas, wo fahren wir hin?"
„Nach Loadpot Hill", gab er zur Antwort.
„Zur verfallenen Ruine?", vergewisserte sich Allegra.
Interessiert lauschte Violet der Unterhaltung. Allegra lehnte sich zurück und wandte sich Violet zu, als sie deren Neugier bemerkte. „Der Stammsitz der St. Clares, Tredayn Castle. Als ich ein kleines Mädchen war, erzählte Lucas mir die gruseligsten Geschichten über das alte Gemäuer und die Hexe Lady Edwina."
„Du bist immer noch ein kleines Mädchen", zog Lucas sie auf.
„Lucas!", protestierte Allegra. „Manch anderes Mädchen ist in meinem Alter bereits verheiratet."
Lucas warf einen Blick nach hinten. Seine Augen blitzten gut gelaunt. Nie sah er attraktiver aus, als wenn er fröhlich war. Instinktiv erwiderte Violet sein Lächeln.
„Gott bewahre, dass wir mit liebestollen Burschen zu kämpfen haben. Bleib mein kleines Mädchen, solange es nur irgendwie geht", neckte Lucas seine Schwester und konzentrierte sich wieder auf den Weg und sein Pferd.
Gedankenverloren starrte Violet auf seinen Rücken. Der Stoff seines Jacketts spannte sich um seine Schultern. Violet überlegte, wie anziehend er als junger Mann gewirkt haben musste. Unbeeinflusst von den Sorgen des Alltags, die sein Leben nun bestimmten. Unbeschwerte Fröhlichkeit vereint mit gutem Aussehen und hervorragendem Benehmen, vielleicht noch eine gehörige Prise Charme dazu, welche Frau könnte dem widerstehen? Ob Bethany Lucas' Geliebte gewesen war? Ihre Ehe mit Lucas' Vater nur eine Notlösung? War Bethany in Schwierigkeiten geraten? Schwierigkeiten, die nach neun Monaten schreiend und strampelnd das Licht der Welt erblickt hatten? Violet schluckte. Allegras Aussehen kennzeichnete sie als St. Clare, als Blutsverwandte von Lucas. Aber sie musste nicht zwangsläufig seine Schwester sein. Wie alt mochte Lucas sein? Fünfunddreißig? Alt genug jedenfalls, um Allegras Vater zu sein. Sein Verhalten schien Violet oft genug eher väterlicher als brüderlicher Art zu sein.

Violet wurde aus ihren Überlegungen gerissen, als Allegra sie antippte.

„Seht Ihr, Miss Delacroix? Tredayn Castle." Allegra deutete auf einen zerfallenen Turm, der wie der leprazerfressene Finger eines zornigen Titanen in den Himmel zu stoßen schien. „Das ist die Rückseite, wartet, bis Ihr die Vorderseite seht. Tredayn Castle ist ein beliebter Treffpunkt für diskrete Liebespaare."

„Allegra!" Lucas klang schockiert.

„Denkst du etwa, man erzählt mir solche Dinge nicht? Hättest du mich mehr mit unseresgleichen Umgang haben lassen, wäre dem vielleicht so. Bei meinen Lebensumständen musste ich jedoch meine Gespräche mit den Hausmädchen führen", entgegnete sie spitz.

„Wofür habe ich dann Miss Delacroix eingestellt?", erkundigte sich Lucas pikiert, während er das Pferd auf den rechten Weg abbiegen ließ.

„Sie ist doch erst ein paar Monate bei uns. Reden kann ich schon mehrere Jahre."

Lucas murmelte etwas, das sich für Violet nach „Frauen treiben mich in den Wahnsinn" anhörte. Sie unterdrückte ein Kichern, und als Allegra ihr ein breites Grinsen schenkte, erwiderte sie es.

Violet verstaute die Reste des Essens, das ihnen Mrs. Harvey eingepackt hatte, im Picknickkorb und sah zu Lucas, der ausgestreckt auf der Decke lag und döste.

Allegra stand einige Meter entfernt auf der Wiese und pflückte Gänseblümchen, die sie zu einem Haarkranz verflocht.

„Miss Delacroix?" Sie setzte den Gänseblümchenschmuck auf ihr Haupt. „Dort hinten im Wäldchen wachsen Brombeeren. Ich werde nachsehen, ob sie bereits reif sind. Wollt Ihr mich begleiten?"

Violet verneinte. „Entferne dich nicht allzu weit."

„Bestimmt nicht!", versprach Allegra, ehe sie davoneilte.

Kaum war sie außer Hörweite, drehte sich Lucas zur Seite, stützte seinen Kopf auf den abgewinkelten Arm und sah Violet an.

„Miss Delacroix? Wie wäre es mit einer Besichtigung der Ruine?", schlug er vor.

Violet sah auf das graue Gemäuer. Eine Wand war umgekippt und lag wie ein Feenhügel auf der Wiese, überwuchert von Efeu, Gras und Blumen. Die stehen gebliebenen Mauern waren bedeckt von Efeu und Kletterpflanzen mit weißen Blüten, deren Ranken auch am Turm emporwuchsen.

Von ihrem Standort aus wirkte das alte Gebäude romantisch und geheimnisvoll zugleich.

Lucas merkte ihr Zögern und erhob sich geschmeidig. Er reichte Violet die Hand. „Komm mit, oder hast du Angst vor mir?", spottete er.

Violet nahm seine Hand und ließ sich aufhelfen. „Natürlich nicht", erwiderte sie.

Lucas führte sie die kleine Anhöhe hinauf. Seine Finger fühlten sich warm an, der Griff war fest, und sein Geruch betörte Violets Sinne. Sie schluckte. Der Duft nach süßem Geißblatt lag in der Luft.

Lucas ließ sie los und lehnte sich an die Mauer. Er musterte Violet von oben bis unten. „Du wirkst ein wenig zittrig", erklärte er. In seinen Augen tanzten silberne Punkte. „Und auch erhitzt. Vielleicht solltest du ein paar Kleider ablegen."

„Bist du verrückt?", zischte Violet.

„Vielleicht", entgegnete Lucas. Ein Schatten huschte über sein Gesicht. „Öffne dein Oberteil."

Violet sah sich nervös um, doch in ihrem Unterleib begann die Wollust zu kochen. „Jemand könnte uns sehen. Allegra zum Beispiel."

Lucas schenkte ihr ein schiefes Lächeln. „Allegra pflückt doch Brombeeren, unterwegs wird sie Käfer und Eichhörnchen entdecken und komplett die Zeit vergessen."

„Sie ist kein kleines Kind mehr", widersprach Violet.

Lucas schüttelte den Kopf und stützte seine Hand in der Hüfte ab. „Ziehst du dein Oberteil jetzt aus, oder muss ich dich zwingen?"

Erregung kitzelte in Violets Bauchgrube. Sie zog an der Schleife und ließ das fliederfarbene Leibchen zu Boden gleiten. Die zartviolette Chemise bestand aus hauchdünnem Musselin, sodass sich ihre Nippel durchdrückten. Lucas' Augen leuchteten. Violet zögerte und sah sich nervös um. Sie waren allein, und die Furcht, entdeckt zu werden, mischte sich mit der Erregung des Moments.

„Berühre deine Brustspitzen."

„Lucas!", stieß sie hervor.

Lucas kam zu ihr, platzierte seine Hand in ihrem Nacken und küsste sie verlangend. Seine freie Hand legte sich über eine ihrer Brüste und strich darüber, langsam und verlangend. Wie Feuerfäden floss die Lust von ihren Nippeln hinab in ihren Unterleib und pulsierte in ihrer Scham. Als er den Kuss beendete, schwankte Violet atemlos und zitternd vor Wollust.

„Tu es", bat Lucas heiser und trat zurück.

Violet schluckte trocken. Sie sah an sich herunter, blickte zu Lucas und gab ihrer eigenen Begierde nach, die heiß in ihr brannte. Violet streichelte sacht über ihre Brust, umkreiste ihre Nippel, die sich hart wie Kirschkerne durch den Stoff drängten. Sie nahm sie zwischen Daumen und Zeigefinger und knetete die Brustspitzen sacht, ohne Lucas aus den Augen zu lassen. Er fixierte sie und schluckte mehrmals hintereinander. Violets Körper kribbelte lustvoll.

„Streichle dich!", befahl Lucas mit belegter Stimme.

Violet presste ihre Beine zusammen. Ihre Scham pochte erwartungsvoll und reagierte mit feuchter Hitze. Violet biss sich auf die Unterlippe. Ihre Hände wanderten über ihren Busen, ihre Flanken und weiter über den Bauch bis zu ihrer Vulva. Sie ließ ihre Hand dort liegen, legte ihren Kopf in den Nacken und genoss die Hitze und das Kribbeln, die von ihrer Berührung ausgelöst wurden.

„Himmel", stöhnte Lucas. „Zieh dein Kleid aus, Violet."

Gehorsam tat sie, was er verlangte, nachdem sie sich mit einem Blick in die Umgebung vergewissert hatte, dass auch wirklich niemand in Sichtweite war.

„Dreh dich im Kreis. Langsam, lass mich dich ansehen." Sein Blick brannte auf ihrer Haut. Nie zuvor hatte sie sich so attraktiv, so begehrenswert gefühlt.

Sie spürte überdeutlich, dass zwischen ihr und Lucas mehr war als bloße Lust. Zwischen ihnen bestanden Gefühle, die so gar nichts mit kühler Geschäftsmäßigkeit zu tun hatten und sich ebenso wenig auf pure Wollust reduzieren ließen. Und deshalb fühlte es sich so richtig, so gut, so vertraut und unglaublich erotisch an.

„Komm zu mir!", gebot er heiser. Zügellose Begierde lag auf seinem Gesicht. Er stieß sich von der Mauer ab.

Violet hielt eine Armlänge von ihm entfernt inne. Lucas näherte sich ihr, bis der Stoff seines Hemdes Violets feine Härchen an den Armen streifte. Silberne Lichter tanzten in seinen grauen Augen, und die Nähe seines Körpers verglühte Violets Haut.

Sie zitterte erwartungsvoll. Doch Lucas unternahm keinen Versuch, sie zu berühren. Er trat hinter sie. Sein Mund streifte ihr Ohr.

„Stütz dich mit deinen Händen an der Mauer ab", raunte er.

Wieder gehorchte Violet, ging zur Mauer und stützte sich zitternd vor Erregung ab. Die moosige Wand fühlte sich rau und glatt und hart und weich zugleich an. Die Kühle prickelte auf ihrer Handfläche. Lucas berührte ihre Schultern, glitt mit den Fingerspitzen über ihren Rücken dicht an der Wirbelsäule hinunter, malte dabei kleine Kreise nach außen, bis er die Grübchen über ihrem Po erreichte. Seine Hände wanderten wieder nach oben, um dort die Schultergruben zu berühren und ihren Nacken zu kosen.

Wilde Begierde tobte unter Violets Haut. Die Empfindung steigerte sich, als Lucas sich vorbeugte und sein heißer Atem über ihre dünne Nackenhaut strich. Violets Mund entschlüpfte ein leises Seufzen, als Lucas sie direkt am Haaransatz küsste. Seine Lippen glitten weiter, nahmen erst rechts, dann links den gleichen Weg, den seine Hände genommen hatten.

Er hielt ihre Taille umfasst, streichelte mit seinen Daumen ihre Haut, ohne seine Hände fortzubewegen. Knabbernd, küssend, züngelnd bewegte er sich nach unten, liebkoste so jeden Zentimeter ihres Körpers.

Violets Knie zitterten. Ihre Beine schienen eine Verwandtschaft mit Plumpudding und Gelee zu entwickeln. Vom Scheitel bis zur Sohle erfüllten Prickeln und Hitze ihren Körper. Innerlich wallte eine Mischung aus Zärtlichkeit und Wollust durch Violet, während ihre Vulva mit unglaublicher Intensität pochte und pulsierte. Eine einzige kleine Berührung von Lucas würde reichen, um Violet zu einem Höhepunkt zu treiben, der das marode Gemäuer vor ihr zum Einsturz bringen würde.

Ihr Atem kam rau und heiß über ihre Lippen. Nie zuvor hatte sie die Luft aus ihren Lungen als massiv empfunden, doch aufgeheizt von den Liebkosungen erschien ihr jede kleinste Regung ihres Körpers intensiver als je zuvor. Sie stieß einen Schluchzer aus und krallte ihre Finger in das Mauerwerk.

Lucas ging in die Knie, um ihren Po bequem zu erreichen. Seine Hände umfassten das runde Fleisch und kneteten es sacht. Seine Lippen legten sich auf eines der Grübchen oberhalb ihres Hinterns, kreiste und leckte darüber. Violets Körper reagierte mit einer Gänsehaut. Sie keuchte. Unerbittlich wanderten Lucas' Lippen weiter, liebkosten die Rückseite ihrer Schenkel, um seine Fingerspitzen folgen zu lassen.

„Lucas", wimmerte Violet, gefangen in dem erotischen Taumel, in den Lucas sie einlullte.

Mit einem Mal packte er sie und drehte sie herum. Im Nu presste er sie mit seinem Körper gegen die Mauer. Sein harter Schaft drückte sich fordernd gegen sie, und seine Hände umklammerten gleichzeitig ihre Arme an den Handgelenken.

Sie sank gegen die Wand, ließ zu, dass Lucas sie beherrschte. Seine Lippen zwangen die ihren auseinander, drängten ihr einen Kuss auf, der so heiß und fordernd war, dass Violet glaubte, ihre Sinne schwänden. Sie konnte nur daran denken, wie es sich anfühlen würde, wenn Lucas´ Schwanz sie pfählen würde. Sie stand bereits kurz vor dem Höhepunkt, als sie unsanft aus ihrem Lusttaumel gerissen wurde.

„Lucas? Miss Delacroix?" Die Stimme drang wie durch einen dichten Nebel an ihr Ohr.

„Verflucht", murmelte Lucas an ihrem Mund. Seine Hand glitt zwischen ihre Beine, rieb ihren Kitzler mit dem Daumen, während seine Handfläche an ihrer Vulva lag. Seine Lippen pressten sich hart auf ihren Mund, sogen ihren Lustschrei in sich auf, als die Begierde einem Vulkan gleich in Violet explodierte und ihren Körper in ein zuckendes, bebendes Etwas verwandelte. Sie lehnte sich an Lucas und sog den würzigen Geruch seines Rasierwassers ein, während sie zugleich seine Wärme und die Stärke und Geborgenheit seiner Umarmung genoss. Enttäuscht ließ sie zu, dass er sie von sich schob.

„Miss Delacroix?" Allegra klang beunruhigt.

„Es wird besser sein, wenn ich zu ihr gehe, ehe sie uns ertappt", flüsterte Lucas an Violets Ohr. Er warf ihr einen sehnsüchtigen Blick zu. „Zieh dich an, ich lenke Allegra ab."

Lucas ließ Violet an der Ruine zurück, lief um den Geröllhaufen herum und verschwand in der Senke.

Violet sank zu Boden. Ihr Körper und ihre Lippen glühten noch immer. Ihre Haut kribbelte an jenen Stellen, die Lucas liebkost hatte. Sie schloss die Augen und atmete ein paarmal tief ein und aus. Robert hatte nicht einmal ansatzweise dasselbe in ihr ausgelöst wie Lucas.

Lucas war Verlockung und Sünde zugleich.

Sie schüttelte den Kopf, als könne sie so ihre Gedanken, wollüstige wie düstere, verdrängen. Sie griff nach ihren Kleidern und stieg eilig hinein. Froh über die Mode und ihre Kleiderwahl, die es ihr erlaubte, sich selbst anzuziehen, verschloss sie die Knöpfe und Bänder und war binnen Kurzem wieder gesellschaftstauglich.

Sie lief um das Gemäuer herum und gelangte auf diesem Weg zum Picknickplatz zurück.

Allegra und Lucas saßen auf der Decke und verzehrten dunkelrote, saftige Brombeeren, die ihre Finger und Lippen dunkel färbten.

Graziös setzte sich Violet zu den beiden und griff nach einer der Beeren. Allegra lächelte hintergründig. „Hat Euch Lucas sehr gefordert?"

Violet schrak zusammen. Hitze stieg ihr in die Wangen.

„Was meinst du damit, Allegra?" In ihr schlug die Verlegenheit Purzelbäume. Sie wagte es nicht, Lucas einen Blick zuzuwerfen, aus Angst, sie könnte sich verraten.

Allegra kicherte. „Nun ja, Lucas kehrte außer Atem zurück. Er erklärte, er hätte Euch jeden Winkel in der Ruine zeigen müssen. Und nun erscheint Ihr, nicht minder erschöpft. Ihr habt da übrigens einen Grashalm im Haar hängen." Sie bot Violet die Brombeeren an. Violet steckte sich rasch eine in den Mund, um Zeit für eine Antwort zu gewinnen.

„Schmecken Euch die Brombeeren?", erkundigte sich Allegra.

„Köstlich", versicherte Violet, froh, dass Allegra das Thema wechselte. Sie griff nach der nächsten Beere. Die süßlich-sauren Brombeeren waren die perfekte Erfrischung nach der hitzigen Episode bei der Ruine.

Sie spürte Lucas' Blick auf sich ruhen und schenkte ihm ein kleines, verstohlenes Lächeln.

„Dem Himmel sei Dank!", stieß Allegra im Brustton der Erleichterung hervor. „Ihr beide vertragt euch wieder!"

Violet verschluckte sich beinahe an ihren Beeren. Ein kurzer Blick zu Lucas zeigte ihr, dass er in der Bewegung erstarrt war. Die Brombeere, die er sich gerade in den Mund hatte stecken wollen, schwebte einige Sekunden vor seinen Lippen, ehe sie dazwischen landete.

„Wie kommst du denn auf den Gedanken, dass ich Miss Delacroix in irgendeiner Weise grollte?"

Allegra sah ihn mit hochgezogenen Augenbrauen an. „Vielleicht, weil du sie nicht mehr anstarrst, als wolltest du sie auffressen. Aber vielleicht hat dich bei der Ruine dort oben das Feenvolk gegen einen Wechselbalg getauscht."

Violet hustete und rang nach Luft.

„Wie kommst du nur auf diesen Gedanken?", fragte Lucas stirnrunzelnd und bemüht, Violet nicht anzusehen.

Allegra winkte ab und sah zum Himmel. „Wir sollten unsere Sachen zusammenpacken. Dort hinten kommt ein Unwetter auf."

Dunkle Wolken zogen von Westen her auf. Der Horizont färbte sich schwarz, und in der Ferne sah man den Wind die Bäume durchschütteln. Violet und Allegra räumten eilig die Picknickdecke und die restlichen Beeren auf, während Lucas Violet den Korb abnahm und erst ihr und dann Allegra in den Landauer half.

Allegra umklammerte Violets Arm. Jedes Mal, wenn die Blitze zuckten, bohrten sich ihre Hände in Violets Fleisch. Violet tätschelte ihren Schützling und legte den Arm um seine Schultern.

„Es ist nur ein Gewitter", versuchte sie das Mädchen zu beruhigen.

Allegra lächelte kläglich. „Ich weiß, aber mir ist es unheimlich."

Vor ihnen lag Halcyon Manor. Abendnebel stieg aus dem Gras empor, waberte aus der Richtung des Moors zum Anwesen herüber. Erste Dunstschleier hatten die Wirtschaftsgebäude erreicht, und im Dämmerlicht und von Nebel verhangen, wirkte die Szenerie gruslig. Die Blitze tauchten die Umgebung immer wieder in grellweißes Licht. Erste Tropfen prasselten nieder.

Lucas trieb das Pferd zu größerer Eile an. Kies spritzte empor, als Pferd und Kutsche über den Hof preschten und vor dem Eingang anhielten.

Sie betraten gerade die Halle, als ein gewaltiger Donnerschlag die Wände erzittern ließ. Im gleichen Moment ging ein Regenschauer nieder, so laut und heftig, dass er alles andere übertönte, bis Jeremy das Eingangstor schloss.

„Ich habe mir erlaubt, im kleinen Speisesalon den Kamin anzünden zu lassen. Ebenso in den Gemächern der Damen", verkündete Jeremy.

„Vielen Dank, Jeremy." Lucas schüttelte die Wassertropfen von seinem Jackett.

Der Butler verneigte sich und nahm die Mäntel und Hüte entgegen.

Lucas nickte Violet und Allegra zu und verschwand nach oben. Violet sah ihm hinterher. Seine Hosen klebten klatschnass an den wohlgeformten Beinen, und er hinterließ eine tropfende Spur auf dem Boden.

Violets Rocksaum erwies sich als ebenso durchtränkt vom Regen, und so steuerte sie ebenfalls die Treppe an. Als sie merkte, dass Allegra ihr nicht folgte, drehte sie sich um.

Das Mädchen stand zitternd und mit weit aufgerissenen Augen da.

Violet lief zu ihr und legte ihre Hände auf die Schultern Allegras.

„Tredayn Castle", hauchte sie. „Er ist bei Tredayn Castle. Lucas ist bei Tredayn Castle. Rette ihn!" Allegra schüttelte sich, entwand sich Violets Zugriff. Sie stolperte rückwärts. Ihre Augen schwammen in Tränen. Sie hob abwehrend ihre Hand. „Tu es nicht, bitte. Du musst das nicht tun!"

Violet umarmte Allegra. Ganz fest, damit das Mädchen weder Kraft noch Möglichkeit fand, sich Violets Griff zu entwinden. Anfangs kämpfte sie noch gegen Violet an, und Violet hatte Mühe, Allegra zu bändigen, doch allmählich erlahmte Allegras Widerstand. Violet löste die Umklammerung, legte ihren Arm fürsorglich um die Schultern des Mädchens und führte sie nach oben.

Allegra schien wie in Trance, als Violet sie entkleidete und zu Bett brachte. Kaum war sie zugedeckt, schloss sie schon die Augen und fiel in einen tiefen Schlaf.

Violet strich Allegra eine Haarsträhne aus dem Gesicht. Zärtlichkeit erfüllte sie. Ein eigenes Kind, eine Tochter, keck, klug, hübsch, gut erzogen und gesund, das musste die Krönung einer jeden Frau sein.

Ob Ghislaine Waringham ebenso empfunden hatte? Ob ihre Mutter sie verstanden hätte? Violet blinzelte die aufsteigenden Tränen fort. Sie würde es nie erfahren. Als sie fünf Jahre alt gewesen war, starb ihre Mutter. Ihr Vater hatte danach verboten, je wieder von Ghislaine zu sprechen. Er hatte dafür gesorgt, dass alle Stücke, die an sie erinnerten, fortgeschafft wurden. Violet hatte nur ihre Erinnerungen an eine schwarzhaarige Frau mit perlendem Lachen und an den Duft nach schwerem Parfüm. Das wenige, was man ihr über ihre Mutter erzählt hatte, ließ Violet vermuten, dass Ghislaine sich keinen Deut um die Meinung der anderen Leute geschert hätte. Sicherlich hätte sie applaudierend in der ersten Reihe gestanden, als Violet vor die Gäste ihres Verlobungsballes getreten war und die Verlobung gelöst hatte.

Violet wischte eine vorwitzige Träne fort. Sie hätte ihre Mutter gern nach ihrer Meinung gefragt, erfahren, was Ghislaine über ihre Tochter dachte. Das einte Violet und Allegra, beide wuchsen ohne die mütterliche Liebe und Unterstützung auf. Ein Verlust, der manchmal spürbar war und dann wieder nicht. Violet straffte sich, sie wollte ihre Zeit nicht länger mit trübsinnigen Gedanken verschwenden. Schon gar nicht, wenn sie in triefenden Röcken herumstand. Sie eilte in ihr Gemach und schlüpfte in trockene Kleider.

Wenig später saß sie wieder in Allegras Schlafgemach, streckte ihre Füße dem Kaminfeuer entgegen und genoss die Wärme des lodernden Feuers. Ein Tablett mit Essen stand für Allegra bereit, falls sie erwachte und Hunger haben sollte. Violet aß, was ihr vom Hausmädchen gebracht worden war, trank starken, süßen Tee dazu und ließ ihre forschenden Blicke immer wieder zwischen Allegra und dem Büchlein Bethanys, das sie mitgebracht hatte, hin und her wandern.

Violet sah auf. Ihre Augen brannten.

Bethanys Notizen waren wahrhaft kryptisch. Violet fragte sich ernstlich, ob die gute Lady St. Clare vielleicht laudanumsüchtig oder tatsächlich geisteskrank gewesen war. In ihren Eintragungen zwischen den wirren Träumen oder Halluzinationen schrieb Bethany davon, ihre Träume würden ihr befehlen, einen St. Clare zu ehelichen. Bethany hatte Lucas verführt, und als dieser nach Eton zurückkehrte, wandte sie sich seinem Vater zu. Sie litt an der fixen Vorstellung, die Ehe mit einem St. Clare könne den Familienfluch aufheben, der seit dem ruchlosen Tod der Ahnin Lady Edwina über den St. Clares lag. Den Fluch, den auch Bethany geerbt zu haben schien, wie Bethany glaubte.

Zu gerne hätte Violet ihre Lektüre fortgesetzt, doch es war spät, das Feuer fiel zu Glut zusammen, und es wurde kühl im Schlafgemach. Allegra schlief tief und fest, und Violet entschied, ebenfalls zu Bett zu gehen. Bethanys Notizen bargen kaum neue Erkenntnisse. Violet würde ein anderes Mal weiterlesen.

Ehe sie in ihr Bett schlüpfte, sah sie aus dem Fenster. Eine dunkle Gestalt huschte über den Rasen. Violet beugte sich vor und beobachtete die Gestalt. Das musste wohl Allegras geheimnisvoller Freund Clark sein. Er konnte kaum älter als Allegra sein. Sein zotteliges Haar hing ihm auf die Schultern, und die Kleidung, die er trug, war ärmlich und abgerissen. Er verschwand zwischen den Bäumen.

Lucas musterte Neil stirnrunzelnd. „Was führt dich zu so später Stunde hierher, Neil?"

Neil saß entspannt auf dem Sofa, einen Arm ausgestreckt auf der Lehne, den anderen auf seinem Schenkel ruhend. Die walnussbraunen Augen blickten unruhig umher, ehe er sich Lucas zuwandte.

„Darf ich meinen eigenen Cousin nicht ohne Gründe zu einem Schlummertrunk besuchen?", hielt Neil stoisch dagegen.

Lucas zuckte mit den Achseln. „Nun denn, Whisky oder Brandy?"

Neil überlegte einen Moment lang. „Brandy." Er verschränkte die Arme vor der Brust. „Wie fühlst du dich, Lucas? Hast du über meine Vorschläge nachgedacht?"

Lucas drehte sich abrupt um und reichte seinem Cousin den Drink. Neil schwenkte das Glas und starrte in den Alkohol, ehe er einen Schluck nahm. Zufrieden seufzend lehnte er sich zurück. „Du wusstest schon immer, was gut ist, Lucas."

„Möglich", entgegnete Lucas. Er trank aus seinem eigenen Brandyglas, setzte sich gegenüber von Neil und fixierte ihn fragend.

Neil griff an seine Westentasche, strich darüber, als habe er etwas darin stecken, über dessen Existenz er sich vergewissern wollte, und gab sich dann einen Ruck.

„Meine Anregungen bezüglich Allegra, dir und dem Arzt", erinnerte er Lucas.

Lucas griff nach seinem Brandy und nahm einen weiteren Schluck. Scharf und würzig brannte der Alkohol in seiner Kehle. „Wir kommen ohne deine Hilfe und die eines Quacksalbers zurecht."

Achselzuckend leerte Neil sein Glas. „Kann ich noch einen haben?" Er hielt Lucas sein Glas entgegen.

Lucas schenkte nach, und als er sich umdrehte, lehnte Neil sich gerade zurück und zog die Hand aus seiner Westentasche. Wortlos reichte Lucas ihm den Brandy.

Die Männer saßen sich gegenüber und tranken schweigend.

Weshalb gab Neil nicht endlich auf? Verstand er nicht, dass Lucas Allegra niemals abschieben würde? Sie war seine Schwester. Sein Fleisch und Blut. Eher verkaufte er Halcyon Manor und sämtliche andere Güter der St. Clares, ehe er nur daran dachte, Allegra fortzuschicken. Natürlich konnte Neil nicht wissen, dass Lucas mittlerweile vorgesorgt hatte und Violet Allegras Vormundschaft übertragen hatte. Neil war nicht in der Lage, auch nur die Schuhe zu bestimmen, die Allegra tragen sollte. Lucas hatte testamentarisch festgelegt, dass sein gesamtes Privatvermögen an Allegras einundzwanzigstem Geburtstag an sie ging und einzig Violet über Allegras Belange zu bestimmen hatte. Natürlich würde er dies Neil alles beizeiten mitteilen. Doch nicht an diesem Abend, denn aus irgendeinem Grund befiel ihn auf einmal Schläfrigkeit.

Er rieb sich über die Augen, und seine Lider wurden schwer, obwohl er doch nur so spät noch wach war, weil er zuvor keinerlei Müdigkeit verspürt hatte.

Lucas unterdrückte ein Gähnen.

„Alles in Ordnung mit dir, Lucas?" Neils Stimme drang wie aus weiter Entfernung an sein Ohr. Schwärze schob sich vor Lucas' Sichtfeld. Er spürte, wie sein Körper wegsackte, und dann fühlte er nichts mehr.

Lucas' Körper zuckte und krampfte. Er glaubte, Riesen schüttelten seine Gliedmaßen. Sein Kopf brummte, und ihm schien es, als galoppiere ein wilder Miniatur-Hengst durch seinen Schädel. Je lichter die Nebelfetzen vor seinen Augen wurden, desto klarer wurde auch sein Kopf. Unter ihm befand sich der kalte Holzboden, der orangerote Feuerschein reflektierte auf dem blank gebohnerten Parkett.

Männerbeine versperrten ihm den Blick auf das Kaminfeuer. Der dazugehörige Mann beugte sich über ihn.

„Soll ich nicht doch einen Arzt rufen?", fragte Neil besorgt.

„Wage es nicht", ächzte Lucas und erhob sich schwerfällig. Mühsam setzte er sich in den Sessel zurück und schlug Neils Hände beiseite, die ihm hineinhelfen wollten.

„Deine Hartnäckigkeit in allen Ehren, werter Cousin. Aber du bist mitten in der Unterhaltung zu Boden gestürzt, hattest Schaum vor dem Mund und hast gekrampft."

Lucas fuhr sich über den Mund.

„Keine Sorge, ich habe das beseitigt. Dein Taschentuch verbrannte ich", beruhigte Neil Lucas. Seine braunen Augen blitzten.

„Danke, Neil", entgegnete Lucas.

„Keine Ursache." Achselzuckend musterte Neil Lucas. „Auch wenn es dir nicht gefällt: Du solltest dringend einen Arzt zurate ziehen!"

Lucas brummte. „Mir geht es gut. Vielleicht sollte ich eine Zeitlang auf meinen abendlichen Brandy verzichten."

Neil verzog die Miene. „Ganz bestimmt, die Vermeidung vertrauter Rituale löst das Problem garantiert", spottete er. „Ich würde möglichst keine Veränderungen des Tagesablaufs vornehmen. Der menschliche Geist braucht die festen Gerüste aus Tradition und Gewohnheit. Ein wenig Alkohol entspannt. Es kann nicht verkehrt sein, an deinem Schlummertrunk und der abendlichen Zigarre festzuhalten." Neil zuckte mit den Achseln. „Aber halte es, wie du meinst. Ich kehre nach Hause zurück, bevor es erneut zu regnen beginnt." Neil wandte sich zum Gehen.

„Neil?"

Der andere Mann drehte sich um.

„Danke." Lucas nickte ihm zu.

„Gern geschehen."

Als Neil gegangen war, sank Lucas in das Polster seines Sessels. Ein neuer Anfall, in kürzerem Abstand als der Letzte. Würde er seinen Verstand verlieren? Als sabbernder, wirrer Geisteskranker enden, den die Familie sorgsam vor der Außenwelt verbarg?

Welche Familie? Es gab nur noch Neil und Allegra. Allegra, ein Mädchen und ebenfalls mit dem Makel eines schwachen Geistes behaftet, wäre nicht in der Lage, sich um ihn zu kümmern. Über Neils Pläne in solch einem Fall machte sich Lucas keine Illusionen. Neil hätte ihn und Allegra schneller in eine Irrenanstalt abgeschoben, als ein Gelehrter das Wort buchstabieren konnte. Neil neigte weder zu Sentimentalitäten noch zu Samaritertum.

Und dann gab es da noch Violet. Wunderbare, bezaubernde Violet. So absolut perfekt. Und doch so unerreichbar. Er würde ihr nicht zumuten, an einen Irren gefesselt zu sein. Schlimm genug, dass er ihr die Fürsorge für Allegra auferlegte. Er würde ihr nicht auch noch die Last seines Wahnsinns aufbürden. Er hatte entschieden, was zu tun wäre. Er benötigte nur genug Mut, um sein Vorhaben umzusetzen. Allegra wusste er wohlversorgt. Die Güter und der Titel gingen im Falle von Lucas Ableben an seinen Cousin Neil, der sich bestens darum kümmern würde. Alles fände ein gutes Ende.

Er vergrub sein Gesicht in seinen Händen.

Ein Hunger ganz besonderer Art überkam ihn. Nach Violet und ihrer Wärme, ihrer zarten, duftenden Haut, ihren fordernden Berührungen, ihren leisen Seufzern, ihrem hingebungsvollen Körper. Er stöhnte. Er durfte ihr nicht mehr nahe kommen. Seine Vernunft riet ihm, sich von ihr fernzuhalten, ihr Bett nicht mehr aufzusuchen. Doch sein Herz und seine Seele verlangten nach ihr. So sehr, dass er sich wenig später vor ihrer Zimmertür wiederfand, ohne genau zu wissen, wie er hierhergekommen war.

Sein Herz schlug wild. Er hörte das Blut in seinen Ohren rauschen und erinnerte sich, wie befreiend es war, sich in ihr zu versenken. Von ihrem heißen feuchten Fleisch umfangen zu sein. Sich in ihr zu verströmen, die Lust und die hemmungslose Begierde in ihrem Blick zu erkennen.

Seine Hand legte sich auf den Türgriff. Doch dann schaltete sich sein Verstand ein und erinnerte ihn daran, wie er sich gefühlt hatte, wenn ihn die Frauen, die er liebte oder begehrte, zurückgewiesen hatten. Wie sie sein Herz gebrochen hatten, wieder und wieder.

Tat er Violet nicht genau dasselbe an, wenn er zu ihr ging, wenn er ihr Bett aufsuchte, obwohl er doch nur zu genau wusste, dass sie romantische Gefühle füreinander entwickelt hatten? Wäre es nicht ehrlicher, kehrtzumachen, in sein eigenes Bett zurückzukehren und die Beziehung zu Violet einschlafen zu lassen, sie in geschäftliche Bahnen zurückzulenken?

Er verletzte Violet auf jeden Fall. Doch als Ehrenmann sollte er wenigstens versuchen, den Schmerz so gering wie möglich zu halten. Entschlossen machte er kehrt und lief den Gang hinunter.

Violet erwachte mitten in der Nacht und überlegte, was sie geweckt haben mochte. Sie hörte Schritte vor der Tür und das Scharren der Klinke, das verriet, dass sich da jemand befand. Violet sah hinüber zu ihrer Zimmertür, und als sie beobachtete, wie sich die Klinke ein wenig senkte, erwartete sie, dass sich die Tür öffnen würde. Doch die Augenblicke verstrichen. Die Klinke hob sich wieder, und wer auch immer dort draußen gestanden hatte, entfernte sich. Violet vernahm das Knarren und Raunen der uralten Dielenbretter, als der nächtliche Besucher den Flur entlangging.

Sie war sicher, dass Lucas vor ihrer Tür gewesen war. Warum war er nicht hereingekommen, und weshalb erschien er überhaupt vor ihrem Zimmer, wenn er nicht eintrat? Über diesem Gedanken schlief Violet ein.

Violet saß am Fenster und bestickte ein paar Handschuhe, die sie Allegra zum Geburtstag schenken wollte, während Allegra sich ihre Zeit mit der Gartenschere an den Blumenbeeten vertrieb.

Violet zuckte zusammen, als die Tür aufflog.

„Sieh nur, was du angerichtet hast!" Lucas stürmte aufgebracht in den Morgensalon. Er wedelte mit einem Billett vor Violets Nase herum, sodass sie sich gezwungen sah, das Schreiben entgegenzunehmen.

„Eine Einladung zu einem Dinner bei Lady Pikton", las Violet stirnrunzelnd. Sie blickte Lucas fragend an. „Und inwiefern soll das meine Schuld sein?"

Lucas hielt seine Hände hinter dem Rücken verschränkt. „Du hast das in Gang gesetzt, als du das Weib besucht hast", knurrte er. „Diese penetrante Frau überschüttet mich mit Billetts für diese stumpfsinnige Abendgesellschaft. Allegra und ich führten ein so beschauliches Leben, ehe du alles in Aufruhr versetztest."

„Die wie vielte Einladung ist das denn?", erkundigte sich Violet ruhig. Also versuchte er, Einladungen zu umgehen, indem er sie abfing und nicht beantwortete oder absagte. Kein Wunder, dass seit Wochen keine Besucher mehr vor der Tür standen und keine Aufforderungen eintrudelten, bei Bekannten vorbeizukommen.

Lucas wich ihrem Blick aus. Stattdessen nahm er ihr das Billett ab. „Nur weil ein Mal alles ohne größere Katastrophen verlief, heißt das nicht, dass es ein zweites Mal funktioniert."

„Dann überlegen wir uns etwas Neues", erklärte Violet hitzig. „Du kannst Allegra nicht ihr Leben lang beschützen und einsperren. Sie muss ihre eigenen Erfahrungen sammeln, Menschen kennenlernen. Alles andere ist unnatürlich. Hast du dir einmal überlegt, dass die Anfälle ihre Ursachen in der Isolation haben könnten?"

„Unsinn!", unterbrach Lucas Violet unwirsch. „Ich will nach wie vor nicht, dass Allegra ständig auf Festen und Einladungen herumscharwenzelt."

Von der Tür erklang ein dumpfer Schlag.

Lucas und Violet wandten den Kopf und entdeckten Allegra, die in der offenen Tür stand. Neben ihr auf dem Boden lag ein umgekippter Korb voller Blumen und Blüten. Allegra starrte Lucas und Violet mit bleicher Miene an.

„Also doch", presste sie tonlos hervor. „Du willst mich tatsächlich auf Halcyon Manor gefangen halten." Sie drehte sich herum und rannte davon.

Lucas stürzte aus dem Salon. „Ally, warte!"

Er stolperte über den Korb und trat ihn samt Inhalt in die Luft, sodass die Blumen als Blütenregen davonsegelten.

Violet folgte ihm.

„Hast du sie gefunden?" Violet lief Lucas entgegen. Er schwang sich aus dem Sattel und reichte dem Stallknecht die Zügel.

„Nein." Er schüttelte den Kopf und wischte sich den Schweiß aus der Stirn.

„Vielleicht ist sie unterwegs zu Lady Pikton?", schlug Violet vor. „Sie hat sich auf dem Gartenfest recht gut mit Leandra, der Nichte von Lady Pikton, unterhalten. Leandra ist in Allegras Alter", fügte sie vorsichtshalber hinzu.

Lucas drehte sich um und winkte den Stallburschen zurück. „Ich werde nach Hemsworth Hall reiten", erklärte er.

Violet sah ihm nach. Sie hatte das ganze Haus durchsucht, ohne eine Spur von Allegra zu finden. Sie konnte noch nicht weit sein. Außer den Bediensteten, Mrs. Hendry, Lady Pikton und Leandra Sougham fiel ihr noch eine weitere Person ein, bei der Allegra sein konnte: bei ihrem mysteriösen Freund Clark.

„Martin, wartet!" Sie lief dem Stallknecht hinterher. „Wisst Ihr, wo ich diesen Clark finde, der hier ständig herumschleicht?"

„Der junge Sterling?" Der Knecht grinste und entblößte mehrere Zahnlücken. „Aye, um die Tageszeit kontrolliert er seine Fallen."

„Danke. Und wo befinden sich diese Fallen genau?", erkundigte sich Violet besorgt.

Der Mann deutete unbestimmt in den Wald hinein, also ließ Violet den Mann stehen und begab sich auf die Suche nach Clark. Bei dem sogenannten Wald handelte sich nur um eine größere Ansammlung von Bäumen. Es wäre nicht unmöglich, einen Jungen und ein Mädchen dort ausfindig zu machen.

Violet zog ihre Stola fester um ihre Schultern. Im Wäldchen war es kühl. Der Geruch nach Harz und feuchter Erde stieg in ihre Nase. Der Boden unter ihren Füßen war weich und federte bei jedem ihrer Schritte. Schließlich hörte sie in einiger Entfernung Stimmen, und als sie sich vorsichtig näherte, entdeckte sie ihren Schützling hinter einer Hecke.

Allegra hockte auf einem umgefallenen Baumstamm. Neben ihr saß ein etwa gleichaltriger Jüngling. Sein dunkel gelocktes Haar hing wild und ungekämmt in sein Gesicht. Seine temperamentvollen, schwarzen Augen waren ganz auf Allegra gerichtet, die sich nicht im Mindesten daran zu stören schien, dass sein Hemd abgewetzt und seine Hose löchrig war. Im Gegenteil, vertrauensvoll schmiegte sie sich an ihn.

Violet konnte nicht verstehen, was die beiden plauderten, doch sie erkannte, dass Clark beruhigend auf Allegra einzureden schien. Er legte seinen Arm um ihre Schulter, woraufhin Violet ihren Körper anspannte, bereit, zu Allegras Schutz zu eilen.

Allegra hob ihren Kopf, und Clark beugte sich vor. Sein Gesicht kam ihrem immer näher, und dann küsste er Allegra. Es war ein keuscher Kuss, nur ein vorsichtiges Aufeinandertreffen der Lippen.

Violet zögerte. Sie wusste, wie sich Allegra fühlen musste, denn dass sie den Kuss genoss, konnte sie an Allegras Miene erkennen.

Clark legte seinen anderen Arm um Allegra und zog sie enger an sich.

Violet entschied, dass ein keuscher Kuss genug war, und rief nach Allegra, während sie um das Buschwerk herumlief, das sie verdeckt hatte.

Allegra und Clark stoben auseinander, saßen da und starrten Violet erschrocken an. Zu Violets Überraschung verschwand Clark nicht im Unterholz.

„Miss Delacroix, wie habt Ihr mich gefunden?" Allegras Gesicht glühte tiefrot.

„Es gibt nicht viele Möglichkeiten, wohin du dich flüchten würdest", entgegnete Violet und warf Clark einen Blick zu. Der Junge fühlte sich sichtlich unwohl.

Allegra räusperte sich. „Miss Delacroix, das ist Clark Sterling. Clark, das ist Miss Delacroix."

Clark sah Miss Delacroix kurz an und blickte zurück zu Allegra.

„Ich freue mich, deine Bekanntschaft zu machen, Clark", sagte Violet freundlich. Manieren von dem Jungen zu erwarten, war eindeutig zu viel.

Sie wandte sich wieder an Allegra und streckte ihre Hand aus. „Komm, dein Bruder ist außer sich vor Sorge."

Allegra verschränkte ihre Arme. „Er ist ein griesgrämiger Tyrann."

„Er hat nur dein Bestes im Sinn, Allegra. Und ich verspreche dir, dass ich ihn überreden werde, dass du wie jede andere junge Dame der Gesellschaft Besuch empfangen und Festen beiwohnen darfst."

„Euch glaube ich, Miss Delacroix, aber Lucas wird alles Erdenkliche tun, damit ich nicht aus dem Haus gelange." Sie wirkte störrisch und deprimiert gleichermaßen.

„Lucas hat dein Wohlergehen im Sinn. Er hat Angst, dass deine … körperliche Konstitution ein gesellschaftliches Leben unmöglich macht."

„Der Einzige, der ein gesellschaftliches Leben verhindert, ist Lucas", widersprach Allegra.

Da Violet ihr zustimmte, äußerte sie sich nicht und streckte ihre Hand nach Allegra aus. „Komm, lass uns das drüben im Haus bei einer Tasse Tee besprechen."

Allegra seufzte, und Violet wusste, dass sie gewonnen hatte.

Allegra wandte sich an Clark und nickte stumm. Er blinzelte ihr zu.

„Gehen wir", erklärte Allegra und lief voraus.

Violet folgte ihr und drehte sich nach ein paar Schritten um. Von Clark war nichts mehr zu sehen.

Kapitel 10

Schau zweimal hin, bevor du in Aktion trittst.
Charlotte Brontë

Lady Pikton zeigte sich überaus begeistert, als Lucas, Allegra und Violet kamen.
„Welch´ eine Freude, dass Ihr zu meinem intimen Abendessen erscheint, Lord Pembroke", rief sie aus und begrüßte dann Allegra und Violet herzlich. „Allegra, Liebes, du musst uns bald mit einem Morgenbesuch beehren, oder wir kommen nach Halcyon Manor. Leandra spricht ständig von dir. Sie hat dich richtiggehend ins Herz geschlossen." Clara Sougham, Lady Pikton, lachte. Sie schob Allegra zu Leandra, ehe sie sich Lucas und Violet zuwandte. „Mein lieber Lord Pembroke, ich möchte Euch jemanden vorstellen. Vielleicht kennt Ihr Euch sogar."

Sie hakte sich bei Lucas ein und ließ sich von ihm in das elegant eingerichtete Esszimmer mit riesiger Tafel aus der Werkstatt Chippendales und zahlreichen Silberleuchtern führen.

Einige Herren und Damen standen beieinander und plauderten.

Angespannt ging Violet an Lucas' anderem Arm in den kleinen Saal und nickte den bekannten Gesichtern zu. Sie fühlte Erleichterung und war sicher, keinem weiteren Gast zu begegnen, den sich nicht schon von Lady Piktons Gartenparty kannte.

„Wo ist denn mein lieber Wilbur?", säuselte Lady Pikton.

„Hier bin ich, Clara." Eine heisere Männerstimme erklang von rechts hinter Violet. Sie drehte sich nichts ahnend um und sah in das Gesicht von Wilbur Cotswold-Tawkley, Viscount of Hampstead. Seine wulstigen Lippen schoben sich überrascht vor, als er Violet entdeckte. Er war ein häufiger Gast im Hause ihres Vaters gewesen. Natürlich erkannte er sie sofort.

„Na, wen haben wir denn da?", säuselte er. Auf seiner lichten Stirn war eine Locke mit Pomade festgeklebt, was ihm vermutlich ein verwegenes Aussehen verleihen sollte.

„Das ist Violet Delacroix, Miss St. Clares Gesellschaftsdame", stellte Clara Sougham sie vor.

Violet knickste. Ihre Knie zitterten so stark, dass sie Angst hatte, umzukippen. Lady Pikton machte Lucas und Wilbur miteinander bekannt und ließ sich von Cotswold-Tawkley zu Tisch führen.

„Lady Pikton, ist es nicht reichlich unkonventionell, Bedienstete einzuladen?" Wilbur warf Violet einen hinterhältigen Blick zu.

Sie schluckte und sah weg. Sie kannte die böse Zunge des Viscounts und würde sich nicht provozieren lassen. Dafür spürte sie, wie Lucas sich versteifte. Offenbar hielt er ebenfalls nichts von Wilbur Cotswold-Tawkleys Standesdünkeln.

„Mein lieber Wilbur, Miss Delacroix ist mein Gast, ebenso wie Ihr. Ich wünsche keine Kritik an meiner Gästeliste", erklärte Clara Sougham entschieden.

Wilbur hob ihre Hand an seine Lippen und küsste sie. „Vergebt mir, Clara", bat er mit öliger Stimme.

Violet unterdrückte ein Frösteln. Was mochte Wilbur im Schilde führen? Einer der Gründe, warum ihr Vater Wilbur die Freundschaft gekündigt hatte, war die Raffgier, die Wilbur an den Tag legen konnte. Violet hatte nichts, womit sie den Viscount bezahlen konnte, sollte er sie zu erpressen versuchen.

Während des ganzen Menüs gelang es Violet kaum, die exzellenten Speisen zu genießen. Alles schmeckte wie Sägemehl. Dazu kamen Lucas' forschende Blicke. Sie wusste, dass er etwas ahnte, und überlegte, was sie ihm erzählen könnte.

Als die Tafel aufgehoben worden war und die Herren getrennt von den Damen ihre Zigarren und Drinks genossen, gelang es Violet, sich von den Damen abzusetzen. Sie suchte auf einem der Balkone Zuflucht.

Sie atmete tief ein und aus. Es war ein herrlicher Spätsommerabend, doch Violet hatte weder einen Blick für die Gärten Hemsworth Halls noch für den Mondaufgang. Sie schloss die Augen und umfasste das Geländer.

Im nächsten Moment wurde sie herumgerissen und gegen die Mauer gepresst. Sie fühlte, wie ihre Wange aufgeschürft wurde, als ihre zarte Haut an der rauen Wand entlangschrammte. Ein schwammiger Männerkörper presste sich an sie.

„Kleine Isadora, wie nett, dich wiederzusehen", keuchte Wilbur an ihrem Ohr. „Ganz London sprach von deinem theatralischen Auftritt auf deinem Verlobungsball und deinem spurlosen Verschwinden."

„Ich bin nicht diese Isadora, von der Ihr sprecht. Lasst mich los, Ihr tut mir weh", quetschte Violet hervor.

Panik stieg in ihr auf. Wilbur hatte sie förmlich eingekeilt zwischen der Mauer und seinem Körper.

„Weißt du, kleine Isadora, gegen ein wenig finanzielle Unterstützung könnte ich vergessen, wer du bist", grunzte Wilbur.

Violet bekam kaum Luft. Aus dem Inneren des Hauses hörte man Gelächter und das Knarren von Dielen. Niemand bemerkte die Vorgänge hier draußen auf dem Balkon. Violet schwankte zwischen Erleichterung und Entsetzen.

„Ich habe kein Geld", schluchzte sie.

Wilbur Cotswold-Tawkley streichelte ungelenk ihre Wange und drückte dann die seine an ihre. „Dann musst du deinen Earl dazu bringen, dir etwas zu borgen. Ein hübsches Mädchen wie du hat ihre Mittel und Möglichkeiten, alles zu erhalten, was es benötigt", raunte er.

Violet wand sich erfolglos gegen seinen Griff.

„Finger weg!", bellte eine Stimme.

Im nächsten Moment riss jemand Wilbur von ihr fort und schleuderte ihn gegen die Wand. Violet flüchtete sich hinter ihren Retter.

„Rührt Miss Delacroix noch einmal an, Sir, und ich breche Euch sämtliche Knochen!", knurrte Lucas.

Er baute sich kampfbereit vor dem Viscount auf. Der richtete sich auf, als wäre nichts weiter geschehen.

„Violet Delacroix, was?" Er lachte hämisch. Wilbur klopfte sich den Staub vom Jackett, und nur sein schmerzverzerrtes Gesicht verriet ihn. „Ihr solltet Euch fragen, ob die Dame Euer Vertrauen wert ist."

„Wagt Euch noch einmal in Miss Delacroix' Nähe oder redet mit jemandem über sie und das Geschehene hier, und Ihr werdet es bereuen", verkündete Lucas unheilverkündend. Seine Stimme klang so kalt, dass Violet fröstelte. Er näherte sich Wilbur einen Schritt, und dieser wich zurück.

„Ich weiß, wann es an der Zeit ist, sich geschlagen zu geben." Der Viscount ging an Lucas vorbei, beobachtete ihn aufmerksam und warf Violet einen kurzen Blick zu. Ihr entging das berechnende Funkeln in seinen Augen nicht.

„Miss Delacroix, Schulden werden bezahlt", zischelte er, und seine Nasenflügel zuckten verächtlich.

Lucas zog Violet hinter sich. Er wartete, bis Wilbur Cotswold-Tawkley, Viscount Hampstead, das Weite gesucht hatte, ehe er sich Violet zuwandte.

„Wer ist Isadora?" Seine Augen wirkten ruhelos wie die sturmumtoste See. Er streckte seine Arme aus und hielt Violet an den Schultern fest. Sie schluckte und kämpfte gegen die Tränen an, die gegen ihren Willen aufstiegen. Lucas fixierte sie. „Violet, wer ist Isadora?"

Heiß quollen die Tränen hervor, nässten ihre Wangen und tropften über Kinn und Kiefer auf ihr Kleid. Lucas' Hand berührte ihr Gesicht sacht. Dort, wo ihre Wange an die Mauer gedrückt worden war, schmerzten selbst die Tränen. Lucas starrte auf die lädierte Gesichtshälfte.

„Wir werden nach Hause fahren. Ich behaupte, du wärest wegen eines Schwächeanfalls gestürzt", bestimmte Lucas.

Violet nickte ergeben.

Wenig später saßen Lucas und Violet in der Kutsche zurück nach Halcyon Manor. Allegra hatte verlangt, auf dem Kutschbock bei Martin sitzen zu dürfen, und zu ihrer großen Freude hatten Violet und Lucas es erlaubt.

Lucas sprach kein Wort, musterte Violet nur und fragte sich, was die Szene auf dem Balkon zu bedeuten hatte. Was hatte dieser ölige Wilbur Cotswold-Tawkley von Violet gewollt? Woher kannte er sie, und womit wollte er sie erpressen?

„Wer ist Isadora?"

Violet zuckte zusammen. Ihre Augen leuchteten im Dunkeln. Lucas erkannte, dass ihre Hände zitterten. Sie blickte aus dem Fenster, starrte minutenlang auf die vom Mond erhellte Landschaft dort draußen.

„Das ist eine lange Geschichte", sagte sie. „Ich würde sie lieber in anderer Umgebung erzählen."

Lucas nickte.

Violet zögerte, als sie vor der Tür stand. Lucas erwartete sie. Eben noch, als ihre Schrammen von Mrs. Harvey versorgt wurden und sie in ein bequemes Kleid schlüpfte, schien es ihr nicht schwerzufallen, Lucas die Wahrheit zu gestehen. Nun, Momente vor ihrem Geständnis, pochte ihr Herz fast schmerzhaft gegen ihre Rippen.

Sie biss sich auf die Lippen. Sie konnte ihm nicht die ganzen Vorkommnisse erzählen. Viel zu tief saß die Scham. Sie holte tief Luft und trat ein.

Lucas hatte sein Jackett abgelegt, den Kragen seines Hemds gelockert und die Ärmel umgekrempelt. Er deutete stumm auf die Récamiere. Violet setzte sich gehorsam.

„Etwas zu trinken? Der Tee ist frisch." Er schenkte Violet eine Tasse ein, ohne ihre Antwort abzuwarten.

Violet nahm sie entgegen und rührte nervös herum. Ihr Magen vollführte kleine Saltos, und ihre Kehle fühlte sich rau an. Sie räusperte sich, ehe sie einen Schluck des Getränks zu sich nahm.

Lucas setzte sich ihr gegenüber und wartete geduldig. Violet sah ihm in die Augen.

„Ich bin Isadora. Ich war Isadora", verbesserte sie sich. „Aber das ist nicht mein Geburtsname. In Wahrheit heiße ich Lady Isabel Dorothea Waringham."

„Die Tochter des Duke of Okeham." Lucas legte die Fingerspitzen seiner Hände aneinander, sodass sie ein Dreieck bildeten. Er wirkte kaum überrascht, offensichtlich hatte er dergleichen bereits geahnt.

Violet blickte in ihren Tee. „Ja", entgegnete sie schlicht.

Sie schwiegen eine Weile, dann erhob sich Lucas. „Mir ist nach etwas Stärkerem zumute", meinte er. „Möchtest du auch etwas?"

Violet schenkte ihm ihre Aufmerksamkeit. „Dasselbe wie du."

„Also einen Brandy", folgerte Lucas. Er öffnete seine Hausbar und durchforstete deren Inhalt, Flaschen mit schillernden Flüssigkeiten. Er holte eine Kristallkaraffe heraus. „Wie erfreulich, Jeremy hat mit den Hausmädchen gesprochen. Diesmal haben sie sich um Ordnung bemüht." Er goss den Brandy ein, verstöpselte die Karaffe und verstaute sie wieder im Schrank. Dann kehrte er mit den Gläsern zu Violet zurück, reichte ihr eines und setzte sich, ehe er trank.

Er kam ihr so entspannt und genießerisch vor, dass Violet einen mutigen Schluck nahm. Der Alkohol brannte ihre Kehle entlang und floss in feurigen Rinnsalen in ihren Magen. Violet hustete, unterdrückte die Tränen, die von der Schärfe des Brandys hervorgerufen wurden, und stellte ihr Glas ab. Wärme breitete sich in ihrem Magen aus.

Lucas wirkte amüsiert, und Violet wertete es als gutes Zeichen.

„Wie geht deine Geschichte weiter?", erkundigte sich Lucas.

„Bist du nicht wütend, weil ich gelogen habe?"

Lucas zuckte mit den Schultern. „Ich habe dein Gesicht gesehen, als Cotswold-Tawkley dich bedrohte. Du bist verzweifelt, und ich traue mir genug Menschenkenntnis zu, um zu wissen, dass du uns nichts vorspielst. Wir alle haben unsere kleinen und großen Geheimnisse", meinte er leichthin.

Erleichterung erfüllte Violet, und sie fragte sich, welche Geheimnisse er hütete. Sie schob den Gedanken beiseite. „Mein Vater arrangierte die Verlobung mit einem, wie er meinte, passenden Mann. Auf meinem Verlobungsball kam es jedoch zu einem unerfreulichen Zwischenfall", begann Violet. Sie knetete mit gesenktem Kopf ihre Finger. Sie fühlte sich nicht bereit für die gesamte Geschichte und formulierte den folgenden Satz so, dass er vieles verriet, aber doch einige ihrer Geheimnisse bewahrte. „Ich musste feststellen, dass Maximilian über ein paar unangenehme Eigenschaften verfügte, mit denen ich nicht leben könnte. Als ich das Verlöbnis löste, entschied mein Vater, dass ich nicht länger würdig sei, seine Tochter zu sein."

„Er hat dich aus dem Haus geworfen", erriet Lucas.

Violet nickte. „Ich musste allein für meinen Unterhalt sorgen. Ich verkaufte meinen persönlichen Schmuck und konnte damit einige Wochen überleben. Die Stelle als Gesellschaftsdame kam genau rechtzeitig. Ich hatte mein letztes Geld aufgebraucht." Verständnis heischend hob sie ihre Hände. „Ich konnte meinen richtigen Namen nicht preisgeben. Nicht nach dem Skandal, den ich verursacht hatte." Verlegen und ängstlich hob sie das Glas an ihre Lippen und leerte den Inhalt mit einem Zug.

Lucas zuckte mit den Schultern. „Vermutlich versteckst du dich vor deinem Vater?"

Der Alkohol stieg Violet in den Kopf. Sie blinzelte. Lichter tanzten durch das Zimmer. Drehten sich, wirbelten herum und verlockten Violet, sich ihnen anzuschließen. Sie unterdrückte das Zucken ihrer Beine nur mühsam.

„Violet?" Die Art, wie Lucas sie ansah, ließ Violet vermuten, dass er sie bereits ein paarmal ergebnislos angesprochen hatte. Als sie ihre Aufmerksamkeit auf Lucas lenkte, erkannte sie, dass der Brandy ihre Sinne geschärft haben musste. Sie konnte Lucas riechen, sah jedes seiner Körperhärchen, jede Hautpore, egal wie winzig sie sein mochte. Violet hörte das Pochen seines Herzens, vernahm das Rauschen seines Blutes, konnte wahrnehmen, wie es mal schneller, mal langsamer durch seine Adern floss. Sein Herzschlag vibrierte, lag auf ihrer Haut wie sachtes Trommeln.

Sie befeuchtete ihre Lippen mit der Zunge.

Wie mochte es sich anfühlen, von Lucas geliebt zu werden, während sie sich in diesem sensiblen Zustand befand? Violet ging zu ihm und setzte sich auf seinen Schoß. Sie beugte sich vor und küsste seinen Hals.

„Violet." Lucas schob sie von sich. „Was tust du?"

„Ich begehre dich", entgegnete Violet. Ihr Zeigefinger glitt seinen Kiefernknochen entlang. „Ich will dich spüren. Ich will deine warme Haut auf meiner fühlen. Deine festen Hände müssen mein Fleisch kneten und streicheln, bis mein Körper unter den Liebkosungen brennt. Deine Lippen sollen meine Lust entfachen, deine Zunge meine empfindsamen Stellen erkunden. Ich will, dass du mich dazu bringst, vor Begierde zu zittern."

Lucas stöhnte, zwang ihren Kopf näher zu sich, sodass er seine Lippen auf die ihren pressen konnte. Er ließ seine Zunge in ihren Mund gleiten, erstürmte ihre Mundhöhle und küsste sie mit verzehrender Leidenschaft. Während die eine Hand an ihrem Hinterkopf lag, wanderte die zweite an ihren Po und knetete ihr Fleisch mit festem Griff.

„Ein willensstarker Mann würde dich fortschicken", murmelte er, ehe er seine Lippen auf ihren Hals senkte, sie hinunterwandern ließ und ihr Dekolleté erreichte.

„Du bist der willensstärkste Mann, den ich kenne", erwiderte Violet und fuhr durch sein Haar. Jedes einzelne Härchen fühlte sich anders an. Nie zuvor hatte sie bemerkt, dass kein Haar an Farbe und Länge und Dicke dem anderen glich. Fasziniert strich sie erneut durch seine Strähnen.

„Ich bin schwach und wankelmütig", beharrte Lucas. Seine Finger zeichneten den Ausschnitt ihres Kleides nach. Die Berührung sorgte dafür, dass Violets Nippel steif wurden, und sie pressten sich fordernd dem Stoff entgegen. Das Verlangen, dort gestreichelt zu werden, wurde so groß, dass Violet nicht widerstehen konnte. Sie hob eine Hand an ihre Brust und massierte durch den Stoff hindurch ihre Brustspitzen. Lucas schob Violet von seinem Schoß. Er stand auf, schlang einen Arm um ihre Taille und zog sie eng an sich. Durch den Stoff musste er die Hitze ihres Körpers fühlen. Einen Augenblick genoss er diese Nähe sichtlich, dann glitten seine Finger zu den Knöpfen und Schnürungen ihrer Kleider. Er zog sie aus, bis sie nur noch in Strümpfen und Schuhen vor ihm stand. Lucas beugte sich über ihren Nippel, leckte darüber, und als Violet zitterte vor Wollust, schloss er seine Lippen darum. Er saugte sacht daran, kitzelte und umkreiste die Brustspitze mit quälend langsamen Bewegungen. Die Gefühle, die Violet durchzuckten, waren unbeschreiblich. Sie schien gleichzeitig zuzusehen und zu genießen, was er mit ihr anstellte.

Ihre Schenkel brannten vor unerlöster Begierde.

Lucas' Finger streichelten die samtweiche Haut ihres Bauches, umrundeten ihren Nabel, um wieder nach oben zu gleiten. Seine Hände liebkosten die Unterseite ihres Busens. Lust schoss durch ihre Adern, pulsierte in ihrem Körper, konzentrierte sich in ihrer Vagina und löste dort ekstatische Zuckungen aus.

Sie legte ihren Kopf in den Nacken, ihre Hände stützten sich auf Lucas' Schultern. Sie keuchte und lachte zugleich. Lucas' Kopf wanderte nach unten, seine Zunge zog eine feucht-heiße Spur zu ihrem Bauchnabel und kitzelte die kleine Mulde, dann ließ er seine Hände auf ihren Po gleiten. Er knetete die Rundungen, und als Violet sich seinen Händen fest und fordernd entgegenreckte, verstärkte er die Liebkosungen.

Die Empfindungen überfluteten Violets Körper. Begehren, Sehnsucht, Geborgenheit, Leidenschaft, Freude, Ungeduld und Genuss überrollten sie. Ihre Finger gruben sich in Lucas' Fleisch. Als seine Zunge vorschnellte, um ihren Kitzler zu lecken, stieß sie ihn von sich. Es war in diesem Moment zu viel und zu intensiv.

Violet zog ihn hoch. „Du bist dran", verkündete sie. Sie zerrte das Hemd aus seinem Bund, zog es ihm über den Kopf und streifte seine Hose ab. Sie kniete vor ihm, und sein prächtiger Schaft präsentierte sich ihr halb erigiert. Sie schloss ihre Lippen um die samtweiche Penisspitze. Sein Geruch füllte ihre Nasenflügel und Lucas' raues Keuchen bestätigte Violet in ihrem Tun, und sie nahm ihn tiefer in sich auf. Sein Geschmack betörte ihre Sinne. Lucas mit dem Mund zu verwöhnen, entfachte unsagbare Lust in Violet. Ihr Herz raste, und Erregung übermannte sie in einem Maß, die nur Lucas auszulösen in der Lage war. Lucas' Hände griffen in ihr Haar, massierten ihre Kopfhaut, ließen die Strähnen durch seine Finger gleiten.

Violet glitt an seinem Schaft auf und ab, nahm ihre Hand zu Hilfe, während die anderen Finger leicht kratzend und knetend über seine Schenkel fuhren. Sie knabberte, leckte und streichelte seinen Schwanz, bis er zu zucken begann. Sie lächelte lasziv und stand auf, ohne ihre Hand von seinem Schaft zu nehmen.

„Himmel", keuchte Lucas und entwand sich Violet. Leidenschaft verdunkelte seine Augen. Er legte seine Hand auf ihren Po und zog sie an sich. Ihre Hüften berührten sich, und Lucas' steifer Schwanz drängte sich gegen ihren Schambereich.

Lucas hob sie hoch, und Violet schlang ihre Beine um seine Hüften. Sein Schaft glitt mühelos in sie hinein. Er dehnte sie, und ihn in sich aufzunehmen, ließ Violet lustvoll erschauern. Lucas lief mit ihr zu seinem Schreibtisch, setzte sie dort ab und küsste sie wild und leidenschaftlich. Seine Zunge eroberte jeden Winkel ihres Mundes, als eine stumme, aber eindeutige Botschaft, dass sie sein war. Er bewegte seinen Unterleib, stieß langsam in sie, dehnte und füllte sie auf köstlich erotische Art aus. Violet wölbte sich ihm entgegen. Wärme kroch ihr Rückgrat empor wie die zärtlichen Berührungen vieler kleiner Hände. Mit einem energischen Stoß schob sich Lucas in sie, glitt aus ihr, um dann wieder langsam und gemächlich in sie einzudringen.

Violet umklammerte Lucas, hob sich ihm entgegen, um ihn tiefer zu empfangen. In ihrer Vagina kribbelte und tanzte die Erregung, Lucas' Schwanz stimulierte ihr Lustzentrum wie nie zuvor. Jeder Stoß, jede Bewegung, vibrierte als sinnliches Beben in ihrem ganzen Körper. So musste es sich anfühlen, inmitten einer Gaswolke zu stehen und ein Feuer zu entfachen. Violets komplettes Sein wurde durch das Universum geschleudert. Um sie herum wurde alles schwarz.

Jemand rüttelte an ihrer Schulter.

Violet blinzelte. Um sie herum schien alles aus verschwommenen Schemen zu bestehen.

„Trink das", forderte Lucas sie auf. Er hob ihr eine Tasse kalten Tees an die Lippen, und Violet trank durstig, ehe sie auf die Récamiere zurücksank. Langsam kehrte ihre Sehfähigkeit zurück, doch immer noch war alles unscharf, wenn sie auch alles wieder erkannte.

„Wie fühlst du dich?", fragte Lucas fürsorglich.

„Ein bisschen schwindlig", erklärte sie. Ein Pochen in den Schläfen kündigte Kopfschmerz an, ansonsten fühlte sie sich herrlich entspannt und befriedigt. „Was ist geschehen? Und wie komme ich auf die Récamiere?"

Lucas hatte sich seine Hose übergestreift, sein Oberhemd bedeckte Violets Körper. Sie richtete sich auf. Ihre Sehkraft normalisierte sich, und auch das Pochen ließ nach. Der befürchtete Migräneanfall bliebe vermutlich aus.

„Du bist ohnmächtig geworden." Er musterte Violet besorgt.

„Grundlos?", wollte sie wissen.

Lucas' Mundwinkel hoben sich amüsiert. „Nun, soweit ich das beurteilen kann, hattest du einen phänomenalen Höhepunkt."

Violet schoss Hitze in den Kopf. Sie räusperte sich verlegen. Sie erinnerte sich. Die Empfindungen und Berührungen waren unglaublich gewesen. Nie zuvor hatte sie Ekstase diesen Ausmaßes verspürt. Nicht einmal als Lucas sie gefesselt hatte, was sie bereits für den Gipfel der erotischen Lust gehalten hatte. Doch das Erlebnis von gerade eben übertraf alles bisher erlebte.

„Vielleicht solltest du öfter Brandy trinken", meinte Lucas augenzwinkernd.

Im Nachhinein kamen ihr die Visionen von den tanzenden Lichtern unwirklich vor. Sie schüttelte den Kopf.

„Kein Alkohol mehr in Zukunft?", fragte Lucas.

„Unter anderem." Violet stand auf und musste sich festhalten, weil der Boden verdächtig schwankte.

Lucas umfasste ihren Oberarm. „Vorsicht, kipp mir nicht wieder um." Er griff nach ihrem Kleid und half ihr, sich anzuziehen. „Du solltest harte Drinks meiden. Du scheinst mir nicht sonderlich trinkfest zu sein", erklärte er.

Violets Kopf schien wie gepolstert. Sie griff sich ins Gesicht, und nach dem zweiten Versuch traf sie ihre Stirn. Violet hoffte, Lucas entginge ihre Unbeholfenheit, und räusperte sich.

„Ich muss ins Bett. Ich bin betrunken, glaube ich", gab sie matt von sich. Sie lächelte. „Vielleicht war der Brandy schlecht."

Zweifel glitt über Lucas´ Miene. „Alkohol hält ewig", erwiderte er. „Außerdem habe ich die Flasche erst gestern geöffnet." Er massierte ihre Hände und musterte sie nachdenklich.

„Ich bringe dich nach oben. Keine Widerrede!", befahl er streng, als Violet widersprechen wollte. „Ich lasse nicht zu, dass du am Ende die Treppe hinabpurzelst."

Vor ihrer Tür angekommen, drehte sich Violet zu Lucas um. Er bemerkte ihre Unsicherheit. Nur zu gerne wäre er ihr in den Raum gefolgt, doch er spürte, dass sie das nicht wollte, und er hielt es ohnehin für keine gute Idee.

Sich von ihr verführen zu lassen, lief seinem Vorhaben, die Gefühle zwischen ihnen ersterben zu lassen, zuwider. Doch Violet erwies sich als zu große Versuchung für ihn. Als sie ihn so offensiv betört hatte, war Lucas schwach geworden. Sie zu lieben, sich in ihr zu vergessen, zeugte schlicht von mangelnder Willenskraft. Aber genau diese benötigte er. Er durfte nicht zulassen, dass die Dinge zu intensiv wurden. Als Mann von Ehre und Moral musste er Violet freigeben, durfte sich ihr nicht erklären und musste ihre Beziehung zurück auf eine geschäftliche Basis bringen. Vor allem jetzt, nachdem sie sich ihm offenbart hatte. Die Liebschaft mit einer Gesellschafterin war das eine, eine sexuelle Beziehung zu der unverheirateten Tochter eines Mitglieds des Hochadels etwas völlig anderes.

Dennoch, einen Gute-Nacht-Kuss konnte er sich nicht verkneifen, also beugte er sich vor und legte seine Lippen sanft auf die ihren. Streichelte sie mit den seinen und küsste sie zärtlich.

„Gute Nacht, Violet." Er hob seine Hand und zeichnete mit seinem Daumen die Umrisse ihres Mundes nach. Der Gedanke daran, wie weich und zart andere Stellen ihres Körpers waren, erschwerte es ihm, zu gehen und Violet allein zu lassen.

Dass es das Richtige war, erschien ihm wenig tröstlich.

Lucas stand am Fenster seines Schlafgemaches und blickte auf die Landschaft hinaus. In der Ankleidekammer schnarchte Morley lautstark auf seiner Pritsche, und selbst die geschlossene Tür konnte nicht verhindern, dass er seinen Kammerdiener deutlich hörte.

Lucas stützte sich seufzend auf das Fensterbrett. Der Mond hing voll und rund am nächtlichen Himmel, und die Farbe des Himmelskörpers erinnerte ihn an Buttermilch. Einen Moment lang fragte sich Lucas, ob die Menschen eines Tages Himmelskutschen bauen würden, die sie bis zum Mond hinauf transportieren würden. Kopfschüttelnd wandte er seinen Blick zur Auffahrt, die sich vor seinem Fenster ausbreitete.

Lucas' Finger strichen selbstvergessen über das glatte Holz der Fensterbank. Violet war in Wahrheit die Tochter des Duke of Okeham. Lucas kannte die Okehams nur aus Erzählungen. Dem Duke eilte der Ruf eines geschäftstüchtigen Strategen voraus. Ein Mann, der sich streng den Traditionen und der Moral verpflichtet fühlte. Der diese Werte noch über das im *ton* geforderte Maß der Fürsorglichkeit und des Wohlergehens seiner Familie stellte.

Eine Einstellung, die Lucas nicht teilen konnte. Er hatte auch Violet als jemanden kennengelernt, dem die Menschen, an denen ihr etwas lag, mehr bedeuteten als Sitte und Anstand.

Sich gegen Vater und Konventionen aufzulehnen, um sich selbst nicht aufzugeben, das wagte kaum eine Frau, und Lucas bewunderte Violet dafür. Er war froh, dass er ihr die Vormundschaft für Allegra übertragen hatte. Violet würde Allegra nicht im Stich lassen. Niemals.

Er rieb seinen Nacken. Genau diese pflichtbewusste Fürsorge sollte sie aber nicht auf ihn ausweiten. Er hasste die Vorstellung, dass sie ihn zeitlebens umhegte und pflegte. Lucas hob seinen Blick, dorthin, wo Tredayn Castle liegen musste. Dort hatte alles begonnen. Vielleicht sollte es auch dort enden.

Seltsamerweise wurde ihm bei dem Gedanken, selbstbestimmt über seinen Tod entscheiden zu können, leichter ums Herz.

Violet erwachte mit Migräne. Sie blieb eine Weile reglos liegen, bis sie sicher sein konnte, dass ihr Kopf noch fest mit dem restlichen Körper verwachsen war. Nach dieser Erkenntnis überprüfte sie ihre Gliedmaßen. Alles funktionierte so, wie es sollte. Sie quälte sich aus dem Bett und war froh, dass niemand sie dabei beobachtete. Violet wusch sich und kleidete sich an, ehe sie sich auf ihrem Bett ausstreckte, um noch ein wenig zu ruhen.

Der Friede währte nicht lange, denn Allegra stürmte ausgeruht und voller Elan herein, wie es ihre Art war. Ihre Schritte dröhnten wie die Hammerschläge eines Schmieds auf seinem Amboss. Violet biss die Zähne aufeinander und richtete sich auf.

„Miss Delacroix, fühlt Ihr Euch heute Morgen noch unwohl?"

Violet winkte ab. „Nein, nein, alles in bester Ordnung", log sie.

Allegra klatschte in die Hände, und Violet zuckte ob des lauten Knalls, den das verursachte, zusammen.

„Wunderbar", jubelte das Mädchen. „Ich habe die Post abgefangen. Mrs. Hendry hat uns heute zu einem Morgenbesuch eingeladen."

„Wie schön", murmelte Violet. Sie rieb sich die Schläfe.

„Ihr fühlt Euch unpässlich", stellte Allegra fest, und Enttäuschung schwang in ihrer Stimme mit.

„Nur leichte Kopfschmerzen."

Allegra straffte sich. „Ich besorge Euch von Mrs. Harvey Kopfschmerzpulver. Ihr werdet sehen, das hilft Euch sofort."

Allegra lief aus dem Zimmer. Die Tür schlug hinter ihr zu, und der Krach provozierte einen scharfen Schmerz in Violets Kiefer. Sie seufzte und beschloss, in das kleine Esszimmer hinunterzugehen. Eine Tasse Tee schadete garantiert nicht. Gewiss wäre es verhängnisvoll, mit nüchternem Magen bei Mrs. Hendry zu erscheinen.

Im Speisezimmer fand sie Lucas vor, der sich hinter einer Zeitung verschanzt hatte. Er sah nicht einmal auf, als sie eintrat. Ihren Gruß erwiderte er zerstreut, sodass Violet nicht sicher war, ob er sie überhaupt wahrgenommen hatte.

Sie schloss ihre Hände um die Teetasse und trank langsam. Als sie merkte, dass ihr der Tee guttat, griff sie zu einer Scheibe Toast.

Allegra betrat den Raum. Ihre Augen leuchteten auf, als sie Violet entdeckte. „Da seid Ihr ja, Miss Delacroix." Sie hob ein kleines Papierbriefchen. „Das Kopfschmerzpulver. Mrs. Harvey wies mich an, das Mittel in den Tee zu rühren."

Stumm hob Violet Allegra ihre Tasse entgegen. Sie schluckte die Medizin und hustete, als die letzten bitteren Tropfen ihre Kehle hinabrannen.

Allegra verzog mitfühlend ihre Miene. „Das Pulver schmeckt grauenvoll, aber es wirkt wahre Wunder", erklärte sie.

Violet aß einen Bissen Toast, um den üblen Nachgeschmack loszuwerden. „Woher bekommt Mrs. Harvey die Medizin?", erkundigte sich Violet, eher um sich abzulenken als aus Interesse. Ihr Magen rebellierte, und sie kämpfte gegen Wellen der Übelkeit.

„Die alte Mrs. Sterling stellt die Heilmittel her. Aus dem ganzen Lake District kommen die Leute zu ihr", entgegnete Allegra stolz.

„Ihre Medizin ist also wirksam?", versicherte sich Violet.

Allegra setzte sich auf einen Stuhl, goss sich und Violet Tee ein und nickte. „Selbstverständlich, die Medizin der alten Mrs. Sterling ist fabelhaft. Es gibt niemanden, der sich besser mit Kräutern und Arznei auskennt als sie."

Lucas schlug die Zeitung zu. „Dem stimme ich zu. Aber trotzdem sollte die alte Kräuterhexe aufpassen. Irgendwann versagt ihre Medizin beim Falschen und sie endet am Galgen." Er erhob sich. „Ich wünsche euch beiden einen schönen Vormittag. Ich habe zu arbeiten."

Sein Blick streifte Violet nur im Vorübergehen, doch Violets Körper reagierte gegen ihren Willen mit einer Hitzewallung. Sie räusperte sich und blickte in ihren Tee.

Sie trank einen Schluck, während Lucas den Raum verließ.

Allegra häufte ihr Rührei, Speck und Würstchen auf einen Teller und schob ihn ihr zu. „Nein danke, Allegra", wehrte Violet ab. „Ich bleibe bei Tee und Toast."

Allegra legte ihren Kopf schief. „Ist Euch denn nicht wohler? Die Farbe kehrt in Eure Wangen zurück."

„Ich ..." Violet stutzte. „In der Tat, ich fühle mich gut."

Allegra lächelte. „Seht Ihr, Miss Delacroix? Ich sagte doch, Mrs. Sterlings Mittel wirken wahre Wunder."

„Meine Lieben! Was für eine Freude!", rief Mrs. Hendry, als das Hausmädchen Violet und Allegra in den Salon ihres Hauses führte.

Mrs. Hendry donnerte ihren Gehstock auf den Boden, lehnte ihn am Sessel an und winkte Violet und Allegra heran. Sie ergriff nacheinander ihre beiden Hände und schüttelte sie. „Mädchen, wie schön, dass Ihr diesmal gekommen seid! Das war nun schon die dritte Einladung, die ich euch zukommen ließ."

Allegra hüstelte und warf Violet einen Blick zu. „Tatsächlich?" Violet heuchelte Erstaunen. „Wie seltsam, wir haben keine Post von Euch erhalten, Mrs. Hendry."

Die alte Dame starrte Violet und Allegra scharf an. „So", begann sie, „dann trügt mein Eindruck Lord Pembrokes geistige Agilität betreffend, und er ist vergesslich als ein Hundertjähriger. Oder er ist kurzsichtig wie ein Maulwurf und hat meine Billetts irrtümlich im Kamin verbrannt."

Allegra kicherte, versuchte aber sofort, das Lachen mit einem Husten zu kaschieren. Mrs. Hendry betrachtete sie schmunzelnd. „Allegra, Liebes, bist du krank? Ein Husten scheint dich zu plagen."

„Nein, Mrs. Hendry, ich bin wohlauf", gab sie mit erstickter Stimme zur Antwort. Tränen der Anstrengung standen in ihren Augen.

Die alte Dame wandte sich der Chaiselongue zu, auf der zwei weitere Gäste thronten. „Lady Pikton, Leandra, ich spare mir den ganzen Etikette-Schnickschnack. Ihr kennt einander."

Die blasse Leandra nickte errötend.

„Was haltet ihr Mädchen davon, hinaus in den Garten zu gehen? Mein Gärtner hält Hasen in einem Gehege am Ende des Rasens, gleich unter den Bäumen." Mrs. Hendrys Blicke wanderten zwischen Allegra und Leandra hin und her. „Na los, geht schon, Eure Begleiterinnen haben nichts dagegen, nicht wahr, Lady Pikton, Miss Delacroix?"

Beide stimmten der alten Dame zu, und so verließen die Mädchen den Salon. Kurz darauf sah man sie über den Rasen spazieren.

Violet wusste, dass Allegra etwas auf dem Herzen hatte. Seit sie vom Spaziergang mit Leandra in Mrs. Hendrys Salon zurückgekehrt war, verhielt sie sich zurückhaltend und warf Violet forschende Blicke zu.

Martin, der Stallknecht, lenkte den Landauer. Der tägliche Regenschauer lag hinter ihnen, und nun hingen vereinzelte weiße und hellgraue Wolken über ihnen am Himmel. Immer wieder versteckte sich die Sonne dahinter, doch wenn sie hervorkam, dann mit ihrem strahlendsten Gelb.

„Was ist los, Allegra? Irgendetwas liegt dir auf der Seele", wollte Violet beunruhigt wissen.

Violet berührte Allegras Hand; diese entzog sich ihrem Griff und rückte ab, so weit es möglich war. Sie starrte auf die vorbeiziehende Landschaft.

Ihre Ablehnung versetzte Violet einen Stich. „Hat Leandra dich verärgert? Oder ich?", fragte sie.

Allegra zuckte mit den Achseln, und Violet ahnte, dass sie sich auf der richtigen Spur befand.

„Liebes", tastete sich Violet behutsam vor. „Womit habe ich mir deinen Unbill zugezogen?"

„Stimmt es? Seid Ihr in Wahrheit Lady Isabel?", verlangte Allegra zu wissen.

Violet richtete ihre Röcke, um Zeit zu gewinnen.

„Sagt Leandra die Wahrheit?" Allegra verschränkte ihre Arme vor der Brust.

„Ja", gab Violet zu.

„Weiß mein Bruder das?" Noch immer schien Allegra verärgert, aber nun wirkte sie auch neugierig.

„Ich musste es ihm gestern Abend gestehen. Ich wurde auf Lady Piktons Abendgesellschaft erkannt." Violet berührte Allegras Arm. „Darf ich es dir erklären? Die wahre Geschichte? Nicht das, was Klatsch und Tratsch verbreiten?"

Allegra machte eine unbestimmte Bewegung.

Violet lehnte sich zurück und schloss die Augen. Die Fahrt nach Halcyon Manor dauerte noch eine ganze Weile. Zeit genug, um Allegra ihre ganze traurige Geschichte zu erzählen.

„Meine Mutter Ghislaine stammte aus Frankreich. Sie starb, als ich noch ein Kind war. Für meinen Vater wurde ich erst mit meinem Debüt interessant. Er hat sehr viel Zeit und Mühen darauf verwendet, einen geeigneten Ehemann für mich zu finden." Violet schwieg für einen Moment. Den Kriterien ihres Vaters hatten finanzielle und gesellschaftliche Überlegungen zugrunde gelegen. War der Verehrer reich, einflussreich oder anderweitig nützlich für den Duke of Okeham? Violet hätte es akzeptiert, dass ihr Vater ihren künftigen Gemahl nach diesen Kriterien aussuchte. Doch dass Violets Zufriedenheit und Wohlergehen so gar keine Rolle gespielt hatten, verletzte sie bis heute zutiefst.

Robert trat in ihr Leben, als die ersten Verhandlungen ihres Vaters mit akzeptablen Verehrern begannen. Vielleicht wäre es Robert nie gelungen, sie zu verführen, wenn sie sich nicht so verletzlich und ungeliebt gefühlt hätte. Violet riss sich zusammen und konzentrierte sich auf die Geschichte, die sie Allegra erzählte. „Letztes Jahr tauchte endlich der passende Kandidat auf: Maximilian Cantrell, Duke of Wexington. Er war all das, was mein Vater suchte; vermögend, zielstrebig und mächtig."

Allegra legte ihre Hände in den Schoß. „Das hört sich doch nicht verkehrt an", meinte sie zögernd.

Tat es nicht. Violet hatte sich in ihr Schicksal gefügt gehabt. Ihr Leben hatte wie ein Reiseplan vor ihr gelegen, keine aufregende Strecke, aber akzeptabel. Bis am Abend ihrer lange geplanten Verlobung alles über ihr eingestürzt war. Sie wollte keinem Mann die Hand zum Bund fürs Leben reichen, der sie nur aus finanziellen Interessen heiratete. Einen Mann, der sie offensichtlich verachtete. Das war nicht das Leben, das sie akzeptieren würde.

„Er wollte nicht mich, sondern mein Geld. Einen solchen Mann konnte ich nicht heiraten. Ich habe noch am selben Abend auf dem Ball vor den

Gästen meine Verlobung gelöst, und es gab deshalb einen riesigen Skandal. Mein Vater warf mich daraufhin aus dem Haus. Ich war ihm nicht mehr nützlich."

Allegra betrachtete Violet aus aufgerissenen Augen. „Ihr seid völlig mittellos, obwohl Euer Vater einer der reichsten Männer Englands ist?", vergewisserte sich Allegra.

„Ich besitze nur das, was ich in meiner Tasche nach Halcyon Manor brachte", bestätigte Violet.

„Wie habt Ihr überlebt, ehe Euch Lucas in Stellung nahm, Miss Delacroix?", fragte Allegra neugierig.

„Ich konnte persönlichen Schmuck verkaufen und davon ein Zimmer und Essen bezahlen", erzählte Violet.

Allegra nickte und musterte Violet mit stummer Ehrfurcht. Die beiden schwiegen eine Weile, bis vor ihnen Halcyon Manor auftauchte.

„Ihr werdet doch bei uns bleiben, nicht wahr?", wollte sie besorgt wissen.

Violet nahm Allegras Hand und drückte sie. „Natürlich, ich lasse dich nicht im Stich, Allegra", versprach sie.

Ein Mädchen sollte eine weibliche Bezugsperson haben. Jemanden, dem es sich anvertrauen konnte und der es verstand. Jemanden, der es beschützte.

Kapitel 11

Beurteile nichts nach seinem Aussehen,
sondern nach dem Beweis. Es gibt keine bessere Regel.
Charles Dickens

Die Familienchronik der St. Clares hatte den Ehrenplatz in der Bibliothek inne. Das Stehpult, auf dem das uralte Buch lag, war mit edlen Schnitzereien versehen und mit Goldintarsien unterlegt. Ehrfürchtig näherte sich Violet und schlug es auf.

Letzte Nacht hatte sie die Muße gehabt, um in Bethanys Aufzeichnungen weiterzulesen. Da Allegras Mutter Lady Edwina wiederholt erwähnte, hielt Violet es für ratsam, sich mit der Geschichte von Edwina St. Clare vertraut zu machen. Vorsichtig blätterte sie in der Chronik und fühlte nach einer Weile einen Luftzug, der ihren Nacken streifte. Fröstelnd zog sie die Schultern hoch. Sie drehte sich zur Tür um, fand diese jedoch fest verschlossen. Irritiert wickelte sie ihre Stola fester um ihren Oberkörper, ehe sie an die Fenster trat und die Riegel davor überprüfte.

Das Gesicht, das sich unvermutet an die Scheibe presste, ließ Violet schreiend zurückzucken. Die schwarzen Augen starrten zornig ins Innere des Hauses, und der Mund war zu einer verkniffenen Linie zusammengepresst. Violets Magen schlug Saltos, und der Inhalt schien verklumpt zu sein. Vor lauter Schreck hämmerte ihr Herz so wild, dass das Echo gegen ihren Kehlkopf vibrierte und sie sich unfähig fühlte, zu schlucken. Einen Moment lang war sie gar außerstande, sich zu bewegen. Nichts an Clark Sterling wirkte wie der schweigsame, aber sympathische Junge, der Allegra noch vor einiger Zeit geküsst hatte. Als Clark Violet erkannte, wich er zurück wie ein ertappter Hund und verschwand in der Dunkelheit.

Violet schlang ihre Arme um den Körper und rang mit ihrer Fassung. Sie keuchte, schluckte und merkte erst jetzt, wie sehr sie sich erschrocken hatte.

Die Tür zur Bibliothek wurde aufgerissen. Lucas stürmte herein. In der Hand hielt er eine Pistole. Sein Blick durchsuchte den Raum, und als er keine Gefahr wahrnehmen konnte, ließ er die Waffe sinken.

„Weshalb schreist du wie eine Verrückte?", fragte Lucas säuerlich, kontrollierte aber dennoch den Raum, als wolle er letzte Zweifel beseitigen.

Hinter ihm tauchte Allegra auf. „Ihr duzt euch?", wollte sie neugierig wissen, lenkte ihr Interesse jedoch sofort auf den Grund für Violets entsetzten Aufschrei. Sie drängte sich an Lucas vorbei und trat zu Violet. „Miss Delacroix, Ihr seid ganz bleich. Was ist passiert?"

Violet winkte ab. „Bitte, nachdem dein Bruder mich mit Vornamen anredet, ist es nur fair, wenn du mich ebenfalls Violet nennst", lenkte sie ab. Sie war sich nicht sicher, ob es eine gute Idee war, vor Allegra von ihrem Freund und seinem unheimlichen Auftauchen zu erzählen.

„Also, was sollte der Krach eben?", drängte Lucas auf Violet.

„Ich habe hier nach etwas gesucht. Dann hörte ich ein Geräusch, glaube ich, vielleicht spürte ich auch nur einen Luftzug, und als ich die Fenster kontrollierte, starrte mich ein Gesicht an", erzählte Violet.

„Ein Gesicht?" Lucas runzelte seine Stirn. „Wessen Gesicht?"

Violet biss sich auf die Lippen und sah zu Allegra, die gerade in der Familienchronik blätterte. Violet deutet auf sie und schüttelte den Kopf. Lucas blickte zu Allegra und zurück zu Violet, ein kurzes Nicken zeigte seine Zustimmung.

„Habt Ihr ..." Allegra verbesserte sich rasch. „Hast du in unserer Chronik gelesen, Violet?"

Violet trat zu Allegra an das Lesepult. „Seit ich auf Halcyon Manor lebe, höre ich immer wieder von Lady Edwina. Ich fand es an der Zeit herauszufinden, wer sie war."

Allegra drehte sich zu Lucas um. Ihre Augen blitzten.

„Violet will Edwinas Geschichte hören." Vorfreude schwang in ihrer Stimme mit.

„Auf keinen Fall werde ich Violet mit der alten Gruselgeschichte langweilen", wehrte Lucas ab. „Ich beschränke mich auf die Fakten."

Allegra stöhnte enttäuscht, setzte sich aber ohne zu murren in den Lehnsessel, um Lucas' Erzählung zu verfolgen.

„Die Geschichte ist schnell erzählt", begann Lucas an Violet gerichtet. „Lady Edwina heiratete den ersten Earl of Pembroke im Jahre 1700. Sie hatte bald den Ruf einer Hexe. Die Leute fürchteten und mieden sie. Als dann 1703 der große Sturm über England wütete, hatten der Priester und die Bauern solche Angst, dass sie behaupteten, Edwina habe einen Wetterfluch über das Land verhängt. Erschwerend kam hinzu, dass ihr Mann Angus nicht auf Tredayn Castle weilte und Lady Edwina bereits Tage vorher Anweisungen erteilt hatte, das Anwesen sturmsicher zu machen. Der Pöbel stürmte am 8. Dezember 1703 die Burg und verbrannte Edwina auf dem Scheiterhaufen. Der Legende nach tobte das Unwetter fünf Tage lang, erst dann ließ der Sturm endlich nach. Irgendwann während dieses ganzen Chaos wurde ein Großteil der Burg zerstört, und Angus St. Clare erbaute Halcyon Manor." Lucas legte seine Pistole auf das kleine Nebentischchen und verschränkte seine Arme hinter dem Rücken. Er musterte Violet aufmerksam. Hitze stieg in ihr auf. Sie schluckte, wollte den Bann seines Blickes brechen und konnte ihn doch nur wie hypnotisiert anstarren.

„Die Gruselgeschichte gefällt mir besser", beschwerte sich Allegra.

„Ally, ist es nicht langsam Zeit für dich, ins Bett zu gehen?", fragte Lucas und schenkte Violet einen erotischen Blick, der sie fast sofort zittrig werden ließ.

„Bin ich etwa ein kleines Kind?", protestierte Allegra. Dann schien ihr ein Gedanke durch den Kopf zu schießen, und sie machte große Augen. „Wenn ich es mir recht überlege, bin ich tatsächlich erschöpft. Ich muss euch allein lassen." Sie räusperte sich und wurde feuerrot.

Lucas rollte mit den Augen. „Geh einfach zu Bett, Ally.",

Nachdem Allegra den beiden eine gute Nacht gewünscht hatte, standen sie sich eine Weile schweigend gegenüber. Lucas machte keinerlei Anstalten, sich zu bewegen. Seine Miene war nicht zu deuten.

„Ich sollte mich ebenfalls zur Ruhe begeben", verkündete sie.

Lucas verneinte, und Violets Herz begann zu rasen. Sein Blick, so intensiv, dass er bis auf den Grund ihrer Seele drang, wärmte sie und brachte sie gleichzeitig zum Zittern.

„Du bist mir eine Antwort schuldig", sagte Lucas und ernüchterte Violet mit einem Schlag. „Weshalb hast du geschrien?"

Violet faltete ihre Hände vor sich. „Clark Sterling starrte durch das Fenster."

Verständnislos betrachtete Lucas sie. „Und deswegen schreist du? Sind das Londoner Gepflogenheiten? Zu kreischen wie eine Banshee, weil jemand durch ein Fenster blickt?"

Ärgerlich verschränkte Violet ihre Arme vor der Brust. „Wenn dieser jemand stiert wie ein Irrer, dann ja."

Lucas runzelte die Stirn. „Du scheinst Erfahrung mit Irren zu haben. Kläre mich doch bitte auf", bat er sarkastisch.

„Du glaubst mir nicht", erkannte sie beleidigt. Jegliches erotische Kribbeln löste sich in nichts auf. „Clark drückte sich die Nase an der Scheibe platt und wirkte außer sich vor Wut." Sie redete sich in Rage. „Das ist beunruhigend. Er schleicht hier ständig herum, tändelt mit Allegra und ist vielleicht gefährlich!"

Lucas war mit wenigen Schritten bei ihr. Er packte sie und drängte sie gegen eines der Bücherregale. Die Bretter pressten sich schmerzhaft in ihren Körper, und Lucas' Finger bohrten sich in ihre Oberarme. Violet keuchte. Ein Gefühlswirrwarr aus Erregung, Angst und Verwirrung erfüllte sie und jagte durch ihren Körper. Eine Gänsehaut überlief sie. Lucas beugte sich über ihr Ohr. Sein heißer Atem strich über ihren Nacken.

„Violet, vielleicht lauert das Monster nicht dort draußen. Manchmal sitzt es im Innern solch alter Gemäuer wie Halcyon Manor und wartet nur darauf, auszubrechen", raunte er.

Er schob Violet von sich, löste seinen Griff jedoch nicht. Sie fixierte ihn, Furcht, Überraschung und Vorahnung kämpften um die Vorherrschaft, und für den Hauch eines Moments überkam sie Todesangst. Violet entwand sich seiner Umklammerung. Lucas sah sie verdutzt an, so als könne er sein vorangegangenes Benehmen nicht fassen. Er wich einen Schritt zurück und deutete mit dem Kopf zur Tür. „Es ist besser, du gehst."

Violet floh aus der Bibliothek und hielt erst inne, als sie ihr Schlafgemach erreicht hatte. Sie versperrte die Tür, ließ sich auf ihr Bett sinken und fühlte das Rasen ihres Herzens. Ihre Hände zitterten. Unruhig knetete sie diese, um das Beben zu unterdrücken. Es gelang ihr nicht.

Erst der Schreck wegen Clark, dann Lucas' merkwürdiges Gebaren. Etwas Seltsames lag in der Luft. Eine Energie, ähnlich der kurz vor einem Gewitter.

Violet dachte nach, doch sie kam nicht darauf, was diese ominöse Ahnung begründete, die sie erfüllte. Sie schüttelte den Kopf. Wahrscheinlich las sie Bethanys Notizen zu aufmerksam und ließ sich davon beeinflussen.

Sie entfernte die Haarnadeln aus ihrer Frisur, öffnete die Zöpfe und begann ihr Haar zu bürsten, bis es knisterte und wie Seide glänzte. Sie legte die Haarbürste beiseite und knöpfte ihr Oberteil auf, hielt aber auf halbem Weg inne. Sie konnte das Ganze nicht auf sich beruhen lassen. Keine Sekunde fände sie Ruhe, wenn sie nicht direkt zu Lucas ginge und eine Erklärung forderte. Sie wollte erfahren, von welchen Geistern er verfolgt und gequält wurde. Zwar war sie nur ein Zeitvertreib für ihn, dennoch empfand sie es als ihr Recht zu wissen, was im Haus geschah. Immerhin betraf es nicht nur sie und Lucas, sondern auch Allegra wäre davon betroffen. Es war ihre Aufgabe, sich um Allegras Wohlergehen zu sorgen.

Der innere Aufruhr, der in Lucas tobte, machte ihn schier rasend.

Violets Bemerkung über Irre hatte ihm in Erinnerung gerufen, was er war und wie er enden würde. Die Visionen von Mord und die Verletzungen, die er sich dabei zufügte, ließen ihn befürchten, dass er gewalttätig war. Sein Verhalten in der Bibliothek Violet gegenüber war unentschuldbar. Noch nie hatte er körperliche Gewalt gegen andere, gar Schwächere eingesetzt. Er wertete seine Aggression gegen Violet als weiteren Beweis für den drohenden Wahnsinn. Er hatte sie dazu gebracht, in Panik vor ihm zu fliehen. Lucas würde es nicht ertragen, ihr oder Allegra Leid zuzufügen.

Er sank gegen die Wand, die Hände an die Schläfen gepresst. Er würde in Ketten gelegt enden, als Irrer in Bedlam oder Newgate.

Lucas richtete sich auf, als ihm klar wurde, dass er für einen zufällig Eintretenden wie ein feiger Wurm wirken musste. Er suchte sein Arbeitszimmer auf, dort setzte er sich mit Humidor und Brandy ans Kaminfeuer. Wenig später zog er an seiner Zigarre, trank Brandy direkt aus der Flasche und fühlte angesichts der vertrauten Rituale fast so etwas wie Erleichterung.

In der Bibliothek war alles dunkel. Violet vergewisserte sich, dass das Bücherzimmer wirklich verlassen war, und trat auf den Flur hinaus. Sie überlegte, ob Lucas schon zu Bett gegangen war und entschied, trotz der fortgeschrittenen Stunde einen Blick in sein Arbeitszimmer zu werfen.

Ein rötlicher Schein kroch unter dem Türspalt hindurch, und Violet trat vorsichtig ein. Eine dunkle Gestalt befand sich an der Wand und klopfte sie ab. Violet starrte einige Momente auf das Geschehen, ohne recht zu begreifen, was sie da sah, dann tastete sie sich im Düsteren zum Schreibtisch vor und entzündete die Studierlampe. Tatsächlich war es Lucas, der dort an der Mauer stand und fieberhaft etwas zu suchen schien. Er störte sich weder an Violets Eintreten noch am Aufflammen des Lichtes. Vielmehr war er völlig in sich und seine Suche versunken.

„Lucas?", fragte sie behutsam, nachdem sie ihn eine Weile beobachtet hatte. Als er immer noch nicht reagierte, trat sie zu ihm.

Sie berührte seinen Arm, und er warf sich panisch herum, wich zurück und prallte entsetzt gegen die Wand. Lucas' Brust hob und senkte sich hektisch. Violet entdeckte die umgefallene Brandyflasche, deren Hals in einer großen Lache ruhte, erkannte Lucas' starren Blick aus geröteten Augen und ahnte, was geschehen sein musste.

„Lucas, du bist betrunken", stellte sie vorwurfsvoll fest, obwohl sie sich nicht erklären konnte, wie jemand innerhalb so kurzer Zeit so alkoholisiert sein konnte, dass er völlig irrational reagierte. Sie streckte ihre Hand nach ihm aus, doch er schlug sie beiseite.

„Die Türen und Fenster sind verschwunden!" Seine Stimme erstarb.

„Unsinn", widersprach Violet.

Lucas rollte wild mit den Augen, sodass Violets Herz ängstlich gegen ihren Brustkorb hämmerte.

„Der Raum schrumpft!" Obwohl Lucas offensichtlich stockbetrunken war, klang seine Stimme klar verständlich. Er drehte sich wieder zur Wand und klopfte mit den flachen Händen dagegen. „Ich will hier raus!" Panisch suchte er den Ausgang, den er dort selbstverständlich nicht fand, und wurde deshalb immer fahriger.

Violet bezähmte ihre Furcht vor Lucas' seltsamem Benehmen und umfasste seinen Oberarm. Sie zerrte an ihm, versuchte ihn zu zwingen, sich ihr zuzuwenden.

„Lucas, es ist alles in Ordnung", beschwor sie ihn eindringlich.

Er blinzelte ein paarmal und verfiel dann in eine Art Starre. Violet stupste ihn an, doch er reagierte nicht. Steif und reglos wie eine Statue stand er im

Raum. Ratlos sah Violet ihn an. Was sollte sie nur tun? Sie berührte ihn ein weiteres Mal, ohne dass er auf sie ansprach.

Dann, ganz unerwartet, lief ein Zucken durch seinen Körper, und er blickte Violet an.

„Wo kommst du so plötzlich her?" Stirnrunzelnd verschränkte er seine Arme vor der Brust und wirkte, als existierten die letzten Minuten überhaupt nicht.

Violet zögerte. Betrunken konnte er demnach nicht sein. Zumindest glaubte Violet nicht, dass man innerhalb weniger Minuten von den Folgen übermäßigen Alkoholgenusses frei war. Aber es gab andere Symptome, die zu Lucas' Verhalten passten.

„Lucas, leidest du an denselben Anfällen wie Allegra?", fragte sie behutsam.

„Wie kommst du auf diese Idee?" Lucas' Miene verfinsterte sich und zeigte deutlich, dass er kein Interesse hatte, darüber zu sprechen.

„Weil du eben noch verzweifelt an der Wand nach dem Ausgang suchtest", erwiderte Violet, während sie hoffte, dass Lucas nicht merkte, wie sehr sie sein Gebaren beunruhigt hatte.

Lucas strich sich über das Haar, ordnete seine Kleider und hob die Brandyflasche auf. „Ich habe getrunken, aber das geht dich nichts an", erklärte er.

„Nein, das geht mich nichts an. Ich bin nur deine Bedienstete, die Frau, die das Jucken zwischen deinen Beinen lindert." Ohne es zu wollen, klang sie verbittert und zornig. Sie stolzierte mit durchgestrecktem Kreuz zur Tür, als hinter ihr ein Klirren erklang. Violet zuckte erschrocken zusammen.

Lucas stand breitbeinig vor dem Kamin. Glasscherben glitzerten im und vor dem Kamin, gesprenkelt mit den letzten Tropfen Brandy, die sich in der Flasche befunden hatten.

„Wofür hältst du mich?" Wütend funkelte er sie an.

Automatisch bewegte sie sich in seine Richtung. „Für Lucas St. Clare, Earl of Pembroke", entgegnete sie nicht weniger aufgebracht.

Mit einigen Schritten war Lucas bei ihr, packte sie an den Oberarmen und schüttelte sie. „Wenigstens habe ich nie vorgegeben, jemand anderer zu sein, Lady Isabel!", knurrte er ärgerlich.

Violet kämpfte gegen seinen Griff an. „Ach, und du warst immer ehrlich und aufrichtig mir gegenüber? Wie war das mit Allegras angeblichen Schwächeanfällen und den Einladungen, die du eigenmächtig weggeworfen hast?", fauchte sie und wand sich. Die Emotionen in ihrem Innern schlugen Kapriolen. Wut erfüllte sie, stieg in ihren Kopf und wollte explodieren.

Gleichzeitig fühlte sie maßlose Enttäuschung darüber, dass Lucas sie verbal attackierte.

Lucas schüttelte sie erneut. „Du bist das impertinenteste Frauenzimmer, das mir je untergekommen ist! Deine Zunge ist schärfer als jedes Messer."

„Du bist der griesgrämigste, verschlossenste Mensch, der *mir* je begegnet ist!", schleuderte sie ihm entgegen. „Pass nur auf, dass du nie in einen Kuhstall gerätst, allein deine Anwesenheit lässt die Milch sauer werden."

Lucas packte sie um die Taille, schob und zerrte sie zur Récamiere. Er schubste sie in die Polster. Violet keuchte erschrocken und versuchte, sich zu erheben. Lucas war mit einer fließenden Bewegung über ihr und küsste sie wild und leidenschaftlich. Violet stemmte sich erfolglos gegen seinen Brustkorb. Sie trommelte dagegen, erwiderte seinen Kuss dennoch hitzig. Wildes Begehren tobte durch ihren Körper. Küssen erwies sich in diesem Moment als das Richtige, um ihre Aggressionen abzubauen.

Lucas umschloss ihr Gesicht mit seinen Händen. Seine Lippen glitten liebkosend über Violets Kinn, strichen über ihre Kieferknochen und zupften an ihrem Ohrläppchen. Seine Hände umfassten die ihren. Seine Daumen streichelten ihren Handrücken.

Wärme und Zärtlichkeit wichen dem Zorn, der sie eben noch beherrscht hatte. Eine Gänsehaut rollte schmeichelnd über ihren Körper.

Sie sah in Lucas' Augen und erkannte darin Schmerz, Einsamkeit und Furcht. Doch das alles wurde überlagert von einem Gefühl, das sie schon oft an ihm bemerkt hatte: Sehnsucht, eine tiefe verzehrende Sehnsucht. Er küsste sie erneut auf den Mund, diesmal sacht und einfühlsam, und die Süße des Kusses ließ Violet zittern. Sie schmeckte einen Hauch von Brandy. Er hatte sich nicht betrunken. Die Erkenntnis verursachte ihr einen Stich im Herzen, weil sie fürchtete, was Lucas so vehement bestritt: Dass der Wahnsinn ihn ergriff.

„Wie kannst du nicht erkennen, was ich für dich empfinde?", flüsterte er. Seine Lippen streichelten die ihren. „Aber du musst verstehen, dass es keine Zukunft für uns geben kann." Seine Hände wanderten ihren Rücken empor, krauten ihren Nacken und streichelten nun ihren Hals.

„Ich weiß", erwiderte Violet resigniert. Ihre Beziehung zu Lucas führte auf Dauer unweigerlich zu Liebe. Große Gefühle würden Violet ins Verderben stürzen, und dieses Mal, da war sie sicher, gäbe es keinen Weg zurück. Lucas hatte ihre Seele berührt, ging ihr tiefer unter die Haut, als gut für sie war, und dennoch ließ sie zu, dass er sie koste, dass er sie mit eindringlicher Sanftheit verführte. Sie genoss zitternd seine zärtlichen Streicheleinheiten. Seine Hände liebkosten ihre Wange, glitten den Hals über die Schultern an den Armen entlang und erreichten ihre Hände. Ihre Finger verflochten sich miteinander.

„Lucas", murmelte sie. „Ich habe recht mit den Anfällen, nicht wahr?"
Er wirkte ernüchtert, setzte sich auf und zog Violet hoch.
„Ja", antwortete er ohne Umschweife. Abwesend zupfte er an Violets Kleidung herum, richtete ihr Oberteil, ordnete ihren Kragen.
„Wie lange geht das schon?", fragte Violet weiter.
Lucas steckte einige vorwitzige Haarsträhnen hinter Violets Ohr fest.
„Kurz nach deiner Ankunft traten die Anfälle das erste Mal auf."
Violet hielt ihn davon ab, weiter an ihr herumzuzupfen, indem sie seine Hände festhielt.
Er sah sie an. „Ich habe mich damit arrangiert. Es gibt keine Heilung."
Lucas wirkte ruhig und gefasst. Ein krasser Gegensatz zu seinem vorherigen Gefühlsausbruch.
Violet musterte ihn. Es lag tatsächlich in der Familie. Eine Veranlagung, vielleicht auch ein Fluch. Wer konnte das schon wissen? Violet war sich nur über eines im Klaren: Sie wollte Lucas und Allegra zur Seite stehen. Sie fühlte sich beiden verbundener als ihrer eigenen Familie.
„Wie kann ich dir helfen, Lucas?", erkundigte sie sich.
Lucas schüttelte den Kopf. „Mir ist nicht zu helfen. Kümmere dich um Allegra, wenn", er verbesserte sich rasch, „falls mir etwas zustößt. Versprich es mir, das ist das Einzige, worum ich dich bitten möchte."
„Selbstverständlich", entgegnete sie verwirrt.
Er nickte wie zur Bestätigung. Seine Miene war eine undurchdringliche Maske, als er sie musterte. Violet legte ihre Hand auf seine Wange. Er drehte seinen Kopf, sodass er einen Kuss auf ihre Handfläche hauchen konnte.
„Geh auf dein Zimmer", forderte er sie auf. „Und halte dich fern von mir, wenn ich wieder einen Anfall habe. Sperr mich ein, wenn es möglich ist, aber komm mir nicht zu nahe."
„Weshalb das denn?", wollte sie verdutzt wissen.
„Zu deinem und Allegras Schutz. Du hast mich doch erlebt", sagte er.
Violet nickte. „Ja, aber das ist kein Grund, dich einzusperren."
„Doch", beharrte er. „Ich würde es mir nie verzeihen, jemanden während eines Zusammenbruchs anzugreifen."
„Du machst mir Angst", gestand Violet.
Lucas drückte ihre Hand. „Geh schlafen, morgen ist ein langer Tag." Er zog sie hoch und schob sie nachdrücklich aus dem Zimmer.
Fassungslos starrte Violet auf die geschlossene Tür, ging aber, wie Lucas es gewünscht hatte.

Violet begrüßte Neil St. Clare. Sein dunkles Haar klebte, gefügig gemacht mit reichlich Pomade, an seinem Kopf. Er kniff die Augen zusammen, als er Violets Gruß erwiderte. Der rauchige Geruch seiner Haarcreme erschlug

Violet beinahe. Sie war erleichtert, dass Neil beim Essen nicht neben ihr sitzen würde.

„Ihr seid von der Einsamkeit hier draußen noch nicht in die Flucht geschlagen worden?", erkundigte sich Neil höflich.

„Natürlich nicht, ich liebe das beschauliche Landleben", erwiderte Violet heiter.

„Aber eine hübsche junge Dame wie Ihr müsst doch die Annehmlichkeiten Londons oder wenigstens eine größere Stadt vermissen", beharrte Neil.

„Ihr erweckt den Eindruck, als wolltet Ihr Miss Delacroix die Anwesenheit im Lake District verleiden!" Lady Pikton trat neben Violet und reichte Neil ihre Hand zum Kuss.

„Niemals", entrüstete sich Neil. „Ich sehe doch, wie gut ihre Gesellschaft Allegra bekommt." Er sah sich suchend um. „Wo ist das Mädchen? Ich möchte sie begrüßen."

Er nickte Lady Pikton und Violet zu und ging zu Allegra hinüber. Als diese ihn entdeckte, schien sie nach einer Fluchtmöglichkeit Ausschau zu halten. Sie begrüßte ihren Cousin mit verbissenem Lächeln. Was sie redeten, konnte Violet nicht hören, zumal Lady Pikton, Leandra Sougham und Mrs. Hendry um sie herumstanden.

„Dieser Mann, ich bin ihm bereits begegnet, nicht wahr, Miss Delacroix? Wie war doch gleich sein Name?" Mrs. Hendry stützte sich schwer auf ihren Stock. Ein Häubchen saß auf ihren Locken, die hin und her schwangen, als sie ihren Kopf schüttelte.

„Neil St. Clare. Er ist ein Verwandter Lord Pembrokes, Mrs. Hendry", antwortete Violet.

„Richtig." Mrs. Hendry nickte. „Ich mag den Mann nicht. Er hat etwas von einer Ratte an sich. Einer tollwütigen Ratte", fügte sie hinzu. Sie tätschelte Violets Hand, als sie deren Bestürzung erkannte. „Blickt nicht so schockiert drein. In meinem Alter ist es erlaubt, immer und schonungslos die Wahrheit zu sagen."

Leandra hüstelte und zog damit Mrs. Hendrys Aufmerksamkeit auf sich. „Ihr solltet etwas gegen diese Erkältung unternehmen. Ihr steht noch in der Blüte Eurer Jugend, doch wenn Ihr einmal so alt seid wie ich, ergeht es Euch vielleicht wie meinem seligen Gordon. Eben noch hat er sein Porridge verputzt und seinen Sherry genossen, und im nächsten Moment spielte er Whist an himmlischen Kartentischen." Mrs. Hendry seufzte. Allegra gesellte sich zu ihnen. Hektische rote Flecken röteten ihre Wangen.

„Alles in Ordnung, Allegra?", erkundigte sich Violet.

Sie nickte. „Selbstverständlich, Miss Delacroix."

Irritiert starrte Violet Allegra an, bis sie sich erinnerte, dass sie besprochen hatten, in Gesellschaft förmlichen Umgang zu pflegen. Aus den Augenwinkeln sah sie, dass Neil, Lucas, Mr. Keibler, Mr. Gosling und Pastor Abernathy beieinanderstanden und plauderten.

Violet bemerkte den seltsamen Blick, mit dem Neil Lucas betrachtete, und stutzte. Neils Aufmerksamkeit wirkte lauernd und zugleich auch aufgeregt. Mit einem Mal beschlich Violet ein ungutes Gefühl. Was führte Neil im Schilde? Wusste er um Lucas' Leiden und plante er, daraus Vorteile zu ziehen? Denn Neil wäre der nächste rechtmäßige Erbe, sollte Lucas etwas zustoßen.

Violet teilte Mrs. Hendrys und Allegras Abneigung gegen Neil St. Clare seit ihrer ersten Begegnung mit dem Mann. Neils joviale Maske kaschierte sein wahres Wesen nur unzureichend. Sie war sich sicher, dass Neil nicht zu trauen war.

Lucas' Vetter spürte Violets Blicke und sah zu ihr herüber. Er schenkte ihr ein dünnes Lächeln. Violet wandte sich ab, den Schauer, der ihren Rücken überlief, ignorierend.

Jeremy näherte sich Lucas lautlos und flüsterte ihm etwas ins Ohr.

„Meine Damen, meine Herren? Das Dinner ist bereit." Lucas kam zu Lady Pikton und führte sie zu Tisch. Nacheinander geleiteten die Herren ihre jeweilige Tischdame zur Tafel.

Mr. Gosling, der Advokat aus Carlisle, rückte Violets Stuhl zurecht. Als das Essen serviert worden war, beugte er sich zu ihr herüber.

„Meine liebe Miss Delacroix, wenn es mir gestattet ist, die Bemerkung zu machen: Ihr seht heute Abend einfach bezaubernd aus."

Violet neigte dankend ihren Kopf. „Ich danke Euch, Mr. Gosling!"

Mrs. Hendry sah von ihrem Teller auf und musterte Violet und Mr. Gosling.

„Wie steht es um Eure Familienplanung, Mr. Gosling? Wie man hört, besitzt Ihr ein kleines Häuschen in Carlisle und habt ein festes Einkommen. Ihr braucht eine Gemahlin!" Mrs. Hendry sprach laut genug, dass es selbst Lucas am Tischende mitbekam.

Mr. Goslings rundes Gesicht lief rot an. Er stotterte und nestelte an seinem Kragen.

„Werte Mrs. Hendry, als Erstes muss ich eine Dame ausfindig machen, die mir geneigt ist."

„Papperlapapp", unterbrach sie ihn. „Ein Mann sollte heiraten. Die Liebe wächst mit der Zeit."

„Eine Ehe sollte man nicht leichtfertig eingehen", meldete sich der Pastor neben Mrs. Hendry zu Wort.

Sie wandte sich ihm zu. „Aber Ihr stimmt mir zu, dass es eine Sache von Anstand und Moral ist, zu heiraten?"

„Nun, natürlich ist der Stand der Ehe für Männer wie Frauen gleichermaßen erstrebenswert", sagte Pastor Abernathy und faltete seine Hände vor dem Bauch.

Triumphierend blickte Mrs. Hendry Mr. Gosling an. Sie beugte sich vor und nickte zufrieden. „Seht Ihr, Mr. Gosling? Selbst die Kirche stimmt mit mir überein" Abrupt wandte sie sich an Lucas, und Mr. Gosling lehnte sich erleichtert zurück.

„Nun, Mylord, wie steht es um Euch? Keinerlei Ambitionen, ein ehrbarer Mann zu werden?"

Ungerührt schnitt Lucas sein Fleisch in Stücke, ehe er sich Mrs. Hendry und ihrer Frage widmete. „Da für mich nicht der Familienstand, sondern die Gesinnung einen Mann ehrbar macht, ist es nicht mein vorrangiges Lebensziel zu heiraten", erklärte er. Lucas steckte einen Bissen in den Mund, wie um zu zeigen, dass für ihn das Thema damit erledigt war.

„Wie bedauerlich", erklärte Mrs. Hendry. Sie wandte sich an Leandra Sougham, deren Wangen feuerrot glühten. „Miss Sougham, was ist mit Euch? Hättet Ihr etwas gegen einen Earl oder einen Advokaten einzuwenden?"

Leandras Gesicht färbte sich blutrot, und ihr Blick flog erst zu Mr. Gosling hinüber und dann zu Lucas.

„Die Wahl eines passenden Gemahls überlasse ich meinen Eltern", sagte Leandra leise.

„Sehr vernünftig", lobte Lady Pikton. „Reiferen Herrschaften ist eine weise Partnerwahl zuzutrauen. Die Jugend von heute ist nicht in der Lage, den richtigen Ehegatten auszuwählen."

Violet hoffte inständig, dass die beiden Damen nicht sie ins Visier nahmen, doch als Lady Pikton sie anstarrte, ahnte Violet, dass es zu spät war.

„Miss Delacroix ..."

„Wisst Ihr, was mich viel mehr interessieren würde, ist der neuste Klatsch aus London", fiel Violet Clara Sougham ins Wort. Den Mädchen war das ganze Gespräch unangenehm, und Violet selbst legte ebenfalls keinen Wert darauf, über ihren Familienstand zu philosophieren. „Was gibt es aus der Stadt zu berichten, Lady Pikton?"

Die Lady stutzte, ging aber auf den Themenwechsel ein. „Mein Bekannter, Viscount Hampstead, schrieb mir kürzlich, dass es Neuigkeiten über die Tochter des Duke of Okeham gibt", erzählte sie bereitwillig.

Lucas warf Violet einen besorgten Blick zu. Der Schatten, der über sein Gesicht flog, war so flüchtig, dass sie glaubte, es sich nur eingebildet zu haben.

Leandra Sougham starrte Violet aufmerksam an. An ihrer Miene war abzulesen, dass sie immer noch Zweifel bezüglich Violets Identität hatte. Allegra hatte Leandra mit Engelszungen davon zu überzeugen versucht, dass Violet und Lady Isabel Dorothea Waringham nicht ein und dieselbe Person waren. Dass die Ähnlichkeit daher rührte, dass die beiden Cousinen waren.

Violet umfasste ihre Gabel unwillkürlich fester und gab sich den Anschein von gelangweilter Neugier. „Oh ja?"

„Wart Ihr nicht die Gesellschafterin Lady Isabels?", erkundigte sich Leandra. Sie verzog ihren Mund und hatte frappierende Ähnlichkeit mit einem Breitmaulfrosch.

„Ich hatte London zum Zeitpunkt des Skandals bereits verlassen", erklärte Violet. Sie schluckte trocken. „Was weiß der Viscount über die Lady zu berichten?"

Lady Pikton trank einen Schluck Wein. Sie tupfte sich die Lippen ab, ehe sie geruhte zu antworten: „Offenbar ist der Duke von Reue erfüllt. Er will seine Tochter in den Schoß des Stammsitzes heimführen. Er hat eine beachtliche Belohnung ausgesetzt für Hinweise, die zum Auffinden seiner Tochter führen."

Violets Mund fühlte sich mit einem Mal an, als habe sie Sägemehl darin. Zu sprechen fiel ihr unglaublich schwer. Nach der Begegnung mit dem Viscount Hampstead war Violet sicher gewesen, dass es nur eine Frage der Zeit sein würde, bis dieser Violets Aufenthaltsort entweder an ihren Vater verriete oder aber selbst wieder auf Halcyon Manor auftauchte, um sie zu erpressen. Violet kannte ihren Vater gut genug, um zu wissen, dass dieser nach verrauchender Wut erneut Pläne fassen und Profit aus seiner Tochter schlagen wollen würde.

Lucas und Allegra warfen sich beunruhigte Blicke zu. Violet schenkte Allegra ein besänftigendes Lächeln, in der Hoffnung, dass es glaubwürdig wirkte. Angst brodelte in ihrem Magen. Sie wollte nicht wieder zurück zu ihrem Vater. Ihr altes Leben schien ihr unendlich fern. Violet hatte die Annehmlichkeiten einer Lady geschätzt, doch viel mehr liebte sie Lucas und Allegra und Halcyon Manor. Gerade jetzt, wo sie nötiger denn je gebraucht wurde, verkomplizierte ihre Herkunft die ganze Angelegenheit. Sie fragte sich, ob Maximilian auf eine Eheschließung bestand oder ob Robert auf der Bildfläche erschienen war. Was auch immer der Grund sein mochte – Sentimentalität seitens ihres Vaters brauchte sie jedenfalls nicht zu vermuten.

Fieberhaft schätzte sie ab, wie groß die Gefahr, verraten zu werden, tatsächlich war. Je größer der Gewinn, desto größer die Gefahr. Sie benötigte mehr Informationen.

„Versucht der Verlobte meiner Cousine, sie zurückzuholen?" Violet gab sich Mühe, beiläufig zu klingen.

„Maximilian Cantrell, Duke of Wexington? Himmel, nein, als ich zu meiner Tante fuhr, stand er im Begriff, sich mit einer Bürgerlichen zu vermählen. Das Mädchen ist unsagbar reich und die Eltern ganz erpicht darauf, in Adelskreise zu gelangen", erklärte Leandra.

Das sah Maximilian ähnlich. Wie ihr Vater war auch er bereit, für Geld und Macht Dinge in Kauf zu nehmen, die er ansonsten für als unter seiner Würde hielt. Nicht umsonst hatten sich die beiden so gut verstanden.

Mit halbem Ohr vernahm Violet Tumult in der Eingangshalle. Versunken in ihre Überlegungen und das Tischgespräch bemerkte sie Jeremy erst, als er an die Tafel getreten war. Er beugte sich über Lucas und flüsterte ihm etwas ins Ohr, worauf dieser sich erhob.

„Ich kehre sobald wie möglich wieder zurück. Offenbar gibt es Probleme", erklärte Lucas den Anwesenden. Er wandte sich an Violet. Sein eisgrauer Blick durchdrang sie bis auf den Seelengrund. „Miss Delacroix, offenbar jemand … ein Verwandter von Euch. Ein Franzose."

Selbst ein Blinder hätte bemerkt, dass Lucas log. Violet sprang hoch und murmelte eine Entschuldigung, ehe sie ihm folgte.

Violet ging mit ihm den Gang entlang, und sie sprachen beide kein Wort. Violet hätte ohnehin nicht gewusst, was sie hätte sagen sollen. Spannung lag in der Luft. Das Flirren einer Energie, die Ahnung von Ereignissen, die alles verändern würden. Wenn ihr Vater sie ausfindig gemacht hatte, konnte ihre Zeit auf Halcyon Manor vorbei sein. Die Furcht fraß sich wie ein zorniges Tier durch ihre Eingeweide. Sie streckte ihre Hand nach Lucas aus und hielt ihn zurück. Er drehte sich um, seine grauen Augen wirkten wie die sturmumtoste See. Die Ahnung von Einsamkeit ruhte in den Tiefen seines Blicks, und ihr Herz verkrampfte sich, als sie Lucas ansah, seinen Duft in sich aufsog, seine Hände auf den ihren spürte.

„Wer wartet auf uns?", fragte sie ihn nervös.

Lucas zuckte mit den Schultern und drückte ihre Hand. „Ich weiß es nicht", erklärte er und drängte sie den Flur hinunter.

Kapitel 12

Vergib einer Liebe, die nicht wissen kann,
warum sie etwas tat, und nötige sie nicht um des 'Warums`,
weil es deine Verletzung ist!
Emily Dickinson

Lucas öffnete die Tür seines Arbeitszimmers und ließ Violet den Vortritt. Ihr Herz schlug so heftig, dass sie das Vibrieren der Schläge in der Wirbelsäule fühlte. Im Raum war es kühl, obwohl das Kaminfeuer fröhlich vor sich hinprasselte.

Ein Mann starrte in die Flammen. Er trug elegante, cremefarbene Reitkleidung, teure Schaftstiefel, und im Nacken kräuselten sich dunkle Locken.

Ein Keuchen entrang sich Violets Kehle. Der Mittdreißiger drehte sich um. Sein Lächeln war immer noch so umwerfend wie bei ihrer ersten Begegnung.

„Wie schön, dich zu sehen, Isadora", begrüßte er sie lächelnd.

Ein Rauschen erfüllte Violets Ohren, während sie Schwärze umfing. Sie fühlte, wie ihre Knie nachgaben, dann schwanden ihr endgültig die Sinne.

„Um Himmels willen, Ihr werdet doch Geduld beweisen können, bis Miss Delacroix bei Besinnung ist", ließ sich Lucas gereizt vernehmen.

Die Nebel um Violet lichteten sich langsam. Sie erinnerte sich vage, geglaubt zu haben, Robert Luscious, Marquis of Comberley, ihr ehemaliger Liebhaber, stünde im Arbeitszimmer von Halcyon Manor.

„Lasst mich helfen." Die andere Stimme war männlich und so fremd in dieser Umgebung, dass Violet erst überlegen musste, ob ihr Gefühl sie auch nicht trog.

Der zweite Mann trat ans Fußende ihrer Liegestatt, umschloss mit starken Händen die Knöchel, hob ihre Beine in die Luft und ließ ihre Röcke über ihre Knie hinabfallen.

Lucas stieß einen Fluch aus. „Nehmt Eure Hände da weg!" Er schien ihr die Röcke über die Knöchel zu schieben und hielt sie dort fest.

Nicht willens, vor Lucas und Robert wie ein toter Fisch auf dem Sofa zu liegen oder Hof haltend auf der Récamiere zu sitzen, strampelte Violet sich frei und erhob sich so würdevoll, wie es ihr möglich war. Noch immer fühlten sich ihre Knie wacklig an, doch sie biss ihre Zähne zusammen.

Sie musterte Robert Luscious. Er sah so smart und verwegen aus wie bei ihrer letzten Begegnung. Doch zum ersten Mal versuchte sie, ihn aus den Augen einer neutralen Beobachterin zu betrachten, und sie fragte sich, wie sie ihm nur jemals hatte verfallen können. Nie zuvor war ihr die Unentschlossenheit in ihm bewusst geworden. Ein Charakterzug, der ihr fremd war. Seine auffallend dunkelblauen Augen funkelten, als er sie begutachtete. Instinktiv rückte sie näher an Lucas heran. Eine steile Falte zwischen Roberts Augenbrauen zeigte ihr, dass er es bemerkte.

„Lord Comberley", krächzte Violet. Ihre Kehle schien eng und rau.

Roberts Augen wanderten fragend zwischen Violet und Lucas hin und her.

„Dürfte ich um Aufklärung bitten?", ließ sich Lucas vernehmen.

Violet hob ihre Hände an die erhitzten Wangen. „Lord Pembroke, darf ich vorstellen: Robert Luscious, Marquis of Comberley, ein alter Bekannter. Lord Comberley, dies ist mein Arbeitgeber, Lucas St. Clare, Earl of Pembroke."

Die beiden Männer taxierten einander, schließlich brach Robert den Blickkontakt ab und wandte sich Violet zu. „Liebste Isadora, wäre es möglich, unter vier Augen mit dir zu reden?"

Violet schüttelte den Kopf und bezwang den Drang, sich in Lucas' Arme zu flüchten.

„Bitte, Isadora, es ist eine delikate Angelegenheit ...", begann Robert.

„Lord Pembroke weiß um meine wahre Identität", unterbrach sie ihn.

Zögernd sah Robert zu Lucas. „Nun gut, das erleichtert das Ganze vermutlich", stimmte Robert zu.

Lucas überkreuzte seine Arme vor der Brust. „Was führt Euch den weiten Weg von London hierher und vor allem: Woher wusstet Ihr, wo Violet zu finden ist?"

„Vom Viscount of Hampstead", erklärte Robert und sah Violet an.

Ihr wurde kalt. Dieser Widerling! Doch weshalb war er zu Robert gegangen und nicht zu ihrem Vater?

„Aber weshalb kam Hampstead zu Euch, Comberley?", erkundigte sich Lucas mit zusammengekniffenen Augen.

Nun wünschte sich Violet, sie hätte doch allein mit Robert gesprochen.

„Der Viscount wurde als Erstes bei Maximilian Cantrell, dem Duke of Wexington, vorstellig. Doch Isadoras ehemaliger Verlobter zeigte kein Interesse an ihrem Verbleib, stattdessen verwies er die ehrlose Kröte an mich. Wexington meinte, der Verführer der Lady sei eher an dieser Information interessiert."

Roberts Empörung verriet Violet, dass Hampstead ihm für das Schweigen über ihre Verführung bereits einen ordentlichen Betrag abgepresst hatte. Ihr Mitleid für Robert hielt sich in Grenzen.

Lucas versteifte sich neben ihr. Seine Hand umschloss Violets Oberarm schmerzhaft. Violet überspielte ein Aufstöhnen über den festen Griff mit einem Hüsteln.

„Und was wollt Ihr hier?", fragte sie Robert.

Roberts Miene verdüsterte sich, als er Lucas einen kurzen Blick zuwarf. „Nun, ich hoffte auf deine Vergebung und", er stockte einen Moment, „ich glaubte, es bestünde eine Chance, dich nach einem Umweg über Gretna Green zur Rückkehr nach London bewegen zu können." Seine Augen flehten förmlich um ihre Zustimmung. Doch so sehr sie sich noch letztes Jahr nach einer derartigen Wendung der Dinge gesehnt hätte, so wenig reizte sie diese Idee nun.

Dennoch konnte sie sich ihre Überraschung nicht verkneifen. „Weshalb kommt Ihr jetzt auf diesen Gedanken?", wollte sie erstaunt wissen.

Robert kreuzte seine Arme hinter dem Rücken und sah zu Boden. „Ich musste Mut fassen. Als ich beschlossen hatte, dich zu fragen, warst du spurlos verschwunden. Niemand konnte oder wollte mir sagen, wo ich dich finden würde."

Violet schloss ihre Hand über Lucas', die immer noch ihren Oberarm umklammerte. Sie verspürte Bedauern darüber, dass Robert so unschlüssig gewesen war. Er hatte sie zur Frau begehrte, aber nicht um sie gekämpft. Lucas hingegen würde für die Menschen, die er liebte, durchs Feuer gehen.

„So großmütig Euer Antrag auch sein mag ...", begann Violet, als ihr Lucas ins Wort fiel.

„Miss Delacroix", er warf ihr einen schnellen Seitenblick zu und verbesserte sich, „Lady Isabel steht in meinen Diensten, und ich bestehe darauf, dass sie ihren Arbeitsvertrag erfüllt."

Robert starrte Lucas an und hielt seinem flammenden Blick stand. „Das kann ich mir vorstellen", knurrte Robert.

Die beiden Männer belauerten sich, und Violet nutzte die Gunst des Moments und befreite sich aus Lucas' Klammergriff.

Lucas lenkte seine Aufmerksamkeit auf sie. „Miss Delacroix", Unheil verkündend verdüsterte sich sein Blick, „auf ein Wort." Er nickte Robert zu. „Macht es Euch gemütlich, Comberley. Wir stoßen sofort wieder zu Euch."

Lucas drängte Violet aus dem Arbeitszimmer hinüber in die Bibliothek und schob die Tür hinter ihnen zu. In seinem Nacken kräuselten sich blonde Strähnen, und unter dem schwarzen Abendsmoking spannten sich die Muskeln seiner Schultern. Er stützte sich an der Tür ab.

Sie räusperte sich, blinzelte und versuchte, ihre Gedanken zu ordnen, während Lucas sich langsam umdrehte. Er funkelte sie ungeduldig an.

„Du möchtest vermutlich wissen, wer Robert ist?", fragte Violet unbehaglich.

„Du hast uns vorgestellt", entgegnete Lucas unwirsch. „Mich interessiert, was er dir bedeutet."

Violet sah sich nach einer passenden Sitzgelegenheit um, bevor sie sich auf einem eleganten Biedermeierstuhl niederließ. Sie faltete ihre Hände im Schoß.

„Die traurige Wahrheit ist, dass Robert mein Geliebter war", gestand sie.

Lucas verschränkte seine Arme vor der Brust und wartete schweigend. Violet schluckte. Dass er gewillt schien, sie anzuhören, gab ihr Mut.

„Ich dachte, Robert liebe mich und würde mich ehelichen. Doch dann erklärte er mir, dass er keine Gemahlin begehre, die sich einem Mann hingebe, bevor sie verheiratet sind." Die Erinnerung schmerzte. Nicht so sehr der Gedanke an die Zurückweisung, sondern vor allem die harsche Wortwahl Roberts, mit der ihr Geliebter Maximilian über ihr Verhältnis informiert hatte. Umso mehr, als sie sich an das Gespräch zwischen Robert und Maximilian erinnerte, das sie am Abend des Verlobungsballes belauscht hatte. Maximilians arrogante Entgegnung, wie gleichgültig ihm Violets verlorene Jungfräulichkeit sei; die Mitgift sei hoch genug, um ihn darüber hinwegzutrösten. Verschachert zu werden wie ein Stück Vieh und dafür gehalten zu werden, hatte sie nicht hinnehmen wollen. Also hatte sie ein neues Leben unter dem Mädchennamen ihrer Mutter gewählt.

„Und was war mit Maximilian?"

„Er wollte meine Mitgift. Ich war ihm völlig gleichgültig. Andere Frauen können das vielleicht ertragen. Aber ich will mehr. Lieber friste ich mein Dasein als Dienstbotin als zuzulassen, wie eine Schachfigur benutzt zu werden." Violet reckte ihr Kinn kämpferisch vor.

Lucas nickte langsam. „Du hegst keine Gefühle für Comberley?", vergewisserte er sich.

Allein der Gedanke reizte Violet zum Lachen. „Gewiss nicht! Robert bedeutet mir nichts mehr", erwiderte sie entschlossen. Unwillkürlich hoben sich ihre Mundwinkel, und ein warmes Gefühl breitete sich in ihrem Innersten aus, als sie in Lucas' Augen versank.

Seine Augen wirkten dunkel und gepeinigt, und Violet erriet, was ihn quälte. Er konnte und durfte Violet nicht für sich beanspruchen, glaubte er. Nicht jetzt, mit dem drohenden Wahnsinn im Nacken.

Lucas ballte seine Hände zu Fäusten. „Es wäre vernünftig, Comberleys Antrag anzunehmen." Seine Stimme klang rau.

„Es wäre auch vernünftig gewesen, Maximillian Cantrell zu ehelichen", erwiderte Violet naserümpfend.

Lucas räusperte sich. „Comberley liegt etwas an dir, und du wärst versorgt. Er kann dir bieten, was dir zusteht", quetschte er hervor. Alles in ihm schien sich dagegen zu wehren, Violet zu ermuntern, dem Marquis zu folgen.

„Ich ging einen Arbeitsvertrag mit dir ein. Außerdem habe ich Allegra liebgewonnen." Violet stockte einen Moment, biss sich auf die Lippen und fuhr fort. „Ich bleibe."

„Violet ..."

„Ich bleibe, du kannst meine Meinung nicht ändern", beharrte sie energisch.

In seinen Augen blitzte für einen Moment Erleichterung auf, er zupfte an seinem Jackett und musterte Violets entschlossene Miene.

„Dann werde ich jetzt zum Marquis gehen und ihn zum Teufel schicken", sagte er resolut. Er bedeutete Violet mit einer Handbewegung, in der Bibliothek zu warten.

Ängstliche Erregung erfasste sie, und das Gefühl steigerte sich, als die Tür hinter Lucas ins Schloss fiel. Würde Robert ihre Entscheidung akzeptieren? Violet schloss ihre Augen und holte tief Luft. Er hatte sich einmal geschlagen gegeben, und Violet glaubte nicht, dass Robert diesmal hartnäckig bliebe. Sein Blick hatte ihn verraten, als er Lucas und dann Violet ansah. Er wusste, was sich zwischen ihr und Lucas abspielte.

Violets Mundwinkel hoben sich, als sie an Lucas dachte.

Comberley stand am Fenster, als Lucas zurückkehrte. Er drehte sich um, und sein strahlendes Lächeln erstarb, als er Lucas erblickte. Der Marquis baute sich vor ihm auf. Streitlustig ballte er seine Fäuste.

„Wo ist Lady Isabel?", begehrte er zu wissen.

Lucas hob die Hand, beschwingt von der Erkenntnis, dass Violet ihn Robert Luscious, Marquis of Comberley, vorzog. Der Blick, den sie ihm geschenkt hatte, ehe er das Zimmer verlassen hatte, verriet Lucas alles. Er fühlte sich berauscht und euphorisch wie ein frisch verliebter Jüngling, und so egoistisch es auch sein mochte, er genoss den Moment. So sehr, dass ihm gleichgültig war, dass es für ihn und Violet keine Zukunft geben konnte und durfte. Er gestand sich zu, ein Mann zu sein, der vor seiner Herzensdame Gehör fand, und das war ein fabelhaftes Gefühl.

„Ich wollte allein mit Euch sprechen", entgegnete Lucas.

Comberley legte seine Hände auf den Rücken und musterte Lucas aus verengten Augen.

„Ich habe bemerkt, was zwischen Euch und Isabel vorgeht", sagte Robert Lucas auf den Kopf zu.

Lucas fuhr auf, doch Robert hob abwehrend die Hand. „Liebt Ihr Isabel?"

„Ich denke nicht, dass Ihr das Recht habt …"

„Genauso wenig wie Ihr, oder werdet Ihr sie heiraten?", fiel ihm Robert ins Wort.

Lucas zwang sich zur Gelassenheit.

„Also?", drängte Comberley ungeduldig.

Lucas hielt inne. Violets Gesicht schob sich vor sein inneres Auge. Wie sie strahlte, wenn sie lachte. Wie sie mit leidenschaftlichem Eifer für Allegras Belange eintrat, und wie sie auf seinen Anfall reagiert hatte. Sie verspürte weder Furcht noch Scheu vor ihm. Eine Frau mit Courage und innerer und äußerer Schönheit. Er stieß Luft aus.

Comberley beobachtete ihn erwartungsvoll.

„Ich liebe Violet", gestand Lucas.

Der Marquis nickte. „Dann solltet Ihr ein entschlossenerer Mann sein als ich. Der Duke wird nicht zulassen, dass Ihr seine Tochter ehelicht, wenn es ihm keinen Vorteil bringt."

Lucas runzelte die Stirn und entschied, dass Robert Luscious ihn über die genauen Umstände ins Bild setzen sollte. „Welche Rolle spieltet Ihr in der ganzen Angelegenheit?"

„Eine nicht sehr Rühmliche, wie ich gestehen muss", erklärte der Mann vorsichtig.

Lucas bot ihm einen Drink an und goss sich selbst ebenfalls einen Whisky ein, nachdem er Robert das Glas gereicht hatte. Er musterte den Mann, der Violets Unschuld und Reputation zerstört hatte. Der Don Juan hätte es verdient, einen Kopf kürzer gemacht zu werden. Tatsächlich juckte es Lucas in den Fingern, dem ehrlosen Kerl eine Abreibung zu verpassen. Einzig das Hochgefühl, Sieger im Wettstreit um Violets Herz zu sein, hielt ihn davon ab.

Dankend trank der Marquis.

„Ihr habt Violet verführt?"

Robert zuckte mit den Schultern. „Sie war einsam. Es fiel mir nicht schwer, und sie ist wunderschön." Comberley verstummte. „Ich war bei ihrem Vater, wisst Ihr? Er hat mich hinausgeworfen. Die Verlobung mit Maximilian Cantrell, Duke of Wexford, war bereits beschlossen. Nach der Bekanntmachung habe ich mich vor Wexford zum Narren gemacht. Dachte, ich könnte die Heirat verhindern und Isadora für mich gewinnen."

„Es funktionierte nicht."

Gedankenverloren starrte Robert ins Leere. „Nein, tat es nicht." Er nahm einen großen Schluck Whisky.

Violet blickte auf, als Lucas in die Bibliothek zurückkehrte.

„Der Marquis hat uns verlassen. Er entbietet dir seinen Gruß und wünscht dir viel Glück", erzählte Lucas.

Violet erhob sich und strich ihren Rock glatt. Sie musterte Lucas, verwundert, dass er beinahe fröhlich wirkte.

„Das war alles?", fragte sie skeptisch. Kaum eine Stunde zuvor war Robert erschienen, bereit mit ihr nach Gretna Green zu entschwinden, und nun ritt er ohne persönlichen Abschiedsgruß von dannen.

Lucas musterte sie nachdenklich. „Er hielt bei deinem Vater um deine Hand an. Wusstest du das?"

Violet erstarrte. Überraschung und ein kurzer Moment der Wehmut erfüllten sie. Mit diesem Wissen wäre vielleicht alles anders gekommen. Sie warf Lucas einen intensiven Blick zu und verneinte kopfschüttelnd.

„Er hat sich vergewissern wollen, dass es mit dir zum Besten steht und dass du aus freien Stücken hier bist. Überdies hält er Viscount Hampstead in Schach", führte Lucas aus und reichte ihr seinen Arm. „Lass uns zu den Gästen zurückkehren."

Violet starrte aus ihrem Fenster hinaus auf den Park. In der Ferne schimmerte die silbrige Oberfläche des Lake Ullswater, und an den Ufern konnte sie vereinzelte Schiefer- und Reetdächer des Dörfchen Kenwick ausmachen. Die meisten Häuser des Ortes waren jedoch vom Wald verdeckt, der zum Anwesen der St. Clares gehörte. In der Schwärze der Nacht wirkten die Bäume wie knorrige Unheilsboten, die riesig am Rande des Parks Wache standen.

Violet hob nachdenklich ihre Tasse an die Lippen. Der stark gesüßte Tee rann ihre Kehle hinab und wärmte sie von innen heraus.

Violet stellte die Tasse ab, griff nach dem Büchlein von Allegras Mutter und schlug es auf. Das Schriftbild Bethanys verlor zunehmend an Klarheit. Waren die ersten Seiten flüssig und gestochen scharf, bereitete es Violet mehr und mehr Mühe, das Gekritzel zu entziffern, je weiter sie las. Mittlerweile gab sie die Lektüre regelmäßig nach wenigen Sätzen auf, weil das Geschriebene so schwer zu erkennen war.

Trauer befiel Violet, als ihr bewusst wurde, dass die arme Bethany mehr und mehr dem Irrsinn verfallen war. Drohte Lucas und Allegra dasselbe Schicksal? Gab es nichts, das den beiden helfen konnte? Oder wenigstens Linderung verschaffte?

Violet seufzte, sah auf, und beim Anblick der Baumwipfel schoss ihr der Gedanke an Granny Sterling in den Kopf. Besaß die alte Kräuterfrau vielleicht eine Arznei, die gegen das St. Clare'sche Leiden half? Aufregung pulsierte bei diesem Gedanken in ihren Adern. Am liebsten wäre sie sofort aufgebrochen, um Clarks Großmutter zu besuchen, aber ein Klopfen an ihrer Tür riss Violet aus ihren Überlegungen. Schnell versteckte sie Bethanys Journal in der Schublade zwischen ihren Spitzenstolas.

Allegra steckte ihren Kopf durch den Türspalt. „Darf ich hereinkommen?"

Violet lächelte. „Natürlich." Sie deutete auf das Tablett mit dem Teegeschirr. „Lauren hat frischen Tee gebracht. Soll ich dir eine Tasse eingießen?"

Allegra nickte und schob den Stuhl am Fenster näher an den Stuhl Violets. Ihre Augen strahlten. „Violet, ich danke dir tausendmal. Seit du bei uns bist, ist das Leben so viel interessanter geworden!"

Violet reichte dem Mädchen lachend die Tasse. „Ich hatte nicht vor, Unruhe in euer Leben zu bringen."

„Du hast dafür gesorgt, dass ich meine Zeit nicht mehr wie eine Einsiedlerin verbringen muss", beharrte Allegra. „Seit du da bist, ist Lucas anderen gegenüber viel zugänglicher. Und ich fühle mich nicht länger als Geisteskranke. Ich muss keine Angst mehr vor irgendwelchen obskuren Behandlungen haben, denen mich die Pflegerinnen gern unterzogen hätten."

Violet neigte ihren Kopf. „Da wir also übereingekommen sind, dass wir die erste Hürde für dich genommen haben, was hältst du von einem neuen Kampf?" Sie nahm einen Schluck Tee, stellte die Tasse beiseite und beugte sich vor, als Allegra sie fragend und neugierig zugleich musterte.

„Ich gedenke, Clarks Großmutter aufzusuchen und herauszufinden, ob sie ein Mittel kennt, das deine labilen Schübe unterdrückt."

Allegra blinzelte ein paarmal, dann stellte sie ihre Tasse auf das Tablett zurück und fiel Violet um den Hals.

„Ich wusste, dass sich mit dir alles zum Guten wenden würde", flüsterte Allegra mit erstickter Stimme. „Ich kam bereits auf diesen Gedanken, doch Granny Sterling sagte, sie unternähme nichts, solange kein Erwachsener sie damit beauftrage."

Violet erwiderte die Umarmung und streichelte ihr über den Rücken. Allegra zitterte leicht, und Violet war sich nicht sicher, aber sie glaubte, Allegra weinte.

„Ist denn nie jemand auf den Gedanken gekommen, mit dir zu Mrs. Sterling zu gehen?", vergewisserte Violet sich ungläubig. Sie wollte nicht glauben, dass Allegras Umgebung so ignorant sein konnte.

Allegra löste sich aus der Umarmung. Sie wandte ihr Gesicht ab und rieb mit den Händen darüber.

„Niemals. Meine bisherigen Pflegerinnen hielten mich für geisteskrank, die Ärzte sowieso, und Lucas glaubt nicht an eine Heilung, gleichgültig durch wen, zudem hält er Granny Sterling für eine Scharlatanin."

Violet nahm Allegras Hand zwischen ihre Hände und drückte sie aufmunternd. „Wir statten Granny Sterling sobald wie möglich einen Besuch ab", versprach sie.

Zwischen den Bäumen war es kühl und düster. Die Luft schien schwer von Feuchtigkeit und einer Vielzahl von Gerüchen. Der torfige Duft der Erde mischte sich mit Harz und der Süße von Beeren und Blüten. Ein Hauch Modergeruch streifte Violets Nase. Sie zog ihr Umschlagtuch fester um ihre Schultern und wünschte, sich ihre Pelisse übergezogen zu haben, denn im Wald war es kühl. Immerhin war ihr Schuhwerk angemessen, und das Wetter war in den letzten Tagen erfreulicherweise bis auf vereinzeltes Nieseln trocken gewesen. Der Waldboden federte unter ihren Schritten, und jedes Mal, wenn sie auf dürre Äste trat, durchbrach das knackende Brechen des Holzes die Stille.

„Ist es noch weit entfernt?", flüsterte Violet.

Allegras englisch geflochtenes Haar hob sich farblich von der eisgrauen Häkelstola ab, die sie über ihre Schulter gelegt hatte. Sie drehte sich um und musterte Violet fragend. „Es ist gleich da vorn", erklärte sie und hakte sich bei Violet unter. „Ich bin neugierig, ob es Heilung für mich gibt!"

Ihre Nähe spendete Wärme, und Violet tätschelte ihre Hand. Das Mädchen verstrahlte Temperaturen wie ein Kaminfeuer.

„Wir werden sehen." Violet hoffte es, doch sie wollte keine übertriebenen Erwartungen in Allegra wecken.

Vor ihnen tauchte eine kleine Jagdhütte auf. Das Holz wirkte dunkel und verwittert, doch als Violet näherkam, registrierte sie, dass jemand die Wände gestrichen hatte, allerdings ungleichmäßig und wenig sachkundig. Das Dach schützte die Terrasse auf der Vorderseite, wo ein Schaukelstuhl stand. An Haken an den Wänden hingen Kräuterbündel, Zwiebelstränge und Knoblauchzöpfe. Hinter dem Haus entdeckte Violet einen umzäunten Bereich, in dem akkurate Reihen mit Grünzeug angelegt worden waren. In einem kleinen Pferch mit Hühnerhaus gackerten Hennen, während der Hahn mit majestätisch geschwollenem Kamm auf einer Wurzel thronte.

Die Tür öffnete sich, und eine alte, vom Alter gebeugte Frau trat heraus. Ihr Gesicht erwies sich als faltige Landkarte des Lebens. Tiefe Furchen hatten sich um den Mund herum eingraben, doch ihre Augen blickten Violet und Allegra neugierig und aufmerksam an. Als sie Allegra erkannte, verzogen sich ihre Lippen zu einem erfreuten Lächeln und entblößten dabei eine verblüffend intakte, weiße Zahnreihe.

„Allegra? Allegra St. Clare? Himmel, Mädchen, du bist zu einer richtigen Lady herangereift. Wie schön, dass du den Weg hierhergefunden hast und dann auch noch gemeinsam mit einer Freundin. Kommt herein, ich habe gerade einen Kräutertee aufgesetzt", bat sie und kehrte in das Innere ihrer Hütte zurück.

Zögernd trat Violet ein, Allegra folgte ihr mit deutlich weniger Scheu. Der Kräuterduft in der Kate war überwältigend. Neugierig sah Violet sich um. Der Geruch stammte von unzähligen Kräuterbündeln, die unter dem Dach an Haken baumelten und auf Regalen in Weidenkörben lagen. Eine Regalreihe war mit Tiegeln und Flaschen belegt, eine weitere mit Nahrungsvorräten.

Eine offene Feuerstelle im Kamin stellte sich als einzige Koch- und Wärmequelle heraus. Im gusseisernen Kessel über den Flammen sprudelte Wasser.

Ein massiver Holzstuhl hatte seinen Platz schräg davor, im Rücken befanden sich weitere Stühle und ein Tisch, viel zu groß für den kleinen Raum. Ein tönerner Krug stand darauf, und Granny Sterling nahm zwei Tontassen von einem Haken über dem Kamin und stellte sie auf den Tisch. Sie goss duftenden Kräutertee aus der Kanne in die Tassen und schob diese Allegra und Violet zu.

„Sprecht, meine Lieben, was führt euch zu mir?", erkundigte sich die Kräuterfrau freundlich. Sie begutachtete Violet neugierig. „Ihr müsst Allegras Gesellschaftsdame sein", stellte sie fest.

„Violet Delacroix", entgegnete Violet.

Granny Sterling nickte. „Euer Name ist mir ebenso bekannt wie meiner Euch. Nun, was ist Euer Anliegen? Wie kann ich euch beiden helfen?"

Allegra warf Violet einen bittenden Blick zu.

„Allegra leidet unter mysteriösen Anfällen. Wir hoffen, Ihr wisst ein Heilmittel", begann Violet.

Die Kräuterfrau lauschte interessiert, zeigte jedoch keine weitere Gefühlsregung. Gelegentlich unterbrach sie die Schilderungen Violets und Allegras und fragte genauer nach. Schließlich lehnte sie sich zurück. Schweigend musterte sie Allegra eine ganze Weile lang, ehe sie sprach: „Ich kenne tatsächlich etwas, das dir Linderung verschaffen könnte. Versprechen werde ich jedoch nichts. Ich mixe die Zutaten zusammen und drehe Pillen daraus. Clark wird sie dir bringen." Sie lächelte warmherzig. „Kann ich sonst noch etwas für Euch tun?"

Allegra schüttelte den Kopf. Violet zögerte. „Ich hätte gerne ein paar vertrauliche Worte mit Euch gewechselt, Mrs. Sterling."

Allegra wirkte neugierig, erhob sich jedoch kommentarlos und ging zur Tür. „Ich werde vor der Hütte warten, vielleicht ist Clark in der Nähe." Sie verabschiedet sich von der Kräuterfrau und verschwand nach draußen.

Granny Sterling wartete einen Moment, ehe sie sich Violet zuwandte.

„Was kann ich für Euch tun? Ich nehme nicht an, dass Ihr mich um einen Trank bitten wollt, der Euch aus gewissen Umständen befreit."

Violet war entsetzt. „Natürlich nicht!"

Granny Sterling lachte. „Nun, was wollt Ihr dann mit mir besprechen?"

Violet spielte nervös mit der Tasse vor sich auf dem Tisch, hob sie an die Lippen und nippte. „Allegras Bruder, der Earl of Pembroke, leidet offenbar an denselben Anfällen wie sie. Ich glaube, es ist ein Familienerbe der St. Clares. Bethany, Allegras Mutter, schien ebenfalls davon gepeinigt zu sein."

„Was Bethany plagte, war unstrittig keine Krankheit", entgegnete Granny Sterling. Aus ihrem Gesicht war das Lächeln wie fortgewischt.

„Was dann?", erkundigte sich Violet verwirrt.

Die Kräuterfrau seufzte. „Der Earl. Ihr erzähltet, er leide an Anfällen? Beschreibt mir die Umstände und die Symptome", bat sie.

„Nun", begann Violet zögernd, plötzlich unsicher, ob sie es wagen konnte, der Alten alles zu unterbreiten.

Granny Sterling ergriff ihre Hand, als wüsste sie um Violets plötzliche Unsicherheit. „Manchmal ist nur ein wenig Liebe nötig", erklärte sie versöhnlich. „Gewiss braucht der Earl nur einen Menschen, der zu ihm steht. Ganz gleich, was er durchleidet, auch ein Mann von Stand ist letztendlich ein fühlendes Wesen. Schenkt ihm Liebe und Zuneigung. Mehr ist nicht nötig." Sie erhob sich. „Ihr habt Allegra lange genug warten lassen. Zudem bin ich eine alte Frau. Sicher habt Ihr Verständnis, dass ich nun ruhen muss."

Die alte Frau schlurfte zur Tür und öffnete sie.

„Granny Sterling", protestierte Violet. „Ihr könnt mich nicht einfach fortschicken! Der Earl und seine Gesundheit ..."

„Meine Hilfe ist in dieser Angelegenheit nicht nötig. Ihr werdet herausfinden, was ihm hilft."

Die Greisin legte ihre Hand auf Violets Rücken, schob sie hinaus und schlug die Tür hinter ihr zu. Derart hinauskomplimentiert, stand Violet vor der Hütte. Allegra war nirgendwo zu entdecken.

„Allegra?" Suchend blickte sie sich um. Allegra blieb verschwunden, sodass Violet angestrengt lauschte, während sie gleichzeitig umherblickte. Schließlich glaubte sie, in den Büschen etwas Graues zu entdecken. Gemurmel erklang.

„Allegra?" Violet näherte sich langsam, da stürzte Allegra förmlich aus dem Unterholz. Hektische rote Flecken lagen auf ihren Wangen. Sie lachte verlegen, und die Art, wie sie ihre geschwollenen Lippen berührte, verriet Violet, dass Allegra und Clark nicht nur geredet hatten.

Violet unterdrückte ein Seufzen. „Sei bitte vorsichtig, Allegra." Sie erinnerte sich an das wutverzerrte Gesicht Clarks, das sie vor einer Weile in der Bibliothek beobachtet hatte.

Allegra wurde flammend rot und nickte schroff.

Violet legte ihre Hand auf ihren Unterarm. „Ich bin nur um dein Wohlergehen besorgt."

„Du musst dir keine Sorgen machen, Clark tut keiner Fliege etwas zuleide", erwiderte Allegra. „Er täte nie etwas gegen meinen Willen."

Genau das befürchtete Violet. Dass Allegra unter den sanften Küssen und Liebeschwüren jegliche Vernunft vergaß und sich Clark hingab. Dass dies eines der Dinge war, die Violet in Bezug auf Allegra und Clark argwöhnte, behielt sie jedoch für sich.

Violet und Allegra waren bereits vor etlicher Zeit zu einem Spaziergang aufgebrochen. Die beiden führten etwas im Schilde, das schien Lucas so sicher wie das Amen in der Kirche. Er hatte ihre verstohlenen Blicke beim Mittagessen sehr wohl bemerkt, immer wenn sie meinten, er sähe es nicht. Auch Allegras Kichern war ihm nicht entgangen, selbst Violets unschuldiges Lächeln täuschte ihn nicht. Zweifellos erwiese sich der Spaziergang als Alibi für die Heimlichtuerei der beiden.

Das Ticken der Standuhr fiel Lucas gehörig auf die Nerven. Er starrte auf die schwarzen Zeiger und das Pendel, das erbarmungslos ausschlug. Er schwankte zwischen dem Wunsch, den Grund für die Verschwörung gegen ihn herauszufinden, und der Überzeugung, dass Violet niemals zulassen würde, dass Allegra etwas zustieße.

Brummend beschloss Lucas, Zuflucht in einem Glas Brandy zu suchen. Als er den ersten Drink hinuntergeschüttet hatte, bedauerte er seine Unbeherrschtheit. Wenn er schon mittags trank, dann sollte er es wenigstens mit Genuss tun. Er goss sich einen weiteren Schluck ein und ließ den Brandy durch seine Kehle rinnen. Angewidert stellte er das Glas beiseite und hob die Flasche an seine Nase, um zu schnuppern. Der Geschmack erinnerte nicht annähernd an seine Lieblingsmarke. Welchen Fusel hatte Neil ihm nur mitgebracht?

Schwindel erfasste Lucas. Er konnte gerade noch die Flasche abstellen, bevor er die Erinnerung verlor.

Lucas kam zu sich. Sein Kopf fühlte sich an wie in Watte gepackt, und sein Mund schien ausgedörrt. Er schluckte und zwang die Lider auf. Er fand sich aufrecht stehend vor der Hausbar, mit dem Korkenzieher in der Hand. Verwirrt starrte er auf das Utensil, bemerkte die rote Spitze. Er drehte seine Hand, betrachtete Griff und Metall ratlos und wurde sich allmählich seines ganzen Körpers bewusst, der bis eben noch wie betäubt gewesen war. Seine Brust brannte, und gleichzeitig streifte ein kühler Luftzug seine Haut. Er sah an sich herab und ließ schockiert den Korkenzieher fallen.

Fassungslos betastete er die roten Striemen auf seinem Torso. Er musste in blinder Wut die Spitze des Korkenziehers über seine Brust gezogen haben. Manche Stellen zierte eine Kette feiner Blutperlen, andere zeigten sich wund und geschwollen. Seine Haut schien ein Zeugnis seiner selbstzerstörerischen Wut zu sein.

Lucas stolperte zurück. Sein Herz verkrampfte sich. Welche Dämonen bemächtigten sich seiner Seele? Wie viel verborgener Hass schlummerte in ihm, dass er sich selbst so zurichtete? Wie lange mochte es noch dauern, bis er Violet oder Allegra angriff?

In ihm reifte die Erkenntnis, dass er kaum mehr Zeit zu vergeuden hatte. Der Zeitpunkt war gekommen, Abschied zu nehmen und allem ein Ende zu bereiten.

Nach ihrer Rückkehr von ihrem Besuch bei den Sterlings zog Allegra sich auf ihr Zimmer zurück, vorgeblich, um zu ruhen.

Violet beschloss, ihre Unruhe mit einem Streifzug durch die Gärten zu besänftigen. Die Üppigkeit der herbstlichen Gewächse weckte Bewunderung in ihr. Gemächlich flanierte sie über die Kieswege, trat das eine oder andere Mal näher an Blumen und Blüten und schnupperte interessiert, ehe sie sich auf einer der zahlreichen Steinbänke niederließ. Sie genoss die warme Nachmittagssonne, indem sie ihr Gesicht den Strahlen entgegenreckte. Nach einer Weile glaubte Violet, nicht mehr allein in diesem Teil des Parks zu sein, öffnete ihre Augen und machte den Störenfried sofort ausfindig.

Lucas lief über die Wiese, offenbar mit demselben Vorhaben im Freien unterwegs wie sie. Noch hatte er sie nicht entdeckt, und so beobachtete Violet ihn dabei, wie er die Blumenrabatten entlangschlenderte. Seine Kleidung war korrekt wie immer. Eine knöchellange Hose, ein Leinenhemd, darüber eine bestickte Weste und eine farblich zum Hemd passende Halsbinde verrieten den Mann von modischem Gespür. Sein sandfarbenes Haar war leicht zerzaust, so, als wäre er unaufmerksam mit den Fingern durch seine Frisur geglitten. Ein melancholisches Lächeln umspielte seine Lippen, und Violet seufzte.

Lucas blickte auf, vielleicht hatte er sie gehört oder gesehen. Oder auch nur ihre Anwesenheit gespürt, so wie sie die seine. Er stand reglos auf der Wiese und starrte sie an. Eine Ewigkeit, wie es ihr schien. Seine Augen, samtgraue Fenster zu seiner Seele, fixierten sie.

Violet schluckte, als sie die Tiefe seiner Gefühle erkannte. Ihre Blicke verflochten sich wie zwei unsichtbare Seile, so unrettbar miteinander verknüpft, dass nur die Gewalt der Elemente sie würde trennen können. Violet zitterte. In diesem Moment wusste sie, dass sie verloren war. Endgültig verloren.

Sie glaubte, in Lucas' Augen zu versinken, spürte, wie seine Aufmerksamkeit sie umgarnte, verführte. Erkannte, dass es ihm ebenso erging, dass sein Versuch, sich von ihr fernzuhalten, so sinnlos war wie der ihre.

Sie genoss es, seine Freude über ihre Gegenwart zu fühlen, als sie sich erhob. Seine Hand streckte sich ihr entgegen, und sie eilte auf ihn zu. Violet legte ihre Hand in seine. Seine Haut war warm und gepflegt, sein Griff fest.

Violet verharrte bewegungslos, sah in seine Augen und hielt seine Hand. Die Empfindung, dass in diesem Moment alles so war, wie das Schicksal es geplant hatte, erfüllte Violet.

„Violet." Seine Stimme löste sinnliche Schauer in ihr aus.

Er zog sie näher zu sich, legte seine andere Hand an ihre Hüfte, ebenso gefangen wie sie. Seine Berührungen ließen Violet lustvoll erbeben.

Lucas blinzelte, und sein Adamsapfel hüpfte auf und ab, als er mehrmals hintereinander schluckte. Die Hand an ihrer Hüfte bewegte sich sacht. Seine Mundwinkel hoben sich. Die Streicheleinheiten und sein lasziver Blick erregten Violet mehr, als sie zugeben wollte.

„Triffst du mich dort hinten im kleinen Pavillon?" Lucas deutete auf den kuppelförmigen Bau mit griechischen Säulen und einer Venusstatue neben der Tür.

Ein Rhododendronbusch, fast doppelt so ausladend wie der Pavillon, verdeckte einen Großteil des Gebäudes.

Violet hatte Mühe, seine Worte zu verstehen und ihre Beachtung auf den intimen Ruheort im Park zu lenken. Sie nickte. Lucas' Augen leuchteten auf. Er drückte ihre Hand.

„Geh voraus und warte auf mich. Ich folge dir in einigen Minuten."

Er eilte auf den Weg zurück, hinüber Richtung Terrasse, während Violet über einen Umweg am Heckenlabyrinth vorbei in den Pavillon schlüpfte.

Im Innern roch es nach Holz. Die Fenster waren hoch über ihrem Kopf angebracht, sodass sie sich auf die Bank stellen musste, um hinauszusehen. Die geschwungene Bank war passgenau an den runden Wänden befestigt worden. Ansonsten stand der Pavillon leer.

Die Tür öffnete sich, und Lucas trat ein.

Mit wenigen Schritten erreichte er Violet und zog sie in seine Arme. Seine entschlossene Umarmung jagte ihr Wonneschauer über den Rücken. Er beugte sich über sie, berührte mit seinen Lippen ihre Schläfe, strich hinab über ihre Wange zum Kieferknochen, um über Violets Kinn ihren Mund zu erreichen. Er hauchte sachte Küsse auf ihren Mundwinkel, während seine

Finger ihren Nacken liebkosten. Violet seufzte wohlig und vergrub ihre Hände in Lucas seidig-glattem Haar.

Seine Zunge drang in ihren Mund vor. Seine Zungenspitze stieß die ihre an, streichelte, spielte mit der ihren. Er keuchte lustvoll und bewegte sich nach hinten, ohne den Kuss zu unterbrechen.

Violets Hände wanderten auf seine Schultern, zu den Schulterblättern und massierten, streichelten seine Haut. Er zitterte und atmete hörbar ein, während er sich auf die Bank setzte und Violet auf seinen Schoß zog. Mit fiebriger Eile knöpfte er ihr Kleid auf, versenkte sein Gesicht in ihrem Dekolleté und übersäte ihre zarte Haut mit Küssen.

„Himmel", raunte er. „Ich begehre dich so sehr, Violet."

Violet lachte. Sie fuhr die Form seiner Ohrmuscheln mit ihren Fingern nach, berührte die Haut hinter seinen Ohren und fühlte, wie sein Puls in der Halsschlagader pochte. Freude und Begierde strömten durch ihren Leib.

Lucas zog ihr das Oberteil aus, glitt mit seinen Fingerspitzen über ihre Schultern, ihre Arme, hinunter zu ihren Handgelenken. Ihre Hände umfassten die seinen, ihre Finger verschränkten sich, und Lucas' Lippen suchten und fanden Violets erneut. Sein Kuss schmeckte nach Schmerz und Liebe und Abschied zugleich, ohne dass Violet wusste, warum sie so empfand.

Lucas unterbrach den Kuss nach einer schieren Ewigkeit. Er schob sie von seinem Schoss, öffnete ihren Rock, löste die Bänder ihres Unterrocks und streifte ihre Unaussprechlichen ab, sodass sie nur noch in Korsett, Strümpfen und Schnürstiefeln vor ihm stand.

Er stöhnte wollüstig. Sein flammender Blick ließ Wärme durch ihren Körper strömen. Sie leckte sich über die Lippen, und Lucas starrte auf ihren Mund. Violet ließ ihre Augen zu seiner Leibesmitte wandern, denn dort wölbte sich der Beweis seiner Erregung unübersehbar gegen den Stoff. Violet ging in die Knie, legte sanft ihre Hand auf seinen Schaft und genoss dessen Zucken.

Lucas knurrte und half ihr, seine Hose abzustreifen. Blut strömte unter ihrem Blick in den geschwollenen Penis.

Sanft streichelte Violet die Innenseiten seiner Schenkel und kratzte ebenso sacht über die Leisten. Seine Hand legte sich über ihre, und sie sah hoch.

Sein hungriger Blick schien sie zu verschlingen. Begierde brannte in seinen Augen, und Violet schmunzelte.

„Was ist so lustig?", erkundigte er sich heiser.

Sie schüttelte den Kopf. Sie ließ ihren Zeigefinger von der Peniswurzel zur Spitze hinaufwandern, dann umkreiste sie den empfindsamen Ring der Eichel. Lucas stöhnte lustvoll. Violet nahm ihre Hand fort.

„Ich glaube, das gefällt dir nicht", erklärte sie neckisch.

Sie legte ihre gespreizten Finger auf seine Hoden. Sie glitt über die raue Haut, und Lucas keuchte begeistert. Wieder unterbrach sie die Liebkosung. Violet betrachtete ihn mit schief gelegtem Kopf. Lucas erwiderte ihren Blick aus zusammengekniffenen Augen.

„Ich bin mir sicher, dass es dir nicht gefällt", bestätigte sie. Sie leckte sich über ihre Lippen, streckte sich und küsste Lucas rasch auf den Mund, ehe sie sich wieder auf seinen Schwanz konzentrierte, der steif in die Luft ragte. Ihre eigene Lust kochte in ihrem Unterleib, und ihre Schamlippen pulsierten so sehr, dass sie sich ihrer Begierde überdeutlich bewusst war. Das Atmen fiel ihr schwer, und an der Art, wie Lucas' Brustkorb sich hob und senkte, erkannte sie, dass es ihm ebenso erging.

Sie beugte sich vor und leckte über seine Penisspitze. Ihre Zunge kreiste rundherum, und Lucas raunte ihren Namen wie ein Gebet. Violet verwöhnte seine Spitze mit flatternden Zungenschlägen, ehe sie ihren Mund um die Eichel schloss und an ihr saugte, leckte und seinen Schaft dann tiefer in ihre Mundhöhle aufnahm.

Lucas' Stöhnen klang verzückt und flehend zugleich. Seine Hände legte sich auf ihren Hinterkopf, als habe er Angst, sie würde entfliehen, täte er es nicht.

Violets linke Hand umschloss die Schwanzwurzel und folgte den Bewegungen ihres Mundes. Als sie merkte, dass Lucas es genoss, wenn sie die Stärke ihres Griffes variierte, tat sie es und wurde von heiserem Keuchen und dem Zucken und Beben seines Schaftes belohnt. Die Finger ihrer rechten Hand liebkosten seine Hoden, wanderten nach hinten und massierten seinen Damm. Lucas stieß einen überrascht-wollüstigen Laut aus und wölbte sich ihren Händen und ihrem Mund entgegen.

Sein Schwanz war heiß, feucht und härter als je zuvor. Triumphierend verdoppelte Violet ihre Anstrengungen, bis Lucas sich ihr entzog. Er stand auf und zog sie hoch. Seine Daumen fuhren am Ausschnitt unter ihr Korsett, erreichten ihre Brustspitzen und strichen über die steifen Knospen. Er beugte sich vor und küsste sie hungrig. Seine Lippen bahnten sich ihren Weg zu ihrem Ohrläppchen und knabberten daran.

Er packte ihre Handgelenke so plötzlich, dass Violet überrascht aufschrie. Lucas hob ihre Arme über ihren Kopf, während seine freie Hand ihre Frisur löste und dann seine Finger in den Haarfluten vergrub. Er zog ihren Kopf nach hinten, und die dominante Geste erregte sie mehr, als sie bislang für möglich gehalten hätte.

„Ich will dich von hinten nehmen", raunte er.

Willig drehte sich Violet um. Lucas dirigierte sie nach vorn, sodass sie sich auf der Sitzfläche der Bank abstützen konnte. Ihr nackter Po reckte sich Lucas entgegen, und er versetzte ihr einen festen Klaps, um gleich darauf einen Kuss folgen zu lassen. Ihre Haut brannte, dort wo sein Schlag sie getroffen hatte, und die Lust jagte durch ihren Unterleib. Seine Hand glitt zwischen ihre Beine, rieb über ihr heiße, pochende Scham, verteilte ihren Nektar und schob ihre Schenkel auseinander. Seine Eichel presste gegen ihre Pforte. Erneut vergrub er seine Hand in ihrem Haar, zwang ihren Kopf nach hinten, sodass ihr Rücken sich bog. Die angespannte Körperhaltung vergrößerte ihr Lustempfinden um ein nie gekanntes Ausmaß.

„So heiß, so feucht! Himmel, Violet, dich zu lieben raubt mir das letzte bisschen Verstand."

Violet lachte keuchend, während sie sich ihm erwartungsvoll entgegenschob. Seine Schaftspitze tauchte mühelos in sie ein, um sich ihr kurz darauf zu entziehen. Seine Hände legten sich auf ihre Pobacken, kneteten ihr festes Fleisch, versetzten ihr sachte Hiebe, und sein Schwanz drang wieder nur wenige Zentimeter in sie ein.

Wollust tobte durch Violets Unterleib, und ihr Körper überzog sich mit Gänsehaut, eine Folge von Erregung und Erwartung.

Auffordernd reckte sie sich ihm entgegen. Lucas hatte ein Einsehen und stieß tief in sie. Violet stöhnte erlöst, als sein Schaft sie dehnte. Seine Hitze passte sich ihrer an wie für sie geschaffen. Lucas bewegte seine Hüften kreisend, und Violets Vagina pulsierte heftig. Sie keuchte erregt, wölbte sich ihm entgegen und zitterte, als Lucas in ihre Haare griff und die Finger in der schwarzen Flut vergrub. Violet bog ihren Kopf nach hinten; das Gefühl ihrer Locken, die über ihren Rücken und die Schultern fielen, hatte etwas Sinnliches. Diese Wonneschauer und das Zucken ihrer Liebespforte, als Lucas ein weiteres Mal mit quälender Langsamkeit in sie eindrang, verbanden sich zu einer Welle wollüstiger Entladungen. Violet keuchte enttäuscht, als Lucas sich ihr entzog.

Sie drehte sich zu ihm um, er setzte sich auf die Bank und ergriff ihre Hand. Sein Schaft ragte feucht zitternd in die Luft. Violet verstand seine stumme Bitte und kam ihr zu gern nach. Sie senkte sich auf ihn, und sein Schwanz pfählte sie tief und hart.

„Reite mich, Violet", bat Lucas heiser.

Sie beugte sich vor, küsste ihn wild und leidenschaftlich. Lucas´ Blick fixierte sie, während Begierde seine Augen verdunkelte und seine Miene lustvoll entrückt wirkte. Mit einem Gefühl von Triumph ritt sie ihn, kostete es aus, ihn zu beherrschen, ihn ihrer Lust zu unterwerfen. Lucas umfasste ihre Hüften, hob ihren Körper und stieß heftig in sie. Violet keuchte überrascht und erregt, als Lucas nach ihren Handgelenken fasste und diese an Violets Körper presste. Er stieß in sie mit kurzen, harten Stößen, um dann wieder langsam in sie einzudringen, ganz tief, um sie auszufüllen. Violet versuchte, ihre Hände zu bewegen, doch Lucas hielt sie unerbittlich fest.

Nässe flutete ihr Innerstes, und die Erregung wogte durch ihren Leib und steigerte sich. Endlich gelang es ihr, ihre Hände aus Lucas´ Griff zu befreien.

Erotische Schauer zuckten durch Violets Körper. Lucas' Fingerkuppen strichen über die zarte Haut ihres Bauches. Sie bohrte ihre Finger in Lucas´ Schultern, ebenso wie die seinen ihre Hüften umklammerten und ihre Bewegungen verstärkten. Sein Kopf lag leicht im Nacken, und sein Blick fixierte ihren, schien jede Nuance ihrer Empfindungen aufzusaugen, und er genoss so offensichtlich das Liebesspiel, dass es Violets Lust wiederum steigerte. Lucas´ Miene war ein Spiegel ihrer eigenen Gefühlswallung. Genuss, Erfüllung, Gier und der Wunsch, eins zu werden mit dem anderen, fanden sich darin. Wellen sinnlicher Entladungen brachen über Violet herein, und mit plötzlicher Wucht explodierte ein gewaltiger Höhepunkt in ihr. Lucas stieß einige Mal in sie, ehe er mit einem heiseren Schrei die eigene Erlösung fand.

Violet sank an seine Schulter, vergrub ihr Gesicht in seinem Hemd, inhalierte seinen Geruch, absorbierte seine Wärme und prägte sich jede dieser Nuancen in ihr Gedächtnis ein. Die Art, wie sein Atem ging, wie sich seine Brust hob. Das Gefühl seines verschwitzten Leinenhemdes an ihrer Haut.

Eine schiere Ewigkeit verharrten sie so, ineinander verschlungen in intimer Umarmung, bis Lucas das Schweigen brach: „Ich vermisse dich jetzt schon."

Verwirrt sah sie ihn an. Sein Blick wirkte aufgewühlt, voller Emotionen und doch undurchschaubar. Sie legte ihre Hand auf seine Wange, streichelte ihn und versuchte zu ergründen, warum sie auf einmal ein ungutes Gefühl überkam. Der Moment hatte perfekt angemutet, doch nun hing eine düstere Wolke über dem Pavillon.

„Willst du mich etwa entlassen?", fragte Violet irritiert und besorgt zugleich.

Lucas runzelte die Stirn. „Natürlich nicht", antwortete er. Er griff nach ihrer Hand an seiner Wange. „Auf was für seltsame Ideen du kommst." Kopfschüttelnd nahm er ihre Hand zwischen die seinen.

Das Magengrummeln ließ nicht nach. Violet musterte Lucas aufmerksam.

„Dich quält etwas", sagte sie ihm auf den Kopf zu. „Hattest du wieder einen Anfall?"

Er lachte und küsste sie auf die Wange, ehe er sie von seinen Hüften hob. „Es ist alles bestens, Violet. Ich habe nur … Ich werde in nächster Zeit ein paar Dinge in Ordnung bringen."

Kapitel 13

Natürlich – ich habe gebetet – und hat Gott das gekümmert?
Emily Dickinson

Durch das Salonfenster drang die Abendsonne herein und tauchte den Raum in orangefarbenes Licht. Violet und Allegra saßen auf gegenüberliegenden Sesseln, zwischen sich ein Tischchen, auf dem Alice, das Hausmädchen, ein Tablett mit Geschirr und frisch gebrühtem Tee abgestellt hatte.

Violet sah von ihrem Buch auf, als Allegra ihr die Stickarbeit entgegenstreckte.

„Sehr schön, Allegra, du machst wirklich Fortschritte", lobte sie. „Erinnerst du dich noch? Als ich hier ankam, konntest du kaum sticken, und jetzt sind deine Monogramm-Arbeiten besser als meine."

Allegra reagierte nicht. Ihre Hand bebte, die Handarbeit entglitt ihren Fingern. Violet legte das Buch fort und beugte sich über Allegra.

Ihr Gesicht war kalkweiß, ihre Augen waren weit aufgerissen und auf einen Punkt gerichtet, den nur sie sah.

„Es muss gelingen." Allegras Stimme klang verändert, tief und voll unterdrückter Wut. „Ich bin zu weit gegangen, um zu versagen. Es darf nicht fehlschlagen." Allegra verstummte und sprang auf, die Miene wutverzerrt. Violet erhob sich und fasste das Mädchen an den Schultern. Allegra nahm es nicht wahr. „Wie kann er hier auftauchen!" Allegras Körper zuckte und zitterte. Sie sackte zusammen, und Violet fing Allegra gerade noch auf, ehe sie auf den Boden plumpste. Sie setzte sie mühsam auf den Sessel und begann, Allegras Hände zu massieren. Sie gab Allegra leichte Klapse auf die Wangen, bis das Mädchen sich stöhnend bewegte. Es blinzelte und starrte Violet an.

Ein paar Atemzüge lang schwiegen beide, dann richtete sich Allegra auf.

„Ich habe den Geschmack von Schießpulver auf der Zunge", beschwerte sie sich.

Violet schenkte Allegra Tee ein und streute großzügig Zucker hinein. Umrührend wandte sie sich ihrem Schützling zu und reichte ihr das Heißgetränk. Dankbar nippte Allegra an der Tasse.

„Ich hatte wieder einen Anfall", stellte Allegra beunruhigt fest.

Violet goss sich ebenfalls Tee ein und ließ sich wieder auf dem Platz gegenüber des Mädchens nieder. „Ich gehe ein weiteres Mal zu Granny Sterling", beschloss Violet.

Allegra trank einen Schluck Tee. „Wozu? Ich habe heute Morgen die erste Pille genommen. Sie sagte doch, es dauere seine Zeit, bis die Medizin zu wirken beginnt."

Violet stellte die Tasse fort und faltete ihre Hände im Schoß. „Ich muss mir über einige Dinge Klarheit verschaffen", gab sie Allegra zur Antwort.

Allegras neuerlicher Zusammenbruch hatte Violet vor Augen geführt, dass sie immer noch zu wenig über die Leiden der St. Clare'schen Familie wusste. Violet vermutete, dass Granny Sterling genau darüber im Bilde war, was dahintersteckte. Sie entschied, diesmal nicht eher zu gehen, bevor ihr die Kräuterfrau nicht alles erzählt hatte, was dieser bekannt war.

Allegra schien nicht sonderlich angetan von dem Gedanken, wieder zur Kate zu laufen.

„Du musst mich nicht begleiten", erklärte Violet. „Ich finde allein dorthin."

Allegra nickte erleichtert. „Wunderbar!"

Violet runzelte die Stirn. „Was hast du denn Wichtiges geplant, dass dich ein Spaziergang nicht locken kann?", erkundigte sich Violet misstrauisch.

Allegra grinste verschmitzt. „Ein Vögelchen hat mir gezwitschert, dass du bald Geburtstag feierst."

Violet unterdrückte ein Lächeln. Allegra bereitete etwas für ihren Geburtstag vor. Wärme stieg in ihr auf. Ihren letzten Geburtstag hatte sie mit bedeutenden Persönlichkeiten aus dem Dunstkreis ihres Vaters feiern müssen. Dieses Mal feierte sie im Kreise ihr am Herzen liegenden Menschen.

„Stimmt, wolltest du mir nicht ein Spitzendeckchen häkeln?", neckte Violet ihren Schützling.

Allegra riss entsetzt die Augen auf. „Nein!" Dann lachte sie. „Du veralberst mich", sagte sie Violet auf den Kopf zu.

Violet schmunzelte. „Ein wenig. Ich gehe recht in der Annahme, dass du morgen beschäftigt sein wirst?"

„Schon heute nach dem Dinner. Ich habe eine wunderbare Überraschung geplant", verkündete Allegra.

„Mach dir keine Umstände, ich bin nur die Gesellschaftsdame!", wehrte Violet ab.

Allegra richtete sich auf und stellte die Tasse auf das Tischchen zurück. „Du bist mitnichten nur die Gesellschaftsdame. Du bist meine Freundin und Vertraute und gehörst genauso zur Familie wie Lucas." Allegra stemmte ihre Hände in die Hüften. „Und falls du es noch nicht bemerkt hast, Lucas ist in dich verliebt."

Violet verbarg ihre Überraschung über Allegras Erkenntnis hinter einem Hustenanfall. Allegra musterte Violet scharf. „Du bist natürlich in die Jahre gekommen. Du musst bereits das zwanzigste Lebensjahr überschritten haben. Aber Lucas ist ebenfalls kein Jüngling mehr. Unter diesen Voraussetzungen erscheint eine Heirat vielleicht keine schlechte Idee zu sein", schloss Allegra zufrieden.

„Meine Güte, Allegra, wie kommst du auf solche Ideen?", wollte Violet wissen, schwankend zwischen Lachen und Entsetzen.

„Leandra und ich haben darüber nachgedacht", erklärte Allegra. „Es gehört sich nicht, unverheiratet zu bleiben. Lucas ist der Earl of Pembroke und muss für Nachkommen sorgen. Schon damit unser widerlicher Cousin Neil nicht erbt. Und du bist die Tochter eines Dukes, auch wenn das hier außer uns niemand weiß. Aber für dieses Problem lässt sich sicherlich eine Lösung finden. Und da Lucas kaum den Blick von dir abwenden kann, wenn du im selben Raum bist, wird er bestimmt nichts gegen eine Heirat mit dir einzuwenden haben", schloss Allegra triumphierend.

Violet schwieg eine Weile perplex. Sie würde Lucas davon erzählen müssen, damit er wusste, dass seine Schwester und ihre Freundin etwas auszutüfteln schienen. Allegra war es ohne Weiteres zuzutrauen, einen haarsträubenden Plan zu fassen. Violet unterbrach ihre Gedankengänge.

„Deine Geburtstagsplanung hat hoffentlich nicht eine Verlobung oder gar Heirat zum Thema?", vergewisserte sich Violet beunruhigt.

Allegras Augen leuchteten auf. „Was für eine wundervolle Idee!" Im nächsten Moment starrte sie traurig und frustriert gleichermaßen auf ihre Hände und seufzte. „Leider bin ich nicht auf diesen Gedanken gekommen."

Violet stieß einen erleichterten Seufzer aus, der ihr bei Allegras nächsten Worten in der Kehle stecken blieb.

„Aber Weihnachten ist für solch romantische Ereignisse ein idealer Zeitpunkt!" Allegra strahlte Violet an.

Neil streckte genüsslich die Beine aus, verschränkte die Arme vor der Brust und musterte Lucas.

„Keinen Brandy heute?", erkundigte er sich mit hochgezogenen Augenbrauen, als er sah, wie Lucas großzügig Whisky in sein Glas goss.

Statt einer Antwort hob Lucas die Flasche. „Auch einen?"

Neil schüttelte den Kopf und griff nach seiner Teetasse. „Ich bleibe abstinent heute Abend."

Lucas setzte sich auf den Lehnsessel vor Neil und trank einen großen Schluck, während er Neil beobachtete. Sein Cousin wirkte gelangweilt, doch sein Blick besaß etwas Lauerndes.

„Weißt du was, Lucas? Ich habe meine Meinung geändert, ich glaube, ich nehme doch einen Whisky", verkündete Neil. „Bring doch die Flasche an den Tisch, und auch den Brandy, mir ist heute außerdem nach einem Gläschen Brandy", fügte er hinzu.

Lucas nippte erneut an seinem Glas, ehe er Neils Wunsch nachkam. Als er sich umdrehte, hatte Neil seine Sitzhaltung verändert, saß aufrecht und malte gedankenverloren Kreise auf die Tischplatte.

Neil nahm den Tumbler entgegen. „Hast du die Hausmädchen wegen der Unordnung in deiner Hausbar befragt?", wollte Neil wissen.

Stirnrunzelnd erinnerte sich Lucas an die hartnäckige Behauptung des Mädchens, alles wieder an Ort und Stelle geräumt zu haben. Er zuckte mit den Schultern und wechselte das Thema: „Wie läuft es in St. Clare House?"

Neil beugte sich vor und schenkte Lucas ungefragt Whisky nach.

Wenige klare Bewusstseinsfetzen zogen durch Lucas´ Hirn, als er vornüberkippte. Ein letzter Blick auf den Tisch zeigte ihm, dass die Flaschen nahezu leer waren. Dann verwandelte sich seine Umgebung in ein Kaleidoskop aus Formen und Farben, die auf ihn zudrängten und ihn erdrücken wollten. Aus dem Wirrwarr erklang Neils Stimme, die sich in blauen Kreisen zu manifestieren schien.

„Du musst dich beruhigen, Lucas", forderte er.

Danach herrschte Totenstille.

Violet lief den Waldpfad entlang, den sie wenige Tage vorher erst mit Allegra zusammen beschritten hatte. Das Mädchen hatte seinen Vorsatz wahr gemacht und wurde nach dem Dinner des Vortages weder von Violet noch von Lucas gesehen. Lauren, die Zofe, hatte erzählt, Allegra habe Anweisung gegeben, sie unter keinen Umständen zu stören.

Wären Violet die Aufmerksamkeit und die Umstände, in die sich Allegra stürzte, nicht unangenehm gewesen, hätte sie die Neugier übermannt. So aber schob sie den Gedanken beiseite und hoffte, dass die Angelegenheit nicht ausuferte.

Violet sprang entsetzt zur Seite, als sie aus einem Gebüsch ein Paar riesige gelb leuchtende Augen anstarrten. Das Wesen erschrak ebenso sehr wie sie, und als es einen Satz in die andere Richtung machte, sah Violet, dass es sich um ein Reh handelte. Erleichtert presste sie die Hand an ihre Brust. Ihr Herz hämmerte so hektisch, dass sie das Schlagen selbst durch das Korsett überdeutlich spürte.

Zwischen den Bäumen erkannte sie die Waldkate der Sterlings und verdoppelte ihre Geschwindigkeit. Sie sah die alte Mrs. Sterling aus dem Innern treten und an das Geländer der Terrasse schlurfen.

„Clark! Wo bist du? Clark, komm endlich nach Hause!" Die Kräuterfrau entdeckte Violet und nickte ihr grüßend zu. „Miss Delacroix, habt Ihr meinen Enkel gesehen?"

Violet schüttelte den Kopf. „Nein. Ist etwas geschehen? Braucht Ihr Hilfe, Mrs. Sterling?"

Sie schüttelte den Kopf. Ihr Haar wirkte verstrubbelt, offenbar hatte sie es an diesem Morgen nicht sorgfältig gekämmt. Granny Sterling bemerkte Violets Blick.

„Clark ist so hilfsbereit und frisiert mich. Meine Finger sind nicht mehr so beweglich, wie sie einmal waren. Clark erledigt all die Dinge für mich, die Fingerfertigkeit erfordern." Unruhe huschte über ihre Miene. „Er ist heute Nacht nicht nach Hause gekommen."

Mitfühlend nickte Violet. „Ist es das erste Mal, dass er über Nacht fortbleibt?"

„Nein, aber er war immer in der Nähe und kehrte auf mein Rufen hin zurück." Sie starrte blinzelnd ins Unterholz. „Wo steckt er nur?" Kopfschüttelnd wandte sie sich Violet zu. „Nun, was kann ich für Euch tun, Miss Delacroix?"

„Ich hätte gern ein paar Worte mit Euch gewechselt. Ich muss ein paar Dinge geklärt wissen, und Ihr habt bei meinem letzten Besuch durchblicken lassen, dass Ihr mehr wisst, als Ihr mir erzählt habt", erklärte Violet offen.

Granny Sterling machte eine auffordernde Kopfbewegung und ging voraus in die Hütte. Wärme und intensiver Minzgeruch schlugen Violet entgegen, als sie durch die Tür trat. Sie folgte der Aufforderung der Kräuterfrau und setzte sich an den Tisch.

Diesmal stellte die Frau einen Zinnbecher mit einem Fingerbreit einer Flüssigkeit vor sie auf den Tisch.

„Trinkt, das ist ein Kräuterlikör, der die Körpersäfte zum Fließen bringt", sagte Granny Sterling.

Zögernd hob Violet den Becher an die Lippen und stürzte den Inhalt hinunter. Die Schärfe trieb ihr Tränen in die Augen. Einen Moment lang wurde ihr ganzes Gesicht, einschließlich der Zunge, pelzig. Als das Gefühl nachließ, sog sie Luft ein und ächzte. Granny Sterling lächelte amüsiert.

„Ihr scheint mir keine heimliche Trinkerin zu sein", verkündete sie und ließ sich auf dem Stuhl gegenüber Violets nieder. „Nun, was genau bedarf der Klärung?"

Violet musterte die alte Kräuterfrau aufmerksam. „Die Anfälle der St. Clares", begann sie. „Sie beunruhigen mich. Es scheint, als leiden Lucas und Allegra unter diesen Attacken. Und laut Familienchronik nahm alles mit Lady Edwina im 17. Jahrhundert seinen Anfang."

„Die berüchtigte Hexe von Tredayn Castle", warf Granny Sterling ein und erklärte: „Jeder hier in der Gegend kennt die Legende der Lady."

„Dann ist es wahr? Das Leiden ist ein Familienfluch?"

„'Fluch' scheint mir ein zu starkes Wort dafür zu sein. Das St. Clare'sche Erbe ist ungewöhnlich, ja, doch ein Fluch? Das machen die Umstände und die Unwissenden daraus. Aber erzählt mir mehr von den Beschwerden, die den Earl heimsuchen. Ich habe Euch beim letzten Besuch nicht ernst genommen. Das Erbe der Lady Edwina hat noch nie zuvor einen Mann heimgesucht."

Violet erzählte von den verschiedenen Beobachtungen, die sie selbst gemacht hatte, von der Verwirrung und der Desorientierung während der Anfälle und schloss ihren Bericht damit, dass sie glaubte, Lucas sei von der St. Clare'schen Krankheit befallen.

Granny Sterling starrte minutenlang in Violets Gesicht, ohne dass sie erraten konnte, was die Kräuterfrau dachte.

„Er hat ein Problem mit Alkohol", stieß Granny Sterling hastig hervor. Sie wirkte beunruhigt. „Er trinkt zu häufig und zu viel", ergänzte sie und legte ihre Hände auf ihren Schoß, verdeckt von der Tischplatte.

„Ein Alkoholiker?", echote Violet fassungslos. Sie schüttelte den Kopf. „Nein, das glaube ich nicht. Ich habe Männer erlebt, die dem Alkohol verfallen waren. Lucas ist kein Trinker, dafür lege ich meine Hand ins Feuer!"

Granny Sterling tätschelte Violets Hand. Die Haut der Alten war trocken wie brüchiges Pergament, doch ihre Berührung erwies sich als warm und fürsorglich. „Macht Euch keine Gedanken, Violet", erwiderte sie tröstend. „Alkoholiker reagieren unterschiedlich, und sie können sich meisterhaft verstellen, um ihre Sucht zu kaschieren." Granny Sterling blickte sich suchend um. „Ich verspreche Euch, auch dafür eine Medizin zu finden. Vielleicht etwas, das die Gelüste auf Alkohol mindert." Sie wackelte nachdenklich mit dem Kopf. „Thymian", überlegte sie laut. Dann wandte sie ihre Aufmerksamkeit erneut Violet zu. „Sind Eure Fragen nun geklärt?"

Durch den Gedankenwirrwarr, der Violets Verstand überflutete, dauerte es einen Moment, bis Granny Sterlings Worte durchdrangen. „Nein, nicht ganz. Ihr erwähntet das letzte Mal Bethany, Allegras Mutter."

Granny Sterling holte tief Luft. „Bethany suchte meine Hilfe relativ spät. Ihre ... Anfälle waren sehr intensiv, und sie war ...", die alte Frau räusperte sich, „Sie war weder wie Ihr noch wie Allegra. Sie erwies sich als schwache Frau mit vielen Ängsten. Rückblickend denke ich, dass ich ihr ohnehin kaum hätte helfen können."

„Weswegen suchte sie Euch auf?", drängte Violet. Sie hoffte so sehr herauszufinden, wie sie Lucas und Allegra helfen konnte, dass sie vor Ungeduld bersten wollte.

Granny Sterling schüttelte ihren Kopf. „Bethany ist tot und begraben. Lasst sie in Frieden ruhen. Sie spielt keine Rolle mehr." Als Zeichen, dass sie Violet keine Fragen mehr beantworten würde, erhob sie sich mühsam und schlurfte zur Tür. „Seid so gut und schickt Clark nach Hause zurück, wenn Ihr ihm begegnet."

Violet verabschiedete sich und trat unzufrieden den Rückweg an. Der Besuch hatte einen völlig anderen Verlauf genommen, als sie gehofft hatte. Lucas ein Alkoholiker? Nie und nimmer! Zum einen roch er nie nach Alkohol, sprach ihm in Gesellschaft nur mäßig zu, und er aß ordentlich. Die Trinker, die Violet erlebt hatte, zechten, aßen aber kaum, klagten über Magenbeschwerden und wirkten zittrig und elend, wenn sie zu lange abstinent blieben.

Sie kam verschwitzt und müde auf Halcyon Manor an. Die Lunchzeit war vorüber, doch Violet wusste, dass die gute Seele des Herrenhauses, Mrs. Harvey, ihr mit Sicherheit eine Kleinigkeit hatte richten lassen. Sie betrat das Gebäude durch den Dienstboteneingang und wurde von Alice begrüßt.

„Einen schönen guten Tag, Miss Delacroix. Soll ich Euch das Essen auf Euer Zimmer bringen, oder wünscht Ihr im Salon zu speisen?"

Violet nickte ihr lächelnd zu. „Bitte im Salon, dann hast du nicht all die Treppen zu steigen."

Alice knickste. „Sehr wohl, Miss."

Wenig später saß Violet im Morgensalon, aß Sandwiches und trank Tee, während sie in den Garten hinausblickte. Das Laub der Bäume hatte sich in den letzten Tagen fast über Nacht braun, rot und golden verfärbt. Dies und der graue Himmel zeigten, dass es Herbst geworden war. Violet war neugierig, wie der Winter im Lake District verlaufen würde. Sie war noch nie in der Winterzeit außerhalb Londons gewesen, vor allem deshalb nicht, da dann prächtige Bälle und Feste und Soireen stattfanden.

Die dunkle Jahreszeit ruhig und eingeigelt zu verbringen, hauptsächlich in Lucas' und Allegras Gesellschaft, versprach einen besonderen Reiz für Violet.

Sie seufzte behaglich, leerte ihre Tasse und erhob sich. Eine der Aussichten, auf die sie sich freute, war die Freiheit, sich nicht unzählige Male am Tag umziehen zu müssen, wie sie es von London gewohnt gewesen war.

Verwirrt schüttelte sie den Kopf. Warum stellte sie mit einem Mal Vergleiche mit ihrem früheren Leben an? Es musste an der Jahreszeit liegen. Kaum ein Jahr war es her, seit sich ihre Lebensumstände so drastisch verändert hatten. Wenn sie ehrlich zu sich selbst war, hatte sie keine Verschlechterung erfahren. Sie liebte Lucas und Allegra. Die beiden waren ihre Familie. Auch wenn ihre Beziehung zu Lucas mehr als unkonventionell, eher schamlos und verboten war, so bereute sie nicht einen Moment lang, dass alles so gekommen war.

Sie eilte auf ihr Zimmer und hörte noch auf der Treppe, wie Neil von Jeremy, dem Butler, begrüßt wurde. Sie hoffte, der Mann bliebe nicht zum Essen. Sie konnte ihn ebenso wenig leiden, wie es Allegra tat.

Violet entkleidete sich und lief nackt zur Waschschüssel. Sie goss das bereitstehende Wasser aus dem Porzellankrug hinein, nahm sich einen Lappen und Seife aus der obersten Schublade des Waschtisches und hob das neue Seifenstück an ihre Nase. Sie schnupperte genießerisch. Lucas hatte ihr von seiner letzten Reise nach Carlisle Veilchenseife und Veilchenparfüm mitgebracht. Sie besaß eine Schwäche für den Duft! Sie seifte den Waschlappen ein, ehe sie die Seife in die Schublade zurücklegte.

Sie rieb ihren Körper ab, und der Duft kitzelte ihre Nase. Feiner, seidiger Schaum entstand, und als sie ihn abwusch, blieb der Veilchengeruch an ihrer Haut haften. Lächelnd tupfte sie sich trocken und zog sich frische Kleider an. Erst dann wandte sie sich ihrem Haar zu. Sie löste die Haarnadeln und bürstete ihren Zopf aus, bis ihre Haarmassen glänzten und knisterten wie Seide. Sie sprühte etwas von dem Veilchenparfüm auf ihre Hände und glitt ihr Haar entlang, knetete das Parfüm hinein und verrieb die Reste des Duftes an ihrem Hals. Rasch flocht sie ihr Haar neu und steckte es auf.

Sie trat an die Verbindungstür und überlegte, ob sie nicht nach Allegra sehen sollte, doch dann entschied sie sich dagegen. Sie hatte dem Mädchen versprochen, keinen Fuß über die Türschwelle ihres Privatgemaches zu setzen.

Stattdessen beschloss Violet, hinunterzugehen und nachzusehen, ob Neil sich noch im Haus befand.

Die Arbeitszimmertür stand einen Spalt offen, und aus dem Raum drangen Männerstimmen. Stirnrunzelnd trat Violet näher, um sich zu vergewissern, dass es Neil war, der Lucas Gesellschaft leistete.

„Du warst in übler Verfassung." Neils Stimme besaß jenen schleimerischen Klang, den Violet so verachtete.

„Noch schlimmer als sonst?" Lucas klang wenig überrascht.

Also hatte er wieder einen Anfall gehabt. Violet bedauerte es, nichts davon mitbekommen zu haben.

„Ich wollte, du würdest mir erlauben, einen Arzt herzuschaffen", bettelte Neil.

„Niemals!"

Violet gelang es, einen Blick durch den Türspalt auf Lucas' Miene zu erhaschen. Er schien beunruhigt und zornig zugleich zu sein. Seine Lippen waren zu schmalen Strichen zusammengepresst.

„Wenn du geheilt bist …"

„Es gibt keine Heilung. Das weißt du genau", unterbrach Lucas den anderen unwirsch.

Unbeirrt fuhr Neil fort. „Bedenke, was es für Allegra bedeutet. Sie könnte hierher zurückkehren."

Ein Stuhl polterte, und Violet sah, dass Lucas aufgesprungen war. Ihr Herz setzte einen Schlag aus. Was war mit Allegra? Wieso zurückkehren? War sie denn nicht auf ihrem Zimmer? Violet unterdrückte den Impuls, sich umzudrehen und nach dem Mädchen zu sehen.

„Was heißt denn hier *zurückkehren*", fragte auch Lucas.

„Lucas, du warst derart außer dir. Ich hatte Mühe, dich zu bändigen."

„Ich war was?" Lucas brüllte fast. Die Panik war seinem Gesicht deutlich anzusehen. „Verflucht, Neil!"

Violet zuckte zusammen, zwang sich aber, an Ort und Stelle auszuharren. Sie musste herausfinden, wo Allegra war.

„Du wolltest Allegra etwas antun. Ich habe das arme Mädchen in meine Obhut genommen und fortgebracht. In Sicherheit", verteidigte sich Neil trotzig. Er hob seine Hand, und Lucas starrte mit entsetztem Gesichtsausdruck auf den Verband. „Ich wusste mir nicht anders zu helfen. Du bist sogar mit dem Barmesser auf mich losgegangen, als ich dich daran hinderte, zu Allegra zu gehen."

Violet sah nur seinen Hinterkopf, entdeckte eine kreisrunde schüttere Stelle und dachte, dass dies eine herrliche Zielscheibe für einen Jäger abgeben würde. Neil log. Da war sich Violet absolut sicher. Sie unterdrückte den Drang, einfach in das Zimmer zu gehen und ihn dessen zu beschuldigen. Stattdessen verharrte sie vor der Tür und lauschte.

Lucas ließ sich auf seinen Schreibtischstuhl fallen. „Wohin hast du sie gebracht?"

Neil schnaubte. „Mir blieb nichts anderes übrig, als sie zu Lady Pikton zu schaffen."

Violet erstarrte. Neil log schamlos, daran bestand für sie kein Zweifel. Lucas täte nie etwas, das Allegra schadete. Doch als sie in sein Gesicht blickte, wusste sie, dass er seinem Cousin glaubte.

Lucas verspürte Eiseskälte, die Haut und Adern durchzog. Es war so weit. Er war also zur Gefahr für seine Umwelt geworden. Er erinnerte sich an den gestrigen Anfall und das er ihm vorkam, wie der schlimmste, den er bisher gehabt hatte. Sein Eindruck hatte ihn nicht getäuscht.

Sein Cousin stand mit Leichenbittermiene vor ihm und bewegte sich weder vor noch zurück. „Es tut mir leid, Lucas. Du musst mir sagen, was ich nun tun soll?"

Lucas schüttelte den Kopf und rang nach Worten. „Was hast du Lady Pikton erzählt?", brachte er mühsam hervor.

Neil verschränkte die Arme vor der Brust. „Eins der Hausmädchen habe vermutlich Masern." Neils Mundwinkel hingen bis fast auf seine Brust, und er wirkte auf Lucas wie ein trauriger Bernhardiner.

„Ally ist bei Lady Pikton. Und die Lady weiß nichts von den Vorgängen hier im Haus?", vergewisserte sich Lucas noch mal.

„Selbstverständlich nicht." Neil strich sich sein Haar zurück. Er hüstelte und verbarg seine Arme hinter dem Rücken. „Die Familie wäre ruiniert, würde das bekannt."

Lucas´ Magen verkrampfte sich. Er stimmte Neil zu und war erleichtert, dass dieser so besonnen reagiert hatte.

„Was ist mit Allys Anstandsfranzösin?", fragte Neil. „Wir müssen uns etwas für sie überlegen. Personal tratscht. Wir sollten sie loswerden."

Lucas machte eine wegwerfende Handbewegung. „Lass Miss Delacroix meine Sorge sein."

Neil rümpfte die Nase. „Ganz wie du meinst", entgegnete er.

Lucas ging zur Tür und öffnete sie. Veilchenduft wehte ihm in die Nase und löste einen wohligen Schauer in ihm aus. Er unterdrückte die angenehme Empfindung.

„Ich möchte jetzt allein sein. Du verabschiedest dich besser", erklärte Lucas.

Aus dem Augenwinkel sah er, dass Violet sich hinter dem wuchtigen Schrank im Gang versteckte. Er schwankte zwischen Überraschung und Ärger, wartete, bis Neil gegangen war, und rief Violet dann zu sich.

„Du kannst herauskommen, ich habe dich gesehen!" Lucas klang müde, und das beunruhigte Violet viel mehr, als wenn er mit Wut und Zorn reagiert hätte.

„Neil lügt", sprudelte es aus ihr heraus.

Lucas zog sie in das Arbeitszimmer und schloss die Tür hinter ihnen.

„Ich hatte gestern einen Anfall", gab Lucas zur Antwort.

Violets Herzschlag schien so heftig, dass es ihren Mageninhalt in Aufruhr versetzte. Sie ergriff seine Hände. „Du glaubst ihm doch nicht etwa diese Geschichte? Du würdest nie gewalttätig werden, Lucas! Darauf würde ich mein Leben verwetten!", beharrte sie.

Lucas entzog ihr seine Hände, rieb sich gedankenverloren über die Brust, ehe er ihr seine Aufmerksamkeit schenkte.

„Ich bestehe darauf, dass wir zu Lady Pikton fahren und Allegra heimholen", verlangte Violet.

Lucas läutete wortlos nach Jeremy, der Augenblicke später den Raum betrat. Er verbeugte sich würdevoll.

„Was wünscht Ihr, Mylord?"

Lucas warf Violet einen kurzen Blick zu. „Lass die Kutsche anspannen. Miss Delacroix besucht Lady Pikton."

Violet wartete, bis sie und Lucas wieder allein im Raum waren.

„Du kommst natürlich mit mir zu Lady Pikton. Wir holen Allegra heim", entschied Violet.

„Du fährst allein. Ich riskiere nicht, in Allys Nähe zu kommen", widersprach Lucas. Seine Miene wirkte derart gequält und besorgt, dass Violet nicht wagte, ihn zu drängen, sie zu begleiten. Sie näherte sich ihm, legte die Arme um ihn und erkannte erleichtert, dass er die Umarmung erwiderte. Violet sog den Geruch nach Aftershave und Tabakrauch ein und schmiegte sich näher an ihn. Sein leichtes Zittern verriet ihr seine Sorge. Sie vergrub ihr Gesicht an seiner Schulter, wollte nicht den Kummer in seinen Zügen sehen.

„Du bist keine Gefahr für uns. Du würdest uns nichts antun. Niemals", murmelte sie.

„Geh", befahl er ihr leise, drückte sie jedoch enger an sich. „Hol Ally heim"

Erleichterung flutete durch Violets Innerstes. „Wir finden eine Lösung", versprach sie ihm.

Er nickte brüsk und schob sie von sich. „Lass den Kutscher nicht zu lange warten."

Vor ihr tauchten die ersten Häuser der kleinen Ortschaft Kenwick auf. Das pittoreske Dörfchen besaß einen gut ausgestatteten Krämerladen, ein Gasthaus und zudem eine Kirche, die Violet jedoch noch nie von innen gesehen hatte.

Als sie die Hauptstraße auf der Höhe des Gasthauses entlangfuhren, wurde die Kutsche langsamer und bog unplanmäßig auf den Hof ab.

Die Equipage hielt an, und Momente später öffnete der Kutscher den Verschlag.

„Entschuldigt, Miss Delacroix, eins der Pferde lahmt. Ich muss es auswechseln", erklärte er ihr.

Violet seufzte und nickte schicksalsergeben. „Ich warte an der frischen Luft, bis wir wieder aufbrechen."

Sie nahm Platz in der Sonne und legte ihr Retikül neben sich auf der Bank ab. Sie schloss die Augen, dann holte sie aus ihrem Täschchen Bethanys

Tagebuch, das sie sich für die Kutschfahrt eingepackt hatte. Ein unbestimmtes Gefühl drängte sie, jede noch so kurze Zeitspanne mit der Lektüre zu verbringen, und so schlug sie das Büchlein auf, um zu lesen.
Violet stieß auf eine der wenigen Stellen in den Einträgen, an der Bethany nicht die Einzelheiten ihrer Anfälle schilderte, sondern ihr Innenleben, ihre Meinung äußerte.
„ … Die Visionen sind intensiver denn je. Immer wieder spielen Allegra und Lucas eine Rolle darin. Etwas Schreckliches droht ihnen. Ich weiß nicht wann und wo, doch ich werde ihnen nicht beistehen können. Ich hätte alles darum gegeben, die Frau an Lucas' Seite zu sein. Doch ihm ist die Frau bestimmt, die Veilchen trägt …" Vor Violets inneres Auge schob sich das Bild einer Nymphe, deren Körper statt von einem Kleid über und über mit Veilchenblüten bedeckt wurde. Violet unterdrückte ein hysterisches Kichern. Sie beruhigte sich und las weiter.
Das übliche Beschreiben surrealer Träume, Visionen oder Wahnvorstellungen setzte sich fort. Violet seufzte.

Erschöpft schloss Lucas die Tür. Er verharrte eine Weile, konzentrierte sich ganz auf seine Atmung und kam so zur Ruhe.
Er lachte verbittert. Ruhe, Frieden, bald hätte er ausreichend davon. Violet würde sich an seiner Stelle fürsorglich um Allegra kümmern, und seine Schuldigkeit wäre getan. Keine Sterbensseele würde mit dem sabbernden, gemeingefährlichen Irren belastet, der er bald sein würde. Vielleicht war das ein Zeichen. Die Gelegenheit erwies sich als perfekt. Allegra hielt sich auf Hemsworth Hall auf und hätte nicht nur den Trost Violets, sondern auch die Gesellschaft Leandras, einer gleichaltrigen Freundin, wenn man ihr die Nachricht seines Todes übermitteln würde.
Lucas trat an seine Bar, zog die Tür auf und holte eine Flasche Brandy heraus. Er zog den Stöpsel aus der Karaffe, schnupperte an dem Alkohol und stellte die Flasche angewidert beiseite. Was tat er denn da? Wollte er sich wirklich Mut antrinken? Kopfschüttelnd nahm er am Schreibtisch Platz. Den letzten Schritt, sein Ende, würde er klaren Verstandes antreten. Er war als schreiendes, sabberndes Etwas auf die Welt gekommen, doch er ginge als Mann.
Er nahm einen Briefbogen und setzte seinen Abschiedsbrief auf. Als Freund weniger Worte hielt er sein Schreiben kurz und bündig und versiegelte die Botschaft mit Wachs, ehe er nach Jeremy klingelte. Kaum eine Minute später trat der Butler ein.
Lucas reichte ihm den Brief. „Ich habe noch etwas zu erledigen. Du übergibst dieses Schreiben Miss Delacroix, sobald sie zurückkehrt."

Jeremy verbeugte sich. „Sehr wohl, Mylord. Kann ich Euch sonst noch dienlich sein?"

Lucas verneinte, änderte aber einen Moment darauf seine Meinung. „Doch. Einen Tee."

Der Butler nickte und verließ das Arbeitszimmer.

Lucas trat ans Fenster und blickte hinaus. Ein goldener Herbst kündigte sich an. Die verwelkende Gartenpracht besaß ihre eigene Schönheit. Lucas hatte sich nie die Zeit genommen, die Jahreszeiten entsprechend zu würdigen. Immer gab es Wichtigeres, Aufgaben, Geschäfte, die auf Erledigung drängten. Wie hätte er auch ahnen können, dass alles so schnell vorbei sein würde? Er hoffte, dass Allegra nicht demselben Irrtum aufsaß.

Kapitel 14

Auch eine schwere Tür hat nur einen kleinen Schlüssel nötig.
Charles Dickens

„Miss Delacroix!" Eine bekannte Stimme riss Violet aus ihrer Lektüre. Sie hob den Kopf und musterte die beiden Damen verwirrt. Auch ein zweiter Blick ließ Allegra vermissen. Hatten die beiden ihren Gast auf Hemsworth Hall zurückgelassen?
„Lady Pikton, Miss Leandra, was für eine Überraschung." Sie begrüßte die beiden lächelnd.
„Ist alles in Ordnung, meine Liebe? Ihr scheint verwirrt? Wie stehen die Dinge in Halcyon Manor?" Lady Pikton wirkte munter und gut gelaunt, während Leandra sich im Hintergrund hielt.
„Was hat Euch nach Kenwick gelockt?", lenkte Violet die beiden ab.
„Leandra benötigte neues Stickgarn, und zudem brauchten wir neue Seife. Grund genug, um der Tristesse des Alltags mit einem kleinen Einkaufsbummel durch Kenwick zu entfliehen", plauderte Lady Pikton und überprüfte den Sitz ihres pfauenblauen Hütchens, das keck auf ihren Locken thronte. Sie seufzte. „Ihr und Allegra müsst uns unbedingt auf einen Tee besuchen kommen."
Violets Herzschlag setzte einen Moment aus. „Allegra?", echote sie.
Lady Pikton lächelte irritiert. „Allegra St. Clare, Euer Schützling", wiederholte sie augenzwinkernd.
Violet rang ihre Aufregung nieder. Also hatte sie recht gehabt, und Neil log.
Violet sprang auf, und Leandra und ihre Tante musterten Violet erschrocken.
„Meine Frage wird Euch befremden, aber wann habt Ihr Allegra das letzte Mal gesehen?", erkundigte sich Violet atemlos.
Tatsächlich schien Lady Pikton gewisse Zweifel an Violets geistiger Verfassung zu hegen, wenn Violet den Blick der Älteren richtig interpretierte.
„Bei der Abendgesellschaft des Earls vor einigen Wochen", äußerte sie sich stirnrunzelnd.
„Verzeiht, ich muss augenblicklich nach Halcyon Manor zurückkehren", sagte Violet aufgeregt.
Lady Pikton folgte ihrem Blick zur Kutsche, die offensichtlich wieder einsatzbereit war.
Violet verabschiedete sich und kehrte zu ihrer Equipage zurück.
„Henry, fahr so schnell wie möglich nach Halcyon Manor zurück."
„Lord Pembroke ...", widersprach der Mann.

„Hat sich geirrt", unterbrach Violet den Kutscher ungeduldig. „Wir kehren um!"

Als die Kutsche Kenwick hinter sich zurückließ, lehnte Violet sich an das Rückenpolster, holte eine Puderdose aus dem Retikül und puderte sich die Nase. Der Veilchenduft, den sie bevorzugt trug, hing selbst in der Quaste. Sie wollte das Accessoire in den Beutel zurückstecken, erstarrte dann aber.

... *trägt Veilchen*, hallte es durch ihre Erinnerung.

Violet schluckte und zog Bethanys Journal hervor. Ihr Herz hämmerte so laut und heftig, dass das Schlagen bis in ihre Ohren dröhnte. Konnte das möglich sein? Bethany litt nicht an Halluzinationen, sondern an Zukunftsvisionen und Hellsicht? Sie schluckte ein paarmal, bemüht, die spontane Eingebung zu relativieren. Dieser eine Satz konnte schwerlich als Beweis gelten. Violet blätterte wie wild in dem Journal, bis sie eine weitere Stelle gefunden hatte.

„ ... drei Namen, ein Gesicht. Flüchtig ist diese Frau, doch frei in Denken und Handeln. Allegra wird es verstehen ..." Wie hatte Bethany von ihr wissen können? Verlor Violet selbst den Verstand? Redete sie sich alles nur ein?

Aber wenn sie recht hatte? Wenn Bethany eine Seherin gewesen war, dann war auch Allegra nicht verrückt oder krank. Sondern eine Wahrsagerin. Oder eine Hexe, wie das abergläubische Volk behaupten würde. Es änderte kaum etwas am Umgang der St. Clares mit ihrer Umwelt, und doch veränderte es alles. Violet hatte so viel Zeit mit Allegra und Lucas verbracht. Für sie waren es immer noch dieselben liebenswerten Menschen. Es kümmerte sie ebensowenig, wie es Allegra und Lucas nicht interessierte, dass sie für den *ton* ihren guten Ruf verloren hatte.

Sie wagte kaum, weiterzudenken. Lucas und sie könnten eine Zukunft haben, sofern sie ihn davon überzeugen konnte, dass Neil ein verräterischer Wurm war. Doch nun, mit dem Wissen, dass Neil über Allegras Verbleib gelogen hatte, musste ihr Lucas einfach glauben.

Sie konnte kaum erwarten, ihm von alledem zu erzählen. Ihr Herz schlug wie wild. Jetzt, wo sie wusste, dass es Visionen waren, die die St. Clares heimsuchten, fanden sie vielleicht eine Lösung für das Ganze.

Violet sah aus dem Kutschenfenster und erkannte in der Ferne einen Reiter, der die Felder Richtung Tredayn Castle entlanggaloppierte. Das Pferd schien Lucas bevorzugter Hengst zu sein, und aufgrund der blonden Mähne des Reiters vermutete Violet, dass es Lucas war.

Sie fragte sich, weshalb er ausritt, es erschien ihr äußerst unpassend. Ob er herausgefunden hatte, dass Allegra nicht bei Lady Pikton war und wusste, wo er Allegra finden würde?

Als Violet kurz darauf durch die Halle schritt, begrüßte Jeremy sie. Mit unbewegter Miene trat er an sie heran.

„Miss Delacroix, ich bedauere, dass ich Euch so überfallen muss, doch Seine Lordschaft trug mir auf, Euch dies zu überreichen, sobald ihr heimkehrt." Der Butler gab ihr einen versiegelten Brief.

Verwirrt starrte Violet auf das Büttenpapier. Noch nie hatte Lucas es für nötig gehalten, ihr einen Brief zu schreiben. Immerhin lebten sie zusammen, aßen regelmäßig und sahen sich ständig.

Jeremy beugte sich vertraulich vor. „Wenn ich frei sprechen darf, Madam …" Bittend sah er Violet an. Ein Glitzern in seinen Augen beunruhigte sie zusätzlich.

Sie nickte. „Natürlich, was habt Ihr mir mitzuteilen?" Ihr Magen begann, nervös zu blubbern.

„Seine Lordschaft wirkte, nun, seltsam auf mich. Ich kenne den Earl von Kindesbeinen an. Etwas stimmt nicht", vertraute er Violet an. Er verneigte sich und ließ Violet allein in der Eingangshalle zurück.

Violet öffnete den Brief an Ort und Stelle. Zitternd vor Aufregung entfaltete sie den Bogen, in der vagen Hoffnung, er enthielte die Nachricht, dass Lucas auf dem Weg zu Allegra wäre. Während sie las, spürte sie, wie ihr das Blut aus dem Gesicht wich.

„Oh nein, Himmel, nein! Das kann er nicht vorhaben", schluchzte sie entsetzt und erschrocken zugleich. Der Brief flatterte unbeachtet zu Boden. Sie rannte zu den Ställen hinüber. Vergessen waren Müdigkeit und Erschöpfung, verschwunden die Euphorie über die Entdeckung der visionären Veranlagung der St. Clares. Selbst Allegra wurde im Moment unwichtig.

„Martin!"

Der Stallknecht humpelte aus der Box des Hengstes. „Miss, was kann ich für Euch tun?"

„Ein Pferd", keuchte Violet. „Ich brauche ein Pferd, so schnell wie möglich."

Der Mann starrte sie zweifelnd an. „Wann soll ich es Euch vorbereitet haben?"

„Gestern", schnappte sie unbeherrscht. „Gebt mir irgendein Pferd, das mich sicher nach Tredayn Castle bringt."

„Möchte nur wissen, was die Herrschaften heute so verrückt macht", brummelte Martin zu sich selbst. „Erst ist der Lord ein Ausbund an Ruhe und Gelassenheit, und jetzt ist die Miss eingeschnappt wie ein Muli." Kopfschüttelnd schlurfte er durch den Stall, hantierte herum und redete dabei unablässig mit sich selbst, in einem sanften, einlullenden Ton, der selbst bei Violet Wirkung zeigte.

Nach einer Weile kam er mit einer pechschwarzen Stute an den Zügeln zurück.

„Das ist Indigo Blue", stellte der Stallbursche das Pferd vor. „Ihr seid hier nie geritten, Indigo Blue wird Eure Unerfahrenheit und Unsicherheit nicht ausnutzen."

„Danke, Martin." Lächelnd nahm sie die Zügel entgegen und schwang sich mit Martins Hilfe in den Sattel. Als sie sicher saß, knallte der Stallknecht der Stute seine Hand auf das Hinterteil, worauf diese wiehernd einen Satz nach vorn machte und über den Hof schoss.

Violet ächzte erschrocken und klammerte sich an den Zügeln fest. Das Tier reagierte und wurde langsamer. Violet hätte sich und der Stute gern mehr Zeit gegeben, aber sie wagte nicht, das Tempo noch weiter zu drosseln. Sie durfte keinen Augenblick vergeuden. Die Furcht um Lucas trieb sie an, auch wenn sie ungern ritt, sie konnte nicht aufgeben, ehe sie nicht zumindest versucht hatte, Lucas aufzuhalten.

Vom Wunsch beseelt, rechtzeitig zu ihm zu gelangen, trat sie dem Pferd in die Flanken, kaum dass sie sich an die Bewegungen des galoppierenden Tieres gewöhnt hatte.

Vor ihr, wie ein Ausrufezeichen aufragend, tauchte der Turm von Tredayn Castle auf. Immer näher kamen die Ruinen, und Violet hoffte, betete, flehte sämtliche existierenden und eingebildeten Gottheiten an, nicht zu spät zu kommen.

Sie entdeckte Lucas' Pferd frei auf der Wiese grasend. Von ihm selbst fehlte jede Spur. Irgendwo krähte ein Eichelhäher, im Unterholz rauschte der Wind und trug den Duft von Harz, feuchter Erde, überreifen Beeren und Wild heran.

Violet band ihre Stute an einem Baum an und sah sich um. Lucas musste irgendwo in der Nähe sein. Ohne bestimmten Grund hob sie ihren Blick und erkannte eine Gestalt auf den Zinnen des Turmes.

Sie erinnerte sich plötzlich an eine Vision Allegras: *„Lucas ist bei Tredayn Castle. Rette ihn!"* Allegra hatte es vorausgesehen.

Violet lief in den Turm. Die Treppen, windschief und verwaschen von Zeit und Witterung, erwiesen sich als rutschig und bemoost. Violets Herzschlag dröhnte in ihren Ohren und vibrierte in den Zehen. Ohne Sicherung, ohne Geländer erschien bereits der Weg auf die Turmspitze als gefährliches Abenteuer. Die Luft roch schimmlig und abgestanden, und von irgendwoher drang das beständige Tropfen von Wasser auf Stein. Die Außenseiten der Wände waren stellenweise von dunkelgrünem flauschigem Moos überzogen.

Ein frischer Luftzug streifte Violets Wange, und sie wagte einen Blick nach oben, als ein Lichtstreifen die düsteren Treppen küsste. Erleichtert bemerkte sie, dass sie keine zehn Stufen von ihrem Ziel trennten.

Sie biss sich auf die Lippen, trat hinaus und fand sich auf einer verwitterten Plattform wieder. Hier draußen war alles trocken und grau. Der Himmel ebenso wie die Steine, die Boden, Wände und Zinnen bildeten. Nach Süden hin war ein Teil der Zinnen eingebrochen und formten ein großes Loch. Groß genug, dass ein Pferd dort hindurchgepasst hätte. Genau in diesem Loch verharrte eine Gestalt. Der Wind, der auf dem Turm blies, wehte durch Lucas' Haar, zerrte an seinem Hemd.

Violet entdeckte seine Jacke, achtlos über eine Zinne gehängt. Lucas stand so nah am Abgrund, dass nur ein kleines Straucheln ausreichte, um ihn in die Tiefe stürzen zu lassen. Aber genau das beabsichtigte er.

Noch zögerte er, ließ seinen Kopf hängen und schien hinabzustarren. Violets Herz fühlte sich wie herausgerissen an. Eine offene Wunde, die Lucas hinterlassen würde. Eine Narbe, die nie verschwinden würde. Tränen stiegen ihr in die Augen, zum wiederholten Male an diesem Tag, und diesmal schämte sie sich nicht. Ihr Innerstes war erfüllt von eisigem Schmerz.

Lucas hatte sie noch nicht bemerkt. Er straffte sich, und Violet ahnte, dass er sich für den letzten Schritt wappnete. Ein Hauch Hoffnung blitzte in ihr auf. Wenn er noch nicht gesprungen war, konnte sie ihn vielleicht davon abhalten. Sie rannte zu ihm, doch er schien sie nicht zu bemerken.

„Lucas", sagte sie. Leise, aber laut genug, dass er sie hören musste. Er erstarrte, und Violet wagte es, sich ihm zu nähern. Nur wenige Schritte trennten sie noch voneinander. „Lucas, was tust du hier? Was hast du vor?"

„Verschwinde, Violet, ich will nicht, dass du das mit ansiehst."

Violet bewegte sich einen weiteren Schritt in seine Richtung. Nun stand sie so nah vor ihm, dass sie nur die Arme ausstrecken musste, um ihn vom Abgrund zurückzuziehen. Kälte kroch ihre Fußsohlen empor, ringelte sich um ihre Waden, kletterte ihre Schenkel empor, bis sie sich steif und ungelenk anfühlten.

„Was soll ich nicht sehen? Dass du aufgibst? Dass du mich und Allegra im Stich lässt?", fragte sie bebend.

„Verdammt, Violet, lass mich allein!", fluchte Lucas. Seine Stimme klang rau und belegt.

Es kostete Violet alle Überzeugungskraft, die sie aufbringen konnte, und noch mehr, um glaubwürdig zu klingen: „Tu, was du tun willst, aber tu es vor meinen Augen."

Er drehte sich um, so abrupt, dass Violet erschrak. Eisiger Wind schlug ihr ins Gesicht, und sie fühlte, wie die Tränenspuren auf ihrer Haut bissen und brannten.

Lucas' Miene zeigte sich schmerzerfüllt. Er war bei Weitem nicht der kühle und überlegte Mann, den er ihr vorspielte. Diese Erkenntnis erleichterte Violet. Lucas von seinem Vorhaben abzubringen, konnte gelingen, wenn sie ihre Karten richtig ausspielte. Er war ein Sturschädel und Dickkopf. Eine einfache Ansage würde nicht genügen, nicht, solange er überzeugt war, dem Wahnsinn zu verfallen. Nicht, wenn er keinen Grund zum Weiterleben hatte.

„Warum willst du das tun, Lucas?"

In seinen Augen glomm Verzweiflung. „Weshalb nicht?", fragte er.

„Es gibt keinen Grund für dich, es zu tun", gab Violet zur Antwort.

„Für dich ist es unerheblich, dass ich als sabbernder Irrer angekettet werden muss?" Seine Stimme troff vor Hohn. „Wach auf, Violet. Ich bin bereits tot. Eine wandelnde Leiche. Mein Geist entschwindet in absehbarer Zeit ins Nirgendwo."

Violet schüttelte den Kopf und kam näher.

„Bleib, wo du bist, oder ich springe in die Tiefe!", drohte er. Er machte Anstalten sich abzuwenden.

Violet stolperte rückwärts. Ihre Augen füllten sich mit Tränen. Sie hob abwehrend ihre Hand. „Tu es nicht, bitte. Du musst das nicht tun!"

Zorn loderte in seinem Blick auf. „Muss ich nicht?", schrie Lucas außer sich. Er riss an seinem Hemd, sodass die Knöpfe absprangen, und am Hals, dort, wo der Kragen angenäht worden war, platzte die Naht.

Violets Hand flog entsetzt an ihren Mund. Sie unterdrückte einen Aufschrei. Lucas' Brust, seine bis dahin makellose Haut, war ein Netz roter Striemen und schorfiger Linien. Lucas zitterte kaum merklich.

Violet wagte sich näher an ihn heran. Furcht glomm in seinen Augen, und Violet verspürte den unwiderstehlichen Drang, ihn in die Arme zu nehmen und zu trösten. Ihm zu sagen, dass alles in Ordnung käme, dass seine Angst unbegründet war.

„Bleib, wo du bist, Violet", krächzte Lucas. „Ich muss das tun, verstehst du nicht?" Um Vergebung heischend starrte er sie an, und sie schüttelte den Kopf.

„Musst du nicht, es war ein Irrtum, Lucas. Ein riesiger Irrtum. Die St. Clares leiden unter Lady Edwinas Erbe, das stimmt. Doch sie leiden nicht am Wahnsinn, sondern am Zweiten Gesicht!"

Reglos musterte er sie.

Violet bewegte sich auf ihn zu. „Verstehst du? Bethany, Allegra, du, ihr seid nicht verrückt oder krank. Ihr habt eine Gabe wie sonst kaum jemand."

„Ob Wahnsinn oder Hexenkräfte, wir sind verflucht", entgegnete er. Verwirrung zeichnete sich auf seiner Miene ab.

„Es ist eine Gabe", beharrte Violet. „Kein Wahnsinn, keine Krankheit. Ihr könnt lernen, sie zu beherrschen!"

Lucas zögerte, und Violet ergriff seine Hand, packte sie fest, bereit, eher mit ihm in die Tiefe zu stürzen als loszulassen. „Bitte, spring nicht. Ich brauche dich. Wir brauchen dich. Wir müssen Allegra finden. Neil hat dich angelogen. Ich habe mit Lady Pikton gesprochen. Allegra ist nicht bei ihr, denn Neil hat sie nie dorthin gebracht!"

„Sie ist nicht bei Lady Pikton und deren Nichte untergebracht?", murmelte Lucas fragend, offensichtlich noch damit beschäftigt, Violets Worte zu begreifen.

Sie nutzte seine Verwirrung und führte ihn vom Rand fort.

„Er hat dich belogen. Sie ist nicht bei Lady Pikton", bestätigte Violet.

Lucas' Aufmerksamkeit war ihr nun gewiss. Violet wusste, dass er für Allegra alles tun würde.

„Neil lügt?", wiederholte er fassungslos und mit flackerndem Blick.

Erleichtert, zu ihm vorgedrungen zu sein, verneinte sie. „Ich weiß es", erklärte sie und leitete Lucas noch weiter vom Rand des Abgrunds fort. „Ich traf Lady Pikton und Leandra in Kenwick."

Leben kehrte in Lucas zurück. „Ich reite sofort zu Neil. Er muss mir Rede und Antwort stehen."

Froh, ihn von seinem selbstzerstörerischen Vorhaben abgebracht zu haben, folgte Violet ihm die Treppen hinunter, nachdem sie seine Jacke im Vorbeigehen an sich genommen hatte. Sie gingen zu den Pferden.

„Du reitest zurück nach Halcyon Manor", bestimmte Lucas.

„Den Teufel werde ich tun. Allegra geht mich genauso viel an wie dich", widersprach Violet.

Ein eigentümlicher Ausdruck glitt über Lucas' Miene. Violet vermochte ihn nicht zu deuten, auch weil er sich sofort abwandte und in den Sattel seines Hengstes stieg.

„Tu, was du nicht lassen kannst", brummte er. Doch als Lucas merkte, dass Violet keine geübte Reiterin war, verzichtete er auf einen allzu scharfen Galopp, und sie erreichten St. Clare House trotzdem recht zügig.

Als sie die Auffahrt hinaufritten, ließ Lucas sein Pferd in Schritt fallen.

„Was ist nur geschehen?", murmelte er verwirrt.

Man sah dem Gutshaus an, dass es einst ein wohlhabendes Anwesen gewesen sein musste. Doch nun war eine Reihe von Fensterscheiben blind vor Schmutz. Einige Schieferziegel hingen lose am Dach oder fehlten gänzlich, und die Außenanlagen waren überwuchert von Unkraut.

Lucas und Violet ließen ihre Pferde stehen und gingen zur Eingangstür. Sie fanden sie angelehnt vor und warfen sich verwunderte Blicke zu, ehe sie eintraten.

Die Halle war düster und schmuddelig. Violet erkannte Umrisse an den Wänden, wo einst Gemälde gehangen haben mussten, nun aber kahle Flecken prangten. Es roch muffig, als wäre lange nicht mehr gelüftet worden, und Totenstille lag über dem Haus. Sie lief nach rechts, doch Lucas hielt sie zurück und bedeutete ihr, leise zu sein.

Eine Tür am anderen Ende der Diele stand einen Stück offen. Lichtschein drang aus dem dahinterliegenden Raum in den Flur.

Violet lief ein kalter Schauer über den Rücken, als ein klägliches Schreien erklang. Eine dürre, weiß-beige Katze tapste aus der Tür. Sie entdeckte Violet und Lucas, und ihre Augen funkelten heimtückisch, mochte Violet schwören. Aufdringlich maunzend kam das Tier näher und ließ Lucas und Violet nicht aus den Augen. Sie rieb ihren Körper an Lucas' Beinen, und helle Haare blieben am Stoff seiner dunklen Hose kleben. Er nieste und schubste das Tier mit dem Fuß davon. Er zuckte entschuldigend mit den Schultern, während der Haustiger beleidigt davontrabte.

„Ist da jemand?", rief Neil aus dem Raum, den die Katze verlassen hatte.

Energisch folgte Lucas der Stimme und trat ein. Violet kam ihm hinterher.

Sie fanden sich im Arbeitszimmer wieder. Hier wies nichts auf den Verfall und die Vernachlässigung des Hauses hin. Moosgrüne Damastvorhänge umrahmten die Fenster, und Silberleuchter standen auf den Fensterbänken. Ein gediegener, ausladender Schreibtisch sowie edle Ledersessel davor und dahinter vermittelten den Eindruck wohlgeordneter Verhältnisse.

Neil strich sich sein Haar zurück und ließ seine Augen nervös zwischen Violet und Lucas hin und her wandern. Er zerrte an seinem Kragen.

„Lucas, was führt dich hierher?" Seine Stimme bebte kaum merklich.

„Du wirkst verwundert, Neil. Hat das einen bestimmten Grund?", erkundigte sich Lucas scharf.

„Setz dich, Lucas. Ihr ebenfalls, Miss Delacross."

Violet war sich nicht sicher, ob die Verballhornung ihres Namens ein Zeichen von Geringschätzung oder Nervosität war. Sie entschloss sich, nicht darauf einzugehen. Es gab Wichtigeres zu klären.

Neil schien Lucas' abgerissenen Hemdkragen zu bemerken, den die Jacke leider nicht verdeckte. Er räusperte sich ein paarmal und wischte sich über die Stirn.

„Du schwitzt. Fühlst du dich unwohl?", fragte Lucas gefährlich ruhig.

Neil schüttelte den Kopf. „Was willst du, Lucas? Du wirkst ein wenig von Sinnen", begann er. Er konzentrierte sich auf Violet. „Ich bedaure, dass Ihr es auf diese Weise erfahren müsst, aber Lucas hat ernste Probleme. Seine geistige Konstitution …"

„Meine geistige was?", schnappte Lucas.

Neil zuckte zusammen und noch einmal, als Lucas mit einer zornigen Armbewegung die Gegenstände von seinem Tisch fegte. Wild stoben die Blätter zu Boden, mitten hinein in ein zerborstenes Tintenfass, einen Whiskytumbler und die Überreste von Pfeifentabak.

„Wo ist Allegra?", knurrte Lucas.

Sein ganzer Körper schien angespannt und bebte gleichzeitig vor Wut. Er wirkte auf Violet wie ein Berserker. Ein unglaublich wütender Berserker. Doch während Neil zitterte, verspürte sie nicht den Hauch von Unbehagen. Im Gegenteil, nie hatte sie sich sicherer in Lucas´ Gegenwart gefühlt wie in diesem Moment.

„Allegra? Aber das weißt du doch?" Neil schluckte sichtlich nervös. Er setzte sich und schob seinen Stuhl näher an den Tisch. Seine Hände wurden von der Tischplatte verborgen. Wieder wandte er sich an Violet. „Er selbst hat mich beauftragt, sie aus Halcyon Manor fortzuschaffen."

„Ihr habt ihn angelogen", bekundete Violet ruhig. „Ihr habt behauptet, sie zu Lady Pikton gebracht zu haben. Dort ist sie nicht."

Lucas sprang um den Tisch herum und zerrte Neil von seinem Stuhl hoch. „Du verlogenes Aas! Wo ist meine Schwester? Wo hast du sie hingebracht?"

Violet sah das Aufblitzen des Metalls einen Bruchteil, bevor Lucas es bemerkte. Erschrocken schrie sie auf.

Lucas packte Neils Handgelenk und brachte seinen Cousin dazu, das Messer fallen zu lassen. Lucas schubste das Messer unter den Schreibtisch, außer Neils Reichweite. Verbissen rangen die Männer miteinander. Neil, der kleinere und schmächtigere der beiden, hatte Lucas im Grunde nichts entgegenzusetzen, doch er wehrte sich mit der Kraft eines Verzweifelten. Beide ächzten und keuchten vor Anstrengung.

Hilflos musste Violet beobachten, wie Neil Lucas den Kopf in den Magen rammte. Lucas würgte, ergriff den Kleineren an den Ohren und zerrte ihn hoch. Neil ruderte mit den Armen, als er ins Stolpern geriet, und griff nach Lucas.

Das Manöver war ebenso unsinnig wie leicht zu durchschauen. Lucas hielt Neil fest und versetzte ihm einen Kinnhaken. Neil ging in die Knie, sein Kopf kippte zur Seite, und er polterte bewusstlos zu Boden.

Lucas zerrte ihn hoch.

„Was hast du vor?", erkundigte sich Violet, als Lucas Neil Richtung Tür schleppte.

„Er wird nicht reden. Ich kenne ihn mein ganzes Leben lang", erklärte Lucas verächtlich. „Ich schaffe den Mistkerl zu Richter Grimes. Soll der die Wahrheit aus ihm herausquetschen."

Für einen Moment war Lucas abgelenkt. Er deutete auf die Tür. „Öffne bitte die Tür. So mager er auch ist, er wiegt einiges."

Mit einem wütenden Aufschrei riss Neil sich los, sprang zur Kommode neben der Tür, wo in einem offen stehenden Kasten eine Duellpistole ruhte. Er packte die Handfeuerwaffe und hielt sie sich unter das Kinn.

Lucas stürzte nach vorn, doch zu spät.

Der Schuss dröhnte erschreckend laut durch den Raum. Eine Sekunde schien die Zeit einzufrieren. Neil verdrehte die Augen, Blut sprudelte aus seinem Hinterkopf und verteilte sich wie Sprühregen hinter ihm. Lucas brüllte, eine Frau kreischte. Erst später begriff Violet, dass sie es gewesen war. Sie war wie paralysiert, konnte sich nicht bewegen, nicht reagieren.

Lucas erreichte Neil, ehe dieser auf dem Boden aufkam. Langsam ließ er den toten Körper seines Cousins auf die Fliesen sinken. Binnen kürzester Zeit bildete sich eine scharlachrote Lache unter dem Toten. Lucas hockte fassungslos, verzweifelt über dem Leichnam.

Übelkeit stieg in Violet auf. Ihre Augen brannten. Sie biss sich auf die Lippen. Rang um Fassung, kämpfte gegen den Brechreiz an, der sich beinahe schlängelnd ihre Kehle emporwand, und konnte nicht verhindern, dass ihr Tränen in die Augen stiegen.

Lucas sah zu Violet auf. „Wir haben Ally verloren." Verzweiflung spiegelte sich in seiner Miene.

Kapitel 15

*Alles in allem übertreiben die Leute
die Schwierigkeiten des Lebens.*
Robert Louis Stevenson

Wie geprügelte Hunde trafen Violet und Lucas auf Halcyon Manor ein.
Jeremy, ganz der perfekte Butler, ließ sich mit keiner Geste, keinem Blick seine Verwunderung oder Neugier anmerken, auch nicht, als ihm Lucas mit stoischer Miene Jackett und Hemd überreichte.

Kurze Zeit später brachte ihm Jeremy ein sauberes Hemd, eine Krawatte und ein Hausjackett in das Arbeitszimmer.

Lucas ging ohne Umschweife an seine Bar, holte zwei bauchige Gläser hervor und goss sie bis zur Hälfte voll. Er reichte Violet eines davon und nahm neben ihr auf der Récamiere Platz. Er setzte den Drink an die Lippen an, als eine unbekannte Stimme erklang: „Das solltet Ihr nicht tun, Mylord."

Lucas setzte das Glas so heftig ab, dass der Alkohol überschwappte und seine Kleider bekleckerte.

Die Stimme gehörte einem erschöpft wirkenden Jungen. Seine schwarzen Locken hingen ihm wie stets wild und ungekämmt ins Gesicht.

„Clark Sterling, wie kommst du hier herein?", fragte Lucas alarmiert.

„Über die Geheimtür", entgegnete er bereitwillig.

Lucas straffte sich, stellte sein Glas ab und fuhr auf. „Welche Geheimtür?"

Clark deutete mit dem Kopf zur Wand. Violet bemerkte einen Schmutzstreifen an seinem Kinn und folgte seiner Bewegung.

„In der Bibliothek gibt es einen verborgenen Zugang zum Haus. Mr. St. Clare benutzt die Tür regelmäßig."

Nun erhob sich auch Violet. Schreck, Furcht und Nervosität fluteten durch ihren Körper. Wie oft mochte Neil unbemerkt im Haus gewesen sein und sie alle ausspioniert haben?

„Zeig es mir", forderte Lucas und ließ sich gemeinsam mit Violet ins Bücherzimmer führen.

Dort ging Clark zu einer der Lampen an der Wand. Der Leuchter ließ sich wie ein Hebel herunterdrücken, gleichzeitig schwang ein Wandpaneel auf. Lucas sah hinaus, betrachtete die Geheimtür und verschloss sie. „Sie führt in den Garten hinaus", verkündete er überrascht.

„Du bist nicht hergekommen, um uns über die Geheimtür aufzuklären, vermute ich?", erkundigte sich Violet.

Clark lenkte seine Aufmerksamkeit auf sie. „Nein, Ma'am. Ich weiß, wo Ally ist."

Lucas schoss vor und packte den Jungen aufgeregt an den Schultern. „Wie bist du in die Sache verwickelt? Wo ist sie?"

Violet fühlte die Aufregung in Lucas. Dieselbe Spannung, die in ihr aufstieg. Ihr Pulsschlag beschleunigte sich.

Clark wirkte, als wolle er sich losreißen, verharrte jedoch in Lucas' Griff, der sich sichtlich in sein Fleisch bohrte.

„Mr. St. Clare hat Allegra letzte Nacht aus dem Haus geschafft und in einer Kutsche fortgebracht", erklärte er. Seine Augen blitzten.

Lucas schüttelte ihn. „Rede, verdammt! Wohin?"

„Er gab dem Kutscher einen Beutel Münzen und sagte ihm, er solle Ally nach Mallington bringen. In die dortige Irrenanstalt." Clark sah zu Violet. „Ich hatte gehofft, sie befreien zu können, doch der Kutscher entdeckte mich."

Clark wand sich aus Lucas' Griff und drehte ihnen den Rücken zu, um sein Hemd hochzuziehen. Erst jetzt erkannte Violet, dass der dunkle Streifen auf seinem Hemd kein Schlamm war, wie sie im Dämmerlicht vermutet hatte, sondern Blut.

Sie stieß einen erschrockenen Laut aus und klingelte nach Jeremy, der einen Moment später eintrat, als hätte er vor der Tür gewartet.

„Wasser, Seife, Verbandsmaterial und ein frisches Hemd für Mr. Sterling, Jeremy."

Der Butler verschwand dienstbeflissen, und Clark packte Violets Hand. „Wir haben keine Zeit", drängte er.

„Erst recht nicht, dich unterwegs zu versorgen, wenn Blutverlust und Entzündung des Peitschenhiebs ihren Tribut fordern", entgegnete Violet resolut. „Wir kehren ins Arbeitszimmer zurück, und dort erzählst du uns die ganze Geschichte, während ich dich versorge. Du weißt bestimmt mehr über die ganze Angelegenheit."

Wenig später saß Clark mit nacktem Oberkörper auf der Chaiselongue und wurde von Violet verarztet.

„Lucas, gib Clark einen Drink. Das hilft für das Erste gegen den Schmerz."

„Kein Brandy", verlangte Clark und zuckte zusammen, als Violet seine Wunde auswusch. „Mr. St. Clare hat den Branntwein vergiftet."

„Weshalb das? Und womit?" Lucas musterte Clark stirnrunzelnd.

„Erzähl von Anfang an", forderte Violet. Sie betrachtete die Verletzung. Die Peitsche hatte die Haut zerrissen, doch glücklicherweise war der Schnitt nicht so tief, dass er genäht werden musste. Dennoch würde eine Narbe zurückbleiben.

„Es fing im Frühjahr an. Mr. St. Clare kam zu Großmutter und verlangte Schäferinnenkraut. Er stellte ihr viele Fragen zur Verarbeitung der Kräuter, und Großmutter kam der Verdacht, dass Mr. St. Clare nichts Gutes im Schilde führte. Als sie sich weigerte, ihm mehr zu geben, drohte er, sie wegen Giftmischerei an den Galgen zu bringen." Furcht zeichnete sich auf Clarks Zügen ab. Er blickte kurz zu Lucas. „Großmutter verbot mir, zu Euch zu gehen. Sie befürchtete eine Strafe. Jeder hier weiß, dass Ihr große Vorbehalte gegen uns Sterlings habt." Lucas räusperte sich verlegen, und Clark konzentrierte sich auf ein Gemälde an der Wand, während er weitersprach. „Ich begann, ihn zu beobachten. Er wollte Euch mithilfe des Schäferinnenkrauts davon überzeugen, ein gefährlicher Irrer zu sein, Mylord. Genauso geisteskrank, wie Ally seiner Meinung nach ist", erzählte Clark und klang zunehmend zorniger.

Violet blickte auf und sah, dass Lucas nicht minder wütend vor Clark stand und ihm einen Whisky reichte. Da Clark das Glas entgegennahm und trank, vermutete Violet, dass wirklich nur der Brandy mit der Droge versetzt war.

„Und weiter?", hakte Violet nach. Sie verteilte Heilsalbe auf dem Riss und verband das Ganze.

„Mr. St. Clare lag oft auf der Lauer, bis die Droge im Brandy und in den Zigarren ihre Wirkung tat, und fügte Lord Pembroke dann Verletzungen zu."

Violets Kopf flog hoch. Sie und Lucas starrten sich an, und sie wussten beide, was sie dachten: Lucas war weder verrückt noch vom St. Clare'schen Erbe heimgesucht.

Violet bekam Schwierigkeiten beim Atmen. Plötzlich hatte sie Hoffnung. Hoffnung auf eine gemeinsame Zukunft mit Lucas. Ihr Herz pochte wie ein aufgeregtes Vögelchen in der Brust.

„Die Zigarren sind ebenfalls mit dem Giftkraut versetzt?", fragte Violet nach, und Clark nickte.

„Schäferinnenkraut ist nicht zuverlässig. Deshalb konntet Ihr oft Brandy genießen, ohne die Folgen des Krauts zu spüren. Mr. St. Clare wollte aber sicherstellen, dass sein Plan, Euch zu vergiften, rasch zum Erfolg führt", erzählte Clark bereitwillig.

Sie unterbrachen Clarks Ausführungen nicht, und so setzte er seinen Bericht fort: „Letzte Nacht verschleppte Mr. St. Clare Ally aus dem Haus und übergab sie einem finsteren Gesellen, zusammen mit einem Beutel Münzen. Ich versteckte mich auf dem Trittbrett der Kutsche, doch der Kutscher entdeckte mich wenige Meilen vor Mallington und schlug zu. Ich dachte, es wäre besser, bei Euch Hilfe zu suchen. Ich fand keine Mitfahrgelegenheit und musste zurücklaufen", erzählte Clark.

„Von Mallington bis hierher? Du musst völlig am Ende sein!", rief Violet aus.

Lucas legte Clark die Hand auf die Schulter. „Es war die richtige Entscheidung, Junge. Ich lasse die Kutsche anspannen, und dann werden wir Allegra befreien. Wegen Mr. St. Clare müssen sich deine Großmutter und du nicht mehr sorgen. Er hat seinem elenden Leben heute Nachmittag ein Ende gesetzt."

Die Kutsche rumpelte über die holprigen Straßen. Im Innern herrschte Schweigen. Angespannt saß Violet auf der Bank, ihr gegenüber Lucas mit einer Miene wie ein aggressiver Pitbull, neben ihm Clark mit angriffslustig blitzenden Augen. Zwei Männer, wie sie unterschiedlicher nicht sein konnten hinsichtlich Bildung, Aussehen und Stand, und sich doch so ähnlich, dass es fast unheimlich war. Die letzten Tageslichtfetzen verblassten schneller, als Violet erwartet hatte, und innerhalb kürzester Zeit lag die Dämmerung über der Landschaft. Das Grün der vorüberziehenden Hecken und Weiden wurde zu einem verwaschenen Blaugrün. Violet beugte sich vor, um mehr zu sehen, und nahm die Spannung, die über den Männern lag und nun auch sie ergriff, überdeutlich wahr.

Beunruhigt wandte sie sich Lucas zu. Sein Geschichtsausdruck wirkte finster, doch als sich ihre Blicke trafen, milderte sich die Anspannung in seinem Gesicht. Er schenkte ihr ein kleines Lächeln.

„Wir befreien Allegra. Immerhin ist sie die Schwester eines Earls", beruhigte Lucas sie.

„Und wenn sie Allegra nicht freigeben wollen?", fragte Violet ängstlich.

„Sie müssen und sie werden", bekräftigte Lucas.

„Wenn es nicht anders geht, befreien wir sie mit Gewalt", mischte sich Clark ein, bückte sich und zog ein Messer aus seinem Stiefel, das er Violet und Lucas kurz zeigte, ehe er es wieder in den Schaft rutschen ließ.

Violet schluckte ihre Angst hinunter. Sie hoffte auf die Vernunft der Anstaltsleitung. Die arme Allegra! Was mochte sie in den letzten Stunden durchlitten haben? Welche Ängste musste sie ausstehen?

„Wir müssten jeden Moment ankommen ", vermutete Lucas.

Neugierig beugte Violet sich vor und erkannte eine mittelalterliche Burg, die wie eine ruhender Koloss in der Landschaft lag. Einzelne Lichter tanzten in den schmalen Fenstern des Bollwerks.

„Man wird uns nicht einlassen", meinte Violet bedrückt. Vermutlich war dort alles zur Nachtruhe bereit.

Lucas strich sich über das Haar und richtete seine Kleider. „Sollten sie sich weigern, werden sie den Krawall ihres Lebens erleben." Er wirkte durchaus bereit, die Burg mit roher Gewalt zu erstürmen, und Violet war sich unsicher, ob es sie mit Stolz oder Unbehagen erfüllen sollte, dass Lucas zum Kampf bereit war.

Die Kutsche hielt vor dem Eingang. Lucas stieg aus, half Violet und wartete auf Clark, ehe er sich der Pforte zuwandte.

Es dauerte eine ganze Weile, bevor auf Lucas' Läuten reagiert wurde. Ein Mann mit einem grauen Haarkranz und einer nicht allzu sauberen Schürze öffnete. Er hob eine Laterne hoch, um die Besucher zu identifizieren.

„Was zum Geier …" Er verstummte, während er Lucas, Violet und Clark musterte. Er grinste und entblößte eine fleckige Zahnreihe. „Ah, ich verstehe, ein neuer Zögling für unsere Anstalt."

„Mitnichten", entgegnete Lucas eisig. „Seid Ihr der Leiter?"

„Nein, ich bin Gregory, der Irrenschließer. Mrs. Albany ist die Leiterin der Irrenanstalt", stotterte der Mann.

„Dann führt uns augenblicklich zu ihr", befahl Lucas.

Offenbar war Gregory derartige Forderungen nicht gewöhnt; er wirkte unsicher. Lucas nutzte seine Verwirrung und schob sich an ihm vorbei ins Innere. Violet und Clark folgten ihm.

„Also? Worauf wartet Ihr, guter Mann?"

Gregory leitete die drei durch lange, dunkle Gänge in den Privattrakt der Anstaltsleiterin. Auch dort bestanden die Wände aus grauem, nacktem Fels, doch man hatte Wandteppiche und primitiv anmutende Gemälde aufgehängt.

Gregory klopfte an eine Tür, und eine weibliche Stimme rief gebieterisch, er solle eintreten. Ungeduldig drängte Lucas in den Raum.

Eine unglaublich dicke Frau thronte auf einem Stuhl, während sie die bloßen Beine in einer runden Holzwanne versenkte, in der Wasser dampfte. Ihr Haar war zu einem strengen Dutt aufgesteckt, und um ihren kaum erkennbaren Hals hing ein Handtuch. Sie nieste, und ihre kleinen Schweinsäuglein tränten.

„Wer seid Ihr, und wie kommt Ihr hier herein?", blaffte sie Lucas an, bevor sie ihr Gesicht in einen Lumpen vergrub und sich lautstark schnäuzte.

„Mein Name ist Lucas St. Clare, Earl of Pembroke. Man hat meine Schwester entführt und bei Euch einliefern lassen. Ich fordere ihre Herausgabe."

Die fette Dame wischte sich mit dem Lappen über die Nase und wandte sich Lucas zu. Ihr Blick flackerte. „Unsinn, wir sind keine Geiselnehmer. Wie kommt Ihr darauf, dass sich das Mädchen bei uns befindet?", ächzte sie.

Lucas verschränkte die Arme vor der Brust, und Violet sah aus dem Augenwinkel, dass Gregory nervös von einem Bein auf das andere hüpfte.

„Zwingt mich nicht, mitten in der Nacht Richter Grimes und seinen Konstabler aus dem Schlaf zu reißen. Überdies ist meine Schwester mit dem Marquis of Northumberland verlobt", log Lucas geschickt. „Was meint Ihr, Mrs. Albany, wie schnell Ihr Euch als Insassin Eurer eigenen Anstalt wiederfindet, wenn dem Marquis bekannt wird, was Ihr seiner Verlobten angetan habt?"

Mrs. Albany sprang auf, erstaunlich schnell für ihre Leibesfülle, und wedelte mit dem Arm in Gregorys Richtung.

„Nichtsnutziger Lump, führ Seine Lordschaft zu dem neuen Mädchen. Er soll sie mitnehmen", bellte sie, und ihre Augen quollen aus den Höhlen.

„Ma'am", jammerte der Irrenschließer.

„Raus", keuchte sie und ließ sich auf den Stuhl plumpsen, der daraufhin gefährlich knarzte und quietschte. Gregory stapfte aus dem Raum.

Lucas drehte sich um und schenkte Violet ein zufriedenes Lächeln. Er reichte ihr seinen Arm und folgte Gregory.

Der Irrenschließer führte sie in den Anstaltstrakt, oben im ersten Stock blieb er vor einer Tür stehen. Er öffnete ein Fensterchen auf Augenhöhe und trat beiseite.

„Ist sie das?", brummte er.

Lucas stieß ihn zur Seite und warf kaum einen Blick hinein. „Macht auf", befahl er aus zusammenpressten Zähnen. Er verbreitete die Aura von unterdrückter Wut.

Der Irrenschließer zitterte und wagte kaum, Lucas anzublicken.

„Wenn meine Schwester auch nur einen Kratzer aufweist oder einen Schnupfen hat, wirst du das tausendfach büßen!", drohte Lucas dem Knecht.

Der öffnete ein paarmal den Mund, ohne einen Laut hervorzubringen, und krächzte schließlich: „Ich halte mich nur an meine Befehle!"

Gregory klapperte mit den Schlüsseln und schloss die Tür umständlich auf.

Lucas schob sich an ihm vorbei, stürmte in die Zelle und kam Augenblicke später mit Allegra auf den Armen wieder heraus. Sie vergrub ihr Gesicht an Lucas' Brust und schluchzte leise. Violet schlüpfte aus ihrem Spenzerjäckchen und breitete es über Allegra aus.

Zum ersten Mal wandte Violet sich an den Irrenschließer. „Was steht Ihr hier herum? Holt uns eine Decke, einen Mantel, irgendetwas", trug sie dem Mann auf.

Sie saßen wie ein Menschenknäuel ineinander verflochten in der Kutsche.

Allegras Augen waren gerötet, und ihre bleiche Haut mit den tiefen Augenschatten verriet, dass sie eine schlimme Zeit hinter sich hatte.
„Neil sagte, niemand fände mich in der Irrenanstalt", schniefte sie.
Lucas und Violet fixierten sich einen Moment lang.
„Ally, ich würde den Rest meines Lebens mit der Suche nach dir verbringen, wenn ich wüsste, dass du meine Hilfe benötigst.", entgegnete Lucas mit sanfter Stimme.
„Ich weiß", murmelte Allegra, ihren Blick immer noch auf Clark gerichtet. Der junge Mann streichelte ihre Hand. „Aber ohne Clark hättet ihr mich nicht gefunden."
Violet warf beiden einen Blick zu. Allegra himmelte ihn an, und Clarks Bewunderung war nicht die eines schwärmerischen Jungen. Sie erinnerte sich an die breiten Schultern, die schwellenden Oberarme und die festen Muskeln Clarks. Nein, Clark Sterlings jugendliches Aussehen mochte täuschen, doch er war kein Junge mehr. Er war ein Mann. Sie schluckte. Sie würde mit Lucas reden müssen, ehe Dinge geschahen, die besser vermieden wurden.
„Niemals wird dir wieder ein Unheil geschehen, Ally. Ich verspreche es dir", flüsterte Clark. Die Intensität seiner Worte riefen Schuldgefühle in Violet hervor. Sollte sie sich wirklich einmischen? Clark lag etwas an Allegra, und sie hegte ebenfalls Gefühle für den Jungen. Das war zwar nicht vernünftig, doch Liebe war noch nie eine Vernunftssache gewesen.

Die folgenden Tage blieben sie für sich. Allegra benötigte Ruhe und Erholung, um ihre Entführung zu verarbeiten.
Zwei Tage nach Neils Tod traf ein Schreiben von Mr. Gosling ein, den Lucas mit Nachforschungen und dem Ordnen des Nachlasses seines Cousins beauftragt hatte. Es stellte sich heraus, dass Neil beträchtliche Spielschulden angehäuft hatte. Das erklärte sein niederträchtiges Handeln und den heimtückischen Plan, den er ausgeheckt hatte.
Violet stand am Fenster und blickte auf das Wäldchen hinab. Unter einer Buche am Rand entdeckte sie Clark, der auf das Fenster von Allegras Schlafzimmer starrte. Er hatte die Nacht ihrer Befreiung im Gästezimmer des Herrenhauses verbracht, war aber noch im Morgengrauen heimlich wie ein Phantom verschwunden.
Violet zögerte, entschied aber, nichts zu unternehmen. Sie zog sich vom Fenster zurück und schlüpfte unter ihre Bettdecke. Sie seufzte wohlig und rollte sich zusammen. Sie sehnte sich nach Lucas. Jetzt, nachdem klar war, dass er nicht irrsinnig werden würde, gab es Hoffnung für sie beide. Doch vielleicht zog Lucas lieber eine standesgemäße Frau in Betracht. Sie war vielleicht als Tochter eines Dukes geboren, doch nun war sich nicht mehr

als eine Gesellschafterin und Gouvernante. Weder Dienerin noch Herrin. Lucas könnte realisiert haben, dass keine Liebe, sondern bloße Lust ihn in Violets Bett getrieben hatte.

Sie biss die Zähne zusammen. Violet würde weder jammern noch weinen. Einer Frau ihrer Gesellschaftsschicht stand Derartiges nicht zu.

Sie erwachte nachts, weil jemand unter ihre Bettdecke kletterte. Einen Moment lang hielt sie den Atem an, dann erkannte sie Lucas. Er rückte nah an sie heran, presste sich an ihren Rücken und schloss die Arme um sie.

Violet stieß ein trockenes Schluchzen aus.

„Was hast du?", fragte Lucas zärtlich.

Er beugte sich über sie und küsste sie auf den Mundwinkel. Sie wandte ihm ihr Gesicht zu.

„Ich war mir nicht sicher, wie deine Gefühle für mich sind. Jetzt, nachdem alles anders ist."

„Nichts hat sich geändert, Liebste", erklärte Lucas.

Er ließ sich in die Kissen sinken. Seine Lippen hauchten Küsse auf ihren Nacken, während eine Hand ihren Po tätschelte und die andere ihren Bauch berührte. Violet schnurrte und rekelte sich genüsslich. Lucas knabberte an ihrem Hals, ihren Ohrmuscheln und kitzelte ihr Ohr mit seiner Zungenspitze. Sie machte Anstalten sich ihm zuzuwenden, doch er hielt sie zurück.

„Ich habe dich immer genommen, heute Nacht möchte ich dich lieben", raunte er.

Seine obere Hand strich verheißungsvoll über ihre Lende, und ein Brennen am Ende ihrer Wirbelsäule kroch zwischen ihre Beine. Seine zweite Hand lag noch immer an ihrem Po, knetete und streichelte sie dort sanft. Die Hitze und Sanftheit seiner Berührungen ließen sie erzittern. Er liebkoste ihre Flanken, die Innen- und Außenseiten ihres Armes und glitt über ihr Dekolleté zu ihren Brüsten. Seine Finger streichelten ihre Rundungen, suchten und fanden die Brustspitzen und rieben nacheinander darüber, bis Violet lustvoll keuchend in seinen Armen lag.

Sein heiseres Lachen klang sexy und zärtlich. Sie brannte bereits jetzt vor Leidenschaft. Lucas' Schaft presste sich in prachtvoller Härte an ihren Po. Sie reckte sich ihm entgegen und bewegte sich mit kleinen, kreisenden Bewegungen.

Lucas stöhnte kehlig und drückte sich an sie. „Du kleines Biest", knurrte er liebevoll. Sie spürte seine nackten Schenkel an ihren, sein Penis legte sich wie für sie geformt in seiner gesamten Länge an ihre Pospalte. Violet seufzte zufrieden, als sie seine samtig-raue Haut an ihrer spürte. Seine Finger glitten zwischen ihre Beine, massierten sacht ihre Schamlippen, und während der Zeigefinger der einen Hand in ihre Vagina eindrang, umkreiste der andere Zeigefinger ihre Liebesperle.

Erst langsam, dann wilder rieb er über den Lustknopf und drang im gleichen Rhythmus zwischen ihre Schamlippen. Violet keuchte erregt und bog sich ihm entgegen. Schauer der Erregung überliefen sie. Ihre Vulva glühte, kribbelte und pochte wie nie zuvor. Die Lust brodelte in ihr durch die Zärtlichkeit und die gleichzeitig so hemmungslose Liebkosung, die Lucas ihr schenkte. Schon fühlte sie, wie Wellen der Erfüllung sie überrollen wollten, als Lucas ihr plötzlich seine Finger entzog.

Violet protestierte, doch er beugte sich über sie und erstickte ihre Beschwerde mit einem heißblütigen Kuss. Seine Zunge umgarnte die ihre, kitzelte, liebkoste sie und brachte ihr Blut noch weiter zum Kochen.

Er brach den Kuss ab, griff sie an den Hüften und zog sie eng an sich. Er glitt von hinten zwischen ihre Beine. Sein harter Schaft stieß mit einer fließenden Bewegung in sie und seine Hände umfassten ihre Hüften, streichelten sie, während er sacht in sie stieß.

„Wie ich es liebe, dich zu lieben, Violet, Isadora, Isabel", murmelte er in ihrem Haar. Sein heißer Atem strich über ihre Kopfhaut, und seine Worte brachten ihr Innerstes zum Vibrieren.

„Lucas", flüsterte sie.

Er bewegte sich langsam. Vor und zurück, vor und zurück. Entzog sich ihr, bis nur noch die Eichel zwischen ihren Schamlippen lag, um dann wieder in sie einzutauchen und so tief Besitz von ihr zu ergreifen, als wolle er sich ganz in ihr versenken.

Die Flammen der Leidenschaft schlugen empor, erfassten jeden Millimeter ihres Körpers und entzündeten eine heftige Explosion in ihr, die mit einer Kaskade kleinerer Entladungen abflaute.

Sie hörte Lucas erlöstes Stöhnen, spürte, wie er sich in ihr ergoss, und sank gegen ihn, fühlte seinen schweißbedeckten Körper an sich gelehnt, seinen Schaft, der immer noch in ihr ruhte, erigiert, aber gesättigt für den Moment. Sie spürte das Beben seines Körpers, seine erschöpften Atemstöße, die im Gleichklang mit ihren befriedigten Atemzügen schienen, und sie empfand tiefes Glück.

Sie schwiegen, genossen die Wärme und Geborgenheit, die sie einander schenkten, zehrten von der Befriedigung, die sie empfanden, und waren doch voller Begierde.

„Violet." Lucas brach das Schweigen, zögerte aber. „Ich habe nachgedacht. Wir können nicht so weitermachen."

Gerade eben noch war alles perfekt gewesen. Seine Worte, sein Zögern brachten die Wirklichkeit zurück. Ein Traum war ein Traum, weil er nicht real war. Violet hatte einen Moment die Illusion von Liebe gelebt. Sie schluckte.

„Natürlich", entgegnete sie erstickt. „Ich stimme vollkommen mit dir überein."

Lucas streichelte ihre Hüfte, langsam, träge glitt seine Hand auf und ab.

„Ich bin froh, dass du mit meiner Meinung übereinstimmst", fuhr er fort.

Violets Herz setzte ein paar Augenblicke aus, und ihren Magen durchzuckte ein fieses Stechen. Sie blinzelte und versuchte, die Tränen und den Kloß, der in ihrer Kehle aufstieg, zu unterdrücken.

„Es kann nicht angehen, dass du als Gesellschafterin meiner Schwester mein Bett teilst. Immerhin ist in diesem Fall der Standesunterschied zu groß."

Wollte er etwa Standesdünkel vorschieben? Und eben noch hatte er mit ihr geschlafen! Mit einem Schlag war die Trauer verschwunden. Violet schwankte zwischen Enttäuschung, Zorn und Resignation. Warum sollte sich irgendetwas ändern?

Ich liebe es, dich zu lieben – dieses Gesäusel hätte er sich sparen können.

Und er merkte nicht einmal, was er in ihr auslöste, redete einfach weiter. Sie zwang sich, ihm zuzuhören und nicht von ihm abzurücken, um dem heftigen Verlangen nachzugeben, ihm das Kissen auf sein Gesicht zu pressen, sollte er noch ein Wort von sich geben.

„Deswegen ist es mein Wunsch, dass du einen ehrbaren Mann aus mir machst."

Violet erstarrte, schluckte, blinzelte, rang nach Luft und löste sich aus seiner Umarmung. Sie drehte sich um und sah ihm in die Augen.

Er stützte seinen Kopf auf seinen abgewinkelten Arm und schmunzelte.

„Was willst du mir damit sagen?", würgte Violet hervor. Ihr Herz raste so sehr, dass das Geräusch beinahe Lucas' Frage übertönte.

„Violet Delacroix und Lady Isabel Waringham, ich bitte euch beide, meinen ehrlosen Zustand zu beenden und mich zum Gemahl zu nehmen", erklärte er.

Mit einem lachenden, schluchzenden Aufschrei stürzte sich Violet auf ihn, sodass er umkippte. Er lachte und ließ es sich gefallen, dass Violet sein Gesicht mit Küssen bedeckte. „Ich vermute, das heißt Ja."

„Ja", jubelte Violet. „Ja, ja, ja!"

„Meine Güte", erklang eine Stimme hinter der geschlossenen Tür. „Könntet ihr bitte leiser sein? Ich versuche zu schlafen."

„Ally, hör auf, uns zu belauschen, und geh ins Bett zurück", befahl Lucas streng.

„Nichts anderes habe ich vor", rief Allegra. „Und ich hoffe, dass ich mich niemals so umständlich benehme wie du, Lucas!"

Epilog

*Männer widerstehen oft den schlagendsten Argumenten,
und dann erliegen sie einem Augenaufschlag.*
Honoré de Balzac

Januar 1821

Lucas, Violet und Allegra saßen in der Bibliothek. Im Kamin prasselte ein Feuer, Jeremy hatte ihnen in der silbernen Kanne Tee serviert, und jeder der drei las in einem Buch. Wobei nur Allegra konzentriert zu lesen schien, während Lucas und Violet sich immer wieder über den Rand ihrer Lektüre hinweg zuzwinkerten. Allegra seufzte augenrollend und blätterte eine Seite um.

Jeremy trat ein. „Mylord, Mylady, in der Halle steht ein Besucher." Der Butler reichte Lucas eine Visitenkarte, und beim Lesen verlor sich das Lächeln aus seinem Gesicht. Er warf Violet einen Blick zu.

„Bring unseren Gast in den Salon, und biete ihm eine kleine Erfrischung an", wies er Jeremy an.

Lucas wartete, bis Jeremy den Raum verlassen hatte, dann gab er Violet die Visitenkarte. Jegliche Farbe wich aus ihren Wangen.

Allegra musterte Violet besorgt. „Gibt es ein Problem?", erkundigte sie sich fürsorglich.

„Mein Vater ist hier."

Lucas erhob sich und reichte Violet seine Hand. „Irgendwann musste es geschehen. Wir klären es hier und heute", sagte er entschlossen, ehe er sich an Allegra wandte: „Ally, du bleibst in der Bibliothek."

Violet schluckte nervös und hakte sich bei Lucas ein. Er tätschelte ihre Hand. „Keine Angst, ich bin bei dir. Du musst ihm nicht allein gegenübertreten."

Violet nickte stumm, holte noch einmal tief Luft und betrat den Salon.

Ihr Vater wandte ihr den Rücken zu und sah aus dem Fenster. Immer noch war er eine hochgewachsene, imposante Erscheinung, wenn auch sein einstmals dunkles Haar weiße Strähnen durchzogen. Er drehte sich um und starrte Violet mitten ins Gesicht.

„Isabel", stieß er zwischen zusammengepressten Zähnen hervor, ehe er Lucas knapp zunickte. Violet wusste angesichts dieser Aktion ihres Vaters, dass er Lucas weder als wichtig noch als Hemmnis einschätzte.

„Vater", erwiderte sie kühl und legte ihre freie Hand auf Lucas' Unterarm.

„Du packst deine Sachen und kehrst mit mir zurück nach Hause, Isabel. Ich habe einen Mann gefunden, der dich trotz deiner Eskapaden ehelichen wird", befahl der Duke of Okeham.

Violet streckte ihren Rücken durch. „Das werde ich nicht tun!"

Lucas trat zwischen sie und ihren Vater. Der Duke fixierte ihn wie ein lästiges Insekt. Niemals wäre er hergekommen, ohne seinen Gegner zu kennen, und offensichtlich hatten die Nachforschungen ergeben, dass Lucas St. Clare, der Earl of Pembroke, kein ernstzunehmender Gegenspieler für ihn sein würde.

Violet lächelte grimmig. Ihr Vater täuschte sich. Sie hatte ihm einmal die Stirn geboten und täte es wieder und wieder, und was Lucas betraf: Er war ihr in diesen Dingen haushoch überlegen.

„Mylord, ich verbiete Euch, so mit meiner Gemahlin zu sprechen!" Lucas verschränkte seine Hände vor der Brust und erwiderte den zornigen Blick des Dukes furchtlos.

Beide waren gleich groß, doch Lucas jünger, durchtrainierter und getrieben von einem Beschützerinstinkt, den ihr Vater niemals verstehen würde.

„Eure ... Eure Gemahlin?", schnappte der Duke.

„Sehr wohl, meine Gemahlin. Soweit ich weiß, habt Ihr Violet ..."

„Isabel!", verbesserte der Duke Lucas zornesrot.

„Seht, Ihr habt Isabel aus dem Haus geworfen und enterbt. Dies ist Violet. Ihr habt keinerlei Ansprüche auf meine Gemahlin Violet."

Violet schmiegte sich zitternd in seinen Arm. Hinter ihnen erklangen die leichten Schritte Allegras. Sie trat neben Violet und hakte sich bei ihr unter.

„Sie wird mit mir kommen. Diese Ehe ...", fauchte ihr Vater und wurde von Lucas ungeduldig unterbrochen: „... wurde vollzogen. Mehrmals. Violet könnte bereits guter Hoffnung sein. Bedenkt den neuerlichen Skandal. Eine Scheidung und obendrein ein Kind aus dieser Verbindung. Eure Pläne, Violet oder Isabel mit einem von Euch ausgewählten Schwiegersohn zu verheiraten, sind endgültig gescheitert."

„Bitte, Mylord", mischte sich Allegra ein. „Sie ist Eure Tochter. Hat sie nicht genug durchlitten? Sie ist hier glücklich. Uns sind ihre Vorgeschichte und der Skandal gleichgültig. Wir lieben sie. Violet gehört hierher, nach Halcyon Manor."

Der Duke öffnete den Mund, musterte nacheinander die drei Menschen, die sich als Front vor ihm aufgebaut hatten.

Violet wusste, dass es nicht seinem Charakter entsprach, einfach nachzugeben. Eine Eigenschaft, die er ihr vererbt hatte.

Allegra trat vor den Duke und berührte seine Hand. „Sie sieht ihrer Mutter unglaublich ähnlich, nicht wahr?", fragte sie sanft. „Lasst sie gehen. Es ist das, was Ghislaine gewollt hätte." Er blinzelte überrascht, und sein Adamsapfel hüpfte.

Violet sah in seinen Augen, wie er kapitulierte. Der Duke entzog Allegra seine Hand, und Violet konnte es nicht beschwören, doch sie glaubte, er unterdrückte ein Zittern. Nicht zu übersehen waren seine feuchten Augen.

„Mach, was du willst, Isabel", schnappte er und stürmte grußlos aus dem Salon.

Lucas machte Anstalten, ihm hinterherlaufen zu wollen, doch Allegra und Violet hielten ihn zurück.

„Es ist gut, Lucas. Er wird uns nicht mehr behelligen", verkündete Violet.

Allegra seufzte. „Es ist nicht leicht, ein Vater zu sein. Vor allem, wenn man Töchter hat", erklärte sie ernsthaft.

Lucas starrte sie pikiert an. „Ein Zustand, über den du ganz genau Bescheid weißt", spottete er.

Allegra wandte sich ihm zu. „Ich nicht. Aber du. Und zwar schon sehr bald." Sie kicherte und ließ Lucas und Violet allein.

Lucas betrachtete Violet nachdenklich. „Gibt es etwas, das ich wissen sollte?"

Violet schüttelte lächelnd den Kopf. „Ich denke nicht. Aber die Aufregung hat mich hungrig gemacht. Würdest du nach Käse und Erdbeer-Scones läuten?"

Ende

Ivy Paul wurde 1975 im nebligen Augsburg geboren. Die Nabelschnur der schönen Patrizierstadt erwies sich seither als äußerst reißfest, und so hat sich der Wirkungskreis der zweifachen Mutter nie nennenswert verlagert. Eine Treue, die sich bezeichnenderweise auch auf ihr liebstes Hobby, das Schreiben erstreckt. Sollte eine Schaffenskrise ausbrechen, überwindet sie diese mit ihren zweitliebsten Hobbys: Seife sieden, Anrühren duftender Cremes oder Backen. Beim Schaffen soviel sinnlicher Genüsse dauert es nie lange, bis die Tastatur wieder klappert.

Website: ivypaulsfantasiewelten.blogspot.com

Facebook: Ivy Paul – die Autorin

Ebenfalls von Ivy Paul im Plaisir d'Amour Verlag erschienen:

Ghost Lover
Roman

Tigerlilie
Roman

Die Geisel des Chinesen
Roman

**Verlagsprogramm, Leseproben,
Autoreninfos:**
www.plaisirdamour.de

Plaisir d'Amour Verlag